D1391397

Het ongelofelijke schooljaar van Scarlett M.

Jaclyn Moriarty

Het ongelofelijke schooljaar van Scarlett M.

De Fontein

www.defonteinkinderboeken.nl

Oorspronkelijke titel: *Becoming Bindy Mackenzie*
Verschenen bij Young Picador, een imprint van Pan Macmillan Limited
Copyright © Jaclyn Moriarty 2006
Voor deze uitgave:
© 2007 Uitgeverij De Fontein, Baarn
Vertaling: Karin Breuker
Omslagafbeelding: Corbis
Omslagontwerp: Edd, Amsterdam
Grafische verzorging: V3-Services

ISBN 978 90 261 2319 1
NUR 284, 285

Voor mijn moeder en vader,
voor Liane
en voor Colin,
met liefs

DEEL

1

Ik heb Scarlett nog nooit gesproken, maar ik weet zeker dat er achter haar superirritante persoonlijkheid een prachtig mens schuilgaat.

Een beetje té slim.

JIJ KUNT HET OOK NIET HELPEN DAT JE BENT ZOALS JE BENT, SCARLETT, EN MISSCHIEN VERANDER JE DIT JAAR WEL. VEEL SUCCES IN DE VIJFDE. IK DENK DAT JE ZULT VERANDEREN.

Scarlett Mackenzie

Scarlett draagt haar haar heel raar, ook al kletsen mensen er achter haar rug over. Ik zou mijn haar anders doen, maar zo is Scarlett: ze heeft lef.

Ze kan heel snel typen.

Tja, wat moet je zeggen over Scarlett? Hmm. Zei daar iemand het woord 'slim'??? Jij hebt woorden in je hoofd die in geen enkel ander hoofd passen. Maar dat komt omdat je ZO'N ENORM GROOT HOOFD HEBT!! Grapje!! (Nou ja, grapje...)

Scarlett Mackenzie praat als een .

DEEL 2

Vaste voornemens – Scarlett zal deze week...

1. Beginnen in de vijfde klas!
2. Over de toekomst nadenken.
3. Het boek lezen: *Hoe komt het dat ik zo slecht functioneer en wat kan ik doen om te veranderen?* (Britney Brillson, PhD). Uittreksel kopiëren en uitdelen aan medeleerlingen.

*

Op deze woelige woensdag heeft Scarlett:

1. Wiskunde
En Scarlett, pas op voor...

Lucy Tan – zij was vorig jaar een goede tweede en het gerucht gaat dat ze in de vakantie dubbele bijlessen heeft gehad. Kan een bedreiging vormen.

2. Biologie
En Scarlett, pas op voor...

Tonja Slavinsky – haar plotselinge vlagen van genialiteit waren vorig jaar verontrustend (zacht uitgedrukt).

3. Engels
En Scarlett, pas op voor...

De lerares – zou mevrouw Lawrence zijn, maar ik heb gehoord dat die er op het laatste moment vandoor is gegaan. Vandaar: een plaatsvervangster, mevrouw Flynn genaamd. Vervangende leerkrachten komen net als stagiaires zelden toe aan de *kern* van de leerstof. Manieren zoeken om haar daarbij te helpen?

4. Klassenbijeenkomst
En Scarlett, pas op voor...

Niets – negeer hun clichés! Benut de tijd om zachtjes je sterke Duitse werkwoorden te oefenen.

5. Vriendschap, Ontwikkeling en Samenwerking (vos)
En Scarlett, pas op voor...

Het nut hiervan. Dit is een nieuwe les om het zelfbewustzijn te bevorderen, maar laten we eerlijk zijn: wat heeft het voor nut? Maken we hiermee optimaal gebruik van onze tijd? Lijkt me onwaarschijnlijk.

6. Uur vrij
En Scarlett, pas op voor...

JEZELF! Ga rechtstreeks naar de bibliotheek, begin stipt om 14.30 uur met je huiswerk en ga door tot de laatste bel. Laat je niet verleiden tot dagdromerij.

*

De filosofische overpeinzingen van Scarlett Mackenzie
Woensdag, 14.32 uur (in de bibliotheek)

Het is met het leven net als met je telefoonbotje. Wacht. Wacht gewoon. Laat de schok voorbijgaan en daarna is je elleboog weer net als anders.

*

De filosofische overpeinzingen van Scarlett Mackenzie
14.35 uur

Stel je een vies raam voor. Als het leven er plotseling vies en troebel uitziet, *lap dan gewoon het raam* en het leven glanst je weer tegemoet.

*

De filosofische overpeinzingen van Scarlett Mackenzie
14.38 uur

Maar hoe lap je het raam?

*

De filosofische overpeinzingen van Scarlett Mackenzie
14.39 uur

Nee, hoe *sla* je het raam *kapot*? En waar koop je nieuw glas?

*

De filosofische overpeinzingen van Scarlett Mackenzie
14.40 uur

Wend je af van het raam en bedenk dit: mensen zijn over het algemeen goed en vriendelijk en het is goed dat zij de aarde bewonen.

*

De filosofische overpeinzingen van Scarlett Mackenzie
14.42 uur

Natuurlijk, sommige mensen hebben vergif in hun hart. Maar vergif is een verdedigingsmechanisme van de natuur, en wie ben jij om de natuur te bekritiseren?!

*

De filosofische overpeinzingen van Scarlett Mackenzie
14.43 uur

Als bepaalde giftige types – de zogenaamde Giftige Zeven – kwaad over je hebben gesproken, wat is daar dan voor *tegengif* tegen?

*

De filosofische overpeinzingen van Scarlett Mackenzie
14.44 uur

Vriendelijkheid is het tegengif voor wreedheid!! Wees aardig voor jezelf! Ziedaar! Ik ga het meteen proberen!

*

De filosofische overpeinzingen van Scarlett Mackenzie
14.57 uur

Maar wat te doen als het tegengif niet werkt? Als het gif al door mijn aderen stroomt, mijn botten binnen dringt?

*

De filosofische overpeinzingen van Scarlett Mackenzie
15.00 uur

De oplossing, Scarlett, is: ga verder met je leven! Waarom zou je je tijd verspillen aan zeven dwazen? Beschouw ze als een rij vuile borden in een vaatwasser. Jij, Scarlett, bent de sproeier van de vaatwasser. Jij zit ver bóven de vuile borden en sproeit met je zeep het bruisende leven over hen heen.

*

De filosofische overpeinzingen van Scarlett Mackenzie
15.08 uur

Scarlett, hou op met dagdromen! Neem een energiesnoepje met sintjanskruid en ga onmiddellijk aan je huiswerk. Al doe je maar vijf mi

*

De filosofische overpeinzingen van Scarlett Mackenzie
15.10 uur

O, wie probeer ik voor de gek te houden? Mijn hele studie-uur is verspild. En ik heb het idee dat mijn hele carrière op het Ashbury verspild is! Ik ben zo hulpvaardig geweest voor mijn medeleerlingen: ik heb ze gratis privéles aangeboden! Ik heb in de pauze adviesbijeenkomsten aangeboden voor tieners in moeilijkheden! Ik *besef* dat mensen geïntimideerd kunnen raken door mijn hoge cijfers, dus draag ik verschillende kleuren nagellak om te laten zien dat ik benaderbaar ben: een vrije geest! In december hang ik altijd sliertjes engelenhaar aan mijn bril! Ik weet alle verjaardagen van de kinderen in mijn klas en ik begin *altijd* als eerste 'Er is er een jarig' te zingen!

*

De filosofische overpeinzingen van Scarlett Mackenzie
15.12 uur

Ik moet toegeven dat ik veel klasgenoten diep in mijn hart erg irritant vind. Ik denk vaak bij mezelf: tjongejonge, het lijken wel kleuters van vijf. Moet ik daar mijn dagen mee doorbrengen? Maar heb ik zulke dingen ooit hardop gezegd? Nee. Ik ben altijd grootmoedig geweest en heb deze gedachten altijd voor mezelf gehouden.

En wat is mijn beloning? Zijn ze me dankbaar, zijn ze aardig tegen me? Nee hoor, vergeet het maar!

*

De filosofische overpeinzingen van Scarlett Mackenzie
15.14 uur

Ze hebben onmiddellijk de kans gegrepen om me *aan te vallen*! Misschien is het volgende door hun hoofd gegaan: 'Hier hebben we een stuk papier met Scarletts naam erop. Zullen we er iets aardigs op zetten?' Maar het antwoord kwam meteen: 'Nee, laten we er gemene opmerkingen op zetten! Wij zijn de Giftige Zeven! Wat maakt het ons uit wat *zij* voelt?'

*

De filosofische overpeinzingen van Scarlett Mackenzie
15.14 uur

Inderdaad, wat maakt het uit?

*

De filosofische overpeinzingen van Scarlett Mackenzie
15.15 uur

Nou!

*

De filosofische overpeinzingen van Scarlett Mackenzie
15.16 uur

Het komt hierop neer.
    De beslissing is genomen.
    Pas op, Giftige Zeven! Dachten jullie dat ik erg was? *Wacht maar tot je ziet hoe ik echt kan zijn.* Denken jullie dat jullie woorden hard en wreed zijn? Wacht maar tot ík mijn mening geef.
    Jullie hebben je kans gehad met de milde Scarlett.
    Nu krijgen jullie met de meedogenloze Scarlett te maken.

Nachtelijke overpeinzingen van Scarlett Mackenzie
Donderdag, 2.47 uur

Mijn strategie is eenvoudig. Allereerst zal ik contact opnemen met de hoogste autoriteit en het bespottelijke, nee, het misdadige karakter van Vriendschap, Ontwikkeling en Samenwerking aan de kaak stellen. In de tweede plaats zal ik geleidelijk de ware aard van de Giftige Zeven blootleggen en hun ziel een spiegel voorhouden. (Bloedstollend gekrijs zal hierop volgen!) (Het zal hen goed doen.) In de derde plaats zal ik de volgende vos-bijeenkomst bijwonen en *tijdens deze bijeenkomst te allen tijde de waarheid spreken*. Woorden die ik mijn hele leven niet heb uitgesproken, zullen *als een dik, rood tapijt van mijn tong rollen*.

Ik popel nu al.

Ze hebben allemaal hun handschrift verdraaid, maar ik weet wie heeft geschreven dat ik praat als een paard. (Ik? Het meisje dat tussen haar zevende en elfde stemtraining heeft gehad? De derde spreekster in het debatteam? *Het meisje dat zich ieder jaar vrijwillig aanmeldt om te zingen tijdens het Grote Schoolspektakel?* Het meisje dat mensen benadert die van streek zijn en hun een schouder aanbiedt om op uit te huilen? Ik geef toe, hier wordt zelden gebruik van gemaakt, maar het aanbod is nooit gedaan met de stem van een paard.)

Dit moet wel een grap zijn, of een akelige droom!

Ik ken hem al sinds de peuterzaal en hij heeft altijd datzelfde verfrommelde handschrift, alsof iemand de woorden met een hamer in de bladzijde heeft geslagen.

Hij heet Toby Mazzerati.

Toby Mazzerati is een suikerrietpad. Maar dit is wat ik vandaag (grootmoedig als ik ben) onder zijn naam heb geschreven:

Ik heb grote bewondering voor Toby. Hij heeft jarenlang geworsteld met de leerstof (en misschien ook met zijn gewicht), maar hij heeft nu zijn draai gevonden in houtbewerken. Hij geeft graag met zachte stem commentaar op het leven, dus misschien is er voor hem een toekomst weggelegd bij de radio?

Dit had ik moeten schrijven:

Toby Mazzerati moet dood.

Scarlett Mackenzie
24 Clipping Drive, Kellyville, NSW 2155

Aan de directeur van de Onderwijsraad van New South Wales

Geachte heer (of mevrouw),

Ik ben een leerling van de Ashbury Scholengemeenschap, de beste school van het winderige heuveldistrict van Sydney.

Althans, het wás de beste school.

Tot mijn spijt moet ik u meedelen dat het Ashbury bezig is zijn glans te verliezen. Nee, ik wil een stap verder gaan: het *heeft* zijn glans al verloren.

Dit jaar heeft het Ashbury namelijk (in al zijn wijsheid) besloten in de vijfde klas het vak Vriendschap, Ontwikkeling en Samenwerking (VOS) aan te bieden, ter bevordering van het 'zelfbewustzijn' van de leerlingen.

Zoals u ongetwijfeld weet, staat dit vak niet vermeld op de website van de Onderwijsraad. Sterker nog, het schijnt niet eens te bestaan. Het is een *'experimenteel* vak'. Dit vak gaat me iedere week een uur van mijn tijd kosten, maar *het telt niet mee voor mijn eindlijst.*

Nou vraag ik u!

Als leerlinge die zich waagt op de woelige zee van haar laatste middelbareschooljaren; als leerlinge die, in alle bescheidenheid, vastbesloten is de hoogste cijfers van New South Wales te halen; *nee, als leerlinge die met heel haar hart gelooft dat dit schooljaar haar* HELE LEVEN *zal bepalen,* schrijf ik u deze brief om uiting te geven aan mijn bezorgdheid.

Meneer (of mevrouw), wat kan er worden gedaan om het Ashbury te redden?

Ik sluit hier een verslag bij van de eerste VOS-bijeenkomst. De bijeenkomst heeft gisteren, woensdag, plaatsgevonden. Het is nu een dag later. Er zijn inmiddels enkele uren verstreken. Ik heb geprobeerd nauwkeurig te zijn, maar het kan zijn dat ik wat details ben vergeten.

Ik dank u bij voorbaat en verblijf,

Hoogachtend,

Scarlett Mackenzie

PS Het adres op dit briefpapier is niet langer geldig. Ik ben onlangs bij mijn tante Veronica en oom Jake komen wonen (om redenen die voor u niet van belang zijn). Ik zal mijn nieuwe adres achter op deze bladzijde schrijven.

PS 2 Waarschuwing! Ik ga ervan uit dat u onfatsoenlijk taalgebruik niet op prijs stelt. Daarom heb ik alle grove taal van mijn medeleerlingen uit dit verslag verwijderd. Hiervoor in de plaats heb ik woorden naar mijn eigen keuze gezet. Deze woorden staan in kleine hoofdletters, ZOALS DEZE.

*

Verslag van Vriendschap, Ontwikkeling en Samenwerking (VOS), opgesteld voor de Onderwijsraad van New South Wales
Door Scarlett Mackenzie

Bijeenkomst 1

De bijeenkomst vond plaats in de bergruimte achter de gymzaal.

Ik was hier ook stomverbaasd over.

Maar daar stond het, in mijn rooster: BERGRUIMTE, GYMZAAL.

Toen ik aankwam, waren er al vijf leerlingen aanwezig, maar de lerares ontbrak nog. De leerlingen hadden voor zichzelf allemaal een stoel van de stapel gepakt.

De stoelen hebben een rechte rug en gebogen, ijzeren poten. Je kunt er heel gemakkelijk op zitten, dus:

- Briony Atkins (rond gezicht, knipperende ogen) zat heen en weer te wippen op haar stoel, steeds een stukje verder, alsof ze hem probeerde omver te krijgen.
- Sergio Saba (donker haar, litteken van een brandwond op zijn wang) had zijn stoel omgedraaid en zat er achterstevoren op, met zijn armen om de rugleuning geslagen.
- Toby Mazzerati (grote suikerrietpad) zat voorovergebogen met zijn benen wijd, zijn handen bungelend tussen zijn knieën.
- Astrid Bexonville (groene spleetogen, zwart haar in een hoge paardenstaart) had haar benen onder zich gevouwen en zat te kletsen met
- Emily Thompson (vreselijke aanstelster), die met haar voeten tegen de spijlen van Astrids stoel zat.

Ik zette mijn laptop neer en pakte voor mezelf een stoel van de stapel.

Ik pakte nog een paar extra stoelen en zette die neer voor het geval er nog meer mensen zouden komen. Dat soort dingen doe ik gewoon graag.

'Zo-hoo,' zei Toby Mazzerati. 'Daar hebben we Mackenzie met de vlugge vingers. We hebben geluk. Wij hebben Mackenzie met de vlugge vingers. Scarlett Mackenzie. Scarlettettettettette Mackenzie. Zeg 't maar, maestro's en *messieurs*, heeft u nog iets te typen?' Op deze absurde manier kletste hij door. Dat doet hij altijd.

De anderen negeerden hem. Ik ging naast Briony zitten.

Astrid zat met heen en weer zwiepende paardenstaart aan Emily een verhaal te vertellen over een vriendin op een andere school, wier vriendje *op de eerste schooldag!'* hun relatie had uitgemaakt. Ze herhaalde steeds: 'op de eerste schooldag!', alsof dat heel belangrijk was.

Waarom níét op de eerste schooldag? dacht ik.

Dat is toch heel logisch. Astrids vriendin had de zomer gehad om zich met romantiek bezig te houden. Nu kon ze het schooljaar aan haar studie besteden.

Ik vroeg me af of de anderen er ook zo over dachten, maar:

'Dat is FLOX, zeg,' zei Emily. 'Waarom maakte hij het niet uit in de vakantie? Dan had ze tenminste nog de kans om zich aan de nieuwe omstandigheden aan te passen.'

'Wacht maar,' zei Astrid. 'Wil je weten hóé hij het heeft uitgemaakt?'

'Jááá, vertééél,' mengde Sergio zich in het gesprek, hoewel niemand zou hebben gedacht dat hij meeluisterde.

'Ze komt haar kamer binnen lopen,' zei Astrid, blij met Sergio's aandacht, 'en haar vriend staat daar zeg maar, en hij heeft zeg maar z'n iPod aangesloten op de geluidsboxen. En hij staat haar zeg maar aan te staren, met zo'n zielig gezicht zeg maar, en er staat dus muziek aan. En nou moet jij raden welk liedje er aan stond.'

'Welk liedje stond er aan?' vroeg Sergio.

'Een liedje met de tekst "Het is voorbij".'

Hierop volgde een stilte.

Astrid fluisterde een dramatische (en overbodige) uitleg: 'Hij vertelde haar dat het uit was door een liedje aan te zetten met de tekst "Het is voorbij".'

Vervolgens barstte Emily uit in een stortvloed van lelijke woorden. (Voor zover ik weet kende ze dat meisje niet eens. Haar reactie was erg overdreven. Typisch Emily.)

Maar zelfs Sergio scheen onder de indruk. 'Dus die gozer maakt het uit met zijn vriendin door zo'n FLOX-liedje op te zetten?'

Kijk, dat is dus Sergio. Toen hij tegen Astrid zei dat hij haar verhaal wilde horen, nam hij haar alleen maar in de maling. (Zij wist dat en hij wist dat ze het wist. Het is een soort flirten.)

Maar toen hij op het verhaal reageerde, was hij oprecht.

Emily stopte met vloeken en vroeg welk liedje Astrid eigenlijk bedoelde. Ze kende geen liedje met de tekst 'Het is voorbij'. Sergio ook niet. Astrid gaf toe dat ze het liedje zelf ook niet kende. Vervolgens begonnen ze met z'n drieën allerlei muzikale vertolkingen te geven van het zinnetje 'het is voorbij-ij-ij', terwijl Toby Mazzerati hun liedjes aankondigde. Hij gebruikte allemaal verschillende stemmetjes en accenten en klonk heel erg als een kikker.

Briony begon steeds sneller heen en weer te wippen op haar stoel.

'Weten jullie voor wie het voorbij is?' vroeg Astrid plotseling. Haar stem sneed door de chaos. Gehoorzaam stopten de anderen met hun flauwekul en draaiden zich naar haar om. Astrid vervolgde: 'Voor mevrouw Lawrence.'

'O ja?' zei Sergio rustig. 'Ik vind Lawrence altijd wel aardig.'

'Je kunt niet zomaar aan het begin van een nieuw schooljaar wegblijven en verwachten dat je dan je baan houdt,' verklaarde Astrid.

'Ja, ze moeten wel op je kunnen rekenen,' beaamde Emily.

'Weet je waar ik denk dat ze is?' vroeg Toby. (Zijn gewone stem is verrassend welluidend.) 'Ik denk dat ze ergens vastzit op een of andere rotonde. Ik was vorige week in Dural en daar zag ik Lawrence rondjes draaien op de binnenste baan van een rotonde en ik dacht bij mezelf: dat ziet er niet best uit. En ik zeg het hier nog maar eens: dat zag er helemaal niet best uit.'

'Uiteindelijk zal ze toch wel een gaatje vinden in het verkeer,' zei Sergio.

'Nee,' zei Toby peinzend. 'Ik denk het niet.'

'Ze is niet op een rotonde,' verklaarde Emily. 'Ze is aan het surfen in Thailand. Ik hoorde dat de directeur zich erover stond op te winden. Hij kreeg bijna een beroerte, zó kwaad was hij. Erg grappig.'

'Tot ziens, mevrouw Lawrence,' zei Astrid en toen: 'Prettige kerstdagen.'

En toen begonnen ze allemaal kerstliedjes te zingen.

Tot mijn opluchting kwam op dat moment de lerares binnen.

De bergruimte waar we zaten was van de gymzaal afgescheiden door een schuifwand. Om binnen te komen, steek je meestal de gymzaal over en duw je de wand opzij.

Deze lerares kwam langs een zéér ongebruikelijke weg binnen.

Via de nooddeur.

Ze had blijkbaar erg zachtjes gelopen, want niemand had haar de metalen trap op horen komen.

Ik voelde de reacties van de mensen om me heen. Sommigen waren verbaasd. Sommigen waren nieuwsgierig (*Ik heb deze lerares nog nooit gezien. Ze is vast nieuw – maar hoe wist ze dan van de nooddeur?*) Sommigen waren wantrouwig (*De nooddeur! Ik wist niet eens dat die daar zat!*) Sommigen waren blij. Sommigen waren onder de indruk. Sommigen kon het duidelijk niets schelen. Sommigen waren nerveus –

Ik geloof dat we maar met z'n zessen waren.

Maar op het moment dat deze lerares binnenkwam en even zwijgend om zich heen keek, voelde ik de verandering in de reacties om me heen.

Het kwam door haar uiterlijk.

Ze was zo klein.

Ze kwam op ons af springen als een jong hertje.

Ik zag even een navelpiercing schitteren terwijl ze sprong. (Ze droeg een lage heupbroek en een kort, mouwloos T-shirt.) Haar haar droeg ze in een heleboel dunne vlechtjes, die in haar nek losjes bij elkaar waren gebonden met een bandana. Ze ging achter een stoel staan en keek ons met een stralende glimlach aan.

Ik wist meteen dat alles – de sieraden, het haar, de glimlach – nep was.

Ze probeerde alleen maar te camoufleren dat ze zo klein was.

Maar dat kon ze niet!

Ze had een accent, viel me op. Misschien was ze een Amerikaanse en werkte ze tijdelijk in Australië. 'Zo, hallo allemaal,' zei ze met lachende stem. 'Mijn naam is Try. Ja, jullie horen het goed, Try. Het is ooit begonnen als een bijnaam, maar onderhand ben ik mijn echte naam bijna vergeten!'

Ze wachtte tot we zouden gaan lachen, maar ik hoorde alleen maar wat verwarde geluiden om me heen. *Ze is haar echte naam vergeten!*, schenen die geluiden te zeggen. *Misschien moet ze het haar moeder gaan vragen!*

Try trok haar broek omhoog, maar die zakte meteen weer terug op haar heupen.

'Oké, jullie zijn met één, twee – zes mensen, dus er komen er nog twee, want alle groepen bestaan uit acht mensen, behalve één of twee groepen die volgens mij – maar dat hoeven jullie allemaal niet te weten, natuurlijk. Wat sta ik toch te kletsen, hè? Stap één: steek je kletsverhaal af tegen de juiste mensen, zullen we maar zeggen. Jullie zitten in de vijfde klas, en dit is het vak Vriendschap, Ontwikkeling en Samenwerking, ook wel bekend onder het acroniem vos. Klopt dat?'

Ze klemde zich vast aan de rugleuning van de stoel en wipte op haar tenen omhoog.

Briony's gezicht naast me had een verbijsterde uitdrukking. Ik herinnerde me dat ze soms onvoldoendes haalde voor haar repetities. 'Een acroniem is een soort afkorting,' fluisterde ik om haar te helpen. Briony staarde me aan en schoof even later haar stoel een stukje bij me vandaan.

'Je zit hier op de goede plek,' bevestigde Toby Mazzerati. 'Maar ben je hier op het juiste moment? Is ooit iemand ergens *op het juiste moment*? Wie zal het zeggen?' Hij haalde zijn schouders op.

'Dankjewel, wauw, het is hier wel benauwd, hè?' Try keek naar de stapels stoelen en gymmatten die in het halfdonker om ons heen stonden en wierp toen een blik op de ramen vol spinrag. 'Kunnen we misschien...? Denken jullie dat we de schuifwand naar de gymzaal open kunnen zetten? Die is nu toch leeg?'

Dit werd beaamd en ik wilde opstaan om te helpen, maar Try gebaarde dat ik moest blijven zitten en begon de zware schuifwand in haar eentje open te duwen. Het was een moeizaam proces dat met veel lawaai gepaard ging. Toby begon weer met zijn commentaar ('Daar gaat de kleine Try, zij trippelt naar de schuifwand, zij –').

'Wat zeg je?' vroeg Try terwijl ze verward naar hem omkeek, maar hij schudde alleen zijn hoofd.

Net toen ze de schuifwand open had en er een golf licht de bergruimte binnen viel, kwam er een horde tweedeklassers de gymzaal binnen rennen, met hun gymleraar schreeuwend achter hen aan.

Try keek ontdaan.

'Ik doe hem wel weer dicht,' zei Sergio, en hij had het in een oogwenk voor elkaar. Nu was de ruimte weer klein en donker.

'Huh!' Try ging in de kring zitten. Ze keek glimlachend om zich heen, terwijl het gegil en gebonk vanuit de gymklas door de schuifwand heen drong.

Iedereen staarde haar aan.

'Jullie willen waarschijnlijk weten waar het vak Vriendschap, Ontwikkeling en Samenwerking over gaat?' vroeg ze. 'Waren jullie verbaasd toen jullie het in je rooster zagen staan?'

'Ik was zeker verbaasd,' beaamde ik. 'Ik heb naar de Onderwijs-raad gebeld en daar zeiden ze dat het geen officieel vak is.'

'Dus jij hebt de Onderwijsraad gebeld,' herhaalde Toby Maz-zerati. 'Ze heeft de Onderwijsraad gebeld,' mompelde hij in zichzelf.

Try werd enthousiast. 'Nou,' zei ze. 'Dit is een nieuw vak. Het is min of meer een experiment. De vijfde klas is een moeilijke klas. De schoolonderzoeken beginnen. De examens zijn in aantocht. Jullie nemen beslissingen over je toekomst. En soms hebben jullie misschien het gevoel dat je als het ware verdrinkt in de zorgen. De vos-groep wordt jullie reddingsvlot.'

Toen pakte ze haar handtas en haalde een stapeltje papieren voor de dag, die ze aan de groep uitdeelde.

Op de papieren stond een striptekening van een jongen die vanuit het raam van een klaslokaal in een reddingsvlot springt.

Iedereen keek beleefd naar de tekening en richtte toen de ogen weer op Try.

'Nou ja,' zei ze, een beetje gegeneerd. 'Die tekening heb ik gisteren even voor jullie gemaakt, op de computer. Maar het gaat erom dat jullie deze groep moeten zien als jullie reddingsvlot –'

Emily en Astrid begonnen door haar heen te roepen: 'Heeft ú dit gemaakt! Wat knáp!'

Als ik eerlijk ben, was het helemaal niet zo'n geweldige tekening.

Try bloosde ervan en begon een voor een de vlechtjes uit haar bandana te trekken. 'Maar goed,' begon ze, terwijl ze haar eigen tekening opvouwde, maar ze werd weer onderbroken.

Iemand duwde de schuifwand open. Iedereen draaide zich om toen Elizabeth Clarry (atlete) binnenkwam en de schuifwand achter zich dicht duwde.

Ze keek verbaasd toen ze ons in de kring zag zitten.

'Is dit Vriendschap, Ontwikkeling en Samenwerking?' vroeg ze. 'Sorry dat ik te laat ben.'

Elizabeth Clarry is altijd te laat en mist vaak lessen. Ze loopt lange afstanden en als ze moet trainen of een wedstrijd heeft, verdwijnt ze gewoon.

Ik had gehoopt dat ze dit jaar meer aandacht aan haar schoolwerk zou besteden.

'Kom hier zitten,' zei Emily bazig, terwijl ze de lege stoel naast haar naar voren trok. 'Dat is onze nieuwe lerares, Try, en wij zijn het reddingsvlot.' Ze wees de kring rond, waarbij haar ogen iets langer op mij bleven rusten. 'Je moet wel je fantasie gebruiken,' voegde ze eraan toe.

'Laat haar de tekening eens zien,' stelde Astrid voor.

'Vergeet het maar,' zei Sergio raadselachtig, met een plat-Engels maffia-accent. Hij gaf de striptekening door aan Elizabeth en tikte op het reddingsvlot. Eén, twee, drie tikjes. Toen keek hij haar veelbetekenend aan.

'Is dat een FUCHSIA goeie tekening of niet?' vroeg Astrid. 'Die heeft Try zelf gemaakt.'

'Daar heb je Clarry met de vlugge voetjes, wij hebben Clarry met de vlugge voetjes, wij hebben –'

Dat was Toby weer.

Try scheen dit allemaal niet erg te vinden. 'Dan komt er nu dus nog één,' zei ze, terwijl ze de groep nog eens natelde en Elizabeth aankeek. 'Ik legde net uit dat de vijfde klas een moeilijke klas is en dat deze les dus gaat over onderwerpen als eigenwaarde, omgaan met stress, carrièreplanning, studievaardigheid –'

Studievaardigheid.

Ik viel Try (beleefd) in de rede om iedereen te vertellen dat ik van alle vakken die we dit jaar kregen een overzicht van de leerstof had gedownload, plus een aantal oude examenopgaven en opmerkingen van de beoordelingscommissie. Ik zei dat ik deze informatie met alle plezier wilde verdelen onder de mensen die bereid waren de kopieerkosten te betalen.

Try keek verbaasd, maar zei: 'Dankjewel.'

Toen vertelde ze dat ze in Amerika een aantal jaren Engels had gegeven, maar dat ze dit jaar de VOS-lessen verder ging ontwikkelen en leiden. Het idee voor deze lessen was van haar, vertelde ze, en zij zou de andere VOS-leraren begeleiden en het geheel coördineren. Ook hoopte ze dat we het haar wilden vergeven als ze onze namen niet kon onthouden. 'Ik ben vreselijk slecht met namen,' zei ze en ik dacht: *daar zou je dan misschien iets aan moeten doen.*

'Ik stel voor dat we de kring rondgaan,' zei ze. 'En dan wil ik graag van ieder van jullie weten hoe je heet en wat voor dier je zou willen zijn.'

Ze bloosde weer.

'Even een vraagje,' zei Elizabeth Clarry, die met de hakken van haar hardloopschoenen op een lege stoel zat te trommelen. De stoel zou straks wel smerig zijn. 'Ik vraag me met dat spelletje altijd af of je moet zeggen wat voor dier je het liefst zou willen zijn, of welk dier het best bij je karakter past?'

Ik was in mijn nopjes. Elizabeth maakte heel subtiel duidelijk dat dit spelletje zo vaak wordt gedaan dat het een cliché begint te worden.

Ik denk tenminste dat ze daarop doelde.

'Dat mag allebei,' zei Try, die nog meer begon te blozen. 'Of als jullie dat liever doen, mag je ook zeggen wat voor soort voedsel je zou willen zijn, of welke stripfiguur, of welke –'

Op dat moment kwam de laatste leerling binnen en was het reddingsvlot compleet.

Het was een nieuwe leerling.

Ik had hem die dag en ook eerder in de week al bij sommige vakken gezien – biologie en economie – maar zijn naam had ik nog niet gehoord.

Hij was door de gymzaal gekomen en achter de tweedeklassers langs gelopen om de schuifwand opzij te duwen. Het was net alsof hij zelf het licht uitstraalde dat op ons viel.

Het zag er net uit als een stralenkrans, of als een verlengstuk van zijn goudblonde haar.

Hij was namelijk erg blond, en nu komt het opmerkelijke:

Hij heette ook zo.

Finnegan Blonde.

Hij ging zitten en stelde zich voor.

Finnegan Blonde!

'Finnegan Blonde,' zei hij en raakte onbewust zijn blonde haar aan. Behalve die naam zei hij de hele les bijna niets meer. Alleen dat hij uit Queensland kwam.

Nu moet ik mezelf onderbreken om te voorspellen dat de meisjes in de groep – in ieder geval Emily en Astrid, en misschien ook Elizabeth – heel snel tot over hun oren verliefd op hem zullen zijn. Hij heeft iets mysterieus over zich. Dat type meisjes is daar dol op.

En toen deden we dus het spelletje waarin we allemaal een dier moesten noemen. Ik zal niet op de details ingaan. Af en toe maakte ik een informatieve opmerking over de dieren die de anderen kozen: voedsel, jacht, paargedrag enzovoort. Finnegan Blonde zei dat hij een zebra zou willen zijn. Maar hij legde niet uit waarom.

'Een zebravink?' vroeg ik. 'Een zebramossel? Een zebrahaai? Of een langvleugelige zebravlinder?'

Ik wilde er op een luchtige manier op wijzen dat het woord 'zebra' in veel dierennamen voorkomt.

Hij draaide zich om en keek me strak aan. 'Nee,' zei hij. 'Gewoon een zebra.' Toen wendde hij zich weer af.

Ik zei dat ik een giraf zou willen zijn, maar net als Finnegan Blonde legde ik niet uit waarom.

Toen het dierenspel afgelopen was, zei Try dat we nog een spel gingen doen. Ze zei dat het een spel was dat we het hele jaar door regelmatig zouden spelen. Ze noemde het het Namenspel. We moesten allemaal onze naam midden op een leeg vel papier zetten en aan de groep doorgeven.

'Bij iedere naam,' zei Try, 'schrijf je een kleine opmerking over die persoon op het papier. Jij bent nieuw, hè?' vroeg ze aan Finnegan Blonde. 'Sorry, je zult het niet geloven, maar ik ben nú je naam alweer vergeten. Ik weet dat je uit Queensland komt, maar ik kan me niet – enfin, voor jou is het misschien moeilijk om iets over de anderen op te schrijven, want je kent nog niemand, hè? Maar misschien heb je vanmiddag tijdens de les iets opgemerkt. Denk je dat het je lukt?'

En dus schreven we allemaal met grote letters onze naam op een stuk papier en gaven we de papieren door aan de groep.

O, pardon.

We gaven ze door aan ons reddingsvlot.

Nadat de papieren een poosje waren rondgegaan, kwamen de Namen ten slotte weer bij hun eigenaars terug en konden we lezen wat de anderen van ons vonden.

Voor de duidelijkheid: ik heb het commentaar van de zeven anderen uitgetypt en bij dit verslag gevoegd.

Ik merkte dat de anderen (net als ik) blij waren met hun Namen. Er werd veel gelachen, hier en daar hoorde ik mensen naar adem happen en ik zag zelfs een paar tranen.

Toen ging de bel.

Terwijl we onze spullen pakten, hoorde ik dat er zaterdag bij Emily thuis een feestje zou worden gehouden. Wie ging ernaartoe? Waar was het voor? Was er iemand jarig? (Dit is natuurlijk een vrije weergave van het gesprek.) Had Sergio het nog niet gehoord? Hij was uitgenodigd! Algemene hilariteit, grove taal, enzovoort. Ik ging weg zonder gedag te zeggen.

Terwijl ik wegliep, hoorde ik een krakende stem achter me, als van een suikerrietpad in het paarseizoen. Het was Toby Mazzerati: 'Daar gaat Mackenzie met de vlugge vingertjes, mensen, daar gaat ze, het sprekende woordenboek. En waar gaat ze naartoe, mensen, naar de bibliotheek? Gaat ze naar de bibliotheek, om een paar nieuwe polysyllagononsensische woorden te leren? Of...' Enzovoort.

Toen hoorde ik een andere stem. Het was Try, de lerares, die naast me liep. Ze kwam tot mijn schouder.

'Scarlett,' zei ze. 'Ik vind je nagellak erg leuk.'

Ze keek met een glimlach naar mijn nagels, die ik in verschillende kleuren had gelakt – rood, groen, paars enzovoort.

Míjn naam had ze in ieder geval onthouden.

Bijlage bij verslag over Vriendschap, Ontwikkeling en Samenwerking

Voorbeeld van het Namenspel:

Scarlett is een aardig, attent meisje en we kunnen haar geen van allen missen.

Scarlett verdient ons respect omdat zij altijd de hoogste cijfers haalt. Daar is veel werk en doorzettingsvermogen voor nodig!

Ik zou niets aan Scarlett willen veranderen. Scarlett, blijf precies zoals je bent.

Scarletts haar (en nagellak en gekke bril) zeggen: 'Ik ben een grappige, gekke meid. Wees niet bang om me gedag te zeggen of hulp te vragen bij je economie.'

SCARLETT MACKENZIE

Ondanks haar drukke agenda trekt Scarlett tijd uit om haar school te vertegenwoordigen bij debatten en wedstrijden in welsprekendheid. En ze kan erg snel typen.

Scarlett is nooit verwaand of arrogant. Integendeel, als ze een werkstuk goed heeft gemaakt, biedt ze onmiddellijk aan om het de klas rond te laten gaan, zodat anderen van haar succes kunnen leren.

Scarletts stem klinkt als de vroege ochtendzang van een zwerm nachtegalen.

*

Een memo van Scarlett Mackenzie

Aan: Toby Mazzerati
Van: Scarlett Mackenzie
Onderwerp: Suikerrietpadden
Tijd: Vrijdag, 10.00 uur

Hoi Toby,

Volgens mij koos jij woensdag bij de vos-bijeenkomst de suikerriet-pad als dier. Hier volgen wat grappige feitjes die je misschien over jezelf wilt weten:

- Je bent in 1935 in Australië geïntroduceerd om kevers te bestrijden die de wortels van suikerriet aanvraten. Dat was een ramp. Je bent niet meer in de hand te houden. Er zijn er nu gewoon *te veel van jou*.
- Je bent giftig! Er zijn mensen overleden, nadat ze je in hun soep hadden gegeten.
- Je scheidt je gif af via je klieren. Ook spuit je het mensen in hun gezicht.
- In het paarseizoen krijg je uitsteeksels op je poten, die je helpen de vrouwelijke suikerrietpadden steviger vast te houden.

Groetjes,
Scarlett

*

Terwijl de zaterdag zingend voorbijzoeft, zoekt Scarlett na een drukke week haar ontspanning met:

1. K-mart – ochtendploeg (7.30-12.30) (dameskleding)
2. Huiswerk wiskunde
3. Biologieopdracht
4. *De hertogin van Malfi* opnieuw lezen
5. Piano oefenen
6. Muziektaak voorbereiden
7. Huishoudelijke taken (wassen/stofzuigen)
8. Oppassen bij de Brentwoods (18.30-middernacht) (JOHN DONNE MEENEMEN)
9. Duitse vertaling
10. Visualisatie
11. Lijstje maken van taken voor zondag
12. Naar bed

*

Uit het bestand met uitgetypte gesprekken van Scarlett Mackenzie
<u>Zaterdag</u>
12.45 uur: plein met rondom restaurantjes in Castle Towers, na het werk. Ik zit pal naast Mister Minit, waar sleutels worden gemaakt en armbanden worden gegraveerd. Af en toe klinkt er een afschuwelijk, krijsend geluid uit Mister Minit. Ik vang enkele zinnen uit gesprekken op.

Een man zegt tegen zijn vrouw: En is dat allemaal echt waar? Het klinkt niet erg aannemelijk, zie je.

Een meisje loopt gehaast voorbij met een stel vriendinnen en besluit een verhaal met de woorden: Het was gewoon een grote sukkel!!

*

Hier volgen enkele regels uit een boek waar vandaag Scarletts oog op viel...

Over de etiquette van het winkelen

'Wanneer u in een winkel naar een artikel informeert, zegt u niet tegen de verkoper: "Ik wil dat artikel", maar: "Kunt u me dat artikel laten zien", of u kiest een andere beleefde formulering... Het is onbeleefd om denigrerende of afkeurende opmerkingen te maken over een artikel, met name in het bijzijn van de verkoper... Fluisteren in een winkel is onbeleefd. Luidruchtig en opvallend gedrag is buitengewoon onbeschaafd.'

Uit: *Ons gedrag; manieren, houding en kledingwijze in de verfijnde samenleving; met voorbeelden voor brieven, uitnodigingen, etc. etc. Ook: waardevolle suggesties voor de huiselijke cultuur en de opvoeding door* John H. Young (1881), blz. 150-151.

*

Nachtelijke overpeinzingen van Scarlett Mackenzie
Maandag, 4.30 uur

Ik ben met een koortsachtig gevoel wakker geworden.

Heel vreemd, mijn hart gaat tekeer als een gymschoen in een wasdroger.

Over drie dagen is het alweer woensdag.

Ik heb al geschreven naar de Onderwijsraad (stap 1) en ben begonnen met het blootleggen van de verderfelijke ziel van de Giftige Zeven (stap 2).

Ik heb in ieder geval de verderfelijke ziel van Toby Mazzerati blootgelegd.

Ik denk dat dat een succes was. Vrijdag heb ik zijn ziel in een envelop gestopt en op zijn kluisje geplakt.

Later op de dag zag ik hem tegen de deur van een klaslokaal hangen. 'Hoi Scarlett,' zei hij toen ik langsliep. 'Bedankt voor je briefje.'

Hij sprak de woorden heel voorzichtig en onzeker uit. Alsof hij aan een piano zat en een moeilijk, nieuw stuk uitprobeerde.

'Graag gedaan,' zei ik mysterieus en glimlachte.

'Eh,' zei hij, 'ik zei trouwens niet dat ik een suikerrietpad was. Bij de vos, bedoel ik. Ik zei geen suikerrietpad.'

'O nee?' zei ik, zogenaamd verbaasd.

'Nee. Ik zei veelvraat.'

Ik begon te lachen, met een klaterende lach, en liep door.

Emily Thompson is de volgende.

En wat het weekend betreft? Mijn eerste weekend in de vijfde? Volgens mij ging het goed. Bij de K-mart stond ik bij de kleedkamers om plastic nummertjes uit te delen: 1, 2, 3, 4 of 5. (Het is verboden meer dan vijf kledingstukken tegelijk mee te nemen.)

Ik vind het altijd leuk om me voor te stellen dat ik de poortwachter ben van het Koninkrijk van Paskamers. Het plastic nummertje is mijn geschenk voor de klanten. Een magische sleutel, waarvan het nut op een onverwacht moment wordt onthuld. Misschien kun je er een draak mee verslaan, of een geheime deur mee openen?

Ik heb gemerkt dat de klanten anders tegen die nummertjes aankijken.

Hoe dan ook, ik heb de K-mart overleefd en ik heb alle punten op mijn zaterdaglijstje afgestreept. Maar ik ben toch weer ten onder gegaan, namelijk aan:

dagdromerij

Dit is wat er gebeurde.

Toen ik zaterdagavond bij de Brentwoods aankwam om op te passen, gaf Maureen Brentwood me TWEE BOEKEN.

Ze heeft een tweedehands boekwinkel, Maureen's Magic, en ze had al eens beloofd dat ze een boek voor me apart zou leggen dat ik misschien leuk zou vinden. Ik had nooit gedacht dat ze dat echt zou doen. Waarom zou je boeken weggeven als je ze ook kunt verkopen?

Serieus, dat is niet de weg naar succes. De verf is van haar voordeur gebladderd en het plafond van haar badkamer zit vol vochtplekken: volgens mij kan ze wel wat succes gebruiken.

Toch gaf ze me twee boeken, waarna ze meteen de deur uit rende. Haar man zwaaide naar me vanuit de auto.

Ik was van plan geweest de hele avond gedichten van John Donne voor te dragen aan Rebecca (van drie) en Sam (van één), omdat ik ze dan beter zou kunnen onthouden (en ook omdat het de woordenschat van de kinderen ten goede zou komen). In plaats daarvan heb ik gekeken hoe ze met hun vingerverf speelden.

En terwijl ik keek, dacht ik bij mezelf: *wat is mevrouw Brentwood een aardige vrouw,* en: *dat komt niet vaak voor, dat je in deze harde wereld zo'n attent iemand ontmoet,* en ook: *hoe wist ze dat ik van geschiedenis hou?* (De boeken gaan over etiquette in de negentiende eeuw.)

Voor ik het wist, zat ik te dagdromen over boeken, geschiedenis, kleren, regels, manieren, vriendelijkheid enzovoort. En al die tijd was ik zo blij dat mevrouw Brentwood aan me had gedacht, dat ik wel kon huilen.

Nadat ik de kinderen naar bed had gebracht, speelde ik de rest van de avond op meneer Brentwoods PlayStation™.

Ik weet het niet.

Daar ging mijn avond met John Donne!

Gisteravond moest ik oppassen bij Eleanora – daar had ik natuurlijk geen kans om te werken! (Zij wéét dat ik dol ben op geschiedenis, maar ik kan me niet voorstellen dat ze me ooit boeken zou geven.)

Hoe moet ik ooit mijn positie (beste in alle vakken) handhaven als ik niet ieder moment van de dag nuttig besteed? Mensen zeggen wel dat de zesde klas belangrijk is, maar in de vijfde wordt je toekomst bepaald. Als ik dit jaar één of twee plaatsen in de rangorde zak, betwijfel ik of ik weer omhoog kan klimmen. Dan eindig ik op de straat, met een kartonnen bord naast me:

$1,- voor een lach.

Ik ben ervan overtuigd dat je karakterfouten moet wegbergen, zodat ze zich niet verder kunnen uitbreiden. Maar ik heb er genoeg van om het woord 'dagdromerij' op te schrijven en er een hokje omheen te zetten.

> Dagdromerij

Ik moet aan Emily Thompson denken.

Het is een geluk dat ik weinig slaap nodig heb.

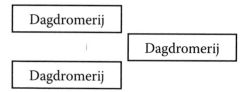

Volgens mij is Emily Thompson een vampier.

Volgens mij heeft Emily Thompson het volgende bij mijn Namenspel geschreven:

Tja, wat moet je zeggen over Scarlett? Hmm. Zei daar iemand het woord 'slim'??? Jij hebt woorden in je hoofd die in geen enkel ander hoofd passen. Maar dat komt omdat je ZO'N ENORM GROOT HOOFD HEBT!! Grapje!! (Nou ja, grapje...)

Ik zal uitleggen waarom ik dat denk.

Emily Thompson is een wandelend uitroepteken.

Ze loopt voortdurend rond met open mond en grote ogen van verbazing. Haar gezicht doet me denken aan een paar openzwaaiende klapdeuren. Het leven stroomt uit haar gezicht naar buiten zoals mensen door openzwaaiende klapdeuren naar buiten kunnen stromen.

Ze *aanbidt*, nee, ze *verslindt* (zuigt het bloed uit) de mensen die ze aardig vindt (zoals haar twee beste vriendinnen, die trouwens samen met Emily de zomer met mijn moeder hebben doorgebracht. Heb ík de zomer bij mijn moeder doorgebracht? Nou, nee, eigenlijk niet. Leuk dat je het vraagt. Ze had het druk met Emily Thompson en haar twee beste vriendinnen).

En ze *haat* en *veracht* – nee, ze *vernietigt*! – de mensen die ze niet aardig vindt.

Mij vindt Emily Thompson niet aardig.

Bof ik even.

Wat nog meer? Ze draagt te veel lipgloss. Ze praat in hoofdletters (ze heeft zo'n harde stem, dat je haar bij de ingang van de school al kunt horen).

En het vreemdste is: ze is bezeten van goed presteren op school.

Dat is vreemd, want ze is ontzettend stom.

Zij zal nooit goed presteren op school.

Ja, er is geen twijfel mogelijk.

Zij is degene die die opmerking bij mijn Namenspel heeft geschreven. Al die uitroeptekens en hoofdletters. Arm kind, ze kan niet uitstaan dat ik het zo goed doe, dus dan zegt ze maar dat ik een groot hoofd heb. Jaloezie, uw naam is Emily.

Goed, hoe moet ik nu haar ware aard omschrijven?

Ik zal erover nadenken, en voor de week om is, *zal ik het haar laten zien.*

Maar wat belangrijker is: woensdagmiddag, bij de volgende VOS-bijeenkomst, zal ik hun ALLEMAAL mijn ware aard tonen.

Eindelijk zal ik hun zeggen waar het op staat.

Ik vraag me af hoe ik mijn hart weer rustig kan krijgen.

*

Vaste voornemens – deze week zal Scarlett...

1. In leven blijven tot woensdagmiddag (met andere woorden: voor die tijd geen hartaanval krijgen).

*

Het dromendagboek van Scarlett Mackenzie
Dinsdag, 5.20 uur

Ik droomde dat ik op mijn buik lag. Het was warm en donker om me heen. Mijn ogen wilden niet helemaal open. *Dit is goed*, dacht ik. *Deze rust heb ik verdiend.* Ik glimlachte in mezelf en liet me in de warmte wegzinken. Bloemblaadjes streken langs mijn nek. Het was een tropische sauna.

Maar er lag iets zwaars op mijn rug. Wat was dat? Een of andere rugzak? Mijn computer? Ik ging verliggen om het gewicht van me af te laten glijden, maar het drukte alleen nog maar zwaarder op me.

Toen klonk er een stem vlak bij mijn oor. Dat ding op mijn rug was geen rugzak, maar een mens!

'Het is Mackenzie met de vlugge vingers,' zei de stem. 'Zo-hoo, we hebben geluk, we hebben Mackenzie met de vlugge vingers. Het is oké, Mackenzie, ik heb geluk, ik heb ook vlugge vingers gekregen –'

De bloemblaadjes streken sneller langs mijn nek – ze waren kleverig, ze *plakten* tegen mijn nek. Het waren geen bloemblaadjes, het waren vingers! Het waren knobbelige vingers en ze zogen zich aan me vast!

Dit was geen sauna, maar een moeras! Ik was een suikerrietpad! Er zat een *suikerrietpad op mijn rug.*

Ik werd met een schok wakker.

*

Een memo van Ernst von Schmerz

Aan:	Scarlett Mackenzie
Van:	Ernst von Schmerz
Onderwerp:	Oproep aan jou
Tijd:	Woensdag, lunchpauze

Yo Scar,

Gezocht in de bibliotheek, gezocht in het snoepwinkeltje, gezocht op het grasveld. Wattizzeraandehand? Waarom hebben onze paden elkaar dit jaar nog niet gekruist??? Er is al meer dan een week om. *Hebben we geen enkel vak samen?* Hoe-izz-dat-mooguluk?? *Of ben je dit jaar soms* ONZICHTBAAR?!?! Hoe was trouwens je zomervakantie?

Die van mij? Leuk dat je het vraagt. Ben naar een Wetenschapskamp geweest, in Penrith. Leu-heuk.

Ter zake. Mevrouw Lilydale wil ons spreken. Ze keek me strak aan met haar boze oog en zei: 'Ik moet jou en Scarlett spreken.' *Zoek Scar-*

lett, zei ze, *en breng haar naar me toe.* Met andere woorden: *dit wordt jouw missie, als je hem aanvaardt.*

En raad eens, Scar? Ik heb hem aanvaard.

Dus waar zit je, meissie?!!

Ze wil ongetwijfeld met ons praten over een nieuw lid voor het debatteam, aangezien onze tweede spreker verloren is gegaan in de maalstroom van de internationale uitwisseling. Bedenk wat ideetjes om mensen te werven en zoek me op, okééé!!

Er schoot net iets door mijn hoofd en ik raakte aan het filosoferen. Hier komt het, voor jouw infotainment.

De filosofische overpeinzingen van Ernst von Schmerz
<u>Waar is Scarlett?</u>

Ik ben, blijkbaar, dit jaar alleen
als een traan die druppelt van een kaars
(Nee, Ernst! Dat is kaarsvet, geen traan, naar ik vrees)
(O vrees, de zweep die me voortdrijft als een dwaas)
Kan dit goed zijn?
Deze nacht is vol venijn, dus
het kan niet goed zijn: deze duisternis.

*

De filosofische overpeinzingen van Scarlett Mackenzie
13.46 uur

Eindelijk ben ik bij de vos! Hier ben ik, bij de vos! En ik zal *niets* verzwijgen!

Ik ben de eerste. Hier zit ik in de bergruimte, achter de gymzaal. Ik heb de stoelen van de stapel gepakt en ze zeggen tegen me: *spreek de waarheid, Scarlett! Doe wat je moet doen!*

De stoelen mompelen ook: *waarom heeft Scarlett ons van de stapel gepakt?*

De stoelen hebben gelijk.

Ik zet ze terug op de stapel. Waarom zou ik de Giftige Zeven aan stoelen helpen?

Nee. Het is te laat. Daar komen Emily en Astrid. *Laat het beginnen.*

Scarlett Mackenzie
24 Clipping Drive, Kellyville, NSW 2155

Aan de directeur van de Onderwijsraad van New South Wales

Geachte heer (of mevrouw),

Ik ben een leerlinge van de Ashbury Scholengemeenschap, een middelmatige school in het winderige heuveldistrict van Sydney en ik heb u vorige week geschreven.

Het verbaast me dat u me niet hebt geantwoord. Hebt u mijn brief ontvangen? Hebt u het bijgesloten verslag gelezen?

Ik veronderstel dat u het druk hebt. U bent tenslotte verantwoordelijk voor het onderwijs en de toekomst van deze staat. (Ik was ervan uitgegaan dat míjn onderwijs en toekomst daarom voor u van belang zouden zijn. Maar daar heb ik me misschien in vergist.)

Toen ik u vorige week mijn verslag toestuurde, dacht ik dat het voor zichzelf sprak. Ik ging ervan uit dat ik u niet zou hoeven attenderen op zaken die zo voor de hand liggen. Maar misschien heb ik me ook daarin vergist. Is het u bij het lezen van het verslag bijvoorbeeld opgevallen:

1. Dat we het grootste deel van onze eerste VOS-bijeenkomst bezig zijn geweest met het openen en sluiten van de schuifwand?
2. Dat we, als we niet met de schuifwand bezig waren, zaten te praten over dieren?
3. Dat we, als we niet over dieren praatten, papieren aan elkaar doorgaven?
4. Dat we over dieren praatten en papieren aan elkaar doorgaven om de lerares te helpen onze namen te onthouden?
5. Dat de lerares absoluut niet in staat was onze namen te onthouden?
6. Dat wij allemaal wel háár naam hebben onthouden?
7. Dat ze Try Montaine heet?

Bovendien maak ik u erop attent dat de les Vriendschap, Ontwikkeling en Samenwerking heet. Echter, onze vriendschappen hebben zich al definitief en onwrikbaar gevormd. En míjn ontwikkeling is redelijk voltooid, dank u wel. Over de anderen kan ik in dat opzicht niet veel zeggen, maar wat *seks* betreft zijn ze volgens mij al helemaal uitontwikkeld. Over samenwerking hoef ik er in dit verband verder niets meer aan toe te voegen.

Ik sluit een verslag bij van de tweede bijeenkomst, die vandaag plaatsvond. Ik vestig uw aandacht op het feit dat:

1. Ik geen tijd heb om op kickboksen te gaan.

Ik verblijf,

Hoogachtend,

Scarlett Mackenzie

*

Verslag van Vriendschap, Ontwikkeling en Samenwerking (VOS),
geschreven voor de Onderwijsraad van New South Wales
Door Scarlett Mackenzie

Bijeenkomst 2

De bijeenkomst vond weer plaats in de bergruimte achter de gymzaal.

Ik kwam als eerste binnen en ging in de kring met stoelen zitten. De anderen arriveerden kort na elkaar, te weten:

- Emily en Astrid; druk met elkaar in gesprek;
- Sergio; voegde zich bij hen met een korte, ironische opmerking (die ik niet goed kon verstaan); Emily en Astrid moesten erom lachen;
- Toby; liep in zichzelf te praten en bewoog met vreemde, struisvogelachtige stappen naar zijn stoel;
- Briony; liep zo te dromen dat ze bijna tegen Toby opbotste;
- Elizabeth; heldere ogen, gekleed in T-shirt en hardloopbroek; en naast haar
- Finnegan Blonde; nam nota bene de stof van Elizabeths hardloopbroek tussen zijn vingers, trok er even aan en liet hem toen weer los.

Terwijl Finnegan Elizabeths kleren aanraakte, zei hij op zachte, ernstige toon iets tegen haar. Elizabeth knikte als een middeleeuwse non.

Precies op het moment dat de groep door de schuifwand naar binnen kwam, verscheen de piepkleine lerares in de nooddeur.

Ze rende naar de anderen toe, als een beekje dat zich haastig bij een rivier voegt.

Ze gingen allemaal bij elkaar staan en begonnen opgewonden te praten. Hun woorden klaterden als een waterval over hun lippen.

Ik bleef als een rots in mijn stoel zitten.

Het bleek dat ze zo opgewonden waren vanwege het dreigende onweer buiten. De lucht was al helemaal donker. Het kon ieder moment gaan stortregenen, stelden ze allemaal (enigszins verbaasd) vast.

Het zou gaan donderen!

Het zou misschien gaan bliksemen!

'En dat hebben jullie allemaal nog nooit meegemaakt?' vroeg ik sarcastisch.

Maar Elizabeth zei: 'Er is een regenboog buiten.' Ze wees door het raam naar een vage, roze streep in het grijs. Een bedeltje rinkelde zachtjes aan haar armband.

'Wat betekent dat?' vroeg Emily, met een lage, paniekerige stem. 'Wat betekent het als er een regenboog komt vóór het gaat regenen?'

'Weet je waar die wolken me aan doen denken?' vroeg Astrid en Emily richtte haar grote, ronde ogen meteen weer naar beneden. Ze haalde een Toblerone uit haar zak en begon het papier eraf te halen, terwijl Astrid verklaarde: 'Die wolken doen me denken aan een knie.'

Alle hoofden draaiden verbaasd haar kant op. Emily beet een punt van haar chocolaatje af en vroeg: 'Astrid, wat TULP jij nou?'

'Oké, weet je nog dat we in de tweede op schoolreisje gingen, naar Hill End? En dat we zogenaamd goud moesten zoeken in de beek?' begon Astrid. 'Nou, Sergio die rende zeg maar door het water, want hij wilde zeg maar de beste plek hebben om goud te zoeken, want hij wist zogenaamd waar dat was, zeg maar. Nou, en de stenen waren hartstikke glad, zeg maar, dus toen viel hij met zijn knie op de stenen en er was zó veel bloed, overal was bloed, en later was zijn knie hartstikke blauw. Hij was echt FUCHSIA blauw en geel en paars.'

En *dát* was waar Astrid aan moest denken?

Ik was ook bij dat schoolreisje – eerlijk gezegd vond ik er niet zo veel bijzonders aan. Het was me al een raadsel wat Astrid erover zou vertellen.

'Wat een fantastische manier om een onweerslucht te beschrijven,' zei Try rustig. 'Als een blauwe knie.'

'Herinner jij je dat nog?' Sergio staarde Astrid aan. 'Dat was drie jaar geleden.'

'Ik wist niet eens meer dat we naar Hill End waren geweest,' zei Toby, waarna hij een onzinliedje begon te zingen over goud zoeken in Hill End.

'Aan dat liedje te horen herinner je het je nog heel goed,' zei ik (cynisch).

Maar Astrid en Sergio dansten rond op de wijs van Toby's liedje en zijn aandacht was bij hen, niet bij mij.

'We waren die dag toch zóóó zat,' zei Astrid op weemoedige toon, terwijl ze stopte met dansen. 'En ik herinner me altijd alles wat er gebeurt als ik zat ben. Dat heb ik gewoon, bij mij werkt alles altijd precies andersom, zeg maar. Want ik herinner me nooit geen ene FUCHSIA van wat er gebeurt als ik niet zat ben.'

Ik haalde diep adem. 'Wil jij ons wijsmaken,' begon ik (spottend), 'dat dronkenschap de werking van het geheugen bevordert?'

Astrid keek me aan met dezelfde blik als wanneer ze bij wiskunde niet begrijpt wat er in haar boek staat en daar bovendien het boek voor verantwoordelijk houdt.

Sergio had intussen zijn been op de stoel naast me gelegd en zat zijn broekspijp op te stropen om zijn knie te laten zien. Iedereen kwam erbij staan. De knie was wit, knobbelig en behaard.

'Dacht je dat die blauwe plek van Hill End er nog steeds zou zitten?' lachte ik (spottend).

Maar Sergio wees naar een dun, wit streepje, dat volgens hem het 'enorme litteken' was dat hij had overgehouden aan die val op de stenen in Hill End.

Het bleef even stil.

Ik denk dat we allemaal hetzelfde dachten: als dat dunne streepje op zijn knie een 'enorm litteken' was, wat was dan dat litteken op zijn gezicht? Sergio heeft namelijk een litteken van een brandwond. Het begint vlak onder zijn rechteroog, loopt door tot zijn mond en waaiert uit naar zijn oor. Het ziet eruit als een veld witte bobbeltjes met rode draadjes ertussen.

'Misschien had je het moeten laten hechten?' zei Try terwijl ze het littekentje op zijn knie aanraakte.

'Het kan ook nu nog,' stelde Toby voor. 'Het enige wat ik nodig heb is een naald en draad.'

Toen liepen ze weg en begonnen ze allemaal weer over het onweer te praten.

'Goed!' zei Try op schoolmeesterachtige toon. *Eindelijk* dacht ik bij mezelf, terwijl we in de kring gingen zitten.

Het bleek dat Try was veranderd. Deze week had ze haar haar, met alle dunne vlechtjes, samengebonden in een knot achter in haar nek. Ze had een normaler model spijkerbroek aan en een T-shirt dat haar navelpiercing bedekte. In plaats van een handtas: een blauwe, rieten mand. Zelfs haar *accent* leek sterker.

Ze stak haar handen in de lucht en zei: 'Oké, voor we beginnen wil ik nog zeggen dat ik een heleboel ideeën heb voor deze les.' Ze nam haar mand op schoot. 'En,' zei ze, 'ik wil dat *onze* groep *meer* plezier heeft, nog *fijner* met elkaar omgaat en gewoon *veel* beter wordt dan de andere vos-groepen, oké?'

De groep begon meteen plannen te maken om, net als in sommige tv-programma's, de groepen eigen stamnamen te geven, immuniteitsopdrachten te verzinnen en mensen uit de bergruimte weg te stemmen.

Try wachtte geduldig en ging toen verder. 'Naast deze woensdagmiddagen, waar ik straks trouwens nog iets leuks over moet vertellen, wil ik allemaal leuke dingen met jullie gaan doen: avondjes uit, kamperen, weekends weg, skiën, pyjamafeestjes, seances, noem maar op!'

Ze haalde onder het praten allemaal nette stapeltjes papier uit haar mand, die ze op haar knieën legde.

Ik zag dat boven alle papieren met grote, vette letters stond: **Beste ouders**.

Het liep uit de hand.

'Nou, kijk,' zei ik. 'Hebben we dit jaar wel tijd voor buitenschoolse activiteiten? Ik bedoel, misschien moeten we ons wel gewoon beperken tot de woensdagen. We kunnen er zelfs over denken om één keer in de *twee* weken bij elkaar te komen. Dan kunnen we de tussenliggende weken gebruiken om te studeren.' Ik kreeg een vlaag van inspiratie. 'Zo kunnen we écht de beste vos-groep worden. We kunnen een voorsprong opbouwen met leren. We kunnen de beste cijfers van alle *klassen* halen!'

Bij het woord 'klassen' voelde ik een vreemde huivering door de ruimte gaan. Ik had gewoon 'klassen' willen zeggen, maar nu werd het '*klassen*'.

Na mijn toespraak viel er even een stilte en toen brak er een stormachtig applaus los.

Dat dacht ik tenminste even.

In werkelijkheid was het buiten begonnen te regenen.

'Dat is maar regen,' legde Astrid uit.

Er klonk even een lachje van Briony en iedereen keek verbaasd haar kant op. 'Nee maar!' leken onze blikken te zeggen. 'Briony is er!'

Briony legde haar armen over elkaar, dus keken we weg en vergaten we haar weer.

'Tja,' zei Try. Ze beet op haar lip en keek fronsend naar de papieren op haar knieën. 'Misschien heb je gelijk, Scarlett, dat –'

'Laat eens zien,' onderbrak Emily haar. Ze viel bijna van haar stoel terwijl ze de papieren probeerde te pakken.

Try keek me even verontschuldigend aan, terwijl ze begon uit te delen. 'Dit zijn toestemmingsformulieren,' zei ze. 'Voor de eh...

buitenschoolse activiteiten die ik met jullie wil gaan doen... maar laten we eerst even afwachten wat jullie ouders ervan vinden. Vandaag beginnen we met het Buddyplan!'

Het *Buddyplan*.

'Het Buddyplan?' vroeg ik. 'Is dit een wervingsbijeenkomst voor McDonalds-personeel?'

'Nee,' zei Astrid. 'Dat denk ik niet.'

'Herinneren jullie je nog,' vroeg Try, 'dat ik zei dat school – en tiener zijn – een beetje lijkt op verdrinken? Dat jullie VOS-groep jullie reddingsvlot is? Nou, als je op zee zit, heb je een vriend nodig, een buddy. Iemand die als speciale taak heeft je een beetje in de gaten te houden – en het is jullie taak om –'

'Ik ben geen tiener,' deelde ik mee.

'Wat zeg je?' vroeg Try.

'Je zei dat tiener zijn lijkt op verdrinken,' legde ik uit. 'Maar ik wil duidelijk maken dat ík niet verdrink, want ik ben geen tiener, en ik ben er ook nooit een geweest.'

Weer keek iedereen zwijgend mijn kant op.

'Hoe oud ben je?' vroeg Finnegan ten slotte.

'Daar gaat het niet om,' zei ik. 'Het gaat erom dat het hele tiener zijn een cliché is. Het tienerschap is een sociaal construct met bijbehorende tiener*problemen*, die in mijn leven gewoon geen rol spelen! Problemen zoals *seks* en *drugs* en *eetstoornissen* en *gebroken gezinnen* en *gescheiden ouders* en *vandalisme* en de *ziekte van Pfeiffer*.'

'Is seks een probleem?' vroeg Sergio met een verbaasd gezicht.

'Wat ik *bedoel* –' begon ik.

'Ik dacht dat we het over het Buddyplan hadden.' Elizabeth boog voorover om haar hardloopschoenen opnieuw te strikken.

'Dat is zo,' beaamde Emily. 'Scarlett, waarom wacht je niet tot je je buddy krijgt? Dan kun je samen met je buddy eindeloos door FLOXEN over sociale constructies en weet ik veel waar je het allemaal over hebt, oké? En laat Try nu verder gaan met haar... renovatie?'

Ik staarde haar verward aan en begon toen hardop te lachen. 'Ik neem aan dat je *in*novatie bedoelt?' zei ik (vernietigend).

'Nee, ze legde een link met de constructmetafoor,' legde Sergio uit. 'Leuk bedacht, Em.'

Try viel hem in de rede. 'Scarlett, je zegt hier een paar interessante dingen en ik wil het daar graag nog eens over hebben. Je kunt trouwens altijd naar mijn kantoor komen om met me te praten, als je wilt. Dat geldt ook voor de rest. Kom gerust eens een praatje maken over die problemen van je, Scarlett. Vind je het goed als we dan vandaag verdergaan met het Buddyplan?'

Constructies? Die problemen van *mij*?

Hadden ze me dan allemaal verkeerd begrepen?

Ik was absoluut niet van plan om 'een praatje te komen maken'!

Ik staarde voor me uit.

'Het Buddyplan,' herhaalde Try. Ze had haar enthousiaste toon weer te pakken en keek de kring rond. 'Ik ga jullie eerst in paren verdelen,' legde ze uit. 'Goed, jullie twee zijn een paar.' Ze wees naar Emily en Astrid. Emily gaf Astrid een zoen op haar hoofd en Astrid deed plechtig hetzelfde bij haar.

'En jullie twee,' vervolgde Try, terwijl ze Elizabeth en Sergio aanwees. Die knikten elkaar ernstig toe. 'En Scarlett, jij kunt met...' Voor het eerst zweeg ze even, terwijl ze de kring rondkeek. 'Scarlett kan met Finnegan.'

Ik keek niet naar zijn gezicht, dus ik weet niet hoe hij reageerde.

Hij gaf me in ieder geval geen zoen op mijn hoofd.

'Dus dan blijven alleen jullie nog over.' Ze wees naar Toby en Briony. Toby pakte om onverklaarbare redenen zijn aantekeningenmap en gaf er Briony een klap mee op haar knieën. Briony leek zich er niet over te verbazen.

'Je moet er altijd zijn voor je buddy,' zei Try. 'Als je vanaf dit moment iets dwarszit, ga je regelrecht naar hem of haar toe.'

'Astrid,' zei Emily, 'mijn Toblerone is op.'

Astrid stond zo abrupt op dat haar stoel omviel en keek met haar hand op Emily's schouder om zich heen. 'BLIJF WAAR JE BENT,' schreeuwde ze. 'IK GA NIEUWE TOBLERONE VOOR JE HALEN.' Ze begon gymmatten op te tillen en tegen stapels stoelen op te klimmen.

'Dat bedoel ik,' zei Try lachend. 'Kom nu maar weer zitten, Astrid. Ik was van plan om eerst een paar vertrouwensoefeningen te doen – je weet wel, dat je je achterover in de armen van je buddy laat vallen en erop vertrouwt dat die je opvangt, of dat je je met samengebonden handen en een blinddoek voor door je buddy laat rondleiden – maar dat moeten we buiten doen en dat zit er vandaag niet in! Astrid, oké, dat was grappig. Kom nu maar weer zitten. Zoals ik zei, met vertrouwen gaan we een andere keer aan de slag.'

Ze haalde nu een nieuw stapeltje formulieren voor de dag.

Er stond 'Buddycontract' boven, maar het zag eruit als een vragenlijst.

'Zo nu en dan,' zei Try, 'wil ik dat jullie een paar zinnen schrijven – een soort buddydagboek bijhouden – over hoe het Buddyplan voor jullie werkt. Nu mogen jullie ergens anders gaan zitten om deze contracten in te vullen. Maar waar kan ik jullie naartoe sturen? Als de gymzaal nou leeg was –'

Toen hield ze haar hoofd scheef en ze zei: 'Hé, ís de gymzaal misschien leeg? Vorige week hadden er toch kinderen gymles?'

Iedereen staarde naar de schuifwand.

'Als ze daar bezig zijn,' zei Toby, 'zijn ze wel héél erg stil.'

'Misschien slapen ze?' veronderstelde Emily.

'Nu we het daar toch over hebben,' zei Sergio, terwijl hij zich naar Try wendde. 'Wanneer gaan we bij elkaar slapen?'

'Ik denk niet dat we bij elkaar gaan slapen,' zei Astrid. 'Maar we gaan elkaar wel helemaal –'

'Eh, wacht eens even,' zei Try.

'Kijk maar in Try's mand,' stelde Toby voor. 'Ze heeft er vast wel papieren voor bij zich.'

'Toestemmingsbriefjes voor onze ouders,' mompelde Elizabeth.

'Maak je geen zorgen, Try,' zei Emily. 'We zijn er stúkken beter in dan de andere VOS-groepen.'

'Gaan we met iedereen slapen, of alleen met onze buddy?' vroeg Sergio zich af, waarop Elizabeth haar benen over elkaar sloeg, Toby Briony (voor de tweede keer) een klap op haar knieën gaf en Briony op haar nagels begon te bijten.

(Ik wil even ergens op wijzen. Tijdens de klassenbijeenkomst vorige week heette de klassencoördinator ons welkom en zei: 'Toen we aan het eind van de vierde klas afscheid van jullie namen, waren jullie nog kinderen. Vandaag zitten jullie voor me als volwassenen.' Ik moet hem toch eens een kopie geven van het bovenstaande gesprek.)

Gelukkig sprong Try op dat moment op om de scheidingswand open te duwen. De gymzaal bleek leeg te zijn.

'Zoek samen met je buddy een plekje, niet te dicht bij de anderen in de buurt, en vul deze formulieren in. Als jullie over twintig minuten terugkomen, vertel ik jullie mijn verrassing!'

In het voorste gedeelte van de gymzaal is een podium met een trapje. Finnegan Blonde nam me mee daarnaartoe. Hij heeft een ontspannen manier van lopen. Zijn lichte, goudblonde haar blijft me verbazen. Het heeft de kleur van zonlicht op wit zand. Ik vermoed dat hij uit een zanderige omgeving komt – de stranden van Noord-Queensland.

Hij ging op de rand van het podium zitten en ik ging naast hem zitten, op de trap. De andere tweetallen zaten verspreid door de gymzaal, maar door de regen konden we hun stemmen niet horen. Door het onweer was het spookachtig donker om ons heen.

We bekeken allebei het formulier in onze handen.

'Nou,' zei Finnegan, 'wil jij beginnen?'

Ik zal u niet vervelen met de details van het invullen van het formulier, of met alles wat Finnegan zei. Het enige wat ik erover hoef te zeggen is dat ik nu blijkbaar les moet nemen in kickboksen.

Finnegan moet zijn cijfers verbeteren.

Try riep ons vanuit de opening van de schuifwand: 'Oké, kom maar weer terug! Ik ga jullie mijn verrassing vertellen!'

Ik was opgelucht dat de 'buddybijeenkomst' was afgelopen.

Ik liep snel terug, zonder Finnegan Blonde aan te kijken.

Er was een vreemd, gejaagd gedoe bij de stoelen, alsof we met een stoelendans bezig waren.

'Oké, zijn jullie er klaar voor?' Try's ogen schitterden van opwinding.

Zelfs ik begon nieuwsgierig te worden.

'Hier komt de verrassing! Oké, deze bergruimte is geen plek om bij elkaar te komen, toch? Het is hier klein, stoffig, belachelijk gewoon.' Iedereen knikte. 'Ik heb dus een andere ruimte voor ons geregeld, en waar denken jullie dat dat is? Hou je vast! *In Castle Hill!* Nee, het is geen grapje! Ik heb jullie roosters bekeken, en het blijkt dat jullie allemaal meteen na de VOS een uur vrij hebben. Dus we hebben tijd genoeg om ruim voor het laatste uur op school terug te zijn. *En:* ik heb een fantastisch café gevonden in Castle Hill: de Blue Danish. Er is daar een ruimte waar groepen gebruik van kunnen maken en ze hebben gezegd dat wij die ruimte iedere week mogen gebruiken. *Wat vinden jullie daarvan?!'*

Dit was te gek voor woorden.

Ik kon mijn oren niet geloven.

Woede welde in me op terwijl de anderen Try dolblij feliciteerden (iedereen kent het Blue Danish al – het is een van hun favoriete cafés) en Try met een grijns achteroverleunde in haar stoel.

'Sorry, hoor,' zei ik met schrille stem. 'Ik neem aan dat dit een grap is.'

Try's glimlach verbleekte.

Ik merkte tot mijn schrik dat mijn lippen begonnen te beven. Ik zette mijn voeten stevig op de grond en ging verder. 'Een uur vrij is niet zomaar een uur vrij. Dat is een studie-uur. Als we iedere week van Castle Hill naar school terug moeten lopen, is dat uur al half om, nee, dat uur ís dan om! Besef je niet hoe belangrijk dat is?'

Try beet nu op haar lip, terwijl de anderen een voor een stil werden.

De bel ging.

'Hé, Scarlett,' zei Emily, alsof ik niets had gezegd. 'Heb je mevrouw Lilydale van de week nog gesproken?'

De anderen maakten van de gelegenheid gebruik om hun tassen te pakken en weg te gaan. Ik hoorde de volgende opmerkingen: 'Tot volgende week, in de Blue Danish,' 'Ze hebben daar hartstikke lekkere koffie' en 'Je moet echt hun frambozentaart eens proberen.' Ik hoorde zelfs iemand zeggen: 'Wat was dat nou voor geLATHYRUS met Scarlett?' en iemand anders antwoordde: 'Zo is ze altijd.'

Ik draaide me om naar Emily.

'Nee,' zei ik rustig. 'Ik heb mevrouw Lilydale deze week nog niet gezien. Ernst zei dat ze me wilde spreken, maar ik kon haar in de lunchpauze niet vinden. Hoe wist jij dat ze me zocht?'

'Ze gaat je vertellen wie erbij komt in jullie debatteam,' zei Emily. Terwijl ze sprak, slingerde ze haar tas van de ene hand in de andere.

'FLOX' zei Astrid nijdig, toen Emily's tas met een doffe klap tegen haar buik kwam.

'O, FLOX,' zei Emily. 'Gaat het?' Maar Astrid had zich alweer hersteld en sleepte Emily aan haar elleboog mee naar de deur.

'Hoe weet jij...' begon ik.

'Ik ben het,' zei Emily, over haar schouder. 'Ik kom bij jullie debatteam.'

Toen waren Astrid en zij vertrokken.

Ik voelde hoofdpijn opkomen.

*

Een memo van Scarlett Mackenzie

Aan: Mevrouw Lilydale
Van: Scarlett Mackenzie
Onderwerp: De ondergang van het debat
Tijd: woensdag, 14.40 uur

Beste mevrouw Lilydale,

Ik heb u in de lunchpauze gezocht en net weer gekeken of ik u zag, maar nee.

Ik neem aan dat u me wilt spreken over de tweede spreker? Ik sprak toevallig Emily Thompson en die vertelde me dat zíj van plan is zich bij het team aan te sluiten! Ik ga ervan uit dat dit op een misverstand berust.

Zoals u weet, is het debatteam voor mij erg belangrijk – waarschijnlijk kan ik er volgend jaar niet bij blijven, omdat ik me dan op mijn schoolwerk moet concentreren. Dit is dus mijn laatste kans om (nogmaals) de Tearsdale-bokaal te winnen.

Het zou fijn zijn als u zo snel mogelijk een eind kunt maken aan deze onduidelijke situatie! Ernst en ik zijn graag bereid een nieuw teamlid te bespreken en natuurlijk willen we E.T. in *overweging* nemen – samen met alle andere mogelijkheden.

Met vriendelijke groet,
Scarlett Mackenzie

*

Een memo van Scarlett Mackenzie

Aan: Ernst von Schmerz
Van: Scarlett Mackenzie
Onderwerp: RAMP
Tijd: Woensdag, 14.45 uur

Beste Ernst,

EMILY THOMPSON DENKT DAT *ZIJ* DE TWEEDE SPREKER WORDT.

(Ik weet het.) (Zeg maar niets.) (Ik ook niet. Ik kan het ook niet geloven.)

Ik ben meteen mevrouw Lilydale gaan zoeken, maar ze is nog steeds niet in haar kantoor, dus ik heb een memo onder haar deur doorgeschoven. Maar ja, ik kon moeilijk ronduit zeggen dat ze te stom is. (Dat zal mevrouw L. vast wel weten. Ze kan Emily's schoolresultaten bekijken, toch?)

Waar is Emily trouwens mee bezig? Is ze niet te 'cool' om te debatteren? Waarom zou ze naar ons niveau afdalen?

Kom meteen nadat je dit hebt ontvangen naar de bibliotheek! Ik ben daar na school nog een poosje, maar niet te lang, want ik moet oppassen.

Ik zal vanmiddag nog wel af en toe kijken of mevrouw L. in haar kantoor is. Wanhoop niet: als ik haar tref, zal ik haar van de dwaasheid van haar beslissing overtuigen.

Groetjes,
S.

PS   Je gedichtje was fantastisch. Erg grappig.

*

Een memo van Ernst von Schmerz

Aan: Scarlett Mackenzie
Van: Ernst von Schmerz
Onderwerp: En toch
Tijd: Woensdag, iets na schooltijd

Yo Scar,

Emily Thompson in ons debatteam? Dattizzheeelemaaltopppp, Scar, guh-welll-duggg. Waarom baal je?? Emily is een superchick. Ik zie haar helemaal zitten.

Denk na, S: met Em in ons team wordt het kicken. Zo zie ik het tenminste, duzzz...

Zou graag met je kletsen, maar plak dit nu op je kluisje. We hebben het er nog wel over als je wilt. Geen tijd om je in je territorium op te zoeken: moet snel door de regen naar mijn transcendentale chatroom!

Ernst

PS   Wat bedoel je er trouwens mee dat Emily naar ons niveau zou 'afdalen'?

*

Een memo van Scarlett Mackenzie

Aan: Mevrouw Lilydale
Van: Scarlett Mackenzie
Onderwerp: Excuses
Tijd: Woensdag, 16.00 uur

Beste mevrouw Lilydale,

Ik moet u mijn excuses aanbieden voor mijn boze uitval, net in uw kantoor. Ik weet zeker dat u het begrijpt: ik heb gewoon een uitgesproken mening over dit onderwerp. En ik was zo verbaasd dat u mijn standpunt niet kon begrijpen!

Zoals ik al zei, denk ik *echt* dat het verkeerd is om Emily in het team op te nemen. Dat is de ONDERGANG van het debat! De TELOORGANG van de Tearsdale-bokaal! Denkt u maar na: heeft Emily ooit eerder enige belangstelling getoond? Ik betwijfel zelfs of ze weet wat debatteren eigenlijk inhoudt. Herinnert u zich niet meer hoe respectloos ze *u* vorig jaar heeft behandeld toen ze een advocate speelde? Ze zal nooit komen opdagen – ze zal ook geen enkel respect tonen voor het debatteam en de voorkeur geven aan feesten, winkelen en andere verschijnselen waar tieners zich mee bezighouden.

Laten we iemand anders uitkiezen voor het team. Ik weet zeker dat Emily het niet erg zal vinden en ik hoop met heel mijn hart dat u het met me eens zult zijn.

Scarlett Mackenzie

*

Uit het bestand met uitgetypte gesprekken van Scarlett Mackenzie
<u>Woensdag</u>
16.25 uur: In de bus, op weg naar 'oppassen' bij Eleanora.

Jongen in het gangpad zegt tegen een meisje: Daarom eet je dus chocola, omdat er dan serotonine vrijkomt in je hersenen.
Meisje antwoordt: Ja, ik zat al te denken: als je een stuk chocola eet, en dan iemand een zoen geeft, dan geef je diegene dus een heleboel prikkels tegelijk, zeg maar. [*Ze schudt haar opgevouwen paraplu uit en steekt hem omhoog.*] Ben je je *bewust* van deze paraplu?

*

AAN: <u>cecily.mackenzie@mackenzieworld.com.au</u>; <u>mackenzie-paul@mackenzieenterprises.com.au</u>
VAN: <u>scarlett.mackenzie@ashbury.com.au</u>
VERZONDEN: Woensdag, 21.30 uur
ONDERWERP: Toestemming...

Lieve mam en pap,

Hallo! Hoe is het met jullie? Met mij gaat het goed, maar druk – we worden overladen met huiswerk. De leraren denken zeker dat we toegang hebben tot een ander universum, waar we kunnen putten uit een onbeperkte hoeveelheid tijd! En dan moet ik ook nog tijd vinden voor de K-mart, oppassen en piano oefenen (plus lessen).

Intussen is het leven hier een chaos. Tante Veronica en oom Jake zijn fantastisch en Bella is een schatje, maar dat gezin heeft het stemvolume van een zwerm kaketoes!

Tante Veronica en ik ontbijten iedere ochtend samen, omdat we allebei vroeg opstaan en houden van roze grapefruit met een heel dun laagje suiker. Ik zal jullie iets grappigs vertellen. Soms laat tante Veronica zomaar haar lepel op de tafel vallen en roept luidkeels: 'Scarlett Mackenzie!'

Als ik van de schrik bekomen ben, zeg ik aarzelend: 'Ja?'

Maar dan pakt ze gewoon haar lepel weer op, schudt ze haar hoofd en zegt ze voor zich uit: 'Scarlett Mackenzie aan mijn ontbijttafel. Geweldig.'

Oom Jake slaapt iedere dag uit en gaat bijna nooit naar de universiteit. Hij sluit zich op in zijn studeerkamer en hangt een bordje op zijn deur met: 'VERBODEN TOEGANG'. Ondanks dat bordje loopt Bella om de haverklap naar binnen. Laatst hoorde ik Jake zeggen: 'Bella, kun je niet lezen?' en Bella antwoordde: 'Ja, papa, ik kan wel lezen, maar de woorden vallen uit mijn hoofd.'

Ze is toch zo grappig.

Ze kan nog echt lezen ook, trouwens. En ze is pas vier. Veronica en ik denken allebei dat ze eraan toe is om naar school te gaan, of de woorden uit haar hoofd vallen of niet.

Hoe gaat het trouwens in de stad?

Ik hoop dat jullie zaken beter lopen dan jullie ooit hadden durven dromen.

Kan een van jullie me een plezier doen? Ik moet toestemming hebben om mee te gaan met een aantal excursies voor een nieuw vak, Vriendschap, Ontwikkeling en Samenwerking. We krijgen er geen cijfer voor en ik zie er het nut niet van in. Ik zal de formulieren voor jullie inscannen. Graag jullie reactie.

Groetjes,
Scarlett

*

AAN: scarlett.mackenzie@ashbury.com.au
VAN: cecily.mackenzie@mackenzieworld.com.au
VERZONDEN: Woensdag, 21.31 uur
ONDERWERP: AFWEZIGHEIDSBERICHT

Cecily Mackenzie kan tot volgende week donderdag uw e-mail niet lezen. Bij dringende zaken kunt u contact opnemen met Cecily's assistente Megan:
megan.donohue@mackenzieworld.com.au

*

AAN: scarlett.mackenzie@ashbury.com.au
VAN: mackenziepaul@mackenzieenterprises.com.au
VERZONDEN: Woensdag, 21.55 uur
ONDERWERP: Re: Toestemming...

Lieve Scarlett,

Ook hallo.
Verzochte toestemming bij deze verleend.

Groetjes,
Papa

Mijn buddydagboek
Door Scarlett Mackenzie

Wat vind ik van het Buddyplan? Nou, ik vind het helemaal geweldig, dankjewel. Ik snap niet hoe ik het ooit zónder heb gered.

Het Buddyplan is natuurlijk vandaag pas begonnen, dus het is misschien nog te vroeg om er iets over te zeggen. Maar ik ben ervan overtuigd dat mijn leven in positieve zin zal veranderen, nu ik Finnegan Blonde als vriend heb. Hij is nieuw op school en heeft zelf al een paar vrienden ('buddy's') gemaakt, maar toch... iets zegt me dat hij meteen naar mij toe zal snellen als hij iemand nodig heeft om mee te praten. Ik verwacht dat we tot midden in de nacht zullen feesten en elkaar onze geheimen zullen vertellen. (Ik verwacht ook dat het goudstukken zal gaan regenen en dat er elfjes op mijn vensterbank zullen dansen.)

Ben ik eerlijk tegen mijn buddy? Nou, vandaag vroeg hij me wat me 'dwarszat'. Ik zei dat ik in zo veel vakken uitblink, dat ik bang ben dat ik niet al mijn talenten optimaal zal kunnen ontplooien.

Hij probeerde meelevend te kijken, maar als je wenkbrauwen van je voorhoofd willen springen, kun je daar weinig tegen doen.

Maar toen hij vroeg wanneer ik me 'gelukkig' voelde, antwoordde ik: als ik achter de piano zit en mijn kleine nichtje door de kamer begint te dansen en roept: 'Doorgaan! Doorgaan!' als ik stop met spelen. Toen ik dat zei, kwamen Finnegans wenkbrauwen weer tot rust. Ik liet hem de foto's van Bella zien, die ik op mijn mobiel heb staan. Bella heeft een lief, rond gezichtje. Ze heeft kort, donker, glanzend haar en ze draagt altijd tuinbroeken van spijkerstof, sommige met geborduurde bloemen op de knieën, andere met felgekleurde stukken stof erop. Finnegan bekeek geduldig alle foto's.

'En wat gebeurt er hier?' vroeg hij op een gegeven moment.

'O, dat is niet wat het lijkt,' legde ik uit. 'Toen ik de foto maakte, kwam net mijn broer Anthony de trap af lopen, waardoor het lijkt alsof hij Bella een schop tegen haar hoofd geeft. Maar dat is niet zo. Mijn broer zou dat nooit doen.'

'Je broer zou Bella nooit tegen haar hoofd schoppen,' herhaalde Finnegan knikkend. Ik zag dat hij een beetje moest glimlachen. (Volgens mij zat hij me op een leuke manier te plagen.)

Op dat moment gebeurde er iets heel vreemds: ik had hem bijna het geheim van Anthony verteld. Ik zit daar nogal mee. Maar ik hield mijn mond.

Toen het moment gekomen was dat hij me een 'buddy-uitdaging' moest geven, zei hij dat ik op kickboksen moest gaan.

Het Buddycontract

1. *Hoe heet je buddy?*

Finnegan A. Blonde.

2. *Vraag je buddy zijn/haar telefoonnummer – zet het nummer meteen in je mobiel!*

---

3. Wat zit je buddy dwars?

Hij was vandaag vergeten een paraplu mee te nemen.

4. Wanneer voelt je buddy zich gelukkig?

's Nachts.

5. Stel je buddy een vraag naar eigen keuze. Schrijf de vraag en zijn/haar antwoord hier op.

Ik vroeg Finnegan wat hij vorig jaar op zijn oude school voor cijfers had. Zijn antwoord luidde: 'Vorig jaar was geen geweldig jaar.'

6. Geef je buddy een waardevolle uitdaging voor het komende jaar. Schrijf de uitdaging hier op.

Ik heb Finnegan de uitdaging gegeven om zijn cijfers dit jaar te verbeteren.

7. Vraag je buddy zijn naam en handtekening te zetten onder de volgende verklaring:

Ik, FINNEGAN BLONDE, beloof plechtig en oprecht dat ik altijd naar mijn buddy zal gaan als ik iemand nodig heb om mee te praten – overdag of 's nachts, bij regen of zonneschijn, bij donder, bliksem of sneeuwstorm...

Handtekening: *Finnegan A. Blonde*

8. *Vraag je buddy nu zijn naam en handtekening te zetten onder de volgende verklaring:*

Ik, FINNEGAN BLONDE, *beloof plechtig en oprecht dat ik altijd voor mijn buddy klaar zal staan als hij/zij iemand nodig heeft om mee te praten – overdag of 's nachts, bij regen of zonneschijn, bij bliksem, donder of sneeuwstorm...*

Handtekening: *Finnegan A. Blonde*

Een memo van Scarlett Mackenzie

Aan: Emily Thompson
Van: Mackenzie
Onderwerp: komodovaranen
Tijd: Donderdag, 5.00 uur

Beste Emily,

Aangezien je erover denkt om je bij mijn debatteam aan te sluiten, denk ik dat het goed is als je op de hoogte bent van onze tradities!

Allereerst: voor het seizoen begint, laten we alle teamleden om de paar dagen een oefendebat doen. In het kader daarvan verzoek ik je argumenten voor te bereiden ter ondersteuning van de volgende stelling:

Mensen die grove taal gebruiken, werpen een smet op onze samenleving.

Lever je betoog alsjeblieft zo spoedig mogelijk bij mij in.

Ten tweede geven we al onze sprekers een 'symbooldier'. Dat bevordert de teamgeest.

Ik heb besloten dat jouw symbooldier de *komodovaraan* is. Daar lijk je namelijk ontzettend op! Vanaf nu ben jij dus Emily de Komodovaraan.

Wat feiten die goed zijn om te weten:
1. Je bent de grootste hagedis ter wereld.
2. Je bent een wreed, koudbloedig dier.
3. Je doodt andere dieren door ze te bijten, waardoor ze bloedvergiftiging oplopen.
4. Die bloedvergiftiging wordt veroorzaakt door de smerige, gevaarlijke bacteriën die in je bek zitten.

Ik stel voor dat je als een komodovaraan door de school gaat: glij op
handen en knieën door de gangen, steek je tong uit als er een insect
langsvliegt, enzovoort. Gebruik je fantasie.

Vriendelijke groet,
Scarlett Mackenzie

                                    *

AAN: mackenziepaul@mackenzieenterprises.com.au
VAN: scarlett.mackenzie@ashbury.com.au
VERZONDEN: Donderdag, 5.10 uur
ONDERWERP: Re: Re: Toestemming...

Lieve pap,

Bedankt voor de moeite, maar ik ben bang dat een e-mail niet genoeg is. De school heeft voor buitenschoolse activiteiten 'schriftelijke toestemming' nodig. Maar wat ik belangrijker vind: heb je die
formulieren gelezen? Wat vind je van die VOS-activiteiten? Vreselijke tijdverspilling misschien? Laat het me weten.
   Los daarvan heb ik twee verzoeken om financiële ondersteuning. Ten eerste voor mijn rijlessen (zoals je misschien nog weet,
heb ik in de vakantie een rijlesvergunning aangevraagd) en ten
tweede voor sportlessen (ik moet namelijk op kickboksen voor de

vos – zie mijn laatste e-mail voor details over dit vak). Mag ik voor deze activiteiten alsjeblieft de creditcard gebruiken?

Bedankt en groetjes,
Scarlett

*

AAN: <u>megan.donohue@mackenzieworld.com.au</u>
VAN: <u>scarlett.mackenzie@ashbury.com.au</u>
VERZONDEN: Donderdag, 5.20 uur
ONDERWERP: Bericht voor mijn moeder

Beste Megan,

Hallo, hoe is het met jou? Ik zal nooit die keer vergeten dat ik zeven was en mama op kantoor een feestje had georganiseerd voor de kerst. Jij had Twister meegenomen en we hebben ontzettende lol gehad!

Maar goed, ik begrijp dat mijn moeder de stad uit is, en ik vraag me af of jij haar e-mails naar haar doorstuurt. Ik heb haar gisteren gemaild en het zou fantastisch zijn als ze die mail (plus bijlagen) zou kunnen lezen.

Heel erg bedankt en groetjes,
Scarlett Mackenzie

*

De filosofische overpeinzingen van Scarlett Mackenzie
Donderdag, 5.30 uur

Wat kun je de wereld toch gemakkelijk recht zetten als het lijkt alsof hij scheef zakt! Eén slapeloze, droomloze nacht maakt de weg vrij voor een flitsende ingeving: drie brieven. Je hoeft slechts *drie brieven* (een memo en twee e-mails) te schrijven om je weer één te voelen met jezelf. Klaar voor een nieuwe dag vol werk!

*

De filosofische overpeinzingen van Scarlett Mackenzie
Donderdag, 5.40 uur

Maar toch: wat maakt de wereld een schrille, knarsende geluiden als je hoofd leeg is van de slaap.

*

De filosofische overpeinzingen van Scarlett Mackenzie
Donderdag, 6.00 uur

Ook al voelt men zich uitgeput en ziek, ook al heeft men hoofdpijn, voor succes moe

*

Een memo van Scarlett Mackenzie

Aan: Tante Veronica
Van: Scarlett
Onderwerp: Vandaag
Tijd: Donderdag, 6.00 uur

Lieve Veronica,

Vandaag vind je niet mij, maar dit briefje aan de ontbijttafel, want ik ga weer naar bed. Ik voel me niet zo lekker en ik denk dat ik vandaag thuis moet blijven van school.

Liefs,
Scarlett

*

Nachtelijke overpeinzingen van Scarlett Mackenzie
Vrijdag, 23.30 uur

Na een dag ziek te zijn geweest (gisteren) ben ik vandaag weer naar school gegaan.

Het eerste wat ik deed was mijn memo voor Emily Thompson op haar kluisje plakken.

In de lunchpauze kwam ik Emily toevallig tegen. Ze was met haar twee beste vriendinnen, Lydia en Cassie. Ze zaten met hun benen recht voor zich uit tegen een muurtje op het schoolplein. Ze zitten daar graag te zonnen.

Ik dwaal even af om mezelf een vraag te stellen: waarom zijn Emily en Astrid in onze VOS-groep zo enorm met elkaar bevriend? Astrid hoort niet bij Emily's groepje van drie! En waar zou Emily een nieuwe vriendin voor nodig hebben? (Nu zelfs nog meer dan een vriendin – een buddy). Wat vinden Emily's twee beste vriendinnen van haar nieuwe vriendschap? Storen ze zich daar niet aan?

Want ik moet één ding zeggen: het drietal Emily, Lydia en Cassie vormt zo'n hechte eenheid, dat het nieuw leven inblaast in allerlei woorden die met drie te maken hebben, zoals:

drievoud
driedeling
driemanschap.

Kortom: ik kan niet naar Emily en haar twee beste vriendinnen kijken zonder onmiddellijk te denken aan het effect van driehoeksmeting op de symmetrie van driedimensionale halfkristallen.

(Ik heb daar tegen Emily een keer een opmerking over gemaakt en ik vond haar reactie ronduit grievend.)

(Ik zag eens een paar vervangende leerkrachten ruziemaken over de talenten van een Poolse uitwisselingsstudent. Toen een van de twee kwaad werd en de ander een klap in haar gezicht gaf, gaf ik mijn kaartje aan het slachtoffer en zei: 'Ik wil graag als uw getuige optreden.' Die leerkracht gebruikte precies dezelfde grievende woorden als Emily.)

Maar ter zake. Vandaag maakte het drietal een bijzonder hechte indruk, ondanks Emily's verraad.

Ik had een berg schoolwerk in te halen, omdat gisteren een verloren dag was geweest, en ik had eigenlijk direct door moeten lopen naar de bibliotheek. Ik haat het om een dag school te missen en de lunchpauzes zijn voor mij erg waardevol.

Maar ik kon het niet laten.

Ik moest weten wat Emily op mijn memo te zeggen had.

Dus hield ik een beetje mijn pas in, terwijl het drietal hun benen introk.

'Hé, Scarlett!' zei een van Emily's vriendinnen (Lydia), precies op het moment dat mijn schaduw over haar heen viel.

Ik keek haar behoedzaam aan.

Ze hield haar ene hand tegen haar voorhoofd, om haar ogen tegen de zon te beschermen. 'Doe je moeder de groeten van me, oké?'

'Ook van mij.' Cassie glimlachte slaperig. (De zon maakt de meisjes altijd slaperig.)

'Je moeder is zo cool,' voegde Lydia eraan toe, ogenschijnlijk zonder een spoortje ironie. Ze zuchtte en strekte haar armen, een beetje zoals een kat zijn poten zou strekken (stel je even een kat met dunne, zongebruinde poten voor).

Ik moet erop wijzen dat Emily en haar twee beste vriendinnen de zomer op mijn moeders zeilschool hebben doorgebracht.

'Vreemd eigenlijk,' zei ik bijna, 'dat jullie de zomer bij mijn moeder hebben doorgebracht en ik niet.'

Maar ik hield mijn mond. (Hoezo, een nieuwe, meedogenloze Scarlett? Is ze soms bang voor het drietal?)

Emily zat me aan te staren. Ik vroeg me met bonzend hart af of ze mijn memo al had ontvangen. Had ik uitgerekend Emily met stomheid geslagen?

Maar net toen de moed me in de schoenen zonk en ik wilde doorlopen – nadat ik had beloofd dat ik mijn moeder de groeten zou doen ('Of in ieder geval haar assistente,' voegde ik eraan toe. 'Wat?' vroegen ze. 'Nee, niks,' antwoordde ik) – net toen ik na deze woordenwisseling wilde doorlopen, zei Emily: 'Scarlett.'

Het was een bevel.

Ik draaide me om.

Ze stak haar hand naar me uit. Ik keek er verward naar. Wilde ze dat ik haar omhoogtrok? Zodat ze me een stomp in mijn gezicht kon geven? Dat was ik niet van plan!

'Zie je mijn polsbandje?'

Er zat een strookje rood papier om haar pols. En op het rood was met zwarte inkt een soort dier gekrabbeld.

'Dat is een komodovaraan,' legde Emily uit. (Er klopte niets van.)

'O ja?' waagde ik.

'Ja. En die speech waar je het over had, over smetten of vlekken of zo, weet je wel? Die ga ik in het weekend doen. Maar dit heb ik gemaakt als eerbetoon aan het team. Want ik ben de komodovaraan.' Ze zei dit met een rauwe, dramatische stem en Cassie begon te giechelen. Nu raakte Emily het polsbandje aan en Lydia leunde voorover en vouwde het wat strakker om haar pols.

'Vind je het mooi?' vroeg Emily terwijl ze haar hand weer naar me omhoogghield.

Er was geen twijfel over mogelijk.

Ze was trots.

Dagdromerij

Dagdromerij

Dagdromerij

ANTICLIMAX

AAN: scarlett.mackenzie@ashbury.com.au
VAN: megan.donohue@mackenzieworld.com.au
VERZONDEN: Maandag, 9.00 uur
ONDERWERP: Bericht voor je moeder!!

Beste Scarlett,

Leuk om iets van je te horen! Hoewel ik moet zeggen dat ik geen
flauw idee heb waar je het over hebt. Een feestje voor de kerst?
Twister? Ik herinner me vaag dat we met kerst wel eens een feestje
hebben gehad, maar wat is Twister? Nou ja, als jij het zegt, zal het
wel zo zijn... fijn dat je plezier hebt gehad.

Ik heb je moeder verteld dat je haar wilt spreken. Ze leest haar
mail trouwens wel als ze de stad uit is – dat afwezigheidsbericht is
alleen voor klanten – dus als het goed is, heeft ze je berichtje al gelezen. Ik weet zeker dat je gauw iets van haar hoort!

Groetjes,
Megan

Assistente van Cecily Mackenzie
Mackenzie World Pty Ltd

*

AAN: scarlett.mackenzie@ashbury.com.au
VAN: mackenziepaul@mackenzieenterprises.com.au
VERZONDEN: Maandag, 10.30 uur
ONDERWERP: Re: Re: Re: Toestemming...

Lieve Scarlett,

Als je school 'schriftelijke toestemming' moet hebben voor 'buitenschoolse bla-bla', kun je toch gewoon mijn vorige e-mail uitprinten en meenemen?

Wat betreft je verzoek om financiële ondersteuning: rijlessen vallen niet onder de voorwaarden van onze overeenkomst (noodzakelijke opleidingskosten), dus die moet je uit je eigen zak betalen.

Ik ga ervan uit dat lidmaatschap van een sportschool verplicht is voor school, dus dat is goed, gebruik daar de creditcard maar voor.

Wanneer kan ik je volgende businessplan verwachten?

Groet,
Papa

*

AAN: mackenziepaul@mackenzieenterprises.com.au
VAN: scarlett.mackenzie@ashbury.com.au
VERZONDEN: Maandag, 13.00 uur
ONDERWERP: De bedoeling van toestemming

Hoi pap,

Waar het om gaat is dat we voor de toestemming je *handtekening* nodig hebben. Een geprinte e-mail is niet voldoende. Misschien moet ik je de vos-formulieren opnieuw toesturen, zodat je ze kunt uitprinten en lezen?

Dan weet je tenminste waar je toestemming voor geeft. Misschien wil je zelfs wel gebruikmaken van je recht om toestemming te *weigeren*. Wie zal het zeggen?

Met alle respect, maar volgens mij zijn er genoeg argumenten om aan te tonen dat rijlessen rechtstreeks verband houden met mijn opleiding. Als ik een rijbewijs had, zou ik zelf iedere dag naar school, de K-mart, mijn oppasadressen en pianoles kunnen rijden, waarmee ik tijd zou besparen die nu verloren gaat aan openbaar vervoer. Ik zou dan meer tijd overhouden voor mijn studie, wat dan weer ten goede zou komen aan mijn studieresultaten.

(Bovendien zou ik naar de stad kunnen rijden om jou en mama te bezoeken.)

Groetjes,
Scarlett

*

Aan: scarlett.mackenzie@ashbury.com.au
Van: mackenziepaul@mackenzieenterprises.com.au
Verzonden: Maandag, 14.30 uur
Onderwerp: Re: De bedoeling van toestemming

Leuk geprobeerd, meid. Maar niemand zit te wachten op wijsneuzen die alles beter weten.

Je weet dat je je moeder en mij kunt bezoeken wanneer je maar wilt. Geef maar een gil.

Laat tante Veronica of oom Jake de toestemmingsformulieren maar voor je tekenen. Je hebt mijn toestemming om hen te beschouwen als *in loco parentis*.

Groet,
Papa

PS Hoe is het trouwens met je broer? Leeft hij nog? Ik hoor nooit iets van hem. Kunnen jullie samen het een beetje vinden?

*

AAN: cecily.mackenzie@mackenzieworld.com.au
VAN: scarlett.mackenzie@ashbury.com.au
VERZONDEN: Maandag, 15.30 uur
ONDERWERP: Hallo

Lieve mam,

Ik weet dat je de stad uit bent, maar volgens Megan lees je toch je mail. Heb je vorige week mijn berichtje ontvangen over de toestemming? En zou jij misschien met papa willen praten over mijn rijlessen? Hij vindt dat ik die zelf moet betalen. Ik denk niet dat hij zich bewust is van de economische voordelen als ik zelf kan rijden...

Hij vraagt ook vaak naar Anthony en ik weet niet wat ik moet doen. Ik wou maar dat we dit niet geheim hoefden te houden.

Hoe is je weekend geweest? Het mijne was prima. Zaterdagavond heb ik opgepast bij mijn favoriete klant, Maureen Brentwood. Heb ik je al eens over haar verteld? Ik werk nog maar pas bij haar, maar ze geeft me nu al geschiedenisboeken cadeau, erg aardig. Ik zit er voortdurend in te lezen. En toen ik zaterdag kwam, had ze speciaal voor mij een schaal appelmuffins neergezet!

'Even een tip,' fluisterde ze tegen me, terwijl ze haar autosleutels pakte. 'Hou ze weg tot de kinderen veilig in bed liggen – ze mogen 's avonds geen suiker hebben, maar probeer jij ze maar eens tegen te houden als ze jou ervan zien eten!'

Ik wist niet wat ik moest doen, want ik had eigenlijk niet zo veel trek in muffins. Ik voel me de laatste tijd niet zo lekker – ik ben donderdag zelfs thuisgebleven van school en ik ben nog steeds niet helemaal opgeknapt. Ik voel me vandaag zelfs echt beroerd, maar ik heb donderdag al genoeg school gemist. Ik moet die symptomen maar gewoon negeren.

Hoe dan ook, ik heb de muffins verkruimeld en uitgestrooid over het grasveld. Ik hoop dat de vogels ze vinden.

Zondagavond heb ik weer 'opgepast', maar weet je, mensen zijn toch zó verschillend! Dit was weer een andere nieuwe klant, Eleanora White heet ze. En de reden waarom ik 'opgepast' tussen aanhalingstekens zet, is *dat ze niet weggaat!* Ze loopt met me naar de keuken (waar een vogel in een kooi zit), gaat aan de tafel zitten en maakt *gnocchi*!

Ik ben daar blijkbaar alleen voor het geval de baby wakker wordt en zij kleverige handen heeft. We zitten tegenover elkaar, drinken thee, eten gemberkoekjes en praten. Ze vraagt naar mijn interesses en naar mijn school, maar ze komt zo koel en afstandelijk over! De vragen lijken meer op een examen dan op een gesprek.

En er is nog iets raars. Ik ga daar nu al een paar weken iedere zondag en woensdag naartoe, maar de baby is nog nooit wakker geworden.

Eén keer keek Eleanora me heel indringend aan (terwijl de aardappelpuree van haar handen droop). 'Je moet niet de babykamer in gaan,' zei ze. 'Ze is in zo'n fase dat ze bang is voor vreemden.'

Ben ik nou gek, of hoe zit het?

Als ik de babykamer niet in mag, waarom ben ik daar dan?!

Hoe dan ook, ik heb die avond gedichten van John Donne voorgelezen aan Eleanora en haar grasparkiet.

Liefs,
Scarlett

*

AAN: scarlett.mackenzie@ashbury.com.au
VAN: cecily.mackenzie@mackenzieworld.om.au
VERZONDEN: Maandag, 15.31 uur
ONDERWERP: Afwezigheidsbericht

Cecily Mackenzie kan tot volgende week dinsdag uw e-mail niet
lezen. Bij dringende zaken kunt u contact opnemen met Cecily's
assistente Megan: megan.donohue@mackenzieworld.com.au

Hier volgen enkele regels uit een boek waar vandaag Scarlett's oog op viel...

Over moeders en dochters

'Wie anders dan de moeder moet horen van de ambities, de verwachtingen en de geheimen van de dochter? Zij is degene die op een veilige, zorgzame manier richting kan geven aan de gedachten van de dochter, wanneer die zich richten op de mysteriën van het leven en de vreugden van jeugdige genegenheid. Is de moeder niet rijk bij het ervaren van zo'n tedere liefde?'

Uit: *Etiquette in de twintigste eeuw: een hedendaags boek voor een welgemanierde samenleving, met regels voor gedrag in het openbare, maatschappelijke en persoonlijke leven, thuis en in de buitenwereld, verfraaid met bijna vijftig paginavullende gravures en talloze tekeningen,* door Annie Randall White (1900), blz. 105.

De filosofische overpeinzingen van Scarlett Mackenzie
Dinsdag, 5.08 uur

Stel je een vliegtuig voor dat klaarstaat om op te stijgen. Het toestel taxiet naar de startbaan en stelt zich op in het verlengde van de middellijn. Het gas wordt langzaam opgevoerd; het vliegtuig maakt vaart; de motoren bulderen – het toestel kan ieder moment opstijgen! Maar dan komt opeens alles tot stilstand.

De start is afgelast.

Wat gebeurt er op dat moment met de opgevoerde spanning, de versnelling die is ingezet? Waar blijven het bulderende lawaai en de energie als hen de omhelzing met het luchtruim wordt ontzegd?

*

De filosofische overpeinzingen van Scarlett Mackenzie
5.15 uur

Stel je nu een meisje voor voor wie de woensdagmiddag dichterbij komt. (De afgelopen woensdagmiddag, om precies te zijn.) Haar hele leven heeft ze haar tong afgebeten en nooit iets gezegd over het stompzinnige gedrag om haar heen. Ze heeft domheid altijd beantwoord met vriendelijkheid, maar nu heeft ze haar beslissing genomen. Ze zal zich niet langer onverschillig houden. *Spreek de waar-*

heid! besluit ze. *Verzwijg niets!* Ze is blij, ze is doodsbang, ze staat in vuur en vlam! Ze staat klaar om op te stijgen! Ze staat in het verlengde van de middellijn van de startbaan! Haar motoren bulderen – *laat het beginnen,* zegt ze.

En de Giftige Zeven komen binnen.

*

De filosofische overpeinzingen van Scarlett Mackenzie
5.18 uur

O, ze waren weer net zo stom als altijd. Ze waren stomverbaasd dat het ging regenen! Ze praatten over een belachelijk ongeluk tijdens een stom schoolreisje naar Hill End van jaren geleden! (Ik weet zeker dat *Astrid* zich van dat schoolreisje nog veel meer herinnert.) Ze dansten en klommen op de stoelen!

Nee, stompzinnigheid was het probleem niet. Daaraan was zoals gewoonlijk geen gebrek.

Het probleem was dat hun woorden werkten als een lus, die hen tot een hechte eenheid samenbond. Ze vormden een soort cirkel waarin het meisje niet kon doordringen. Ze waren als muskusossen die in een kring om hun kalveren gaan staan om hen te beschermen tegen de wolven.

Ze was sarcastisch, hatelijk, vernietigend, cynisch en minachtend! Maar ze hoorden haar nauwelijks, en als ze dat wel deden, besteedden ze *geen enkele aandacht* aan haar.

De onnozelheid bereikte een hoogtepunt – de lerares vond dat de bijeenkomsten in Castle Hill moesten worden gehouden! Emily Thompson vond dat ze moest gaan debatteren! Maar de inspanningen van het meisje om het licht van de waarheid te laten schijnen, leidden slechts tot wezenloze blikken...

*

De filosofische overpeinzingen van Scarlett Mackenzie
5.22 uur

De start is afgelast, de vuurwerkdemonstratie is uitgesteld...
Hoe gaat het nu met de snelle hartslag van het meisje? Waar zijn haar hoop en verwachtingen gebleven?

*

De filosofische overpeinzingen van Scarlett Mackenzie
5.35 uur

NOU, ÉÉN DING IS ZEKER.
De volgende ochtend werd ik wakker met maagkrampen en hoofdpijn. Ik voelde me uitgeput en ziek. Ik gaf een paar keer over. Het lijkt me vrij duidelijk: mijn hoop en verwachtingen hadden zich, nu ze niet waren ingelost, tegen MIJZELF gekeerd.

*

De filosofische overpeinzingen van Scarlett Mackenzie
5.43 uur

Natuurlijk kreeg tante Veronica de volgende dag precies dezelfde verschijnselen. Zij denkt dat we gewoon dezelfde griep te pakken hebben.

*

89

De filosofische overpeinzingen van Scarlett Mackenzie
5.45 uur

Maar NEE!!

    Ik geloof niet dat het gewoon griep was!

    Ik geloof dat het een acute aanval was van:

ANTICLIMAX

Scarlett Mackenzie
24 Clipping Drive, Kellyville, NSW 2155

Aan de directeur
van de Onderwijsraad van New South Wales

Geachte heer (of mevrouw),

Ik ben een leerlinge van de Ashbury Scholengemeenschap, een afschuwelijke school in het winderige heuveldistrict van Sydney en
ik schrijf u om u mee te delen dat ik niet meer zal schrijven.

Ik heb tot op heden twee brieven geschreven en ik heb geen
antwoord ontvangen. Hoewel ik dit verbazingwekkend, schan-
dalig en onvergeeflijk vind, zal ik me verder van commentaar
onthouden.

Ik sluit hier een kort verslag van de derde bijeenkomst van de
VOS-groep bij. Het is korter dan mijn eerdere verslagen, omdat ik
niet geloof dat u ze leest. Sterker nog, volgens mij bekijkt u de *en-
veloppen* niet eens!

Ik heb overwogen dit verslag niet te schrijven, maar ik ben een
meisje dat afmaakt waar ze aan begint.

Ik zal dus verslagen blijven schrijven, maar ik zal ze niet meer
naar u toesturen. Ik zal ze thuis in mijn la bewaren en als u ze wilt
lezen, zult u een huiszoekingsbevel moeten regelen. Nee, dat is

bittere humor. U hoeft alleen maar contact met mij op te nemen. Maar ik zal er niet te vast op rekenen dat u dat doet.

Teleurgesteld, verbijsterd en ontgoocheld verblijf ik niettemin,

Hoogachtend,

Scarlett Mackenzie

*

Kort verslag van Vriendschap, Ontwikkeling en Samenwerking (VOS), geschreven voor de Onderwijsraad van New South Wales
Door Scarlett Mackenzie

Bijeenkomst 3

In deze derde bijeenkomst van de VOS gebeurde er weinig bijzonders, behalve:

(A) Ik miste de eerste vijftien minuten.

De bijeenkomst vond plaats in café de Blue Danish. De bus naar Castle Hill zat verbazingwekkend vol en de meesten van ons moesten in het gangpad staan en zich af en toe vastgrijpen aan een stoel of iemands paardenstaart om het evenwicht niet te verliezen.

Voor we in de bus stapten, had ik Try opgezocht en haar uitgelegd dat ik geen toestemming had om het schoolterrein te verlaten. 'Ik denk dat ik dan maar in de bibliotheek moet gaan werken,' zuchtte ik verontschuldigend.

'Ik heb goed nieuws,' zei Try, terwijl er langzaam een sluw lachje op haar gezicht verscheen. 'Je moeder heeft me de toestemmingsformulieren gemaild. Scarlett, wil je me een kans geven?' Haar stem kreeg een zachtere klank en ze voegde eraan toe: 'Het is vast moeilijk voor je, om niet bij je ouders te wonen. Je moeder schreef er iets over in haar briefje. Als je eens wilt praten –' Maar we stonden in de gemeenschappelijke ruimte voor de bovenbouw. (Het verbaasde me dat ik Try daar aantrof – de meeste leerkrachten laten zich niet zien in dat leerlingendomein.) Er was net een horde zesdeklassers aangekomen, die zich langs ons heen wrong om bij de koffieautomaat te komen. Ik maakte van de afleiding gebruik om weg te vluchten.

Toen we in Castle Hill waren aangekomen, voelde ik me een beetje vreemd en ik verontschuldigde me om naar de wc te gaan. Op de terugweg raakte ik gedesoriënteerd. Ik kwam langs een ijssalon die er op de heenweg beslist nog niet was geweest. Die was dan zeker ingericht in die paar minuten dat ik naar de wc was geweest.

Uiteindelijk vroeg ik een vrouw in een dierenwinkel de weg.

De vrouw glimlachte en zei: 'Het is hier soms behoorlijk verwarrend!' Daar moest ik bijna om huilen. Haar stem klonk zo vriendelijk. Ze wees me de weg en vertelde me ook waar ik een plattegrond kon vinden, voor het geval ik weer zou verdwalen.

Ik vond mijn VOS-groep achter in de Blue Danish, in een ruimte die van de rest was afgescheiden met een dik, pluchen gordijn, dat tot op de grond hing. Ze zaten in lage, versleten, oranje leunstoelen: sommigen op het uiterste puntje van hun stoel, anderen onderuitgezakt in de zachte kussens, met hun benen voor zich uit en hun voeten op de koffietafel.

Try had een eenvoudig voetenbankje uitgekozen om op te zitten, zodat de laatste oranje leunstoel voor mij overbleef. Ze is zo klein dat het voetenbankje precies bij haar paste: het was net een van Bella's poppenstoelen. Try had de groep gevraagd een belangrijke gebeurtenis van de afgelopen week te beschrijven. 'Geen vermeldenswaardige gebeurtenissen,' antwoordde ik, toen ik aan de beurt was.

(B)   We ontdekten dat Astrid gereïncarneerd is.

Try legde uit dat het de volgende weken helemaal over *ons* zou gaan. We zouden gaan ontdekken wie we waren.

'Nou, ik ben gereïncarneerd,' verklaarde Astrid, terwijl ze met haar groene ogen de groep rond keek. 'Dát weet ik in ieder geval over mezelf.'

We keken Astrid allemaal aan met een blik van: *Vertel verder alsjeblieft.*

Ze haalde even bescheiden haar schouders op, dus vroeg Sergio: 'Wie was je dan vroeger?'

'Niet "wie",' zei Astrid, terwijl ze haar lange, donkere paardenstaart heen en weer schudde. '*Wat* was ik vroeger. Dat is de vraag.'

'Oké, wat was je dan vroeger?' vroeg Toby gehoorzaam.

'Een anjer,' zei Astrid. 'Ik ben een gereïncarneerde anjer. Dat heb ik eigenlijk altijd geweten, zeg maar.' Ze maakte een bescheiden schouderbeweging.

Finnegan keek Astrid onderzoekend aan. 'Ik zie het niet,' verklaarde hij ten slotte.

'Weet je zeker dat je niet de mest was die werd gebruikt om de anjer te laten groeien?' vroeg ik. 'Misschien laat je geheugen je in de steek?' (Ik moet zeggen dat Astrid waarschijnlijk het gemeenste meisje uit mijn klas is.) Ik hoopte de groep met mijn opmerking aan het lachen te krijgen, maar het leek of niemand me had gehoord.

'Dat is een mooie bloem,' mompelde Try. 'Een anjer.'

'Wanneer eh... bloeide je?' vroeg Sergio.

'En waar?' vroeg Elizabeth. 'In een tuin? Of bij een anjerkwekerij?'

'Oké,' zei Emily. 'Goed. Ik wil ook iets weten: wanneer ben je precies doodgegaan? Als je gewoon bent gegroeid en toen bent doodgegaan, oké, prima, maar wat ik wil weten is: heeft iemand je geplukt en in een vaas gezet? En zo ja, leefde je dan nog toen je in de vaas stond en heb je het huis van die persoon gezien, of ging je dood zodra je werd geplukt en deed dat pijn?'

'Of heb je bij iemand in zijn revers gezeten?' vroeg Try.

(C) Toby gedroeg zich als een rockster.

Try deelde vragenlijsten uit om ons te helpen ontdekken wie we waren. Ze verzekerde ons dat ze onze antwoorden niet wilde lezen.

'Dus je wilt niet weten wie we zijn?' vroeg ik.

'Dat is het niet, het gaat erom –' Ze was even van slag.

Astrid rolde met haar ogen en zei: 'Vertrouwelijkheid is héél belangrijk, Scarlett.'

'Inderdáád,' zei ik veelzeggend. Ik wist zelf niet wat ik daar precies mee bedoelde.

Om een indruk te geven voeg ik hier een bladzijde uit mijn vragenlijst bij.

Terwijl wij de formulieren invulden, met mappen, boeken en onze schoot als ondergrond, zei Toby Mazzerati met een lage, hese stem: *'Is everybody having a good time?!!'* Hij legde zijn handen als een luidspreker om zijn mond en maakte een zwaar, hijgend geluid.

Ik begreep dat hij een rockster nadeed, tijdens een concert. Het hijgende geluid moest het gejuich voorstellen.

We gingen allemaal door met schrijven.

(D) Briony sprak drie keer.

Tijdens de bijeenkomst viel het me op dat de tegels op de muur een cilindervormig motief hadden, dat me een beetje aan komkommers deed denken.

'Zeekomkommers,' zei ik peinzend, 'hebben geen hersenen. Ze leven van vergaan materiaal dat in het water drijft en ze zijn giftig.'

Toen draaide ik me om naar Briony en staarde haar aan.

Meteen zag ik een vlieg bij de luxaflex rondzoemen.

'Dat is een dikke vlieg,' zei ik.

De groep keek me ongemakkelijk aan.

'Hij doet me denken aan een Queen Alexandra Birdwing-vlinder,' vervolgde ik. 'Dat is de grootste vlinder ter wereld. Hij is ook giftig.' Nu draaide ik me om naar Elizabeth en staarde háár aan.

De groep viel even stil.

Toen gebeurde er iets heel bijzonders. Briony sprak. Haar stem klonk eerst wat schor, maar ze schraapte haar keel en begon opnieuw. Ze zei: 'Zeekomkommers zijn familie van de zeesterren en de zanddollars.'

'Echt waar?' vroeg Finnegan, terwijl hij zijn hele lichaam naar haar toedraaide.

Het is al vreemd genoeg als Briony één keer spreekt.

Maar raad eens wat er toen gebeurde? Ze sprak weer.

'En ook,' zei ze, terwijl ze haar ogen nu op Finnegans goudblonde haar vestigde. Hij knikte haar bemoedigend toe. 'En ook,' zei ze, 'spugen zeekomkommers hun eigen ingewanden uit als iets hen wil opeten.'

Astrid legde het taartje dat ze net had opgepakt, weer terug.

'Wauw,' zei Try en ze knikte beleefd verbaasd. 'Wat zeg je me dáár van?'

En net toen we dachten dat de wonderen de wereld nog niet uit waren, sprak Briony voor de derde keer. 'Mijn moeder is zeebiologe,' legde ze uit. 'Maar ik weet niets van vlinders.' Ze keek even mijn kant op en besloot: 'Sorry.'

Ze greep haar cappuccino, nam er luidruchtig een slok van en bloosde.

(E)   Finnegan ging suiker voor Elizabeth halen, maar die zei dat ze geen suiker in haar koffie wilde. Dit veroorzaakte enige verwarring, omdat Finnegan dacht dat ze hem om suiker *had gevraagd*. Het bleek dat Emily dit had gedaan, maar dat Finnegan haar stem had verward met die van Elizabeth.

Het bovenstaande spreekt voor zich.

(F)   Iedereen dronk koffie.

Het wás tenslotte een café.

(G)   Try nodigde iedereen uit voor een 'samenkomst', zaterdag bij haar thuis.

Wel erg kort van tevoren, niet?
Ze is bij mijn weten in ieder geval de enige lerares die een klas bij haar thuis uitnodigt.
Ik legde uit dat dit soort spontane, ongeplande, impulsieve 'samenkomsten' op zaterdag voor mij niet hoefde en dat ik onmogelijk kon komen.

(H)   Try vroeg het telefoonnummer van mijn moeder.

Ik deed of ik haar niet hoorde.

Bijlage bij verslag over Vriendschap, Ontwikkeling en Samenwerking: voorbeeldpagina van mijn ('vertrouwelijke') 'Wie ben ik?'-vragenlijst

a) Het eerste wat ik zie als ik 's morgens wakker word is...

aus ausser bei mit nach von seit zu gegenüber
(Duitse voorzetsels die de derde naamval krijgen.) (Ze hangen op mijn kastdeur.)

97

b) Het laatste waar ik aan denk als ik 's avonds ga slapen is...

waterstof helium lithium beryllium borium koolstof stikstof zuurstof...
(Het periodiek systeem.) (Ik heb een bandje opgenomen waarop ik alle elementen opnoem en dat speel ik iedere avond af.)

c) Iets wat ik graag doe is...

meeluisteren naar gesprekken van onbekenden. Ik doe dit in de bus, op school, in winkelcentra en in bibliotheken. Ik typ deze gesprekken uit op mijn laptop. Ik vind het erg boeiend om dit te doen.

d) Degene met wie ik het liefste praat is...

mijn broer.

e) Iemand die ik bewonder is...

mijn vader. Hij is genadeloos ambitieus en slaagt altijd in alles wat hij doet.

f) Iemand die ik soms mis is...

Kelly Simonds. Zij was vorig jaar tweede spreker in mijn debatteam, maar ze is als internationaal uitwisselingsstudent naar Oostenrijk vertrokken.

*

Mijn buddydagboek
Door Scarlett Mackenzie

Aan het eind van de vos-bijeenkomst van vandaag hield ik de deur van de Blue Danish open, omdat ik dacht dat mijn buddy, Finnegan Blonde, achter me liep. Maar toen ik me omdraaide, zag ik dat hij bij de kassa een extra beker koffie voor onderweg stond af te rekenen. Toen ik mijn vergissing bemerkte, liet ik de deur dichtklappen.

Iets anders: na schooltijd ging ik naar de sportschool in Castle Hill om me in te schrijven voor kickbokslessen. Dit overeenkomstig de uitdaging van mijn buddy. De lessen zijn op dinsdagmiddag, tegelijk met mijn pianoles. Ik kan er dus niet naartoe. Misschien ga ik nu een hiphopcursus proberen.

*

Het dromendagboek van Scarlett Mackenzie
Woensdag, 23.45 uur

Net thuis van 'oppassen' bij Eleanora. Viel aan mijn bureau in slaap. Ik droomde dat ik met blote voeten door een kniehoge laag inktzwarte modder waadde. Het was zo'n droom met weinig licht – misschien zweefde er een lantaarn ter hoogte van mijn kin, verder niets dan grauwe duisternis. Ik probeerde me niets aan te trekken van de warme drab die traag tussen mijn tenen omhoogwelde, maar toen het spul langs mijn enkels streek, voelde het dreigend aan. Toen stapte ik op iets hards en kronkeligs en ik raakte in paniek. *Het is maar een wortel,* dacht ik, maar ik voelde huid langs mijn enkel strijken. *Het is maar een lijk*, dacht ik, en ik werd met een beklemd gevoel om mijn borst wakker.

*

Nachtelijke overpeinzingen van Scarlett Mackenzie
Donderdag, 1.00 uur

Ik kan nog steeds niet slapen. Mijn geest is ver afgedwaald van beelden van inktzwarte modder. In plaats daarvan denk ik aan open deuren.

Ik houd vaak een deur open, omdat ik denk dat er iemand achter me loopt, en dan kom ik erachter dat ze nog heel ver weg zijn. Er was dat voorval met Finnegan, maar laatst bij de K-mart had ik het ook. Ik hield een deur open voor mijn cheffin, die een metalen beugel om haar knie heeft en met een stok loopt. Ze deed er uren over om bij de deur te komen, hoewel ze zich probeerde te haasten om mij niet op te houden. 'Bedankt,' hijgde ze, maar in haar stem hoorde ik iets anders dan 'bedankt'.

Ik geloof dan ook dat ik niet erg goed ben in:

afstanden beoordelen

*

Verdere nachtelijke overpeinzingen van Scarlett Mackenzie
Donderdag, 2.00 uur

Ik heb maagkrampen.
Ik vraag me af of ik mijn vermogen tot

afstanden beoordelen

kan verbeteren door op boogschieten te gaan of schietlessen te nemen.

*

Verdere uitvoerige nachtelijke overpeinzingen van Scarlett
Mackenzie
Donderdag, 3.00 uur

Eén ding heb ik in ieder geval bereikt: vandaag heb ik weer de giftige zielen van twee mensen onthuld – de zeekomkommer en de Queen Alexandra Birdwing-vlinder.

*

Verdere uitvoerige nachtelijke overpeinzingen van Scarlett
Mackenzie (2)
Donderdag, 3.05 uur

Wacht, nee, het was niet vandaag, het was gisteren! Nu is het de volgende dag. Het is natuurlijk vroeg in de ochtend van de volgende dag, maar het is de volgende dag. De donder-dag. De dag van Thor. Thor is de Noorse god van de donder en daarom besef ik opeens dat ik de godin ben van de donder, de godin van de storm en het onweer, want ik weet hoe ik moet bulderen en ik weet

O, waar heb ik het over?

Laat ik dit zeggen. Ik behandelde mijn symptomen van anti-climax door mijn inspanningen bij de vos-groep gisteren te *verdubbelen*. Het was alsof ik *twee* vliegtuigen op de startbaan had staan in plaats van één, oftewel *twee* keer zo veel motoren, *twee* keer zo veel stewardessen... O, waar heb ik het nu weer over?

Hoe dan ook, twee giftige zielen in plaats van één. En ik beschreef hun zielen *recht in hun gezicht* in plaats van ze alleen maar op te schrijven.

Ik voelde me een beetje schuldig terwijl ik dit deed, en de reden daarvan is dat er verschillende soorten giftige dieren zijn.

Er zijn bijvoorbeeld giftige dieren die alleen maar gif in hun lichaam hebben. Ze vallen je niet aan, maar als je ze opeet, ga je dood, of word je ziek.

Maar er zijn ook andere giftige dieren. Die hebben bijvoorbeeld *giftanden*, die ze gebruiken om je *aan te vallen* en hun gif *in te spuiten*. Zo'n dier hoef je niet op te eten, daar hoef je alleen maar bij in de buurt te komen.

Briony, Elizabeth en Sergio behoren niet tot die laatste soort. Ze zijn er niet op uit om je kwaad te doen. Net als bij een zeekommer en een giftige vlinder dient hun vergif alleen ter bescherming tegen roofdieren. Ze zijn minder schuldig dan de écht giftige exemplaren: Toby, Emily en Astrid.

En dus voelde ik me een beetje schuldig toen ik me vandaag tegen Briony en Elizabeth keerde. Maar toch vraag ik me nu af: waarom zou ik me schuldig moeten voelen? Weet je nog wat Briony op mijn Namenspel heeft geschreven? Volgens mij heeft ze precies de juiste combinatie van stompzinnigheid en 'goede manieren' om zoiets gemeens op te schrijven als:

Jij kunt het ook niet helpen dat je bent zoals je bent, Scarlett, en misschien verander je dit jaar wel. Veel succes in de vijfde. Ik denk dat je zult veranderen.

Ze dacht waarschijnlijk dat het me zou stimuleren.

Elizabeth Clarry is vaak kortaf en scherp. Ik ga er dan ook van uit dat zíj heeft geschreven:

Een beetje té slim.

Te slim waarvoor, juffrouw Clarry? Te slim voor jou? Loop je niet hard genoeg om mijn hersenen te kunnen bijhouden?

Daarom dus.

Geen schuldgevoel.

Ze moeten weten wat voor ziel ze hebben en dat heb ik onthuld. (Hoewel het verontrustend was te ontdekken dat Briony al wist hoe haar ziel in elkaar zat. Haar moeder is zeebiologe! Wie had dat kunnen denken?)

Volgende week zal ik mijn taak afronden.

De laatste slachtoffers zijn Sergio en Astrid.

Sergio lijkt onschuldig genoeg, maar net als een vogelbekdier kan hij je verrassen met een flinke straal gif. (Technisch gezien is hij dus ook een aanvallend, giftig dier, maar hij valt zelden aan en zijn giftigheid is van een ander kaliber dan die van de andere drie. *Wat dat betreft kunnen ze geen van allen tippen aan Astrid.*)

Volgens mij was het het vogelbekdier dat schreef dat ik mijn haar 'raar' draag en dat er 'lef' voor nodig is om dat te doen. Sergio heeft me al eens eerder uitgelachen om mijn haar, en hij is echt iemand om een gemene opmerking in een 'compliment' te verpakken.

Ik twijfel er geen moment aan dat Astrid – de zeewesp – dit heeft geschreven:

> *Ik heb Scarlett nog nooit gesproken, maar ik weet zeker dat er achter haar superirritante persoonlijkheid een prachtig mens schuilgaat.*

Ik kan over Astrid twee dingen zeggen:

1. Ze loog toen ze zei dat ze me nog nooit had gesproken.
2. Zij is de giftigste van allemaal.

*

Verdere uitvoerige nachtelijke overpeinzingen van Scarlett
Mackenzie (3)
Donderdag, 4.03 uur

Vreemd, na een dag als vandaag – ik bedoel natuurlijk gisteren – een dag waarop ik twee zielen heb onthuld en voorts (wat een heerlijk, ouderwets woord! Voorts. Schitterend.). Hoe dan ook, voorts heb ik geweigerd de 'samenkomst' bij Try thuis bij te wonen – zíj gaan daar maar hun tijd aan verspillen, met stomme 'vertrouwelijke' vragen-lijsten invullen en over *zichzelf* praten, maar voor mij wordt het een heerlijke zaterdag! Na de K-mart ga ik huiswerk maken, misschien mijn aantekeningen van geschiedenis uitwerken, Hanons *De virtu-oze pianist; complete piano-oefeningen* doorwerken en mijn losse sokken bij elkaar zoeken. Volgende week schrijf ik mijn voordracht voor Engels. Die voordrachtenwedstrijd win ik altijd. Ik ga de ka

Maar waar was ik gebleven?

O ja, vreemd. Vreemd dat mijn symptomen van anti-climax aanhouden, zelfs nu ik weer twee zielen heb onthuld.

Ik heb nog steeds hoofdpijn en maagpijn en ik ben zó *moe*. Toch kan ik vannacht niet slapen – misschien ben ik bang dat die droom over lijken en boomwortels terugkomt. Mijn armen zijn verschrik-kelijk zwaar en gevoelloos, ik kan haast niet geloven dat ik ze kan optillen.

Tante Veronica zei bij het eten dat zij zich precies zo voelt, dus ik vermoed dat we nog steeds last hebben van dat virus, maar hoe-lang kan dat duren?

'Wat een coïncidentie', zei oom Jake. 'Dat jullie allebei hetzelfde hebben!'

Wat bedoelt hij daarmee? Waarom zouden we niet hetzelfde vi-rus hebben? We wonen in hetzelfde huis! Ik begrijp hem niet.

En waarom zegt hij niet gewoon 'toeval', maar 'coïncidentie'? En dan spreekt hij het ook nog verkeerd uit. 'Co-inky-dentie' zegt hij. En dat voor een professor. Ik kan hem wel vermoorden.

Laatste nachtelijke uitvoerige overpeinzingen van Scarlett
Goedenacht Mackenzie
Donderdag, 4.52 uur

O, ik moet het toegeven.
De Giftige Zeven.
Welke zeven? Welke zeven?
Welke Giftige Zeven?
Er zijn de giftigen (Briony, Elizabeth en Sergio) en de zwaar-giftigen (Toby, Emily en de onvergeeflijke Astrid), maar als je die bij elkaar optelt, kom je maar tot zes. Ik heb steeds gelogen toen ik hen de Giftige Zeven noemde.
Dat heb ik gedaan omdat het zo'n lekker ritme had: de Gíf-tige Zé-ven.
Het zijn er maar zes en...
Finnegan
Finnegan
Finnegan Blonde
IS ER NIET BIJ!
Waarom heb ik hem te schande gemaakt door zijn naam in het rijtje van zeven op te nemen? O, dat cijfer zeven maakt hem te schande! En dat alleen vanwege het lekkere ritme!
Maar waarom, zo vraag ik me verbijsterd af, maakt hij *zichzelf* te schande door zich in te laten met de muskusossen?
Ik ken hem natuurlijk niet goed, maar dit weet ik absoluut zeker: hij is niet giftig, hij heeft geen spoortje gif in zich.
Nee. Ik zie het in zijn ogen: vriendelijkheid.
Zo zeldzaam en waardevol: híj heeft die eenvoudige woorden opgeschreven, de enige vriendelijke woorden, de juwelen onder de kitsch, in mijn Namenspel:

Ze kan heel snel typen.

Mijn adem stokt bij het lezen van die woorden.

Hij is een raadsel, een mysterie. Hoe komt het dat hij onze vos-groep in is komen zweven, met het zonlicht spelend in zijn haar? Sterker nog, hoe komt het dat hij *blijft* zweven? Ik vrees dat hij met zijn tenen de bovenkant van hun hoofden zal raken – ik vrees dat hij zijn tenen zal besmeuren. Hij is in gevaar! Ieder moment dat hij in hun gezelschap verkeert, zijn zijn lieve, roze tenen in gevaar! Straks raken ze de inktzwarte modder!

(Ik heb zijn tenen nog nooit gezien en ik moet toegeven dat ik niet weet of ze roze zijn.)

Ik ben zijn buddy. Ik moet hem adviseren om uit de vos-groep te stappen. Ik behoor hem dit advies te geven, sterker nog, het is mijn *plicht* dat te doen!

(Misschien moeten we er allebei uit stappen? We kunnen de vos-tijd gebruiken om samen te studeren. Geen slecht idee.)

Maar nu val ik dan eindelijk in slaap – hoewel mijn ogen troebel worden van tranen als ik aan zijn woorden denk: *ze kan heel snel typen.*

Hij heeft me waarschijnlijk eerder in die week zien typen, in die week van de allereerste vos-bijeenkomst.

Wat edelmoedig van hem om mij op te merken, nog voor we aan elkaar waren voorgesteld.

Een dag uit het leven van Scarlett Mckenzie

Maandag.
De ergste dag van mijn leven?

Het begon zo:

Oom Jake, in de keuken, met de doos.

Meestal zijn alleen Veronica en ik aan het ontbijt; soms zitten we rustig met elkaar te kletsen, soms lepelen we in gedachten verzonken onze stukjes grapefruit naar binnen.

Maar nu zat Jake daar in zijn blauwflanellen pyjama een kartonnen doos open te scheuren.

'Scar, je ziet er net zo beroerd uit als ik me voel,' zei Veronica, en meteen liet ze met een bons haar hoofd op de tafel vallen. Ze deed haar ogen dicht en het was net of ze in slaap viel. Soms lijkt Veronica heel erg op haar dochter van vier.

Ik at mijn grapefruit. Jake rukte aan zijn kartonnen doos. Veronica lag met haar hoofd op tafel te soezen. Nu en dan kwam ze overeind, keek even met knipperende ogen naar haar kopje thee en legde dan haar hoofd weer neer. We hoorden Bella in haar slaapkamer schreeuwen: 'Ik heb *niet* aan de afstandsbediening gezeten! Het is geen *speelgoed*!' Bella verdedigt zich vaak in haar slaap. Jake gromde terwijl hij het plakband van de doos probeerde te trekken.

'Jake?' zei ik. 'Wat is dat voor doos die je probeert open te scheuren?'

Veronica kwam overeind en gaf zichzelf een paar klappen op haar wangen.

'Eindelijk vraagt ze het!' zei Jake stralend tegen Veronica. 'Ga maar eens in de kamer kijken, Scar, dan zie je wat er in de doos zit.'

Ik deed wat hij zei.

Midden in de kamer stond een glimmende, stralend witte babyschommel. Hij was versierd met dolfijntjes.

Ik liep verward terug naar de keuken.

Dat ding was veel te klein voor Bella. Hadden ze dat niet gezien?

Maar Veronica's ogen glinsterden en Jake keek me grijnzend aan – en toen begreep ik het opeens. 'Jullie krijgen een nieuwe baby,' fluisterde ik.

'Het leek ons wel een goed idee,' zei Veronica.

'We wilden eerst nog een paar weken wachten met vertellen,' legde Jake opgewonden uit, 'maar gisteren zagen we die schommel in de uitverkoop en raad eens? Nu ben jij de eerste die het weet, Scarlett!'

Ik stond midden in de keuken en ik riep uit: 'Een *baby*!' Ik had nog nooit als eerste gehoord dat er een baby kwam. Ik probeerde met mijn handen te wiebelen om te laten zien hoe opgewonden ik was.

Maar ik had een vreemd gevoel, alsof er een probleem was dat ik bijna was vergeten.

'Ik weet niet of Bella het leuk nieuws zal vinden,' zei Veronica, 'maar ik moet zeggen dat ik me weer net zo voel als toen zij onderweg was. Ik ben zo moe en –'

'Wacht eens even,' onderbrak ik haar. Opeens besefte ik wat het probleem was. 'Dat virus dat we allebei hebben – is dát dan niet de reden waarom je je zo voelt...? Ik bedoel, weet je zeker dat je...?'

Veronica en Jake keken me aan.

'Nou ja, er zijn nog een paar andere dingen waar je het uit kunt afleiden,' begon Veronica zacht. 'En de dokter –'

'Maar we hebben toch dezelfde symptomen?' hield ik vol. 'Ik bedoel, ik dacht dat we hetzelfde –'

Oom Jake mengde zich in het gesprek.

'Wat een co-inky-dentie, zeg!' riep hij uit. 'Jullie hebben allebei hetzelfde!'

Weer dat stomme grapje. Maar goed, hij begreep in ieder geval mijn probleem.

'Hé, Scarlett,' vervolgde hij. 'Dan ben jij zeker ook zwanger!'

Ze barstten allebei in lachen uit.

En toen werd ik razend.

'WAT IS DAAR ZO GRAPPIG AAN?' schreeuwde ik. 'HOE WETEN JULLIE ZO ZEKER DAT DAT NIET ZO IS?!!!'

En toen rende ik de kamer uit.

Terwijl ik stampend de trap op liep, was ik me bewust van de stilte in de keuken. Toen ik op de overloop aankwam, hoorde ik Jake iets mompelen, en daarna schoten ze weer gierend in de lach.

Op school gingen de vakken als een sombere colonne tanks aan me voorbij.

Bij Duits vervaagde de klas om me heen terwijl ik er met spijt aan terugdacht hoe ik in de keuken had gestaan en met mijn handen had gewiebeld om te laten zien hoe opgewonden ik was. Ik moest er hebben uitgezien als een boom, met zijn wortels stevig in de grond en zijn bladeren bewegend in de wind. Had de boom zichzelf niet moeten ontwortelen om naar Veronica toe te rennen en haar te omhelzen? Waarom was de boom zo kwaad geworden en de keuken uit gerend? Was *dat* nou een passende reactie voor een boom die net te horen heeft gekregen dat iemand zwanger is?

Mijn gezicht gloeide van schaamte. (En van verwarring. Was ik een meisje of een boom?)

Ik zat zo vol spijtgevoelens dat toen Ernst zich met zijn haar in zijn ogen naar me toe boog en zei: 'Scarlett, je moet mijn weblog even checken; ik heb een paar dingetjes geschreven over Emily en het debatteam en zo en –' ik hem in de rede viel.

'Ernst,' zei ik kil, 'vind je het geen tijd worden om een nieuwe naam te nemen?'

Hij wist van schrik niets te antwoorden.

Bij biologie kon ik me niet goed concentreren. Ik zat te piekeren over mijn mededeling van die ochtend dat ík ook zwanger kon zijn. (Niet dus.)

In de pauze kwam ik Toby tegen, die samen met Briony en de kwaadaardige Astrid bij het snoepwinkeltje stond.

Ik probeerde langs ze heen te glippen, maar ze zagen me en betrokken me bij hun gesprek. Ze hadden het over het VOS-evenement dat ik zaterdag had gemist. De bijeenkomst bij Try thuis. Ze wilden me erover vertellen.

Ze zeiden dat Try in een enorm huis woonde, zonder meubelen. Dat huis keek uit op Castle Hill Heritage Park en Try was met hen naar het park gegaan om te picknicken. Ze had kokosnoten meegenomen en ze had alle 'buddy-paren' opdracht gegeven om samen manieren te bedenken om melk uit de kokosnoot te krijgen, waarbij ze alleen maar voorwerpen uit het park mochten gebruiken.

'Finnegan moest het alleen doen,' deelde Briony mee. 'Hij zag er zo eenzaam uit. Hij dwaalde maar zo'n beetje rond.'

'Hij dwaalde rond, eenzaam als een wolk,' verklaarde Toby. 'Een wolk met een koekoeksklok, een wolk met een coltrui, een wolk met een groot blik bonen in knoflooksaus.'

'Nee,' mompelde Astrid, terwijl Toby doorging met zingen. 'Alleen een kokosnoot.' Ze draaide zich naar me toe en zei vertrouwelijk: 'Finnegan had helemaal geen groot blik bonen in knoflooksaus.' Toby keek Astrid lichtelijk verbaasd aan, alsof hij zijn eigen onzin even had geloofd.

'Astrid en Emily probeerden hun kokosnoot te wurgen,' bracht hij opgewekt in herinnering.

'Ze gebruikten de touwen van de klimuitrusting.' (Dat was Briony. Ik ben altijd verbaasd als zij iets zegt.)

Astrid haalde trots haar schouders op.

Het bleek dat niemand melk uit de kokosnoten had gekregen. Het was plotseling gaan stortregenen en ze waren allemaal teruggerend naar Try's huis, waar ze droge handdoeken van haar hadden gekregen, en vers gebakken bananenbrood.

'Je had erbij moeten zijn, Scarlett,' zei Astrid. 'Try heeft een gigantisch dik woordenboek. Je was helemaal uit je dak gegaan als je dat had gezien.'

'O ja?' vroeg ik sarcastisch. 'Denk je dat ik me tussen al dat gegoochel met die kokosnoten ook maar een seconde op een boek had kunnen concentreren?'

'Hè?'

Maar voor ik nog iets kon zeggen, begonnen ze een geanimeerd gesprek over een goochelshow die ze op tv hadden gezien.

Bij moderne geschiedenis kregen we onze proefwerken terug (en werd er een nieuwe opdracht uitgedeeld).

Ik had een 8. Mooi, dacht ik, er is blijkbaar strenger beoordeeld dan normaal. Maar ik zit toevallig achter Elizabeth Clarry en ik zag haar cijfer boven aan haar stralend witte blaadje staan: een 9.

Ik kneep mijn ogen dicht en ik zag nog steeds dat prachtige, rode cijfer schitteren. Een 9. Wat deed dat cijfer op haar proefwerk? Dat kon niet anders dan *mijn* 9 zijn! Ik controleerde of de papieren soms waren verwisseld, maar nee, dit was mijn proefwerk en Elizabeth Clarry had het hare. Toch was er geen twijfel over mogelijk: Elizabeth Clarry, de langeafstandloopster, Elizabeth Clarry, de Queen Alexandra Birdwing-vlinder – Elizabeth Clarry had mijn cijfer.

Ik probeerde de hele pauze de lerares, mevrouw Walcynsky, te pakken te krijgen, om om opheldering te vragen, maar ik kon haar niet vinden.

Bij wiskunde 2 stond mevrouw Yen een formule op het bord te schrijven.

Ik ontdekte een fout in haar redenering en riep door de klas wat het moest zijn. Ze draaide zich fronsend om *en toen zei Lucy Tan dat ik me vergiste.* Er zat geen fout in mevrouw Yens redenering, zei Lucy liefjes, *maar,* zo verzekerde ze me, *ze begreep waardoor ik in de war was geraakt.*

Mevrouw Yen glimlachte, bedankte ons allebei en ging verder met schrijven.

Tijdens de lunchpauze, in de bibliotheek, pakte ik mijn wiskundeboek en bekeek ik de formule nog eens goed. Maar hoe vaak ik hem ook doorwerkte, ik ontkwam niet aan de conclusie dat Lucy Tan gelijk had.

Ik was ontzet.

Ik bladerde door naar een volgend hoofdstuk. Ik zou alles leren over kwadratische vergelijkingen! Op een dag zouden mevrouw Yen en Lucy nederig míjn mening vragen over de relatie tussen wortels en coëfficiënten! 'Ah, Lucy', zou ik dan teder glimlachend zeggen. 'Ik begrijp waardoor je in de war bent geraakt.'

Het vooruitzicht van twee uur Engels achter elkaar verlichtte mijn hart enigszins. Tot mijn verbazing is onze 'tijdelijke' lerares (mevrouw Flynn) er iedere les weer. En ze dringt door tot de *kern* van de teksten. Ze praat zachtjes en heeft een voorkeur voor rokken tot op de knie en pastelkleurige vesten. Ze raadpleegt tijdens het lesgeven vaak de aantekeningen op haar bureau en moet ontzettend turen om ze te kunnen lezen. En ze heeft een trucje: als iemand onzin uitkraamt, trommelt ze met haar vingers in de palm van haar hand. Dat is een effectieve manier om flauwekulverhalen snel af te breken. (Ik moet toegeven dat ik hoop dat de lerares die weg is, mevrouw Lawrence, nooit meer van haar surfreis terugkomt.)

Belangrijker is dat in deze les de voordrachtenwedstrijd zou worden afgesloten.

De laatste paar leerlingen zouden een voordracht houden over een onderwerp naar keuze en mevrouw Flynn zou de winnaar aanwijzen. (Later komen de winnaars van alle klassen tegen elkaar uit en de kampioen mag dan de school vertegenwoordigen.)

Ik ben ieder jaar degene die de school vertegenwoordigt.

Ik had mijn voordracht een dag eerder gehouden en ik had er alle vertrouwen in dat ik zou winnen.

Maar vandaag sprak Emily Thompson en de planeten mogen als knikkers rondtollen aan de hemel en de zon mag als een eidooier uit de lucht komen druipen, maar Emily was een hit.

Ze was informatief en onderhoudend en ze kreeg de hele klas in een lachstuip.

En raad eens wat haar onderwerp was?

Mensen die grove taal gebruiken, werpen een smet op onze samenleving.

Het onderwerp dat ik haar had gegeven om te oefenen voor het debatteam. Ze *vermeldde* zelfs dat ik het onderwerp had aangedragen. (Iedereen begon onderdrukt te giechelen.) Vervolgens behandelde ze de stelling als een grap en gaf ze een satirisch overzicht van 'vloeken' en 'schelden' door de eeuwen heen.

'Waarom zijn mensen bang voor vloeken?' riep ze. 'Het zijn maar woorden. Het zijn alleen maar letters uit het alfabet!' Toen pakte ze een doos die ze op een tafeltje in de buurt had neergezet, haalde het deksel eraf en gooide met veel lawaai een berg witte, vierkante blokjes op de grond. De doos was van een Scrabblespel en de blokjes waren stukjes met letters. (Ze deed dit voor het dramatische effect.)

'Kunnen deze letters je kwaad doen?' riep ze, terwijl ze ze met haar tenen aanwees en bijna over een stukje uitgleed. ('Behalve als je er je nek over breekt?' grapte ze.) Ze zei dat mensen die het vloeken willen uitbannen, de vloekwoorden meer macht geven. 'Als die woorden voortdurend zouden worden gebruikt,' betoogde ze, 'zouden ze onschadelijk worden.' (Er klopt iets niet in Emily's redenering, maar mijn hoofd is te verward om te achterhalen wat het is.)

'Concluderend wil ik voorstellen,' besloot Emily, 'dat er een nieuwe schoolregel komt. Alle leerlingen moeten drie veel voorkomende woorden – bijvoorbeeld 'klas', 'bus' en 'boom' vervangen door drie extreem grove woorden. Laten we de samenleving redden! Laten we allemaal zo veel mogelijk grove taal gebruiken!'

'Laten we dat vooral níet doen,' zei mevrouw Flynn, maar ze zei het op een vrolijke manier.

Niemand was verbaasd toen aan het eind van de les werd meegedeeld dat Emily de wedstrijd had gewonnen.

Emily Thompson, de aanstelster, Emily Thompson, de komodovaraan – Emily Thompson had mijn prijs.

Na school kwam ik bij de bushalte toevallig Emily, Toby en opnieuw de onvergeeflijke Astrid tegen. Toen ik dichterbij kwam, onderbrak Emily haar gesprek met de anderen en bedankte ze me voor het onderwerp dat ze in haar voordracht had gebruikt. Ze leek oprecht dankbaar. Ze probeerde heel nuchter te doen, alsof haar succes niets voor haar betekende, maar haar ogen schitterden en haar mond begon steeds weer te lachen.

Astrid stond met haar buspas aan haar enkel te krabben, maar ze kwam overeind om te vragen waar we het over hadden. Toen Emily het uitlegde, feliciteerden Astrid en Toby haar allebei enthousiast.

Ik bedacht dat in al de jaren dat ik de voordrachtenwedstrijd had gewonnen, niemand mij ooit had gefeliciteerd.

In de bus naar huis dacht ik na over manieren om een kokosnoot open te maken met niets anders dan voorwerpen uit een park.

*

Hier volgen enkele regels uit een boek waar vandaag Scarlett's oog op viel...

'De schooldagen zijn voor een jong meisje doorgaans vol plezier en vrij van zorgen en angst.'

Uit: *Etiquette in de twintigste eeuw: een hedendaags boek voor een welgemanierde samenleving, met regels voor gedrag in het openbare, maatschappelijke en persoonlijke leven, thuis en in de buitenwereld,* door Annie Randall White (1900), blz. 101.

*

Een dag uit het leven van Scarlett Mackenzie...

Dinsdag.
De ergste dag van mijn leven.

Vreemd genoeg begon de dag, opnieuw, als volgt:

Oom Jake, in de keuken, met een doos.

Deze doos was kleiner en hij maakte hem rustiger open. Ook de keuken zelf leek trouwens kleiner en ingetogener.

Veronica zat rechtop in haar stoel en zei lachend: 'Hé, hallo!' toen ik binnenkwam.

Jake keek op en kondigde aan: 'Scarlett Mackenzie!'

Ik wilde een grapje maken over de kartonnen doos. Ik wilde iets ad rems zeggen, zoals: 'Laat me raden. Een tweeling.' Iets waarmee ik kon laten zien dat ik geen puber was, die boos de keuken uit rende, maar een evenwichtig persoon, voor wie baby's de gewoonste zaak van de wereld waren. Maar het enige wat ik wist te zeggen was: 'Hallo.'

'Nu heeft hij weer een autostoeltje gevonden in de uitverkoop.' Veronica knikte schuin naar Jakes kartonnen doos. 'Wat moet je nou met zo'n man, hè?' Nu hield ze haar hoofd een beetje schuin en keek mij aan. 'Voel je je wel goed, Scarlett? Die griep van je blijft me veel te lang hangen.'

'Nee hoor, ik voel me prima,' verzekerde ik haar. Ik bezorgde hun al genoeg last. Ik ging niet ook nog eens klagen over mijn gezondheid.

Ik bukte achter Jake langs om de koelkast open te maken en zag een stukje toast uit de mouw van zijn pyjamajasje steken.

'Hé Scar,' zei hij.

Ik stopte.

Een voorgevoel – mijn hart bonsde wild.

'Ik hoor dat je rijles wilt nemen,' zei hij. 'Je moeder belde laatst op toen je niet thuis was – je moet haar terugbellen; ze probeert je al een poosje te bereiken – en ze vertelde me dat je wilt leren autorijden. Hoe dan ook,' vervolgde hij (traag, scheurend geluid), 'ik kan je daar misschien wel bij helpen.' Hij keek op, met een vers afgescheurd stuk karton hoopvol in zijn hand.

Ik ging aan de tafel zitten, schonk mezelf een glas sap in en probeerde Jake te bedanken voor zijn aanbod.

Ik begreep – en mijn hart brak een beetje bij de gedachte – dat ze aardig voor me wilden zijn. Ze wilden het goedmaken omdat ze me gisteren hadden uitgelachen. Ik kreeg daardoor bijna zin om weer te gaan schreeuwen: *Hou op! Ik verdien dit niet! Jullie horen KWAAD op me te zijn!*

Ik moet toegeven dat mijn geest intussen werd verteerd door een beeld van een dikke, jonge vrouw met een kuiltje in haar kin.

Ze knikte en aan haar nek slingerde een ketting met een sleutel eraan zachtjes heen en weer. Ik was zeven en die vrouw was mijn eerste pianolerares. Ze heette Penny. Ik denk dat in die sleutel om haar nek het getal 21 stond gegraveerd, maar er had het nummer van een gevangeniscel in moeten staan.

Inderdaad, Penny had opgesloten moeten worden.

Want zie je, *ze was geen geschoolde pianolerares.*

Mijn volgende lerares, die ik nu nog heb, heeft er maanden, nee, jaren over gedaan om me de verkeerde gewoonten af te leren die Penny me had bijgebracht. Ik hield mijn polsen verkeerd! Mijn vingers waren te veel gebogen! Ik sloeg de toetsen te hard aan, ik liet de pedalen te hard omhoogkomen, o, laat ik er maar over ophouden...

Wie weet? Als ik meteen een bevoegde lerares had gehad, was ik nu misschien concertpianiste geweest. (Op het ogenblik presteer ik op mijn piano-examens niet zo goed als ik graag zou willen.)

En nu ging hetzelfde gebeuren met mijn rijlessen!

Met de juiste rijinstructeur werd ik misschien wel autocoureur en won ik de volgende Grand Prix! En wie weet wat ik met de *verkeerde* instructeur (onbewust) voor gevaarlijke gewoonten zou aanleren? Ik stelde me mezelf voor achter het stuur: voorovergeleund, mijn polsen vreemd gebogen, mijn vingers te stijf om het stuurwiel geklemd. Naast me stelde ik me Jake voor, zich schaamteloos onbewust van de onvolkomenheden. Ik wilde op zijn minst *professionele* autorijles. Mar hoe kon ik dit aanbod afslaan zonder onaardig over te komen?

Misschien moest ik gewoon mijn mond houden. Wie weet zou zijn aanbod dan in het luchtledige verdwijnen, net zoals het vergeten stukje toast in de mouw van zijn pyjamajasje verdween.

Op school probeerde ik voortdurend te bedenken hoe ik onder de rijlessen uit kon komen zonder Jake voor het hoofd te stoten. Ik bedacht dat ik hem zo veel mogelijk moest zien te ontlopen als de auto in het zicht stond. Ik moest mijn L-platen kwijtraken, of per ongeluk mijn *Handleiding voor nieuwe automobilisten* verbranden.

Of ik kon zeggen dat mijn vader me wilde leren autorijden. Dat kon ik best zeggen!

Maar zou Jake dat geloven?

Ik kon mijn vader *overhalen* om mij te leren autorijden.

Of, wat waarschijnlijk meer succes zou hebben, ik kon mijn vader een nieuw businessplan voorleggen en zelf het geld voor professionele rijles bij elkaar verdienen. Maar hoe zou dat plan eruit moeten zien?

Ik ging helemaal op in het probleem en merkte nauwelijks wat er om me heen gebeurde. Maar er bleven die dag de vreemdste dingen gebeuren, die ik wel móést zien.

Eerst bij economie. Meneer Patel begon de les met een retorische vraag ('Hoe komt het dat de Australische dollar nu eens in waarde stijgt en dan weer in waarde daalt?') en een jongen, Jacob Kowalski, stak zijn hand op. En toen hij eenmaal begon te praten, wist hij van geen ophouden. Hij gebruikte woorden als 'export' en 'reservebank'. Meneer Patel trok zijn wenkbrauwen op. Hij stelde Jacob een paar vragen, en die gaf daar al even welsprekend antwoord op. Jacob Kowalski is iemand die op het Ashbury altijd in de schaduw blijft. Het is een kleine, magere jongen met schouders zo smal als een viool. Hij is een vage, middelmatige leerling, die nooit iets zegt in de klas. Maar vandaag, toen hij begon te praten, keek meneer Patel hem met een schuin hoofd verwonderd aan.

'Ik ga even buiten een sigaret roken,' zei hij. 'Jacob neemt zolang de klas over.'

Hij ging inderdaad naar buiten om te roken, maar Jacob nam de klas niet over. Iedereen begon met elkaar te praten.

Na de les hoorde ik Jacob tegen een vriend bekennen dat hij een tijdelijk abonnement had genomen op de *Financial Review*. Ik draaide me stomverbaasd om en toen viel me nog iets anders op:

hij was niet meer zo klein en mager. Zijn hoofd raakte bijna de bovenkant van de deuropening. En zijn schouders waren zo breed als een cello.

Toen, in de lunchpauze in de bibliotheek, zag ik een groep kinderen van mijn jaar om mevrouw Flynn heen staan. Ze maakten plannen voor een online schoolkrant. Waarom zou een vervangende lerares Engels een schoolkrant opzetten? Ik vond het een beetje brutaal van haar om met ons intranet te rommelen. Ik hoorde iemand in de groep heel hoog giechelen. Dat was toch niet Gabby Riley? (Ze haalt altijd vreselijk lage cijfers en is vorig jaar zeven keer geschorst.) Maar het was Gabby Riley wel. Het bleek dat zij de roddelrubriek voor de krant wilde schrijven. Ze zou hem als een soort weblog iedere dag gaan bijhouden. Ik wist niet eens dat ze het alfabet kende, laat staan het woord 'weblog'.

Bij biologie viel het me op dat Finnegan er niet was. Ik wist dat hij op school was, want ik had hem eerder bij economie gezien. Toen de les een minuut of tien bezig was, moest ik de klas uit om mijn pingpongbatje te halen (voor een experiment) en ik kwam net teruglopen toen ik hem zag. Hij kwam uit het kantoor van mevrouw Lilydale. Waarom had hij met haar gesproken? Hij heeft helemaal geen les van haar. Ik vroeg me af of ik hem daar op een grappige manier op moest wijzen. Hij moest nu mijn kant op, om naar biologie te gaan. Als we samen het laboratorium binnen gingen, viel het misschien niet op dat hij te laat was. Daar zou ik hem ook op wijzen.

Maar terwijl ik naar hem stond te kijken, draaide hij zich abrupt om en liep de andere kant op. Ik hield de rest van de les de deur in de gaten, maar hij kwam niet meer opdagen.

Waarom gedroeg iedereen zich zo vreemd? Hier dacht ik over na terwijl ik vlak voor de laatste les de vleugel van de vijfde klas in liep. Mensen leken uit de gekste plekken tevoorschijn te komen – uit de anonimiteit, uit opeenvolgende schorsingen, uit het kantoor van mevrouw Lilydale. En toen vond de laatste vreemde gebeurtenis plaats.

Een groepje mensen stond achter in de ruimte, bij het raam.

Zes mensen.

Toby, Emily, Briony, Elizabeth, Sergio en Astrid.

Ik liep door naar mijn kluisje, maakte het open en draaide me om om naar hen te kijken.

Daar stonden ze. De Giftige Zes.

De suikerrietpad, de komodovaraan, de zeekomkommer, de Queen Alexandra Birdwing-vlinder, het vogelbekdier en de zeewesp.

Terwijl ik naar ze keek, leunde de suikerrietpad voorover en mompelde iets in het oor van de zeekomkommer. De Queen Alexandra Birdwing-vlinder begon te giechelen. Het vogelbekdier sloeg met zijn hand op de arm van de komodovaraan. Allemaal leken ze te dansen rondom de duisternis van de zeewesp. Plotseling zag ik allemaal vlekken en tuimelden de dieren door elkaar. Het was alsof ze in een krat hadden gezeten en iemand het krat hoog had opgetild en flink door elkaar had geschud.

Er kookte iets in mij.

Er drukte iets tegen de achterkant van mijn tanden en er prikte iets in mijn neusgaten.

Wat dachten ze wel? Wat stonden ze daar nou te kletsen en te lachen en stom te doen? Konden ze na al mijn werk nu nog steeds niet zien wie ze waren? Was ik de enige die hen echt kon zien?

Ik stond bij mijn open kluisje en haalde kort en oppervlakkig adem. Ik hoorde mezelf piepen en ik wist dat ik een pufje moest nemen, maar mijn armen waren te strak over elkaar geslagen. Ik wilde schreeuwen met alle kracht die ik in me had. Ik wilde naar dat groepje van zes rennen, ze stuk voor stuk bij hun schouders pakken, door elkaar schudden en roepen: 'Kunnen jullie niet zien wie je bent? *Kunnen jullie jezelf niet zien?*'

Ik keek om me heen naar de andere leerlingen, die hun kluisjes openden, hun boeken uit hun tas kieperden, hun kluisdeurtjes dichtsloegen, dingen op de grond lieten vallen – ze waren zich allemaal volkomen onbewust van de dieren die in de hoek stonden te dansen.

En toen kwam het plan in me op.

Het kwam kant en klaar mijn hersens binnenvallen.

Een eenvoudig plan om hun giftige ziel aan iedereen te onthullen.

Ik zou het doen.

Morgen, vlak voor de vos-bijeenkomst.

Ik wist met moeite mijn armen los te wrikken, nam een pufje Ventolin en draaide me om naar mijn kluisje. Mijn ademhaling was nu rustiger, maar in mijn hoofd leek het te kolken en te bruisen. Ik voelde de motoren ontbranden. De lonten voor het vuurwerk werden aangestoken.

Dat was de reden waarom ik, toen ik thuiskwam uit school, aan de piano ging zitten om mijn polsen te ontspannen.

Ik gebruikte mijn linkerhand om mijn rechterpols op te tillen en liet mijn hand slap op de toetsen vallen. Hetzelfde deed ik met de linkerpols. De piano braakte wanklanken uit.

Ik voelde een schaduw achter me.

'Leuke techniek,' grapte oom Jake, met een mond vol appelmoes. (Hij koopt voor zichzelf nog steeds de potjes babyvoeding die Bella vroeger at.) 'Wat is het? Moderne jazz?'

'Ha ha,' antwoordde ik, niet onvriendelijk.

'Je hebt vandaag toch pianoles?' vervolgde hij. 'Wat dacht je ervan om daar samen naartoe te rijden?'

'Bedankt,' zei ik, 'maar dat hoeft niet, ik loop liever.' Om beleefd aan te geven dat ons gesprek hiermee was afgelopen, speelde ik de toonladder in E-mineur (*pianissimo*).

'Je eerste rijles,' kondigde oom Jake aan en hij liet de autosleutels op de piano vallen.

Nu begreep ik het.

Maar ik wist niet wat ik ertegenin moest brengen.

Ik had nauwelijks tijd om mijn *Handboek voor de weggebruiker* door te nemen. Ik greep de *Handleiding voor nieuwe automobilisten* en wees oom Jake op het hoofdstuk 'Informatie voor de instructeur', maar dat bleek tijdverspilling. Hij pakte het boek met een zwierig gebaar aan, en las er een willekeurige regel uit voor.

'Je hebt toch geen last van stress, hè Scarlett?' vroeg hij. 'Anders doen we het gewoon een ander keertje, hoor!' Toen begon hij te lachen en liep hij naar de auto.

Mijn L-platen hadden zulke felle kleuren! Zwart met geel, net kartonnen bijen. Ik wenste vaag dat ik ze in de wasmachine had gestopt, zoals mijn broer altijd doet met zijn nieuwe spijkerbroeken. Als ze maar een beetje vaal en versleten waren, dacht ik, zou het misschien lijken of ik kon autorijden.

Ik voelde me opgelaten toen ik de L-platen op de voor- en achterkant van de auto bevestigde, en nog meer toen ik op de bestuurdersplaats ging zitten. Ik had daar nog nooit gezeten. Het leek me zo'n drukke, serieuze plek. Om mezelf te kalmeren, pakte ik het stuur beet en trok er een beetje aan.

Oom Jake zat naast me op de passagiersstoel. Hij had de behoedzame, fronsende blik van iemand die zijn best doet om niet te lachen. Ik stopte met trekken aan het stuur.

'Wat is dit?' Jake ging verzitten in zijn stoel. Toen haalde hij mijn logboek voor de dag. Hij had erop gezeten, waardoor de rechterbovenhoek was omgevouwen.

Ik legde uit hoe het logboek werkte: dat ik een bepaald aantal uren onder toezicht moest rijden voor ik rijexamen kon doen; dat oom Jake iedere rijopdracht die ik goed had uitgevoerd moest aftekenen; dat ik de tijd, de datum en de locatie van iedere oefenles in het logboek moest bijhouden, evenals het aantal afgelegde kilometers, de weg, het weer, de verkeersomstandigheden... Het kan zijn dat ik een beetje doordraafde.

'Papa?' vroeg een stem. 'Wanneer gaat Scarlett nou rijden?'

Ik draaide me zo snel om, dat mijn autogordel blokkeerde en ik een nekspier verrekte.

Bella zat achter in de auto! De riemen van haar autostoeltje waren vastgegespt en ze probeerde met een ernstig gezicht zo ver mogelijk naar voren te buigen om mijn aandacht te trekken.

'Bella!' zei ik. 'Sorry, schat. Je kunt nu niet met ons mee. Ik ga leren autorijden!'

Bella hield als een klein vogeltje haar hoofd opzij. 'Scarlett,' zei ze, 'wanneer ga je nou rijden?'

Oom Jake liet een boer.

Als hij een boer laat, trekt hij zijn mond een beetje scheef en laat hij de boer langzaam, als sigarettenrook, ontsnappen.

'Pardon, papa,' zei Bella.

'Kom nou, Bell,' smeekte ik. 'Ga gauw weer naar binnen, naar je mama.'

'Ze mag wel mee,' zei oom Jake. 'Kom, we gaan.'

En toen begon *hij* te praten.

Hij zei dat ik het stuurwiel moest zien als een klok, en dat ik mijn handen op de tien en de twee moest zetten. Hij begon over het contactslot, de achteruitkijkspiegel en het dashboard. Hij praatte over de handrem. Hij had het over *overzicht houden*, over *defensief rijden*, over *richting aangeven*, over *communiceren met andere automobilisten*. Hij schoof energiek heen en weer op zijn stoel, wees onder het praten van alles aan en al die tijd zat Bella het volkslied te zingen en tegen de achterkant van mijn stoel te schoppen.

Ik kan niet uitleggen wat er daarna gebeurde.

Ik kan het echt niet zeggen

Er was een soort gegons of gezoem in mijn hoofd, misschien van de kartonnen bijen, of van de stem van oom Jake.

Ik herinner me dat de stem nu en dan vervaagde en dan weer aanzwol. Ik herinner me dat ik dacht: hij verwacht toch niet dat ik dit allemaal onthoud? Ik herinner me dat ik dacht: tien voor twee?

Maar misschien vergist hij zich. Stel je voor dat het kwart voor drie moet zijn! Of half zeven! (Maar half zeven zou niet logisch zijn. Dan zou je allebei je handen onder aan het stuurwiel moeten houden. Ik miste een heel stuk van oom Jakes verhaal terwijl ik hierover nadacht.) Ik herinner me dat ik zei: 'Maar in het handboek stond –' en oom Jake onderbrak me.

'Scarlett,' zei hij, 'vergeet het handboek.'

(Zijn stem deed me denken aan een commandant in een oorlogsfilm die zijn elitetroepen toespreekt. 'Vergeet de oefeningen,' zegt de commandant. 'Hier laten jullie zien wat je waard bent. Dit is het echte werk. Dit is de echte vijand. Vreet ze op.')

Ik miste weer een stuk van Jakes verhaal terwijl ik de toespraak van de commandant bedacht en nadacht over de uitdrukking: *Vreet ze op.* (Ik werd er vreemd hongerig van.) Toen ik mijn aandacht weer op Jake richtte, stelde die net een paar retorische vragen. 'Volg ik alleen de regels? Rijd ik alleen in *theorie*? Of ben ik *één met de auto*? Ben ik, Scarlett Mackenzie, één met het verkeer op deze weg? Dat moet je je afvragen.'

Toen onderbrak Bella haar gezang om te informeren wanneer Scarlett van plan was te gaan rijden.

Ik herinner me dat ik de sleutel omdraaide in het contactslot, dat ik mijn voet op het gaspedaal zette en dat ik scherp inademde toen de auto een brul gaf. Ik herinner me dat oom Jake nog steeds zat te praten: hij vertelde me wat ik moest doen als we aan het eind van onze straat bij het stopbord aankwamen.

Uiteindelijk bleek ik die instructie niet nodig te hebben.

Ik merkte vaag op dat er tegenover onze oprit een auto langs de stoep geparkeerd stond.

Ik reed voorzichtig naar het eind van onze oprit.

Ik zette mijn rechter-richtingaanwijzer aan. Een klein, groen pijltje op het dashboard knipoogde me toe.

Ik reed de oprit af.

Op dat moment dacht ik bij mezelf: *als ik de bocht om ben, moet ik eraan denken de richtingaanwijzer uit te zetten.*

Maar toen ik er nog eens over nadacht, wist ik: *nee, die gaat vanzelf uit.*

Ik werd overvallen door een vreemde paniek. *Moet ik de richtingaanwijzer uitzetten, of gaat dat vanzelf?! En toen: wacht eens even, moest ik überhaupt wel een richtingaanwijzer aanzetten?! Er is geen auto achter me! Alleen een huis! Oom Jake lacht me uit, daarom zit hij zo met zijn ogen te knijpen!*

Dit is het echte werk, dacht ik. VREET ZE OP!

Ik greep het stuurwiel stijf vast, duwde het gaspedaal diep in en knalde op de geparkeerde auto.

Het lawaai van de botsing klonk als een reus die een hap uit een stenen muur neemt. Boven dat scheurende geknars uit klonk een harder, doordringender geluid: oom Jake, die een serie vloeken brulde.

Ik zat er verbijsterd bij.

Jake stopte met vloeken. Zijn stem kreeg een vastberaden, gezaghebbende klank. Hij beval me uit te stappen en toen ik dat had gedaan, schoof hij door naar de bestuurdersplaats en reed hij de auto achteruit de oprit weer op.

Bella liet zich in een vreemde, opgewonden toestand uit haar autostoeltje vallen en begon rond te dansen op het grasveld bij de weg. Ik stond midden op straat, met mijn armen stijf over elkaar geslagen, en probeerde niet te beven.

De voorbumper van Jakes auto hing los. De andere auto was helemaal gedeukt en zag er bijna schuldbewust uit. Het was een staalblauwe Nissan Pulsar en Jake vertelde me dat hij van een buurman was. We stonden er samen naar te kijken. Jake praatte heel vriendelijk tegen me en vertelde dat de betreffende buurman zich nooit aan de watervoorschriften hield en altijd dag en nacht zijn gras sproeide. Tante Veronica kwam het huis uit, kneep haar ogen halfdicht tegen de zon en kwam toen naar ons toe rennen.

De eigenaar van de auto was niet thuis, maar een paar andere buren wel, evenals (altijd handig) een stel getatoeëerde mannen van een bouwplaats in de buurt. Ze wilden allemaal weten wat er gebeurd was en begonnen de schade op te nemen. Ze keken mij verwachtingsvol aan.

Waarom was ik tegen die auto aangereden? vroegen ze. Waarom had ik gas gegeven terwijl er vlak voor me een auto geparkeerd stond? Waarom, vroeg een van hen vriendelijk, had ik het stuur niet bijgedraaid?

Een stel bouwvakkers beweerde dat de Nissan Pulsar wel afgeschreven kon worden. Het had er iets mee te maken dat er te veel panelen waren beschadigd. Een irritante vrouw vroeg zich af of de politie er niet bij gehaald moest worden. Een bebaarde man met een hamer onderzocht het wegdek op remsporen. Hij kon niets vinden. Had de rem geweigerd toen ik probeerde te stoppen, vroeg hij zich af.

Ik kon alleen maar staren.

Ik had geen idee wat er gebeurd was.

Ik had de rem niet eens aangeraakt.

Later, nadat ik had gebeld om uit te leggen waarom ik niet naar de pianoles was gekomen, legde Veronica haar arm om mijn schouder en gaf ze me een kopje kruidenthee. 'Iedereen krijgt minstens één keer een aanrijding,' zei ze. 'Je moet het zo zien: jij hebt het nu maar vast gehad.'

Maar nog later, toen ik niet in de kamer was, hoorde ik haar heel duidelijk aan Jake vragen: 'Wat deed Bella in de auto?'

'Ze ging alleen maar –' begon Jake.

Veronica viel hem in de rede. 'Je neemt geen kind van vier mee als je een beginneling leert autorijden, Jake.'

'We gingen maar een klein stukje –' probeerde hij weer.

'Maakt niet uit,' zei ze. 'Dat doe je gewoon niet.'

Ik probeerde mijn moeder te bellen, maar ik kreeg haar voicemail.

Verslag van Vriendschap, Ontwikkeling en Samenwerking, geschreven voor de Onderwijsraad van New South Wales, zonder enige hoop dat de Onderwijsraad er ooit een letter van zal lezen
Door Scarlett Mackenzie

Bijeenkomst 4

Ik zal niet vertellen hoe ik bij de vos-bijeenkomst aankwam: te laat, alleen en buiten adem. Ik gonsde, nee, ik glom helemaal van opwinding. Want ik, Scarlett Mackenzie, was een vliegtuig dat ging opstijgen. Ik was een voetzoeker waarvan de lont net was aangestoken (de lucht beefde nog na van het aanstrijken van de lucifer).

Ik was iemand die *iets had gedaan.* Ik had ervoor gezorgd dat de climax – mijn ongrijpbare climax – *eindelijk ging plaatsvinden.*

Dat is de reden waarom ik te laat was.

Maar daar zal ik niet over vertellen.

Ook zal ik niet vertellen over het moment dat de deur achter me dicht zwaaide en Emily daar stond, alleen, bij de kassa.

Ik ging naast haar staan, maar ik zal niet vertellen dat ze strak voor zich uit keek naar het meisje achter de kassa en in één adem zei: 'Ik wil graag een kop warme chocola en ik wil mijn dank terug.'

Het duurde even voor het tot me doordrong dat ze het tegen mij had.

'Welke dank?' vroeg ik.

'De dank die ik je maandagmiddag heb gegeven.' Ze telde het juiste bedrag uit, zonder mij aan te kijken. 'Voor dat onderwerp voor mijn betoog. Mijn hart is vandaag ijskoud, Scarlett, en weet je hoe dat komt? Door jou. Ik sprak vanmorgen namelijk met Ernst. We hadden het over het debatteam en ik begon over die traditie om debatten te oefenen en elkaar een symbooldier te geven. En Ernst zei: "Meid, mijn hoofd tolt als een turbomixer. Waar heb je het over?" En ik zei –'

Emily stopte en keek me nu fronsend aan.

'Ik heb Ernst eigenlijk nog nooit eerder echt horen praten,' bekende ze. 'Waarom praat hij zo? Maar goed.' Ze herinnerde zich haar ijskoude hart en keerde zich weer van me af. 'Hij zei dat het allemaal niet waar was. Er zijn helemaal geen oefendebatten en symbooldieren. Dus ik denk dat je dat allemaal hebt verzonnen om een geintje met me uit te halen. En hoewel ik de wedstrijd heb gewonnen met dat onderwerp van jou, voelt het voor mij als een lege overwinning. Want het is allemaal begonnen met een trucje. En dus, Scarlett, neem ik mijn dank terug. Onherstelbaar.'

'Bedoel je misschien "onmiskenbaar"?' vroeg ik aarzelend. 'Of "onherroepelijk"?'

'Je ziet maar,' zei ze. 'Ik neem mijn dank terug en jij kunt daar niets tegen doen.'

'Oké,' beaamde ik.

En zonder me nog een blik waardig te keuren pakt Emily haar warme chocola en liep met grote stappen naar het gordijn.

Maar daar zal ik niet over vertellen.

Ik zal ook niet vertellen dat achter het gordijn de VOS-groep net zo bij elkaar zat als de week ervoor, met hun schoenen op tafel en hun schoenveters tussen de servetten en de koffiekopjes.

Try verwelkomde me en zei dat ze me zaterdag allemaal hadden gemist. Ze hoopte dat ik er een volgende keer wel bij kon zijn.

Emily had intussen in de gaten gekregen dat ze naast mij zat en schoof demonstratief haar stoel naar achteren om ergens anders te gaan zitten. Iedereen keek toe terwijl ze haar stoel op een andere plek in de kring wrong. Ze belandde naast Finnegan, die haar even nieuwsgierig aankeek.

Ik glimlachte alleen maar in mezelf.

Maak je geen zorgen, Finnegan, zei ik in gedachten tegen hem. *Binnenkort zul je zien hoe je buddy voor zichzelf opkomt. Wacht maar tot we terug zijn op school! Dan zul je zien hoe ze boven alle anderen uitzweeft!*

Ik was een vlieger, hoog in de blauwe lucht. *Zij* waren niets dan koude, verwelkte stukken sla uit een boterham, gemorst in het zand. Zelfs de zeemeeuwen moesten niets van hen hebben.

Try had, zoals gewoonlijk, haar mand op schoot. En zoals gewoonlijk haalde ze daar stapels papier uit. En als ze dat doet, begint ze altijd te blozen en veel te snel te praten.

'Goed, ik heb nog even een paar tekeningetjes voor jullie gemaakt,' babbelde ze, 'gewoon een paar grappige dingetjes, voor de lol, en ik heb ook een schema gemaakt voor de rest van deze periode, en ik heb een paar oefeningen, en een paar formulieren om in te vullen en, o ja, nog een paar tekeningen –'

'Nou,' zei ik met vriendelijke stem, 'het is fantastisch dat je je artistieke talenten op ons botviert, Try, maar pas wel op dat je niet de hele papiervoorraad van het Ashbury opmaakt!'

De volgende geluiden werden (tegelijkertijd) door de groep voortgebracht:

Wat?

Uh!

Ohhh!!

Wáááát??

A-hum.

Duh.

FUCHSIA, *dat is grof, Scarlett.*

Ik lachte, om mijn gevoelige vrienden duidelijk te maken dat mijn opmerking als *grap* bedoeld was, of als vriendelijk advies. Try zelf lachte ook. Ze zat diep over haar mand gebogen en was druk bezig met haar papieren.

'Oké, daar zit wel wat in.' Ze liet een paar kleine vlechtjes in haar ogen vallen. 'Ik zal wat minder papier gebruiken. Dat spaart weer een paar Australische bomen.'

Meteen zetten Emily en Astrid een felle aanval in op Australische bomen.

'Ik bedoel, vergeleken bij Try's tekeningen is een gomboom zeg maar waardeloos,' zei Astrid. 'Ik bedoel, een echte gomboom zou zichzelf gewoon WILLEN opofferen, als hij wist dat er zo'n talentvolle tekening van hem gemaakt zou worden.' Zelfs Sergio zei dat hij vond dat Try haar tekeningen moest laten publiceren. En Toby wees erop dat het Ashbury kringlooppapier gebruikt.

Try maande hen, nog steeds lachend, tot stilte.

Maar daar zal ik natuurlijk niet over vertellen.

Ook zal ik niet vertellen dat Try ons allemaal vroeg een belangrijke gebeurtenis van de afgelopen week te vertellen.

Op maandag, zei een heldere, klingelende stem in mijn hoofd, *vertelden mijn oom en tante me dat ze een nieuwe baby krijgen. Ik weet niet waar ze die baby willen laten als hij komt. Ik slaap immers al in de logeerkamer.*

En de heldere, klingelende stem vervolgde: *Maar maken jullie je maar geen zorgen. Ik heb mezelf onmisbaar gemaakt. Gisteren heb ik nog hun auto in elkaar gereden.*

Hardop antwoordde ik: 'Deze week geen vermeldenswaardige gebeurtenissen.'

Astrid maakte weer haar minachtende *a-hum*-geluid. Emily staarde me uitdrukkingsloos aan.

En de anderen? Belangrijkste gebeurtenissen van de week? Nou, Elizabeth had leren skaten op rollerblades. Sergio had het haar geleerd. Briony's oma was overgekomen uit Dubbo! Toby had een slak gevonden op de vloer van zijn slaapkamer. Finnegan was gisteren de hele nacht opgebleven om het vijfde seizoen van *The Sopranos* te bekijken. Emily had besloten te stoppen met haar dieet. Astrid was achtervolgd door de politie, maar was ontsnapt door zich te verstoppen tussen de rozenstruiken.

'Niet tussen de anjers?' vroeg ik. 'Moet je in tijden van nood niet je toevlucht zoeken bij je familie? Of hoe zou jij ze noemen? Je voorouders?'

Voor ze de kans kregen om weer een koor van 'o's' en 'ah's' aan te heffen, kwam Try tussenbeiden met haar onderwerp voor de bijeenkomst van de dag.

Het onderwerp was ZWAKHEDEN.

Ze wilde weten wat we *niet* leuk vonden aan onszelf – wat we, als we dat konden, aan onszelf zouden veranderen.

Maar ik zal niet vertellen over de bekentenissen, de grappen en de wanhoop waarmee mijn 'vrienden' op deze vraag reageerden.

Ik moet toegeven dat dat ten dele komt omdat ik niet heb geluisterd.

Ik zat na te denken over het onderwerp.

Ik zat na te denken over mijn eigen drie zwakheden:

(1) Een neiging tot

> dagdromerij

(2) Moeite met omgaan met een

> ANTICLIMAX

en

(3) af en toe problemen met

afstanden beoordelen

Deze drie zwakheden zaten veilig in hun hok. Waarom zou ik ze in godsnaam onthullen? Uit hun hok bevrijden? Riskeren dat ze zich uitbreiden?

Het was een verbazingwekkend idee.

Maar ik zal u vertellen (of nee, ik zal u niet vertellen) wat nog verbazingwekkender was: de graagte waarmee de anderen (iedereen, behalve Briony) over hun zwakheden wilden vertellen!

Hun gebabbel zweefde als zeepbellen om me heen. Af en toe streek er een woord langs mijn arm en spatte geruisloos uiteen. Terwijl zij praatten, keek ik van het ene gezicht naar het andere en dacht ik aan hun vele zwakheden. Ze leken niets anders dan *verzamelingen* van zwakheden! (Behalve Finnegan, natuurlijk.)

Maar o, ik kende hun gezichten zo goed (behalve Finnegans gezicht, waar ik nauwelijks een blik op had geworpen). Ik kende hun gezichten, omdat ik ze vandaag stuk voor stuk had bestudeerd. In de lunchpauze had ik hun schoolfoto's opgezocht, gefotokopieerd en opgeblazen tot posterformaat. En vlak voor de vos-bijeenkomst had ik die posters –

Maar nu was Astrid aan het woord.

'Tja,' zei ze, 'weet je wat *mijn* probleem is? Ik denk...' nou ja, ik denk dat ik niet zo leuk met jongens omga. Ik bedoel, nou ja, eerst zorg ik altijd dat ze voor me vallen. Ik weet dat het verwaand klinkt, maar ik gebruik zeg maar mijn aantrekkingskracht om ze verliefd te maken, en dan doe ik rot tegen ze. Het is net of ik ze altijd moet kwetsen. Ik kan er niets aan doen, het is net een soort dwang.'

'Gek,' mompelde ik. 'Ik dacht eerst dat ze een zeewesp was, maar nu lijkt ze meer op een giftige prinses.'

Astrid praatte snel verder.

'Nee, serieus,' zei ze. 'Ik weet dat het verwaand klinkt, maar ik wil echt niet zeggen dat ik een prinses ben of zo. Ik weet best dat ik niet knap ben of...'

'Dat ben je wel,' zei Toby.

'Nee,' verklaarde ik. 'Ik heb het over de mythische giftige prinsessen. Volgens de legende kregen bepaalde kleine meisjes hun hele leven gif te eten, zodat de eerste man die ze als volwassen vrouw zouden kussen, dood zou gaan. Jij bent precies als die meisjes.'

'O!' lachte Astrid. 'Ha ha. Oké.'

Ik hoorde hoe sommigen hun adem inhielden. Een paar anderen zuchtten alleen maar.

En toen (maar dat zal ik niet vertellen) begon Briony zachtjes te praten. 'Zeewespen,' zei ze, 'worden ook wel kubuskwallen genoemd en behoren tot de giftigste dieren ter wereld.'

Ah.

Daar had je de dochter van de zeebiologe weer.

Sergio draaide zich om in zijn stoel om haar aan te kijken. 'O ja?'

Briony knikte en begon voor de tweede keer te praten. 'Scarlett had het net over zeewespen, dacht ik,' verklaarde ze. 'Maar goed, ze hebben dus heel lange, bijna onzichtbare tentakels, die wel drie meter lang kunnen worden en ze kunnen je in een paar minuten doden. Als ze je steken, krijg je een gevoel alsof je stikt.'

'Huh,' rilde Elizabeth.

Briony sprak voor de derde keer. 'Meestal komen ze opzetten in de zomer, in het noorden van Australië, dus dan kun je niet gaan zwemmen. Tenzij je nylon kousen aantrekt.'

De anderen keken haar vol verwachting aan, maar Briony was uitgesproken. Ze dronk haar koffie en keek door het raam naar het verkeer.

'De zeekomkommer spreekt drie keer,' fluisterde ik in mezelf.

Blijkbaar had Toby mijn woorden opgevangen. Hij draaide zich met een ruk naar mij om en zijn ogen leken in mijn huid te branden.

Ik hief beschermend mijn hand op, zogenaamd om mijn kin te ondersteunen.

Wacht maar, dacht ik, *wacht maar tot je de vleugel van de vijfde klas ziet.*

Nee, ik zal over dit alles niets vertellen. Niet over Emily en Try, niet over Astrid en Briony, niet over Toby en zijn brandende ogen. Ik zal hier niets over vertellen, want deze dingen doen er niet toe.

Het enige wat ertoe doet is dit:

Sergio wilde ons een theorie voorleggen.

Sergio, de jongen met het litteken van een brandwond in zijn gezicht, de jongen die Elizabeth deze week had leren skaten op rollerblades, de jongen die ik voor een vogelbekdier aanzag – Sergio begon te praten.

(Dat is eigenlijk niet zo bijzonder. Sergio praat veel.)

Vandaag had hij een theorie over adrenaline.

'Dat is net als die theorie die ik heb,' begon hij. 'Je moet je afvragen: waarom zou iemand überhaupt gaan zwemmen als er dodelijke kwallen in het water zijn? Om maar niet te spreken van haaien. Laatst was er bij Collaroy een haai van bijna vijf meter in het water. Hij beet een stuk uit de surfplank van een jongen die ik ken. Maar de volgende dag ging die jongen gewoon weer het water op. Hartstikke gek, zou je zeggen, maar misschien toch ook weer niet. Misschien is het wel de bedoeling dat we ons eens in de paar dagen de AKELEI schrikken. Misschien moeten we gewoon regelmatig een flinke stoot adrenaline hebben. Om onze vecht-of-vluchtreactie scherp te houden, alsof er een sabeltandtijger achter ons aan zit. Daarom ben ik gek op extreme sporten en bergbeklimmen en...'

Sergio praatte verder en ik staarde naar zijn gezicht, het gezicht met het litteken, dat ik zo goed kende van een poster die ik nog geen uur geleden in mijn handen had gehad. Ik keek naar zijn mond en terwijl ik keek, veranderde zijn kin in de snavel van een vogelbekdier.

Ik knipperde een paar keer met mijn ogen.

Maar ik zag het duidelijk: aan Sergio's gezicht groeide langzaam een glanzende, zwarte snavel. Zijn ogen werden intussen steeds kleiner en veranderden in ronde, heldere kraaloogjes en vanuit zijn wenkbrauwen kroop geleidelijk een harige vacht over zijn wangen. Ik dwong mezelf naar de vloer te kijken, maar het tapijt was in een snel stromende rivier veranderd. Sergio's stoel was overspoeld door modder, boomschors en bladeren en Sergio zelf had het formaat van een kleine kat. Hij lag plat op zijn rug in de stoel, balancerend op zijn staart en had zijn vier poten met zwemvliezen wijd uitgespreid. Het viel me op dat hij af en toe met zijn ene achterpoot tegen de stoel schopte om zijn standpunt te benadrukken. Ik zag de kleine spleetjes van zijn oren en ik herinnerde me dat een vogelbekdier zijn oren afsluit als hij onder water gaat. Wat was Sergio een schatje! Om zichzelf tegen oorinfecties te beschermen door zijn kleine oortjes af te sluiten! Wat was hij lief, uniek en onschuldig! Ik kon hem wel knuffelen!

Maar nee! herinnerde ik me in paniek. Hij was helemaal niet zo onschuldig! Vlak boven zijn hielen zaten gifangels verborgen! Hij schopte niet om iets te benadrukken, hij schopte om gif af te geven! Gif dat sterk genoeg was om een hond te doden!

Elizabeth, die naast hem zat, staarde naar zijn lieve, kleine vogelbekdierengezichtje en was zich van geen gevaar bewust.

Iemand moest haar redden!

Nu was Elizabeth natuurlijk geen hond. Toen ik me dat herinnerde, kalmeerde ik weer enigszins. Sergio's gif zou haar niet doden.

Ze was een meisje.

Nee! Ze was een vlinder!

Hier stuitten mijn gedachten op een dikke, stenen muur en ze vielen in een triest hoopje op de grond.

Wat haalde ik me in godsnaam in mijn hoofd?

Wat was dit voor waanzin om me heen?

Ik groef mijn nagels in mijn handpalmen en richtte mijn aandacht weer op Sergio.

Tot mijn opluchting was hij weer een jongen.

Zijn voeten stonden stevig op het tapijt, dat keurig schoon en droog was.

'En daarom,' zei hij, 'daarom zouden bekeuringen voor snelheidsovertredingen verboden moeten worden. In de auto móéten we wel hard rijden om onszelf in leven te houden, anders gaan we dood. Begrijp je? We moeten aan onze adrenaline komen. Neem mij nou. Zodra ik achter het stuur kruip, móét ik gewoon gassen. Het is haast ziekelijk. Ik móét het gaspedaal helemaal intrappen. Het kan wel eens gebeuren dat mijn moeder weigert –'

'Nou, Sergio,' dacht ik, met heldere, klingelende stem, 'met zo'n houding is het geen wonder dat je zo'n verschrikkelijk litteken in je gezicht hebt.'

En toen was er de stilte.

Een enorme stilte.

Het was alsof in het hele café alle geluiden wegvielen, behalve het getik van één plastic lepeltje tegen de binnenkant van een koffiemok. Buiten stond een rij auto's gespannen voor het verkeerslicht.

Ik keek verbaasd op.

Wat was er gebeurd?

Een gevoel van onbehagen krulde zijn tentakels om mijn hart.

Iedereen in de kring – iedereen behalve Sergio – staarde me aan.

Ik had die woorden toch niet hardop uitgesproken?

Laat ik die woorden alsjeblieft niet hardop hebben uitgesproken.

Maar net zoals je zeker weet dat het zoemen van een wekker geen droom is maar werkelijkheid, zo wist ik opeens zeker dat ik die woorden wél hardop had uitgesproken. Mijn maag kromp samen.

'Nou, Sergio,' had ik gezegd, 'geen wonder dat je zo'n verschrikkelijk litteken in je gezicht hebt.'

De zwijgende gezichten waren erger, veel erger dan wanneer ze verontwaardigde geluiden hadden gemaakt of ontzet hadden gemompeld. Deze gezichten smolten niet langer samen. Ze hadden niet de vage, lege uitdrukking van uitvergrote, papieren foto's.

Deze gezichten waren scherper dan de giftanden van een zaagschubadder.

Bovendien stonden ze klaar om gezamenlijk de aanval op me te openen.

Ik geef toe: ik verwachtte niet dat ik die aanval zou overleven.

Voor zover ik wist maakte ik alleen kans door over de rugleuning van mijn stoel te springen, me snel om te draaien, door het gordijn heen te duiken en weg te rennen. Onderweg zou ik moeten gillen en tafels omver moeten gooien om verwarring te stichten.

Ik trok mijn knieën al op om te springen, toen ik Sergio opmerkte.

Hij zat naar me te grijnzen.

'Goed gezien, Scarlett,' zei hij, terwijl hij nog breder begon te grijnzen. 'Ik heb dit litteken eerlijk gezegd niet opgelopen tijdens een wilde achtervolging met de auto. Maar oké, Scar, het had wel gekund. Goed gezien.'

Hij sprak op een speelse en tegelijkertijd spottende en gemaakt galante toon en hij nestelde zich met doelbewuste, rustige bewegingen in zijn leunstoel. Versleten, zwarte schoenen belandden met een bons op de koffietafel. Armen strekten zich uit in de lucht en vouwden zich achter zijn hoofd.

De anderen leken zijn gedrag op te vatten als een signaal. Allemaal tegelijk gingen ze verzitten. Stoelen kraakten. Toby Mazzerati krabde aan zijn oor. Elizabeth ademde diep in door haar neus. Finnegan verschoof een koffiemok, die gevaarlijk dicht bij Sergio's voet stond.

Try, die op een laag voetenbankje zat, keek de groep rond en begon te spreken.

Ze was zenuwachtig. Ze praatte snel. Ze kletste onzin.

'Tja, zie je,' begon ze. Haar accent was sterker dan ooit. Er zat zelfs een zuidelijke klank in, die me nog niet eerder was opgevallen. 'Zie je, ik ben blij dat ik jullie vandaag heb gevraagd om over de zwakheden in je karakter te praten. Want ik zal jullie zeggen wat ik dacht terwijl jullie zaten te praten. Ik dacht: dat zijn geen zwakheden die ik hoor, dat zijn tieners! En op een dag, heel binnenkort, zal ik jullie mijn theorieën over die soort vertellen. De soort van de tiener. Ha ha.'

Ik hield mijn hoofd volmaakt stil.

Ik dacht: *wat heb ik gedaan?*

Ik dacht: *Sergio heeft me uitstel van executie gegeven, maar hoelang zal dat duren?*

En een zacht stemmetje achter in mijn hoofd zei: *Denk je dat ze je nú willen vermoorden? Wacht maar tot ze zien wat je in de vleugel van de vijfde hebt gedaan.*

Try's stem overstemde het gebons van mijn hart.

'Goed,' zei ze. 'Ter afsluiting wil ik nog een keer het Namenspel doen. Herinneren jullie je het Namenspel nog? Je zet je naam midden op een stuk papier en geeft dat door aan de groep. Ik wil dat vandaag weer doen, nu jullie elkaar allemaal beter kennen. Wie weet? Misschien komen jullie wel voor verrassingen te staan!'

Terwijl ze sprak keek ze alle gezichten aandachtig aan, maar ze keek geen enkele keer mijn kant op.

DEEL

3

Scarlett, misschien moet je psychische hulp zoeken?

Ze is een beetje ongevoelig.

IK HEB ALTIJD GEDACHT DAT JE ER NIETS AAN KON DOEN DAT JE BENT

ZOALS JE BENT, SCARLETT, EN DAAROM VERGAF IK JE SOMS. NU BEGRIJP IK

DAT JE HET EXPRES DOET, DUS NU WIL IK JE NOOIT MEER ZIEN. BEDANKT.

Ik wil niet lullig doen, maar iemand moet een
langzame, pijnlijke dood voor je regelen, Scarlett.

Scarlett Mackenzie

Scarlett, je moet eens leren dat je niet beter bent dan
alle andere mensen om je heen.

Scarlett, ik weet niet of je het weet, maar vandaag heb je
bijna alle leden van de VOS-groep pissig gemaakt, inclusief
Try! Heb je er ooit over gedacht om die enorme hersens van je
eens te GEBRUIKEN?

Scarlett Mackenzie heeft gif in haar aderen.

DEEL

4

Ashbury Nieuws Online – Gabby's roddelrubriek

Raadselachtige toestanden vandaag in **de vleugel van de vijfde**!
Leerlingen liepen na de bel naar hun eigen vleugel, onwetend van
de metamorfose die hen te wachten stond. Maar daar zouden ze
snel achter komen!!

Toen de **leerlingen** de vleugel in stroomden, op weg naar hun
kluisjes, klonk er een zucht van ontzetting. Deze zucht was waarschijnlijk tot in de Castle Hill Pub te horen!

(Dat doet me denken aan **afgelopen vrijdagnacht**... Hoor ik
daar iemand praten over een nep-ID? Ik zal geen namen noemen,
maar probeer de volgende keer de ID van je zus te lenen, Flick, niet
die van je vriendje!)

Maar goed, terug naar **de vleugel van de vijfde**. De zucht van
ontzetting had de volgende reden: de vleugel had een *metamorfose* ondergaan! De muren, ramen, kluisjes en deuren waren bedekt
met ENORME kleurenfoto's. De foto's waren van bepaalde **leerlingen uit de vijfde**. Ze hadden het formaat van enorme posters! En
er waren met rode letters WOORDEN overheen geschreven! 'Huh?'
(zeiden we allemaal bij onszelf).

Alsof deze schok nog niet groot genoeg was, stond de leerlingen
nog meer opwinding te wachten. **Scarlett Mackenzie** (beroemd
vanwege het feit dat ze in plaats van hersenen een computer in

haar hoofd heeft, en vanwege haar populaire [?] lunchbijeenkomsten in eerdere jaren over 'Het temmen van het tienermonster in je' (hoor ik daar iemand 'huh?' zeggen?).

Maar laat ik niet afdwalen. **Scarlett Mackenzie** kwam met een verdwaasd gezicht binnenstormen en begon *de foto's van de muren te rukken!!* Dit veroorzaakte **chaos**, omdat sommigen de foto's nog niet goed hadden gezien en nog even wilden kijken. 'Wacht even,' zeiden we, heel begrijpelijk, 'laat nog even hangen.' Maar **Scarlett** was net een machine!!! Tot ieders stomme verbazing had ze de posters al tot miniformaat in elkaar gefrommeld voor je het woord 'knipperen' kon uitspreken.

(Dat doet me denken aan een zekere **zaterdagavond, een paar dagen geleden**... Hoor ik daar iemand iets zeggen over 'gestolen eigendommen'? Ik zal geen namen noemen, maar Marty, hoeveel bierglazen denk je in je broek te kunnen stoppen voor iemand 'met zijn ogen knippert' en het opmerkt? Zó'n legende ben je nou ook weer niet!!!)

HOE DAN OOK, zoals ik zei, heeft jullie gewaardeerde roddeljournaliste eens rondgevraagd en ze denkt te kunnen bevestigen dat de volgende gezichten aan de muren van de vleugel van de vijfde hingen. En dat de volgende woorden over hun gezicht gekalkt waren:

Toby Mazzerati – kikker (of misschien suikerrietpad)
Emily Thompson – varaan (of misschien kimono)
Briony Atkins – zeekomkommer
Elizabeth Clarry – vlinder?
Astrid Bexonville – zeewesp
Sergio Saba – vogelbekdier

Tot nog toe heeft niemand de verantwoordelijkheid voor deze **vreemde fototentoonstelling** opgeëist.
Onze geliefde klassencoördinator, **meneer Botherit**, zou hebben

gezegd: 'Ik weet niet wie die posters heeft opgehangen. Ik vermoed dat het een soort natuurverschijnsel is geweest, dat we nooit zullen kunnen verklaren, zoals een orkaan, of Stonehenge. Hoe dan ook, ze hangen er nu niet meer, dus het is niets ernstigs. Laten we het maar vergeten.'

Mevrouw Lilydale, onze geliefde [?] klassencoördinator van vorig jaar, zou hebben gezegd: 'Tja, hoe kan hij nou weten of het ernstig is of niet?' Toen voegde ze er nadenkend aan toe: 'We mogen allemaal heel dankbaar zijn voor het snelle verstand en de goede burgerzin van **Scarlett Mackenzie**.'

Nachtelijke overpeinzingen van Scarlett Mackenzie
Woensdag, middernacht

Zo voelt het om op straat te staan en te kijken naar auto's die je kapot hebt gereden. Om te kijken naar verkreukeld en verbogen metaal. Om te weten dat jij in je eentje die schade hebt veroorzaakt, maar dat je die nooit in je eentje kunt herstellen.

Het is alsof je kijkt naar Emily's gekwetste trots over het feit dat ze ertussen is genomen. Naar Try, die over haar tekeningen gebogen zit. Naar een geschrokken blik van Astrid. Naar de teleurstelling die over Finnegans gezicht glijdt. Naar Sergio's brede grijns en lachende ogen.

Het is alsof je een serie posters van de muren trekt en het allemaal opnieuw ziet: hun verkreukelde gezichten in je handen.

15

Uit het bestand met uitgetypte gesprekken van Scarlett Mackenzie
<u>Donderdag</u>
10.30 uur: bij tante Veronica en oom Jake thuis. Veronica en Jake staan in de gang, bij de open voordeur. Jake gooit zijn autosleutels zachtjes op en neer in de lucht. Ik ben in de keuken.

Veronica: Pas op voor die flitspaal bij –
Jake: Yep. Ik weet het. Je moet gewoon een beetje inhouden als je in de buurt komt –
Veronica: Ja, oké, maar laat je niet afleiden door geklets op de radio. Ik moest Maria vandaag met tweedollarmunten betalen, ik had verder niets meer. Ze vond het niet erg, geloof ik. Ze heeft vanmorgen Scarletts kamer voor me gedaan, en de badkamers.
Jake: En dat allemaal terwijl ik lag te slapen? Die heeft doorgewerkt, zeg. Wat is er trouwens met Scarlett? Waarom is ze niet naar school?
Veronica: Ze heeft keelpijn, de ziel. Ik weet het niet, volgens mij werkt ze te hard. Ik zei tegen haar: 'Scarlett, je moet niet te veel hooi op je –' Hé, wat is dat nou? Ik dacht dat jij tv zat te kijken.
Bella: Ik *zit* ook tv te kijken.
Jake: Nou, Bellaatje van me, volgens mij sta je in de gang.

<u>Vrijdag</u>
7.28 uur: in mijn schaduwstoel, bij de schoolbibliotheek.

Een vrouwenstem: Nee, nee, dat is helemaal voor elkaar. Ik heb *gelogen* in de mijne. Maar de rest kan gewoon doorgaan.
Een tweede vrouwenstem: Vind je dat nou wel verstandig? Ik bedoel –
De eerste vrouwenstem: Daar zit iemand – o, het is Scarlett Mackenzie. [*De eerste vrouw is mevrouw Lilydale. Ik had haar stem niet herkend. De andere vrouw draagt een zonnebril en een hoed, die ze diep over haar ogen heeft getrokken. Ze loopt snel door als mevrouw Lilydale mij aanspreekt.*] Scarlett, we zagen je niet zitten! Goed dat je er bent, ik heb je gisteren gezocht, maar het bleek dat je niet op school was... we moeten het hebben over het debatteam en over dat probleem dat je hebt, ik bedoel, het Tearsdale komt eraan, na... o, en ik hoorde iets over die foto's in de vleugel van de vijfde klas, woensdag, en dat jij ze had weggehaald – Scarlett, je ziet er moe uit, heb je die energiesnoepjes met sint-janskruid nog genomen die ik je heb gegeven? Wacht, dan krijg je er nog wat meer van me –

Later in de ochtend, 8.55 uur: nog steeds op mijn schaduwstoel. Ik zie Astrid en Sergio samen bij school aankomen. Astrid heeft een limoengroen lint in haar haar, waar haar paardenstaart extra donker bij afsteekt.

Astrid: Ik vraag me gewoon af: waarom zou iemand voor zo'n persoonlijkheid kiezen als zij? Begrijp je wat ik bedoel? Ik bedoel, *waarom* zou je ervoor kiezen om zo'n verschrikkelijk vervelend, ongevoelig, egocentrisch k-r-e-n-g te zijn?
Sergio: Leuk gespeld. Misschien hééft ze er niet voor gekozen. Misschien kan ze het niet helpen dat ze zo is. Heb je daar wel eens aan gedacht?

Astrid: Nou ja, wie zou er anders voor gekozen hebben? Ze moet verantw–
Sergio: Sssst, daar zit ze.
Astrid: Ze kan me toch niet horen. Maak je maar geen zorgen. Ze kan ons toch niet horen.

Zondag
16.30 uur: aan de keukentafel, bij Veronica en Jake thuis. Jake staat bij het fornuis in een steelpan te staren. Bella zit rustig op de grond in een boekje te lezen. Haar vingertje glijdt langzaam over de bladzijde. Er ligt een kookboek open naast me op tafel.

Jake [*praat in zichzelf*]: Hè, is dat alles? Dat kan niet kloppen. Nee, er moet meer zijn dan dit. [*Verheft zijn stem*] Scarlett, klopt dit? Ik sta dit nu alleen maar te roeren met een houten lepel. Is dat alles? Wil je het nog eens voorlezen?
Scarlett: Je doet het goed zo. Het is enkel chocola, slagroom en boter. Je hoeft het alleen maar te roeren, zoals je nu doet.
Jake: Moet je die gesmolten chocola eens zien, Scarlett. Het druipt gewoon van de lepel, zie je dat? Het lijkt wel een chocoladewaterval – net als met dat kind in die film over die chocoladefabriek. Dat kind gaat die buis in [*maakt een slurpend geluid*], hij gaat zó die buis in [*maakt weer het slurpende geluid*] – ik kan me gewoon niet voorstellen dat dit alles is. Dus zo maak je truffels? Veronica gaat uit haar dak – waarom doe ik dit niet vaker? O, sorry, Scarlett, je zit te typen – je probeert te werken. Ik zal mijn mond houden.
Scarlett: Het geeft niet, Jake. Praat maar gewoon door.

Maandag
8.07 uur: in de schoolbus, omringd door leerlingen van het Ashbury. Een paar stoelen achter me hoor ik een gesprek tussen twee mensen die ik ken – het zijn Astrid en Elizabeth – waarom toch altijd Astrid?

Astrid: Wat zou haar mankeren, denk je? Ik bedoel, zij is vast degene geweest die die foto's heeft opgehangen, met die dierennamen erop. Bij de VOS heeft ze het ook steeds over dieren, met omschrijvingen erbij, zeg maar, dus het kan niet anders. En dan haalt ze ze allemaal weer weg, alsof ze een of andere – ik bedoel, wat *mankeert* haar?

Elizabeth: Misschien moeten we het haar vragen.

Er zitten twee jongens achter me. Ze halen hun lunch voor de dag.

Een van de jongens: Wat heb ik vandaag mee? Een boterham met ham? Wat *saai*, zeg.

Dinsdag
Ik zit bij economie. Meneer Patel heeft net onze opstellen teruggegeven. Ik heb een 7. Ik heb nog nooit een 7 gehad. Meneer Patel heeft Jacob Kowalski gevraagd om zijn opstel voor te lezen. Jacob heeft een 10. Iemand giechelt.

Meneer Patel: Wacht even, Jacob, tot dat gegiechel afgelopen is. Celia, je hoeft je mobiel niet te verstoppen, ik weet toch wel dat je zit te sms'en. Er wordt hier niet ge-sms't in de klas!

[*Maar ik moet steeds naar die 7 kijken. Wat een vreemd, onbekend cijfer.*]

Woensdag
11.30 uur: leerlingen uit de zesde komen terug van een examen Engels; ze lopen langs mijn schaduwstoel.

Serieuze meisjesstem: Als je er na afloop een goed gevoel over hebt, is dat wel een redelijk goed teken, toch? Dat zei Kara tenminste, en ik had zoiets van: ja, het ging best goed.

Andere meisjesstem: Heb jij die derde vraag gedaan? Ik had zo-'
iets van: *huh*? En dan heb ik gisteravond nog wel vissticks gegeten.
Meisjesstem: Ik vroeg Try gisteren of ze me een beetje kon helpen, met de opstellen en zo. Ze is vroeger tenslotte lerares Engels
geweest, en ze is ons reddingsvlot, toch? Ik zag wel dat ze haar best
deed, maar ze had echt géén idee. Nou ja, ik dacht ook, hoe zou ze
het moeten weten? Ze komt uit Ohio, dus daar hebben ze heel ander Engels. Spréken ze wel Engels in Ohio?
Jongensstem: Wil je naar MacDonaldland gaan en niet praten?

Later, nog steeds in mijn schaduwstoel. Het is bijna 14.00 uur; me-
neer Botherit, onze klassencoördinator, komt voorbijrennen.

Meneer Botherit: Hé, Scarlett Mackenzie, zoals gewoonlijk weer
hard aan het werk. Zo mogen we dat graag zien. [*Hij rent verder –*
aarzelt – draait zich om.] Scarlett, heb jij nu geen vos? [*Komt wat*
dichterbij.] Scarlett? De lunchpauze is allang afgelopen, heb je de
bel niet gehoord? Hoor jij niet bij de vos te zitten? En misschien
ben ik ouderwets, hoor, maar ik vind eigenlijk dat je hoort te stoppen met typen als er een leraar tegen je praat.

Een briefje van Try Montaine

Beste Scarlett,
Dit is een briefje om je te laten weten waar ik op hoop...

* Ik hoop dat je niet van plan bent uit de vos-groep te stappen.
* Ik weet dat de vos volgens jou tijdverspilling is, maar ik hoop dat je ons een tweede kans wilt geven – om te bewijzen dat je het mis hebt...
* Ik hoop vooral dat je een keer een praatje met me komt maken, als je daar zin in hebt. Vandaag en morgen ben ik het grootste deel van de dag in mijn kantoor, dus misschien kunnen we even kletsen voor jullie allemaal met vakantie gaan?

Vriendelijke groet,
Je vos-lerares,
Try

PS Ik hoop ook dat je dit briefje niet stom vindt. Ik was gisteren zo teleurgesteld toen je niet naar de vos kwam. Het was onze laatste bijeenkomst voor de vakantie! Ik heb er gisternacht niet van kunnen slapen, ik moest er steeds aan denken. Dit armzalige briefje is het resultaat!

*

Een memo van Ernst von Schmerz

Aan: Scarlett Mackenzie
Van: Ernst von Schmerz
Onderwerp: Aldoor maar oproepen aan jou
Tijd: Donderdag, lunchpauze

Yo Scar,

Cosinus = aanliggende zijde gedeeld door schuine zijde... Meissie, wie is er dood? Wie heeft mij tot boodschapper gemaakt? Meneer B. wil je spreken. Mevrouw L. wil je spreken. Die kleine lerares met de vlechtjes en de rare naam wil je spreken. Waar zit je? Opgesloten in je eigen gehoorkanaal? Het mededelingenbord hangt vandaag vol briefjes voor jou: Scarlett Mckenzie, meld je alsjeblieft even...; Scarlett Mackenzie, kom alsjeblieft even langs... Alsjeblieft, alsjeblieft ... Ik neem aan dat je hun smeekbeden negeert, omdat ze toch wel doorgaan met smeken. Wil je soms liever dat ze naar mij komen?

Leuk.

Maar ik weet niet waar je bent, schaduwmeisje, je bent *onvindbaar*.

Wil je praten? Krabbel me dan maar op Hyves (HELP), dan hoor je wel van me. Of ga naar een chatroom en praat! (Je doet nooit iets met msn.)

Of bel me op. Misschien kunnen we in de vakantie iets afspreken?

Anders, Scarlett, laat ik je over aan je onzichtbaarheid. En als dan een leraar een volgende keer aan me vraagt waar je bent, zeg ik: 'Scarlett? Dat meisje bestaat niet.'

Jij mag kiezen.

Mazzel,
Ernst

*

Een briefje van tante Veronica
Donderdagmiddag

Lieve Scarlett,

Welkom thuis uit school. Hoe voel je je nu? Sorry, ik kan die briefjes met 'berichten voor Scarlett' die je me gegeven hebt niet vinden, maar ik heb twee berichtjes voor je. Tellen ze ook mee als ze niet op het juiste papier staan?

Het eerste is dat Maureen Brentwood heeft gebeld. Je kent haar wel. Je past bij haar op. Ze zei dat ze een idee heeft voor je vakantie en dat je haar daarover moet bellen. 'Is het oppaswerk?' vroeg ik. 'Nee,' zei ze vastberaden. 'Een idee.' Ze deed nogal geheimzinnig.

Het tweede berichtje is dat je moeder vandaag langs is geweest. We hebben samen theegedronken en een beetje bijgepraat. Ze heeft op de veranda zitten wachten, in de hoop dat je misschien wat eerder uit school zou komen dan gewoonlijk, maar later moest ze weg. Ik moest je vragen: kom je in de vakantie naar haar toe? En waarom neem je je telefoon nooit op? (Ze zegt dat ze je de afgelopen weken vaak heeft gebeld.) Hoe gaat het met je gezondheid? Moet ze een afspraak voor je maken bij de dokter? (Ik had haar verteld dat je niet lekker was.)

Je moeder had ook een paar brieven voor je, die ik op je bed heb gelegd – ze zijn blijkbaar een paar weken geleden aangekomen op je oude adres, maar je moeder heeft ze nu pas opgehaald. Het lijkt erop dat de Onderwijsraad achter je aan zit. Misschien zijn ze het onderwijs zat (ha ha) en willen ze experimenten uitvoeren op jouw hersenen?

Over hersenen gesproken: ik ga nu met Bella naar het park om te kijken of ik die van mij op de schommel heb laten liggen.

Veel liefs,
Tante Veronica

*

Brieven van de Onderwijsraad

Brief 1

Onderwijsraad New South Wales

Mevrouw Scarlett Mackenzie
24 Clipping Drive
Kellyville NSW 2155

Geachte mevrouw Mackenzie,

Dank voor uw brief.
 We hebben voor u geïnformeerd en kunnen u tot ons genoegen bevestigen dat Vriendschap, Ontwikkeling en Samenwerking (VOS) een vak is dat op dit moment op de Ashbury Scholengemeenschap wordt aangeboden.
 Het vak is bestemd voor bovenbouwleerlingen en wordt eenmaal per week gegeven. Het behandelt vraagstukken met betrekking tot de persoonlijke ontwikkeling, zoals eigenwaarde, stressmanagement, carrièreplanning en studievaardigheden.
 We vertrouwen erop dat we u hiermee van dienst zijn geweest.
 Hebt u nog andere vragen, aarzelt u dan niet om contact met ons op te nemen.

Hoogachtend,
George Sutcliffe
Hoofd Studentenzaken
Onderwijsraad

*

Brief 2

Onderwijsraad New South Wales

Mevrouw Scarlett Mackenzie
24 Clipping Drive
Kellyville NSW 2155

Geachte mevrouw Mackenzie,

Dank voor uw brief.

Kennelijk heeft u onze vorige brief niet ontvangen. Een kopie voegen we hierbij.

We begrijpen dat u zich nu zorgen maakt over een 'schuifwand' die tijdens uw vos-lessen 'geopend' en 'gesloten' moet worden. We hebben contact opgenomen met uw school om naar deze wand te informeren.

We vertrouwen erop dat we u hiermee van dienst zijn geweest.

Hebt u nog andere vragen, aarzelt u dan niet om contact met ons op te nemen.

Hoogachtend,
George Sutcliffe
Hoofd Studentenzaken
Onderwijsraad

*

Brief 3

Onderwijsraad New South Wales

Mevrouw Scarlett Mackenzie
24 Clipping Drive
Kellyville NSW 2155

Geachte mevrouw Mackenzie,

Dank voor uw brief.

Kennelijk heeft u onze vorige twee brieven niet ontvangen. Kopieen voegen we hierbij.

We zijn altijd blij te horen als een leerling een vak op zijn of haar school erg leuk vindt. Als u ons 'verslagen' van uw vos-lessen wilt blijven toesturen, kunt u dat gerust doen. Alle toekomstige 'verslagen' moeten worden geadresseerd aan de heer Cedric E. Constantine (assistent-hoofd Studentenzaken).

We vertrouwen erop dat we u hiermee van dienst zijn geweest.

Hebt u nog andere vragen, aarzelt u dan niet om contact op te nemen met de heer Cedric E. Constantine (assistent-hoofd Studentenzaken). Ik heb een kopie van uw dossier aan hem overhandigd.

Hoogachtend,
George Sutcliffe
Hoofd Studentenzaken
Onderwijsraad

*

Een memo van Scarlett Mackenzie

Aan: Ernst von Schmerz
Van: Scarlett Mackenzie
Onderwerp: Bedankt en sorry
Tijd: Vrijdag na school

Beste Ernst,

Bedankt voor je memo. Maak je geen zorgen, ik zal zorgen dat die leraren je niet meer lastigvallen. Nou ja, dat kan ik niet beloven. Misschien vallen ze je lastig om andere redenen. Andere berichtjes, andere briefjes. Misschien komen ze je vragen om een ballon op te blazen, of een tijger uit een boom te redden.

Vergeef me mijn onzinnige geklets. Ik denk dat het tijdelijk is. Ik denk dat ik binnenkort wel weer normaal zal zijn. Misschien kunnen we in de vakantie iets afspreken, zoals je voorstelde, maar we hebben natuurlijk maar twee weken en ik weet dat je het druk hebt. Ik krijg het druk met de K-mart, oppassen, wat extra werk dat ik net heb gekregen in de boekwinkel van een van mijn oppasklanten, opdrachten maken voor school, opstellen schrijven en verbeteren, voorbereiden voor na de vakantie, enzovoort, enzovoort. Je begrijpt het wel.

Hoe dan ook, wat betreft de leraren die me willen spreken: je zult het misschien prettig vinden om te weten dat ik vandaag aan het begin van de lunchpauze een afspraak heb met mevrouw Lilydale en aan het eind van de lunchpauze met meneer Botherit. Ik sta net op het punt een briefje te sturen aan die andere lerares, dat kleintje met de vlechtjes en de rare naam. Zij had me zelf geschreven, dus daar moet ik even op antwoorden.

Oké! Heel erg bedankt dus en ik hoop dat je verder niet meer wordt lastiggevallen.

Groetjes,
Scarlett

*

Een memo van Scarlett Mackenzie

Aan: Try
Van: Scarlett Mackenzie
Onderwerp: vos
Tijd: Vrijdag na school

Beste Try,

Bedankt voor je briefje vol 'hoop'. Ik vond het helemaal niet 'stom' of 'armzalig'! Ik vond het aardig dat je het schreef, je hoefde dat niet te doen.

Het spijt me erg, maar ik wil liever niet meer naar je vos-lessen komen. Het is niet dat ik de vos-groep geen 'tweede kans' wil geven. Ik denk alleen dat jullie het zonder mij veel leuker zullen hebben met elkaar!

Als ik om technische redenen verplicht ben de lessen te blijven volgen, kan ik dat dan misschien schriftelijk doen?

Vriendelijke groet,
Scarlett Mackenzie

*

BRIEFJE VOOR SCARLETT MACKENZIE VAN MEVROUW LILYDALE

Hallo Scarlett,

Sorry, ik moet plotseling weg, dus ik kan je nu niet spreken, zoals we hadden afgesproken. Ik wilde met je praten over het debatteam. De debatten beginnen in de derde week na de vakantie, dus we moeten beslissen! Luister, je hebt vast wel gehoord dat Emily een geweldige indruk heeft gemaakt tijdens de voordrachtenwedstrijd. (Tweede op districtsniveau, toen in de volgende ronde uitgeschakeld – niet slecht!) En ze heeft het fantastisch gedaan bij het proces! Haar leraar rechtskunde is lyrisch over haar! Haar ouders zijn ook allebei succesvolle advocaten, weet je... Dus zullen we er maar van uitgaan dat je het toch oké vindt als ze bij jullie team komt? Er weer lekker tegenaan? Gaan voor je team? Doorzetten en winnen? We hebben je nodig, Scarlett! Het team heeft je nodig!

Veel plezier in de vakantie!

Tot ziens!
Mevrouw Lilydale

*

De filosofische overpeinzingen van Scarlett Mackenzie
Vrijdag, 13.47 uur (bij een raam in de vleugel van de vijfde)

Als een lerares mag wegblijven bij een afspraak, mag een leerling dan wegblijven bij een les? Misschien had de leerling een briefje op de deur van het lokaal moeten plakken: 'Hallo, meneer Patel, sorry, ik moet plotseling weg, dus ik kan niet naar uw economieles komen, zoals we hadden afgesproken.'

*

De filosofische overpeinzingen van Scarlett Mackenzie
13.49 uur

Meneer Botherit was er natuurlijk wel voor zijn afspraak. Compenseert hij daarmee de afwezigheid van mevrouw Lilydale?

*

De filosofische overpeinzingen van Scarlett Mackenzie
13.50 uur

Ah, goede vraag! Compenseert meneer Botherit de afwezigheid van mevrouw Lilydale? Een klassencoördinator als mevrouw Lilydale! Vorig jaar klopte ik vaak bij haar aan en dan zong ze: 'A-ha! Een Scarlett-standpunt!'. Dan wenkte ze me binnen, bood ze me een kopje thee aan en leunde ze blij achterover in haar stoel, in afwachting van mijn standpunt. (Ik had vorig jaar standpunten over allerlei zaken: mijn leraren, de opwarming van de aarde, Irak, reality-tv en het daarmee verband houdende verval van de beschaving, alcoholmisbruik onder tieners...) Toen ik vandaag op meneer Botherits deur klopte, keek hij op van een enorme berg papier. 'O!' zei hij verrast.

*

De filosofische overpeinzingen van Scarlett Mackenzie
13.54 uur

'O!' riep hij uit. Hij grabbelde zijn papieren bij elkaar en keek me nadenkend aan. 'Ga zitten, ga zitten!' zei hij ten slotte en ik ging zitten. Er is een raam achter zijn hoofd, waar de zon door naar binnen schijnt. Ik had moeite om hem aan te kijken.

'Scarlett,' zei hij. 'Ja, ik had je gevraagd naar me toe te komen, nietwaar?' En hij begon weer in zijn papieren te rommelen.

(Het is interessant te vermelden dat dit meneer Botherits eerste jaar is als klassencoördinator. Hij is twee jaar geleden bij ons op school gekomen als leraar Engels en heeft in het verleden nogal wat onrust veroorzaakt: hij had een penvriendproject opgezet met de onhandelbare leerlingen van een school hier in de buurt. Voor zover ik weet heeft hij tot nog toe maar één ding gedaan om zich voor zijn nieuwe rol als klassencoördinator in te zetten, namelijk door een 'inspirerende' toespraak te houden bij de wekelijkse klassenbijeenkomsten.

'Goed,' zei hij, toen hij het papier dat hij zocht had gevonden. 'Inderdaad, daarover wilde ik je spreken. Zo te zien heb je nogal wat brieven geschreven naar de Onderwijsraad!'

*

De filosofische overpeinzingen van Scarlett Mackenzie
13.58 uur

Verraad!

De Onderwijsraad had contact met hem opgenomen! Die idioot van een Hoofd Studentenzaken! Hij had mijn brieven beantwoord alsof hij nog niet één en één bij elkaar kon optellen. Hij had mijn brieven beantwoord zonder te reageren op een enkel woord dat ik had gezegd. (Zijn reacties deden mij eerlijk gezegd vrezen voor de toekomst van New South Wales.) Maar *intussen* had hij stiekem contact opgenomen met meneer Botherit en mijn klachten aan hem doorgespeeld! Hij had contact opgenomen met meneer Botherit om te zeggen: *wat moeten we met dit meisje?*

*

De filosofische overpeinzingen van Scarlett Mackenzie
14.03 uur

Nou ja, zeg! Ik kon het gewoon niet geloven.

Terwijl ik het nog niet kon geloven, verspilde meneer Botherit een aantal minuten van mijn kostbare leven door voor te stellen dat ik in de toekomst naar *hem* toe moest komen als ik me zorgen maakte over mijn school. Het was helemaal niet nodig om meteen naar de Onderwijsraad te stappen! Hij vroeg zich af waarom ik in dit geval niet eerst naar hem was gegaan. (Het leek me niet gepast om hem te wijzen op zijn gebrek aan ervaring als klassencoördinator, noch op zijn beoorde-

lingsfouten in het verleden, dus beperkte ik me tot een ondoorgron-
delijke glimlach.) Nog meer minuten verstreken terwijl hij de talloze
voordelen van de vos opsomde. Hij begreep precies waarom ik betwij-
felde of ik het nodig had, maar hij wist zeker dat mijn groep me wel
zou weten te overtuigen.

'En je groep,' zei hij ernstig, '– ik heb het opgezocht, en het lijkt me
een prima groep...' Hij draaide zich om naar zijn computer.

En toen gebeurde er iets vreemds.

*

De filosofische overpeinzingen van Scarlett Mackenzie
14.08 uur

Zoals ik zei, draaide hij zich om naar zijn computer.

Hij keek met half dichtgeknepen ogen naar het scherm. Hij draaide zich geërgerd naar het raam achter hem, dat uiteraard zijn beeldscherm te fel belichtte. Hij drukte een paar toetsen in. 'vos, vos,' mop-
perde hij in zichzelf. 'Die nieuwerwetse software ook,' zei hij verontschuldigend. 'We schijnen mee te draaien in een proefproject met
nieuwe software, maar ik kan er nog niet erg mee overweg – wacht,
daar zijn we. Ja, hier heb ik je vos-groep. Je zit bij een fantastisch stel
mensen! Terence Brickhill, Sky Morrell, Ernst von Schmerz – dat is
toch een vriend van je? O, kijk, en Ashlee zit erbij, dat is een hartstikke
leuke meid!' Hij keek me breed glimlachend aan en ik staarde hem alleen maar aan.

*

De filosofische overpeinzingen van Scarlett Mackenzie
14.12 uur

Ik had de hele tijd in de verkeerde vos-groep gezeten.

*

De filosofische overpeinzingen van Scarlett Mackenzie
14.13 uur

Op de een of andere manier had ik mijn rooster niet goed gelezen! En de namen die hij net had genoemd – dat waren *mijn* namen, dat was *mijn* groep, dat waren mensen van *mijn* niveau! Ik was in een verkeerd universum terechtgekomen! Op de een of andere manier had ik een verschrikkelijke fout gemaakt en nu was ik verslagen. Ik zat in het kantoor van meneer Botherit en had een gevoel alsof ik in mijn pyjama naar school was gekomen.

'Dat?' fluisterde ik, nadat ik even voor me uit had gestaard. 'Is *dat* mijn vos-groep? Want ik dacht...'

Meneer Botherit draaide zich knikkend om naar zijn computer – en toen fronste hij zijn wenkbrauwen.

*

De filosofische overpeinzingen van Scarlett Mackenzie
14.15 uur

Zijn wenkbrauwen leken een sprongetje te maken.

'O, sorry, Scarlett. Nee. Kijk daar eens!' Hij beet geconcentreerd op zijn onderlip. Hij schoof de muis naar de rand van zijn bureau, keek er even verbaasd naar en zette hem toen weer terug op zijn muismat. 'Mijn fout. Je zit helemaal niet in die vos-groep! Hier sta je. Scarlett Mackenzie. Jij zit bij Emily, Astrid, Sergio, Toby – dat stel. Klopt dat?'

'Dat klopt,' fluisterde ik. Ik voelde een vreemde golf van opluchting door me heen gaan. Ik was keurig gekleed, in mijn schooluniform, ik zat dus toch niet in mijn nachtgoed.

'Sorry,' herhaalde hij, terwijl hij zijn blik nog steeds op het beeldscherm gevestigd hield. 'Zie je, ik zat naar een oudere versie van de vos-groepen te kijken – het lijkt erop alsof je oorspronkelijk wel in die eerste groep was ingedeeld, maar dat iemand...' Hij drukte nog een paar toetsen in en haalde toen zijn schouders op. 'Maar iemand,' herhaalde hij, 'heeft je overgeplaatst.'

*

De filosofische overpeinzingen van Scarlett Mackenzie
14.17 uur

En nu zit ik hier in de vleugel van de vijfde na te denken over klassencoördinatoren en vos-groepen. Het gesprek stopte toen de bel ging. Meneer Botherit zat nog steeds te praten, maar ik stond op en schreeuwde: 'Dan ga ik nu maar naar economie!'

'Beloof je me dat je je vos-groep nog een kans zult geven?' Hij verhief zijn stem een beetje, alsof hij niet onder wilde doen voor mijn geschreeuw.

'Economie!' zong ik.

En nu zit ik hier, in de vleugel van de vijfde – en helemaal niet bij economie.

*

De filosofische overpeinzingen van Scarlett Mackenzie
14.19 uur

Ik heb hier geen ervaring in. In 'lessen overslaan'. Mijn hart slaat af en toe een slag over, als ik eraan denk dat ik in de klas zou moeten zitten. Ik denk dat ik straks maar even naar meneer Patel toe loop om hem mijn excuses aan te bieden. Dan kan ik hem meteen vragen of hij mij een kopie wil geven van de stof die hij vandaag heeft behandeld, en wat extra leesmateriaal, zodat ik de achterstand kan inhalen.

Is dat gebruikelijk voor mensen die lessen overslaan?

Misschien noemen ze het wel niet zo. Wat is de gangbare term voor schoolverzuim? (Ik ga niet om met leerlingen die die praktijken beoefenen.) Hem drukken? Ertussenuit knijpen? Ik zou het eigenlijk niet weten.

De technische term is natuurlijk spijbelen. Volgens mijn woordenboek is een spijbelaar iemand die heimelijk de school verzuimt. Iemand die heimelijk de school verzuimt, deugt niet. En hij is lui.

*

De filosofische overpeinzingen van Scarlett Mackenzie
14.24 uur

Ik ben een luie deugniet.

*

De filosofische overpeinzingen van Scarlett Mackenzie
14.25 uur

Woensdag was ik natuurlijk een luie deugniet: toen heb ik de vos gemist.

Maar is dat niet iets anders? Dat is toch helemaal geen luiheid? Als je weet dat een groep je veracht, ben je dan niet gedwongen weg te blijven? Zelfs als iemand me ooit naar die groep heeft overgeplaatst (aangenomen dat meneer Botherit daar gelijk in heeft en niet in de war was door zijn nieuwe software) – zelfs als iemand me er ooit bij wilde hebben, is dat nu zeker niet meer het geval.

Maar wat kan het me eigenlijk schelen? Had ik niet helemaal in het begin al vastgesteld dat deze les, waar je geen cijfers voor krijgt, geen enkele zin heeft?

*

De filosofische overpeinzingen van Scarlett Mackenzie
14.27 uur

Vreemd.

Ik weet dat ik heb zitten

dagdromen

maar deze vleugel was doodstil. Ik had durven zweren dat ik alleen was. Maar nu ik me omdraai naar mijn kluisje, zie ik daar opeens een dikke, gele envelop hangen. Hij is aan mijn kluisdeurtje vastgeplakt. Hoe is hij daar gekomen? Zijn er andere schaduwmensen, net als ik? Ik zal stoppen met

dagdromen

en hem gaan pakken.

*

Een briefje van Try Montaine

Beste Scarlett,

Ik heb nagedacht over je creatieve voorstel om de VOS-lessen schriftelijk te gaan volgen. Ik kan jammer genoeg geen enkele manier bedenken om dat te doen... Ik denk niet dat een reddingsvlot zo werkt.

Je moet op zijn minst in dezelfde ruimte zijn!!

Maar je hebt me op een idee gebracht: wat dacht je ervan om in de vakantie wat huiswerk te maken, om de VOS-les in te halen die je hebt gemist?

De opdracht is simpel. Hij luidt: *Vertel me wat jou maakt tot wie je bent.*

Neem een leeg vel papier en schrijf alles op wat je wilt: je favoriete kleuren, je lievelingseten, de momenten die je leven hebben veranderd, dingen die je hebt gezien of gehoord die je hebben getroffen of verbaasd, of waar je je zorgen over maakt. Wees zo eerlijk mogelijk, Scarlett. Denk niet aan wat voor indruk je maakt. Je hebt hier alleen iets aan als je eerlijk bent. Wees eerlijk.

Dit wordt jouw verhaal. Het verhaal van Scarletts leven! (De groep heeft die dag dat jij er niet bij was erg van deze opdracht genoten – volgens mij vonden ze het geweldig om eraan te werken.)

Eerlijk gezegd heb ik je gemist bij de vos, Scarlett – jij en je verschillende kleuren nagellak. Dat brengt me op je cadeautje! Ik doe een potje mooie glitternagellak in deze envelop. Het is speciaal voor jou, van een van de leden van je vos-groep. (Ik heb beloofd dat ik niet zou verraden wie het was – je moet het zelf maar raden.)

Beschouw het als omkoperij, als je wilt. Beschouw het als een geheime code voor: *je vos-groep wil je terug!*

Vriendelijke groet,
Try

DEEL 5

Scarlett Mackenzie: Een Leven

Opmerking vooraf

Het volgende Leven is door mij (Scarlett Mackenzie) samenge-
steld voor het vak Vriendschap, Ontwikkeling en Samenwerking.

Ik had dit Leven willen presenteren als een soort collage. Ik wilde de vraag: 'Wat maakt mij tot wie ik ben?' beantwoorden door
verschillende documenten in te scannen: geboortecertificaat; dok-
tersrapporten; belastinggegevens van mijn ouders; documenten
over pensioenvoorzieningen bij de K-mart; foto's van mijn vader
met een beitel in zijn hand... enzovoort.

De meeste van deze documenten liggen echter opgeslagen in
een afgesloten ruimte in ons oude huis in Kellyville. Er zitten huurders in.

(Ik heb de makelaar gebeld om te vragen of ze me wilde helpen
toestemming te verkrijgen, zodat ik me toegang kon verschaffen
tot de eigendommen van de huiseigenaar, maar ze zei dat ze 'niet
begreep waar ik het over had.)

De hoofdstukken 1 en 2 van dit Leven zijn dan ook in een simpele, verhalende vorm geschreven. Ze beschrijven mijn eerste le-
vensjaren, voor zover ik me die herinner.

Maar er is goed nieuws!

Ik heb wél mijn speciale doos hier. In die doos zitten mijn oude
dagboeken en enkele andere zorgvuldig uitgekozen voorwerpen
waaraan ik waarde hecht, zoals mijn onderscheidingen, mijn prijzen, mijn eervolle vermeldingen en kopieën van mijn correspondentie met de directeur van de Ashbury Scholengemeenschap.

De hoofdstukken 3 tot en met 12 van dit Leven zullen dan ook bestaan uit de inhoud van mijn speciale doos, die ik heb uitgetypt en op mijn laptop heb ingescand (soms vergezeld van een 'verklarende opmerking'). Zoals je zult zien, zijn er niet zo veel dagboekaantekeningen. Ik heb in het verleden weinig tijd gehad om in mijn dagboek te schrijven (dit jaar schrijf ik juist te veel: ontzettend veel overpeinzingen en memo's). Als ik mijn weinige dagboekaantekeningen zo bekijk, valt het me trouwens op dat ze mijn leven niet echt goed weergeven. Hou dat alsjeblieft in gedachten.

Nu nodig ik je uit in het Leven van Scarlett Mackenzie...

Veel plezier.

1. Scarlett Mackenzie: de vroege jaren (leeftijd: 0-3 jaar)

Ik ben geboren op een koude, sombere woensdag, midden in de maand juli.

Ik was twee weken te vroeg en mijn moeder zegt dat ik sindsdien altijd haast heb.

Mijn vader, Paul Mackenzie, werkte indertijd in de bouw. Hij liep op de dag van mijn geboorte een hersenschudding op, door een hamer die op zijn hoofd viel. Sterker nog, hij was druipend van het bloed onderweg naar het ziekenhuis (voor in de ambulance, omdat hij weigerde achterin te gaan liggen) toen mijn moeder haar eerste wee kreeg.

Mijn moeder, Cecily Mackenzie, was toen ze van mij in verwachting was aan een cursus bedrijfskunde begonnen. In de familie gaat het verhaal dat ze afleiding zocht van de weeën door een verhandeling te schrijven over 'De toepassing van de financiële ratioanalyse bij het beoordelen van de rentabiliteit van kleine en middelgrote bedrijven'.

Er werd die dag precies één foto gemaakt. Op die foto lig ik in mijn moeders armen en staat mijn vader over ons heen gebogen. Mijn vader heeft een ziekenhuisjas aan die bij zijn hals openvalt, zodat zijn borsthaar te zien is. Er steekt aan de zijkant van zijn hoofd een stukje wit gaasverband uit zijn haar. Ik heb goed gekeken of zijn gezicht tekenen vertoont van een hersenschudding, maar zijn pupillen zien er volgens mij normaal uit. Blijkbaar was hij erg snel hersteld.

Ik zie eruit als een lief baby'tje: een rond gezichtje met kleine, loensende oogjes.

Na het ziekenhuis namen mijn ouders me mee naar hun huurappartement.

Mijn vader klaagde zijn werkgever aan vanwege de gevallen hamer, accepteerde hun schikkingsvoorstel en kocht van het geld van de schadevergoeding een verwaarloosd huis in Winston Hills.

Mijn moeder kreeg een eervolle vermelding voor haar verhandeling over de financiële ratioanalyse.

Een jaar later werd mijn broer Anthony geboren.

Eerlijk gezegd herinner ik me van dit alles helemaal niets.

2. Scarlett Mackenzie: de schimmige jaren (leeftijd: 3-6 jaar)

Mijn vader knapte het huis in Winston Hills op, verkocht het en kocht een huis in Seven Hills.

Dit werd een vast patroon in zijn leven – sterker nog, dat is het nog steeds. Hij koopt een huis, wij trekken erin, hij knapt het op en hij verkoopt het weer (of hij verhuurt het tot het bestemmingsplan verandert, zodat hij het huis kan slopen, in tweeën kan splitsen en er een leuk bedrag aan kan verdienen). Hij is projectontwikkelaar. Hij heeft een bedrijf, Mackenzie Enterprises, dat op dit moment vijfentwintig huizen in portefeuille heeft, voornamelijk in het heuveldistrict. Het langst dat we ooit in een huis hebben gewoond is zeven maanden. Het kortst tweeënzeventig uur.

Het laatst hebben we in Kellyville gewoond, maar op het ogenblik logeer ik bij mijn oom en tante. (Mijn ouders wilden een eenkamerappartement in de stad gaan bewonen/renoveren en er was geen ruimte voor Anthony en mij.)

Maar terug naar mijn jeugd!

Toen ik zes werd, waren we inmiddels elf keer verhuisd.

Ik heb een paar vage herinneringen aan mijn leven tussen mijn derde en zesde jaar.

Ik herinner me dat ik vier was en samen met mijn vader naar een vervallen gebouw keek. Ik zei: 'Wat ziet dat huis er somber uit.'

Papa lachte en vertelde me dat de grond meer waard was dan het huis. Het feit dat het huis daar stond, *verminderde* zelfs de waarde van de grond, zei hij.

'Dat is dus ongunstig.' zei ik. 'Dat drukt je winstmarge.'

Papa lachte weer.

Ik herinner me dat de peuterjuf met ontzag in haar stem aan mijn moeder vroeg: 'Is ze thuis ook zo?'

Ik herinner me dat ik in de zandbak *De reis om de wereld in tachtig dagen* las en hoe heerlijk ik me toen voelde.

Ik herinner me mijn eerste astma-aanval. Ik was vijf.

Papa zat een krant te lezen, met zijn elleboog op de keukentafel en zijn kin op zijn vuist. Iedere keer als hij een pagina omsloeg, stond hij half op uit zijn stoel, zodat hij zijn vuist niet onder zijn kin hoefde weg te halen.

Ik begon uit te leggen dat het handiger zou zijn als hij gewoon anders zou gaan zitten, met zijn elleboog... – maar ik besefte dat hij niet luisterde.

Mama stond bij de gootsteen spinazie schoon te maken. Ze zette de kraan wijd open. Het water spatte op, in haar ogen. Ze sprong verrast achteruit en struikelde over mijn vader, die net overeind was gekomen om een pagina om te slaan.

Ze vielen met z'n tweeën in een dwaze tuimeling op de grond.

Mijn broer, die toen vier was, zag het vanuit de gang gebeuren en nam een snoekduik. Hij landde op mijn vaders buik. Ze schaterden alle drie van het lachen.

Ik stapte met grote, voorzichtige passen over mijn familie heen.

Ik ging op mijn tenen staan en draaide de kraan dicht. Ik zette papa's stoel overeind. Ik staarde naar mijn familie en vroeg me af hoe ik hen van de vloer af moest krijgen.

Ik begon te piepen. Ik begon te hoesten.

Ik wees naar mijn ouders, naar de gootsteen, naar de krant en de stoel – maar hoe meer ik probeerde te praten, hoe meer ik moest hoesten.

Na een aantal maanden groeide ik over mijn astma heen, maar enkele jaren later kwam het terug.

3. Scarlett Mackenzie: het jaar van de vulpen
   (groep vier Heuveldistrict Basisschool, leeftijd: 7 jaar)

DAGBOEKAANTEKENINGEN

Dinsdag, 7 april

Lief dagboek,

Heb je Anthony al ontmoet? Hij is mijn jongere broertje en hij heeft donkerbruin haar. Hoe dan ook, Anthony heeft vandaag hoofdpijn. Papa zei: 'Nee, je hebt geen hoofdpijn.' Anthony zei: 'Wel waar.' Papa zei dat hij hoofdpijn flauwekul vindt. Hoofdpijn bestaat niet. Kinderen van zes krijgen geen hoofdpijn, zei hij. Hij zei dat Anthony het maar uit zijn hoofd moest praten.

Later zag ik dat mama Anthony een aspirientje gaf. Ik weet niet of papa daarvanaf weet.

*

Vrijdag, 12 juni

Lief dagboek,

Ik leer pianospelen!!! Mijn lerares heet Penny en ze is dik, maar ze is erg aardig. Het mooiste vind ik de muzieksleutel die voor de notenbalk staat. En je hebt heel interessante zinnetjes om de noten te onthouden. Die gaan zo:

* Eet Grote Broer Dagelijks Fruit?
* Alle Chinezen Eten Graag
* Grootmoeder Brengt Dora Frisse Anjers

Ik zeg de zinnetjes steeds op voor Anthony, en soms pak ik er dan appels, sinaasappels, bananen, dus allerlei FRUIT bij en dan zeg ik: 'Eet grote broer dagelijks fruit, Anthony?' En dan kijk ik hem heel ernstig aan en dan geef ik hem het fruit. We moeten er allebei steeds weer om lachen. Het is grappig.

*

Woensdag, 3 augustus

Hallo dagboek,
Ik ben vandaag thuisgebleven van school. 'Voelde me niet zo lekker.' Ik ben begonnen in een boek, *De woeste hoogte* van Emily Brontë. Ik moet vaak het woordenboek erbij gebruiken en soms is het verwarrend, *maar* het is heel sfeervol. Volgens mij heet dat gotisch. Mama heeft me een boekje met kruiswoordraadsels gegeven. Maar die waren te gemakkelijk. Ik zei tegen haar dat cryptogrammen voor mij misschien geschikter zijn, want dat ik hier geen uitdaging in vind.

*

Zondag, 2 september

Lief dagboek,
Vandaag mocht ik papa helpen met het behang!! Hij was bezig om het van mijn slaapkamermuur te trekken. Maar ik zei: 'Papa, het is zo *mooi*,' want er staan allemaal roosjes op. Maar papa moest daar alleen maar om lachen. Ik moest voor hem uit lopen met een emmer water, met misschien nog een of ander middeltje erin, en dan moest ik

met een spons over het behang vegen om het nat te maken. Op sommige plekken kon ik er niet bij, maar die deed papa dan. Ik was kletsnat. En toen gaf papa me een vulpen, om me te bedanken. Er staat met 9 karaats gouden letters 'Delta Hotel' op de zijkant.

*

Dinsdag, 5 oktober

O, lief dagboek,
Ik heb net de ERGSTE dag van mijn leven meegemaakt. Ik ben de vulpen kwijtgeraakt die papa me had gegeven omdat ik zijn lieve meisje was!!! Ik wilde die pen nooit meer kwijt. Ik weet ZEKER dat ik hem in de vensterbank bij het muzieklokaal heb laten liggen, maar mama is met me teruggereden naar school en HIJ WAS ER NIET MEER. IEMAND HEEFT HEM VAST GESTOLEN.

Ik weet niet hoe ik het papa moet vertellen. Hij zal zo teleurgesteld zijn in me. Dat weet ik gewoon.

Maar hij kan nooit zo teleurgesteld in me zijn als ikzelf.

*

Vrijdag, 8 oktober

Hoi dagboek,
Nou, ik had eindelijk genoeg moed verzameld om papa te vertellen van de vulpen. Hij was helemaal niet kwaad!

Hij zei alleen: 'Je moet goed op je spullen passen, want het geld groeit me niet op de rug, oké?' En toen vroeg hij: 'Gebruiken jullie vulpennen op school? Schrijven jullie niet met potlood?' En toen begon ik uit te leggen dat we van mevrouw Carmine alleen met potlood mogen schrijven, maar dat ik soms na de grote lunchpauze de vulpen mag gebruiken, alleen bij uitzondering, omdat hij zo bijzonder is. En ik vertelde dat ik de beste ben met aan elkaar schrijven en dat we alle-maal op onze schrijfhouding moeten letten, en dat we bezig zijn met de pengreep, en dat sommige kinderen moeten werken aan hun ron-de letters en dat ik moet werken aan mijn puntige letters en dat we ook nog een keer schuin gaan schrijven en zo.

Later zei papa dat hij vond dat ik naast pianoles ook spraakles moet nemen, om mijn stem te leren moduleren. Hij bedenkt vaak dingen die nuttig voor me zijn, dus ik weet niet waarom mama zo boos keek.

*

Vrijdag, 17 december

Raad eens, dagboek,
Laatste schooldag!!! Ik vroeg mevrouw Carmine of ze me wat extra werk kon meegeven voor in de vakantie, zodat ik in groep vijf met een voorsprong kan beginnen, maar ze lachte alleen maar en zei: 'Scarlett, leer je toch eens te ontspannen!'

4. Scarlett Mackenzie: het triomfjaar
(groep vijf Heuveldistrict Basisschool, leeftijd: 8 jaar)

DAGBOEKAANTEKENING

Dinsdag, 13 februari

Lief dagboek,

Vandaag wilde mama's auto niet starten en het onweerde, dus mama zei dat we thuis mochten blijven. Papa zei: 'Van thuisblijven worden ze niet wijzer.' Maar mama zei: 'Oké, breng jij ze dan. Jouw auto doet het wel.' En papa zei dat het voor hem te ver om was. Mama zei: 'Dan vraag ik de buren wel of ze ze willen brengen.' (We kennen de buren niet eens. We wonen hier nog maar net.) Dus toen ging papa naar zijn werk en mama dacht er niet eens meer aan om de buren te vragen.

Mama zit nu aan de telefoon. Ze probeert een bedrijfsnaam te laten registreren. Anthony loopt een liedje te zingen over elektrocutie via de telefoon. Hij heeft het liedje zelf verzonnen. Hij probeerde mama tegen te houden toen ze ging bellen, omdat het onweerde, maar ze luisterde niet naar hem. Dus nu zingt hij het liedje.

Ik zit hier in de huiskamer op de grond, achter de bank.

Ik lees *Trots en vooroordeel* van Jane Austen. Ik weet nog niet wat vooroordeel is, maar Jane Austen schrijft wel grappig.

*

Hills Nieuws, donderdag, 28 februari

Onze plaatsgenote Scarlett Mackenzie (8) heeft de eerste prijs gewonnen in de door het Hills Nieuws uitgeschreven prijsvraag: 'Doe iets voor de wereld om je heen'. Zij won de prijs in de categorie tot 10 jaar met een vernieuwend ontwerp voor een hoed.

De hoed heeft een brede plastic rand, die het regenwater opvangt en in een bijbehorende drinkfles opvangt. (Zie foto.)

'Ik wil graag mijn vader bedanken,' zei Scarlett. 'Hij is voor mij een bron van inspiratie. Hij is iemand die overal mogelijkheden ziet. Hij heeft mij geleerd om ook zo te zijn.'

*

DAGBOEKAANTEKENING

Vrijdag, 2 mei

EEN SUPERDAG!! De Schoolspelwedstrijd gewonnen. Het is voor het eerst dat iemand uit groep vijf die wedstrijd heeft gewonnen. Het meisje uit groep acht, dat tweede werd, rende huilend de zaal uit.

Ook William Faulkner ontdekt. Wat een indringend proza.

*

Sun Herald, maandag, 7 juni
Wedstrijd Kinderpoëzie

Gedachten over blauw
Blauw is de kleur
Van mijn moeders nagellak vandaag
Voor de grap, voor een feestje,
Zei ze.
Blauw is de zee
Maar niet altijd
Het is alleen de weerspiegeling van de lucht
En de straalbreking van blauw licht
Van de zon, die
Een witte bal is die alle kleuren bevat
Waarvan sommige
Worden geabsorbeerd, waaronder de kleur rood
En ook bevat de zee deeltjes van
Planten en dieren, dood en levend,
Die zorgen dat ze er een beetje
Blauw
Uitziet.
Blauw zijn de Blue Mountains
Die mijn broer
Anthony
Vanuit het raam
In zijn slaapkamer
Kan zien
Als hij
Op zijn drumstel gaat staan.
Blauw ziet mijn vriend

Toby
Soms van ellende
Omdat
Andere kinderen
Zeggen
Dat hij
Dik
Is
Ook al is hij dat niet echt,
Niet heel erg,
En ik zei:
'Toby,
Je bent niet
Zo *erg* dik, je bent
Alleen
Maar
Een
Beetje
Gezet.'
En toen
Kocht ik
Een blauwe
Lollie
Voor hem
Om hem
Op te vrolijken.
Blauw heet de hond van mijn tante Veronica:
Blauw.
Blauw vindt het leuk
Als je een ijsblokje naar hem toegooit.
Dan bijt hij dat kapot.
Hij vindt het leuk
Om een blauwe rubber bal op te halen

Maar hij geeft hem niet terug
Hij gaat er alleen mee voor je staan
En dan probeer je hem uit zijn bek te halen
Maar hij houdt hem vast tussen zijn tanden!
Maar Blauw werd ziek.
En hij gaf een beetje over
Op de vloer in de bijkeuken
En de dierenarts zei:
'We kunnen niets meer doen
Voor Blauw'
En toen ging hij dood.
Gisteren.
En dit gedicht
Is een
Speciaal cadeau voor
Tante Veronica
Ter nagedachtenis aan haar hond:
Blauw.

Scarlett Mackenzie (Eerste prijs categorie junioren)

*

DAGBOEKAANTEKENING

Woensdag, 12 augustus

Nou, lief dagboek,
Vandaag had ik $ 10,– nodig, maar ik had maar $ 2,–.
    We moesten $ 10,– meenemen voor de barbecue, volgend week-end.
    Anthony en ik waren het gisteravond vergeten te vragen, maar ik dacht er onderweg naar school aan. En ik bedacht me dat papa altijd

zegt: 'Voor ieder probleem is een oplossing,' dus toen deed ik het volgende.

Ik kocht een doosje met tien goedkope pennen voor $ 1,50 en een pakje vrolijke stickers voor $ 0,50. Ik deed op iedere pen een sticker en zei toen dat het superstickerpennen waren en verkocht ze aan een stel kinderen van school voor $ 1,– per stuk. Dus toen had ik $ 10,–.

Toen ik thuiskwam vertelde ik mama wat er was gebeurd en zij riep: 'Och jeetje,' en papa hoorde het en vroeg: 'Wat heb je gedaan?'

Ik vertelde hem het verhaal en hij begon verschrikkelijk te lachen. Hij kon bijna niet meer ophouden. Toen zei hij: 'Steek je hand eens op!' en toen sloeg hij daar met zijn hand tegenaan.

En toen zei hij: 'Scarlett, dit is een belangrijke les voor jou. Onthoud altijd dat jij de herder bent en alle andere kinderen de schapen.'

Hij vroeg Anthony hoe hij dat met de $ 10,– had opgelost en Anthony zei dat hij gewoon had gedaan wat de andere kinderen hadden gedaan die hun geld waren vergeten. Hij had tegen de juf gezegd dat hij het morgen mee zou nemen. Toen ging papa naar zijn werkkamer.

5. Scarlett Mackenzie: het jaar van het nadenken
(groep zes Heuveldistrict Basisschool, leeftijd: 9 jaar)

DAGBOEKAANTEKENINGEN

Donderdag, 4 maart

Gedachten over nummer één zijn
Nummer één zijn is vreemd. Waar kun je daarvandaan nog naartoe? Nergens naartoe, alleen maar naar beneden.

Vorig jaar, toen ik bezig was de eerste plaats te bereiken (tekenwedstrijd, spelwedstrijd, gedichtenwedstrijd, enzovoort) was ik helemaal opgewonden. Maar dit jaar...?

Goed, laten we het erop houden dat ik de eerste dag van groep zes met angst in mijn hart naar school ging. Stel je voor dat ik niet kon voldoen aan de maatstaven die ik vorig jaar had gesteld! Stel je voor dat ik ging afglijden!

Anderen zullen hier misschien om lachen. Zij zeggen misschien sarcastisch: 'O, ja, het is *ontzettend* moeilijk om nummer één te zijn.'

Maar iedere keer als we vrijdag onze toetsen van de afgelopen week terugkrijgen, ben ik niet *blij* met de tienen die ik krijg.

Ik ben *opgelucht*.

*

Vrijdag, 2 april

Gedachten over de Menselijke Staat
Ik denk dat het een goed idee is om je voor te stellen dat iedereen die je tegenkomt een rotdag heeft. Het is dus *jouw* taak om ze op te vrolijken.

*

Eervolle vermelding

NAAM: Scarlett Mackenzie
VOOR: 100 gouden sterren
Prima werk, Scarlett! In mijn klas heeft nog NOOIT iemand 100 gouden sterren gekregen! En het is pas mei!

---

*

DAGBOEKAANTEKENINGEN

Zaterdag, 28 juni

Hoi dagboek,
Net terug van een verjaardagsfeestje van een vriendje. (Toby Mazzerati.)

Er waren elf jongens op het feestje en drie meisjes. De meisjes trokken samen op: wij waren bondgenoten in een jongenswereld! De jongens wilden computerspelletjes doen, maar mevrouw Mazzerati stuurde ons naar buiten om 'traditionele' verjaardagsspelletjes te doen.

Scarlett Mackenzie: Een Leven
Copyright © Scarlett Mackenzie

Er was een spelletje bij dat ik heel erg leuk vond. Het heette het chocoladespel. De groep zit in een kring om een reep chocola en dan wordt er een dobbelsteen doorgegeven. Als je een zes gooit, moet je een schort aantrekken en met een plastic vork en mes van de chocola gaan eten! Je moet het gegil en geschreeuw horen als iemand zes gooit! 'zes!' gilt dan iedereen. En dan wordt de dobbelsteen weer als een gek doorgegeven, in de hoop dat er weer iemand anders zes gooit, zodat de eerste persoon zijn aanval op de chocola moet stoppen.

Ik gooide het vaakste van iedereen zes. Ik was toch zó trots. Ik weet ook niet waarom – ik weet dat het alleen maar geluk was.

Ik moet toegeven dat ik op een gegeven moment dacht: moet ik nu echt nog meer chocola eten?

Maar ik deed het toch steeds.

Nu is het twee uur later. Ik ben weer thuis en ik heb een heel raar gevoel. Ik kan het niet beschrijven. Ik denk dat ik gewoon een beetje verdrietig ben omdat het feestje is afgelopen. Ik ben moe en in de war en chagrijnig. Ik vraag me af of ik ooit nog eens zo veel plezier zal hebben. Ik bedoel, het was zo fantastisch – zou het kunnen dat dat feestje, dat chocoladespel, het hoogtepunt van mijn leven is geweest? Dat het van nu af aan alleen maar bergafwaarts gaat?

Ik denk dat Keats het het beste verwoordde toen hij schreef:

Mijn hart doet pijn en een slaperige verdoving kwelt
Mijn zintuigen, alsof ik van dollekervel had gedronken
Of een bedwelmend middel naar binnen had gegoten.

*

Zondag, 12 augustus

Ik heb nogal geworsteld met *Ulysses* van James Joyce. Ik denk dat een goede redacteur dit boek een stuk leesbaarder had kunnen maken.

*

Zaterdag, 31 oktober

Vandaag zijn we weer verhuisd naar een nieuw huis. Het is een bouwval. Anthony en ik gingen via de voordeur naar binnen en liepen zonder te stoppen de gang door en via de achterdeur weer naar buiten. We keken elkaar aan en lachten. We gingen een poosje op de veranda zitten en praatten over het heelal, terwijl we zagen hoe er in de tuin naast ons kinderen in het zwembad speelden.

Plotseling klom een van de kinderen uit het zwembad en rende naar de afscheiding. Hij bibberde en vroeg of we ook wilden komen zwemmen!

Mama vond onze zwemspullen voor ons (hoe wist zij nou in welke doos ze zaten?) en we hebben de hele middag gezwommen en spelletjes gedaan in het water.

De jongen die ons had uitgenodigd heet Sam. Anthony en hij zijn even oud en morgen komt Sam bij ons thuis een film kijken.

*

Donderdag, 15 november

Meteen toen mama gisteravond uit haar werk kwam, gaf ik haar mijn oefenboek van geschiedenis en zei: 'Vraag maar.' Want we zouden vandaag een toets krijgen.

Maar vanmorgen werd ik wakker en eerst voelde ik me lekker, maar toen ik bij het ontbijt mijn geschiedenisboek opensloeg om er nog één keer in te kijken, kreeg ik OPEENS een VERSCHRIKKELIJKE hoofdpijn en zo'n erge buikpijn dat ik bijna niet overeind kon komen.

Mama zei dat ik weer naar bed moest gaan en dat ze vandaag thuis zou blijven. Ik liet haar beloven dat ze meneer Inglewood zou bellen om te vragen of ik de toets morgen kon maken. Ze zei dat ze dat alleen zou doen als ik beloofde dat ik vandaag vrij zou nemen en niet aan geschiedenis zou denken.

Toen ik een poosje had geslapen, kwam mama binnen om een praatje met me te maken. Ze zei dat ik me moest leren ontspannen en dat het helemaal niet erg was als ik af en toe een geschiedenistoets slecht maakte. Dat vindt niemand erg, zei ze.

Toen ging ze weg en ik dacht: nou, *ik* vind het erg, ben *ik* dan niemand? En toen kwam papa thuis en ik hoorde ze ruziemaken in de gang. Papa zei dat mama me gewoon naar school had moeten sturen, omdat je die neuroses niet moet voeden. En mama zei: 'Als een kind van tien een zenuwinzinking krijgt vanwege *school*werk, is dat echt een probleem,' en papa zei: 'Als ik Scarlett goed ken, kan ze nu ieder moment uit bed komen om te eisen dat je haar naar school brengt, en daar heeft ze dan gelijk in, want angst mag je ontwikkeling niet in de weg staan.'

Dus ik wachtte even, en toen kwam ik uit bed en zei ik dat ik nu naar school moest.

Papa zei: 'Zó mogen we het horen.'

Mama zei: 'Scarlett, wat had je nou beloofd?'

Ik zei: 'Die belofte was in strijd met mijn eigen belangen. Je had dat niet van me moeten eisen.'

Papa zei: 'Ahaaa!'

Dus toen ging ik naar school en de geschiedenistoets was gemakkelijk en we kregen hem 's middags terug en ik had een tien. *Prima werk.*

6. Scarlett Mackenzie: het jaar waarin ik leerde over de bloemetjes en de bijtjes
(groep zeven Heuveldistrict Basisschool, leeftijd: 10 jaar)

DAGBOEKAANTEKENINGEN

Zaterdag, 7 februari

Pas een boek gelezen, *Lady Chatterleys minnaar* van D.H. Lawrence. Nogal veel herhalingen en erg gedetailleerd. Ik begrijp niet waarom de Lady zo veel tijd met de tuinier doorbrengt. En wat doen ze precies? Dat zou duidelijker beschreven moeten worden.

Mama nam ons vandaag mee voor een bezoekje aan tante Veronica. Anthony had Sam meegenomen. Ik vind het knap dat ze nog steeds vrienden zijn gebleven, terwijl we sinds we naast hem en zijn zwembad woonden, al verscheidene keren zijn verhuisd.

*

Donderdag, 2 mei

Gedachten over klittenband
Ik lees de laatste tijd veel oude Griekse mythen. Ik ben net klaar met een verhaal over een held, Herakles, die twaalf 'werken' moest verrichten (werken in de zin van moeilijke opdrachten, zoals meerkoppige slangen doden en appels stelen).

Terwijl ik zat te lezen, had ik een gevoel alsof er in mijn borst stukken klittenband uit elkaar werden getrokken. Want steeds werden mijn gedachten 'weggerukt' naar de wanhopige vraag: *wanneer krijgt hij nou eens rust? Waarom moet Herakles steeds na het verrichten van een opdracht weer aan een nieuwe opdracht beginnen? Wanneer krijgt die arme man nou eens rust?*

*

Zaterdag, 12 juli

Gedachten over realisten

Vanmorgen hoorde ik papa en mama ruziemaken. (Ik zat op de grond, achter de bank.)

Papa zei: 'Cecily, luister nou eens naar me. Je hoort me niet. Hallo? Praat ik soms tegen een muur?'

Later hing ik een beetje om papa heen, voor het geval hij wilde dat ik naar hem luisterde. We tilden een paar deuren uit hun hengsels en toen zei papa iets interessants.

Hij zei het volgende.

'Scarlett,' zei hij, 'hoe zou jij iemand noemen die een snackbar binnenloopt en haar keus maakt op grond van de mooie plaatjes boven de toonbank? In plaats van te kijken naar het eten dat vlak voor haar neus staat? Vlak voor haar neus, achter het glas? Hoe zou jij zo iemand noemen? Hoor je wat ik zeg?'

Ik verzekerde hem dat ik hem had gehoord.

*

Heuveldistrict Basisschool
Halfjaarlijks rapport: SCARLETT MACKENZIE
Algemene opmerkingen
Scarlett is een genot om in de klas te hebben. Ik kan eerlijk zeggen dat ik nog nooit zo'n intelligente, gewetensvolle en opgewekte leerling heb gehad als zij. Ze zal er op den duur ongetwijfeld in sla-

gen haar klasgenoten voor zich te winnen – ze is de meesten op het ogenblik nog te ver vooruit, maar ze doet enorm haar best om aansluiting bij hen te vinden.

*

DAGBOEKAANTEKENINGEN

Maandag, 2 september

Ik denk dat Toby Mazzerati en ik uit elkaar groeien. We zaten samen in de paarse groep, maar vandaag hoorde ik hem vragen of hij naar de groene groep kon worden overgeplaatst. Ik zal hem toch niet hebben beledigd toen ik hem vertelde over die Schijf-van-Vijf-praalwagen, die ik op het Oranjebloesemfestival had gezien? Ik dacht dat hij wel gebaat zou zijn bij duidelijke voedingsinformatie – met het oog op zijn gewicht en zo. Ik wil alleen maar helpen.

*

Zondag, 2 december

O, lief dagboek,
Ik heb de hele dag boeken zitten lezen over tieneronderwerpen, onder andere van Judy Blume. Ik vond ze tijdens het uitpakken in een doos met spullen van mama (we zijn hier pas gisteren komen wonen) en ik ben nu een ander mens.

Het was een openbaring. Ik weet nu precies wat er de komende paar jaar lichamelijk met me gaat gebeuren. (Ik weet ook wat er gaat gebeuren met jongens – dingen zoals natte dromen en erecties. Het klinkt indrukwekkend.) Volgens mij begrijp ik zelfs wat S-E-K-S nou *echt* is!

Ik voel me erg raar, maar ook op een vreemde manier opgetogen. Eindelijk weet ik alles van de bloemetjes en de bijtjes.

7. Scarlett Mackenzie: het verrassende jaar
   (groep acht Heuveldistrict Basisschool, leeftijd: 11 jaar)

DAGBOEKAANTEKENING

Zondag, 2 januari

Lief dagboek,
Vandaag was denk ik een perfecte dag.

Vanmorgen was mama weg voor een interview met de krant, omdat ze weer Zakenvrouw van het Jaar was geworden, en toen ze thuiskwam had papa een boeket bloemen voor haar neergezet! Het was zo lief.

Ik heb wat onkruid gewied in de voortuin en ik heb papa geholpen de schutting in de voortuin te schilderen. Geelkuifkaketoes vlogen rond de eucalyptusbomen. Mama kwam naar buiten met sandwiches en vers geperst appelsap en stelde voor om even te pauzeren. Dus toen ging ik in het gras zitten lezen in *Een onderzoek naar de menselijke geest betreffende de grondbeginselen van het gezond verstand* van Thomas Reid.

*

Talentenjacht Heuveldistrict Basisschool
EERSTE PRIJS VOOR SCARLETT MACKENZIE
Voor haar uitstekende vertolking van Beethovens Sonate nr. 23 in F-mineur

---

*

DAGBOEKAANTEKENING

Dinsdag, 7 maart

Vandaag heb ik papa weer voorzichtig onder ogen gebracht dat we zakgeld zouden moeten krijgen. (Mama geeft ons soms wat geld als verrassing, maar ik denk niet dat papa daarvanaf weet.) Ik wees erop dat als je een kind een beperkte hoeveelheid eigen geld geeft, het kan leren op een verstandige manier met geld om te gaan.

Papa zei, zoals altijd, dat hij zijn zuurverdiende centen alleen uitgeeft als hij daar zelf beter van wordt.

Maar toen keek hij een poosje naar zijn handen en daarna zei hij iets fantastisch. Als Anthony of ik een businessplan ontwikkelen – iets wat winst zou kunnen opleveren, die we dan met hem zouden kunnen delen – zou hij overwegen om in dat plan te investeren. Ons aandeel in de winst zou dan ons 'zakgeld' zijn.

Ik ga nu meteen mijn eerste businessplan uitwerken!!!

*

Businessplan van Scarlett Mackenzie

Aan: papa

Mijn plan is om goedkoop springtouwen in te kopen en ze dan duur aan de andere kinderen door te verkopen. Dus papa, ik verzoek je nederig om geld te investeren, zodat ik springtouwen kan kopen.

Met vriendelijke groet,
Scarlett Mackenzie

*

<u>Reactie op Scarlett Mackenzies businessplan voor de verkoop van springtouwen</u>

GOEDGEKEURD

Breng s.v.p. regelmatig verslag uit over de stand van zaken.

Paul Mackenzie

*

DAGBOEKAANTEKENINGEN

Woensdag, 13 september

Gedachten over transformatie
Vandaag stond ik te kijken naar een stel kinderen, dat met de springtouwen die *ik* hun verkocht had aan het spelen waren, en op de een of andere manier vervaagde alles opeens en maakten de spelletjes en de gesprekken voor mijn ogen een transformatie door. Eerst veranderde alles in achtste noten, kwart noten en hele noten (en ik was de componist), en daarna in klavecimbels, violen en trombones (en ik was de dirigent).

*

Donderdag, 15 juli

Vandaag is mijn verjaardag!!! Ik ben nu twaalf.
Ik heb *De complete werken van William Shakespeare* gekregen, een paar cd's met Frans en Duits voor beginners (ik hoop de grondbeginselen van het Frans en Duits onder de knie te hebben voor ik volgend jaar op het Ashbury begin) en glitterlijm.

En ik ben hartstikke blij, want we eten vanavond patat, met chocolademousse toe!!

*

---

*

DAGBOEKAANTEKENINGEN

Maandag, 3 augustus

Anthony heeft vandaag een businessplan ingediend. Ik heb maandenlang tegen hem gezegd dat hij het moest proberen – ik heb veel plezier gehad van mijn springtouwenhandel. Hij stelde voor dat papa hem tien miljoen dollar gaf, zodat Sam en hij een griezelfilm kunnen maken.

Papa zette er met grote, rode letters A F G E W E Z E N op. Hij zei dat Anthony 'zijn eigen tijd maar moest verdoen, niet die van anderen'.

'Jammer dan,' zei Anthony.

*

Scarlett Mackenzie: Een Leven
Copyright © Scarlett Mackenzie

Zaterdag, 10 december

Gedachten over het bestaan
Vandaag was ik papa aan het helpen met het schuren van de keuken-kastjes.

Terwijl we bezig waren (en er een dun laagje stof op onze blote ar-men neerdaalde) vertelde ik papa hoe Sartre denkt over het niets. Ik zei dat ik, nu ik volgend jaar op het Ashbury ga beginnen, het gevoel heb dat ik van *bestaan* naar *niet-bestaan* overga. Op het Ashbury ben ik *niemand*.

Papa zei iets interessants. 'Scarlett,' zei hij, 'dat is een verkeerde instelling. Hou vast aan het idee dat jij nummer één bent. Die andere kinderen? Niets. Jij? Iets bijzonders. Zeg dat maar tegen jezelf terwijl je staat te schuren.'

En dat deed ik toen.

8. Scarlett Mackenzie: het koortsachtige jaar
(eerste klas Ashbury Scholengemeenschap, leeftijd: 12 jaar)

DAGBOEKAANTEKENING

Donderdag, 28 januari

Gedachten over schoonheid – 15.45 uur
Vandaag was mijn eerste dag op het Ashbury!
 Ik werd vooral getroffen door de schoonheid.
 Sorry, ik kan niet verder over schoonheid nadenken! Ik wil vooruit werken aan mijn huiswerk.

Gedachten over schoonheid (deel 2) – 23.00 uur
Ik moest er bijna van huilen dat ik een van hen was! Zenuwachtige blik, gepoetste schoenen en keurig gekamd haar! Uit alle vier de hoeken van het Heuveldistrict kwamen we toestromen, maar we waren allemaal hetzelfde. Want we waren gekleed in het blauwe Ashbury-schooluniform en we hadden de voorgeschreven Ashbury-tas bij ons, met het Ashbury-embleem erop.
 Er zit een opvallend mooi 'groepje van vier' in mijn klas. Ze komen duidelijk alle vier van dezelfde basisschool, want ze zijn al dikke vrienden met elkaar. Ze liepen met soepele, gracieuze stappen het lokaal in, pratend en lachend alsof het een doodnormale dag was, en niet de eerste dag van de eerste klas! Twee meisjes met lang, donker haar, een magere jongen en een jongen met blond haar tot over zijn schouders. De magere jongen zag me kijken en deed zijn wenkbrau-

wen een paar keer op en neer. Ik lachte en toen draaide hij zich weer om naar zijn vrienden.

*

Maandag, 2 februari

Aan: De directeur
Ashbury Scholengemeenschap

Geachte heer,

Goedemorgen, ik ben Scarlett Mackenzie en ik zit in de eerste klas van uw school.

Ik wil u feliciteren met de uitstekende kwaliteit van uw school. Ik weet dat ik hier nog maar drie dagen ben, maar het ziet ernaar uit dat qua leerstof de lat erg hoog ligt, de lessen beginnen en eindigen op tijd en de leraren maken een strenge maar rechtvaardige indruk.

Ik wil u een bescheiden vraag stellen en die luidt: is het echt nodig dat we zo veel heen en weer lopen?

Op de basisschool zaten we altijd de hele dag in hetzelfde lokaal. Hier wordt bijna ieder vak op een andere plek gegeven en handenarbeid en tekenen zitten zelfs aan de andere kant van het gebouw! Het lijkt me zonde van de tijd en de energie en ik ben al een aantal keren verdwaald. Is het geen goed idee als de leerlingen in één lokaal blijven zitten en de leraren naar hén toe komen?! Het is maar een voorstel...

Hoogachtend,
Scarlett Mackenzie

*

DAGBOEKAANTEKENINGEN

Dienstag, Februar 3

Heute hatte ich zum ersten mal deutsch studiert! Und von jetzt werde ich EINFACH auf deutsch schreiben, auf deutsch denken und auf deutsch leben! Von jetzt bin ich *einfach* deutsch! Ich werde mit meiner Familie auf deutsch sprechen. Ich werde alles auf deutsch machen! Also, gute Nacht! Ich schreibe weiter Morgen!

*

Woensdag, 11 februari

Moest stoppen met alleen Duits spreken en schrijven. De andere leraren stelden het niet op prijs. Zelfs de lerares Duits keek me vreemd aan. (De eerste les was ze erg onder de indruk van hoeveel ik al wist – ik heb haar uitgelegd van mijn talen-cd's – maar nu vraag ik me af of ze misschien expres de andere kant op kijkt als ik mijn vinger opsteek.) Ik dacht dat het een goed idee was om mezelf in het Duits onder te dompelen, maar mijn ouders weigerden me de peper te geven, terwijl het toch overduidelijk was wat ik bedoelde – peper is *Pfeffer* in het Duits.

Anthony was de enige die het leuk opnam. Hij luisterde met een geconcentreerde uitdrukking op zijn gezicht naar wat ik zei, begon toen woest te knikken en antwoordde in zijn eigen onzin-Duits: 'Munchen, wonchen, gebrunchen! Ganz begobbelston! Schnell! Ja schnell!' Ik moest lachen, of ik wilde of niet.

Maar goed, het is nu afgelopen.

Men moet geven en nemen in het leven.

*

*

DAGBOEKAANTEKENINGEN

Donderdag, 16 april

De laatste tijd zit ik vaker naar de Groep van Vier te staren dan gewoonlijk. Ik heb een paar keer naar de magere jongen geglimlacht,
maar hij heeft dat grapje met zijn wenkbrauwen niet meer gedaan.
Volgens mij ziet hij me niet eens.

Ik hoop op een dag vriendschap te kunnen sluiten met de Groep –
misschien kan ik er zelfs een Groep van Vijf van maken?

Hoe meer ik staar, hoe meer de Vier me op een vreemde manier bekend voorkomen. Alsof ik ze al eerder ergens heb ontmoet. Of zou ik
dat alleen maar graag willen?

Hun namen had ik volgens mij nog niet eerder gehoord. De knap-
ste van de twee meisjes heet Astrid Bexonville. Ze vlecht haar haar altijd in en ik heb vol bewondering gekeken hoe ze die vlecht er soms uit
haalt, haar haar uitschudt en het dan *heel achteloos weer opnieuw in-
vlecht!* Dat noem ik nog eens talent.

*

Zondag, 19 april

Gedachten over keuzes maken

Papa en mama hadden vanmorgen ruzie. Mama zei dat ze nu eens een paar jaar langer in dit huis wil blijven wonen. Ze zei dat ze bij de stoplichten achter een verhuiswagen stond en dat ze bij het zien daarvan zulke zware maagkrampen kreeg, dat ze om moest draaien en de auto aan de kant van de weg moest zetten.

Later zei papa iets interessants tegen mij. Hij zei: 'Scarlett, bij het renoveren van een huis maak je altijd keuzes. Die keuzes zijn niet moeilijk: bewaar wat goed is en gooi weg wat slecht is. Bewaar de oorspronkelijke sierlijsten, gooi de aftandse vloerbedekking eruit. Hoor je me?'

Ik knikte om hem gerust te stellen en hij ging verder.

'Volgens mij is het hetzelfde met jouw genen,' zei hij. 'Je hebt een moeder met een goed zakeninstinct, maar soms heeft ze hysterische neigingen. Jij hebt misschien beide geërfd, maar je moet de keus maken wat je bewaart en wat je eruit gooit. Mijn advies: bewaar dat zakeninstinct, maar gooi de hysterische neigingen eruit. Begrepen, meid? De keus is aan jou.'

Daarna vertelde ik papa iets over de Deense filosoof Søren Aabye Kierkegaard en wat hij zegt over keuzes maken.

*

Voordrachtwedstrijd Heuveldistrict
Eerste klas
Opmerkingen van de jury

<u>Scarlett Mackenzie</u>
Dit meisje is fantastisch! Het talent spat ervanaf! Zo trots als ze haar hoofd achterover gooit als ze een argument naar voren brengt! Geweldig! De eerste plaats!

*

DAGBOEKAANTEKENINGEN

Maandag, 27 april

RAAD EENS! Ik weet wie de Groep van Vier zijn! Ik WIST wel dat ze me bekend voorkwamen!

Ik heb naar ze zitten staren om mijn geheugen op te frissen. De magere jongen zette laatst grote ogen naar me op en ik besefte dat het niet zo was bedoeld als het grapje met de wenkbrauwen. Het betekende meer: *'Waarom zit je steeds naar me te KIJKEN?'*

Ik heb dus wat onderzoek gedaan – schooladministratie, schoolbibliotheek, andere leerlingen, plaatselijke bibliotheek enzovoort – en toen kwam ik erachter dat de Groep van Vier op basisschool Kellyville heeft gezeten. Ik bladerde door de openbare archiefstukken van die school en zag toen dat hij regelmatig meedoet aan de praalwagenoptocht van het Oranjebloesemfestival.

Ting, ting, ting! ging het in mijn hoofd.

Twee jaar geleden had ik naar de optocht gekeken en ik was toen helemaal verrukt van hun 'Schijf-van-Vijf'-praalwagen!

Ik zocht als een gek tussen de krantenberichten en daar was hij: een foto van de bewuste praalwagen.

En daar stonden ze: de Groep van Vier, tussen een grotere groep kinderen. Ze waren verkleed als een banaan, een bloemkool, een stuk kaas en een lamskotelet.

Als zich een goede gelegenheid voordoet, ben ik van plan de Groep van Vier te feliciteren met hun prachtige, leerzame praalwagen.

*

Woensdag, 6 mei

Toby Mazzerati was op de basisschool een goede vriend van me, maar de laatste paar jaar zijn we uit elkaar gegroeid. Maar hier, op het Ashbury, is hij weer vriendelijk. Is het uit loyaliteit, omdat we elkaar al zo lang kennen? Vandaag gaf hij me een sieradendoosje, dat hij bij handenarbeid had gemaakt. Het heeft mooie, goudkleurige scharnieren en het deksel gaat heel soepel open en dicht.

Ik heb de doos dankbaar van hem aangenomen en gezegd dat ik hem prachtig vond en ik heb hem volop geprezen voor zijn vakmanschap. Zijn wangen werden een beetje roze en hij schonk me een brede glimlach.

Toen bood ik aan hem te helpen met zijn wiskunde. Ik had hem een dag eerder in zichzelf horen praten tijdens de wiskundeles. 'Wat is x?' mompelde hij. 'Als het is: x is gelijk aan x is gelijk aan x, wat is dan y is gelijk aan y is gelijk aan y? Als jij mijn x was, zou je dan ook mijn x zijn, en wie zou dan mijn y zijn, en waarom is mijn y mijn y?' Hij zei het zo half zingend.

'Ik wil graag iets terug doen,' legde ik uit, 'en ik weet dat wiskunde een beetje moeilijk voor je is.'

Hij zei dat het niet hoefde, maar bedankte me voor het aanbod.

*

B.H. Neumann Certificaat voor een perfecte score in de Australische wiskundecompetitie voor de Westpac-prijs

Uitgereikt aan: Scarlett Mackenzie

*

Scarlett Mackenzie: Een Leven
Copyright © Scarlett Mackenzie

DAGBOEKAANTEKENINGEN

Vrijdag, 7 juni

Ik denk dat ik me heb vergist. Toby Mazzerati is toch niet vriendelijk geworden. Sinds hij me de houten sieradendoos heeft gegeven, heeft hij niet meer echt met me gepraat, hoewel ik mijn aanbod om hem met wiskunde te helpen nog verscheidene keren heb herhaald.

*

Zaterdag, 7 augustus

Gedachten over humor
Vandaag zaten Anthony en Sam naar *Raising Arizona* te kijken (ze werken alle films van de broeders Coen af) en ik nam even pauze om mee te kijken.

We hebben met z'n drieën verschrikkelijk gelachen en na afloop bleven we lachen, terwijl we patat met worstjes klaarmaakten voor het avondeten en de grappigste momenten uit de film ophaalden.

Anthony en Sam zitten nog maar in groep acht, maar ik moet vaak lachen om hun grappen. Je zou dus denken dat de humor van mijn klasgenoten uit de eerste nog indrukwekkender zou zijn. En ik moet inderdaad toegeven dat ik soms onwillekeurig moet lachen om de snelle humor om me heen.

Maar soms weet ik ook niet wat ik met die humor aan moet. Laatst ving ik een gesprek op tussen Emily Thompson en haar twee beste vriendinnen. De drie hadden ongeveer een maand geleden ruzie gekregen – ik weet niet waarom, hoewel ik de ontwikkelingen met belangstelling had gevolgd. Maar nu zag het ernaar uit dat ze het weer hadden goedgemaakt. Ze stonden met hun armen om elkaar heen en ze huilden – *alle drie* huilden ze! (Ik geloof niet dat ik ooit in het bijzijn van een ander menselijk wezen heb gehuild.)

Een van hen zei met een door tranen verstikte stem: 'En toen stond ik gisteravond wafels te eten en ik moest aldoor denken...' Een ander viel haar in de rede en vroeg op dramatische toon: 'Wafels?' 'Wafels,' bevestigde de eerste. 'Wafels,' herhaalde de derde, op haar eigen dramatische toon. En voor je het wist, gilden ze alle drie: 'WAFELS' en begonnen ze verschrikkelijk te lachen.

Ik veronderstel dat ze het woord op dat moment gewoon grappig vonden. Maar ik snapte niet wat er grappig aan was.

Jonge mensen zijn zo vreemd.

*

Ashbury Eindrapport (uittreksel)

Scarlett Mackenzie

WISKUNDE
Scarlett is een buitengewoon getalenteerde leerling, die in deze klas uitmuntende resultaten heeft behaald. Haar ijver is verbluffend. Als ze een vraagstuk niet begrijpt, blijft ze er net zo lang aan werken tot ze het snapt. Wat een kanjer!

*

DAGBOEKAANTEKENINGEN

Dinsdag, 15 december

Verbazingwekkend nieuws! De Groep van Vier ligt uit elkaar!! Het is Astrid en de blonde jongen tegen Nicole en de magere jongen! Astrid en de blonde hebben zich bij een andere groep aangesloten. Astrid heeft iets arrogants en uitdagends over zich. Ik wilde dat ik wist waar ze ruzie over hebben.

*

Donderdag, 21 december

Vandaag mijn laatste dag in de eerste klas.

Erg vreemde dag.

Het grootste deel van het jaar heb ik een gelegenheid afgewacht om de Groep van Vier te vertellen dat ik ze al eerder had gezien.

Vandaag dacht ik dat ik eindelijk een mooie kans had om het te zeggen.

De Groep heeft het nog niet goedgemaakt – ze blijven versplinterd. Het leek erop dat Astrid dat niet erg vond, maar vandaag kwam ik er toevallig net aanlopen toen ze in de gang van de eerste klas stond te huilen. Ik had gehoord dat Nicole het gerucht had verspreid dat Astrid de breuk had veroorzaakt door een jongen van Nicole af te pikken, terwijl ze wist dat die twee elkaar leuk vonden. Ik veronderstelde dat dat de reden was waarom Astrid huilde.

Nu is het moment gekomen om met haar te praten, dacht ik.

'Astrid?' zei ik, terwijl ik voorzichtig naar haar toeliep. 'Weet je, ik heb je in groep zeven gezien bij de praalwagenoptocht op het Oranjebloesemfestival.'

Er liepen een paar mensen door de gang, die bleven staan en belangstellend naar ons keken. Astrids ogen waren dik. Ze staarde me aan.

Ik besefte dat dit de eerste keer van mijn leven was dat ik iets tegen haar had gezegd. Mijn stem trilde, maar ik praatte vastbesloten door.

'Het was die 'Schijf-van-Vijf'-praalwagen,' legde ik uit. 'En hij was zó mooi. Ik vond hem prachtig. En luister eens, ik *weet* gewoon dat iemand die op zo'n praalwagen zit, nooit het vriendje van haar vriendin af zou pikken! Ik weet dat je niet hebt gedaan wat ze zeggen. Ik vind het belachelijk dat Nicole die geruchten verspreidt!'

Er gebeurde iets vreemds met Astrids gezicht. Het was net of het zijn eigen middelpunt probeerde te vinden. Haar ogen trokken naar beneden, naar haar neus, haar neus rimpelde en schoof een stukje omhoog, haar mond krulde naar binnen.

'En je was zo fantastisch op het Oranjebloesemfestival!' vervolgde ik een beetje paniekerig. Waarom zei ze niets? 'Je zag er schitterend uit, helemaal verkleed als lamskotelet!'

Eindelijk begon Astrid te praten.

De woorden die ze zei, kan ik niet opschrijven.

Ze komen niet in mijn woordenboek voor.

Laten we het er maar op houden dat ze die onbeschrijfelijke woorden gebruikte om gemene dingen te zeggen over mijn uiterlijk, het geluid van mijn stem en het feit dat ik besta. Ze zei dat ik moest 'oprotten'.

Toen draaide ze zich om naar de voorbijgangers en ze begon te lachen. (Zij lachten ook.)

Er viel me iets op: Astrid is misschien wel mooi, maar als ze lacht, krijgt ze een beetje een onderkin. Ze buigt namelijk haar hoofd naar voren als ze lacht, zodat haar kin dichter bij haar nek komt. Dat maakt haar een beetje dik.

Er komt een dag dat ze echt dik is. Ze zal verslaafd raken aan wodka, antidepressiva en marihuana, en uiteindelijk zal ze afglijden naar crack- en cocaïnegebruik.

Ik heb medelijden met haar.

Ik weet zeker dat ze het grootste deel van haar leven in ontwenningsklinieken zal doorbrengen.

9. Scarlett Mackenzie: het onopvallende jaar
(tweede klas Ashbury Scholengemeenschap, leeftijd: 13 jaar)

Verklarende opmerking

Ik heb mijn speciale doos helemaal doorzocht, maar ik kan niets vinden dat betrekking heeft op dit jaar. Blijkbaar is het een volkomen onopvallend jaar geweest.

Ik herinner me wel dat mijn astma terugkwam bij een voorval dat plaatsvond tijdens ons schoolreisje naar Hill End. Ik vond dat schoolreisje niet leuk. Sindsdien heb ik chronische astma en gebruik ik iedere dag preventieve medicatie. Ik heb altijd een inhaler bij me. Ik draag alleen kleren met zakken en ik voel altijd in mijn zak of mijn inhaler erin zit. Toen ik van het jaar bij tante Veronica kwam wonen, heeft ze overal in huis inhalers neergelegd (hoog genoeg, zodat Bella er niet bij kan). Nu zie ik ze soms op de meest onverwachte plekken liggen: op de vensterbank, in een servieskast. Het is net paaseieren zoeken, maar dan met inhalers.

10. Scarlett Mackenzie: het jaar van de vriendschap
(derde klas Ashbury Scholengemeenschap, leeftijd: 14 jaar)

Voel je je een SUKKEL?
Denk je dat je SLECHT FUNCTIONEERT?

SCARLETT MACKENZIE KAN HELPEN!!!

Kom langs en leer

HOE JE HET TIENERMONSTER IN JEZELF KUNT TEMMEN!

Scarletts adviesbijeenkomsten zullen gedurende het hele trimester om de dinsdag worden gehouden in de ontspannen, gezellige sfeer van de kleedkamer.

Gratis voor alle leerlingen! Inclusief echte Indische thee.

---

*

DAGBOEKAANTEKENING

Maandag, 3 februari

Ik ben helemaal opgewonden over de derde klas. Ik ben van plan deze klas in mijn armen te sluiten. Ik zal het bestaan van de tweede klas

Scarlett Mackenzie: Een Leven
Copyright © Scarlett Mackenzie

wegvagen. Het heeft niet plaatsgevonden! Poef! Weg! (Ik zag Astrid vandaag. Ze is belachelijk bruin van de zomervakantie teruggekomen. Als ze zo doorgaat, vaagt zij zichzelf nog weg uit het bestaan. Iemand moet haar toch eens vertellen dat er een gat in de ozonlaag zit.)

Hoe dan ook, ik zal de derde klas in mijn armen nemen en stijf tegen me aan klemmen. Ik zal hem tegen mijn lichaam drukken en mijn benen eromheen slaan.

Vanuit die gedachte heb ik me ingeschreven voor het Schoolspektakel, de Leerlingenraad, de voorselectie voor de Hertog van Edinburgh-prijs, het Toernooi van Heldere Geesten, een netbalteam in de C-klasse en de squashcompetitie.

En ik ga debatteren! Er is een wedstrijd om de zogenaamde Tearsdale-bokaal, die onze school nog nooit heeft gewonnen. De coach van het debatteam, mevrouw Lilydale, lijkt me aardig. We hebben even met elkaar gepraat (ze kent mijn goede schoolreputatie) en ik vertelde haar over mijn 'Tem het Tienermonster'-plan. Ze wenste me heel veel succes met mijn eerste bijeenkomst, morgen.

Ik vraag me af of er iemand komt.

*

Dinsdag, 4 februari

Aan: De directeur
Ashbury Scholengemeenschap

Geachte heer,

Ik schrijf u vanwege een ernstige kwestie.

Vandaag heb ik mijn eerste bijeenkomst van 'Tem het Tienermonster in jezelf' gehouden. Als voorbereiding op deze cursus heb ik de afgelopen zomer een aantal boeken gelezen over jeugddelinquentie en het gevoel van eigenwaarde onder tieners.

Mijn doel is diegenen onder ons die in sociaal opzicht slecht functioneren, te helpen zich optimaal te ontplooien.

Tot mijn genoegen kan ik u meedelen dat drie leerlingen de eerste bijeenkomst hebben bijgewoond.

Zij zitten alle drie dit jaar voor het eerst bij ons op school. Ze heten Ernst von Schmerz, Kelly Simonds en Joshua Lynch. Ik heb geen klachten over hun gedrag: ze luisterden aandachtig en Ernst beloofde alles op zijn weblog te zetten!

Nee, mijn klacht betreft een zaak van groter belang – een ernstige kwestie, nee, een kwestie van leven of dood. Tot mijn spijt moet ik u meedelen dat toen Joshua Lynch aan het eind van de bijeenkomst zijn boeken voor de volgende les uit zijn schooltas pakte, *ik iets meende te zien dat met drugsgebruik te maken heeft.* Of in ieder geval iets wat leek op drugs. Een grote, plastic zak met daarin een groenbruine, plantaardige substantie.

Ik hou er niet van om te klikken, maar ik schrok van de omvang van die zak. Ik vrees dat mijn nieuwe vriend zijn ondergang tegemoet gaat.

Ik hoop dat u een manier kunt vinden om hem te helpen.

Met dank,
Hoogachtend,
Scarlett Mackenzie

*

DAGBOEKAANTEKENING

Woensdag, 7 maart

Ik heb nu twee nieuwe vrienden op het Ashbury: Ernst von Schmerz en Kelly Simonds.

Ik heb ook een nieuw debatteam.

Ik geef toe dat de bovenstaande feiten met elkaar verband houden...

Vandaag zei ik tegen Ernst en Kelly dat ik niet met hen kon lunchen, omdat ik met mevrouw Lilydale moest praten over de debatbijeenkomsten, die het volgende trimester beginnen.

Ernst hield zijn hoofd schuin.

Kelly zei: 'Wuh?' (Dat is haar manier om het woord 'wat' te laden met verwarring – een soort kruising tussen 'wat?' en 'huh?'.)

Het bleek dat zij ook bij mevrouw Lilydale moesten komen.

Want zij zijn mijn debatteam!

Zij hadden gedacht dat ik dat al wist! Ze waren zelfs op dezelfde dag als ik bij mevrouw Lilydale geweest, om te informeren naar de debatbijeenkomsten. En mevrouw Lilydale had voorgesteld – nee, ze had erop gestaan – dat ze mijn eerste 'Tem het Tienermonster'-bijeenkomst zouden bijwonen! Om elkaar en mij – hun debatteam dus – te leren kennen!

Ik vond het een beetje gênant dat ik me had vergist – ik had gedacht dat die twee op mijn posters waren afgekomen.

(Ik weet niet wie tegen die andere jongen, Joshua Lynch, heeft gezegd dat hij moest komen. Hij zal nu wel spijt hebben van die beslissing.)

*

Ashbury Onderscheiding voor goed burgerschap

Uitgereikt aan: *Scarlett Mackenzie*

Voor: *Het vrijwillig adopteren van het Muziekplein en aanliggende paden als dat deel van de school dat zij gaat schoonhouden.*

DAGBOEKAANTEKENING

Zaterdag, 17 april

Sam is vandaag naar het verkeerde huis gegaan om Anthony te bezoeken. Hij liep aan iets anders te denken en klopte toen aan bij het huis waar we *twee huizen geleden* hebben gewoond. Het was zo grappig. Sam kan soms een beetje verstrooid zijn. Mijn broer en hij zijn zo artistiek en creatief. Ze zijn van plan samen films te gaan maken en volgens mij hebben ze een grote kans van slagen.

Op het ogenblik kijken ze allemaal films van Charlie Kaufman. Ik heb samen met hen gekeken naar *Being John Malkovich* en ik vind het de beste film die ik ooit heb gezien.

Ik vond vooral die scène mooi waarin iedereen moet kruipen en hurken, omdat de plafonds te laag zijn. Die scène sprak me aan, omdat ik het gevoel heb dat ik op handen en knieën door mijn dagen moet kruipen. Ik voel me net een giraf.

*

Verklarende opmerking

Het bovenstaande ziet er misschien uit als een leeg, wit vierkant, maar het is de kwitantie van een cd – de enige cd met rockmuziek die ik ooit heb gekocht.

De kwitantie is nu helemaal verbleekt en je kunt er niets meer op zien.

DAGBOEKAANTEKENING

Donderdag, 13 augustus

Gedachten over namen

Vandaag vertelde Ernst von Schmerz me in de lunchpauze dat hij eigenlijk Kee Dow Liang heet.

Zijn ouders zijn toen hij zes was van Maleisië naar Sydney verhuisd en veranderden zijn naam in Harold Brown, om hem te helpen met aanpassen. Toen hij dertien werd, besloot hij zijn echte naam weer te gaan gebruiken, maar de kinderen op zijn school 'reageerden daar niet goed op'.

'Wat deden ze dan?' vroeg ik, maar op dat moment kwamen we langs het snoepwinkeltje en Ernst zei: 'Doe eens links.' Dat is zijn manier om te zeggen: 'Laten we hier linksaf gaan.'

Nadat we een zak chips hadden gekocht, vroeg ik Ernst nog eens naar de kinderen op zijn oude school. Hij zei (nogal cryptisch) dat ze hem hadden geprobeerd te leren dat iemand *nooit* zijn naam moet veranderen, vooral niet in zoiets 'raars' als Kee Dow Liang.

Dus toen besloot Ernst dat hij zijn naam zo vaak mogelijk zou veranderen. Op het ogenblik heet hij Ernst von Schmerz. In de toekomst, zei hij, kon het van alles zijn.

*

Onderscheiding voor het teamlid dat de meeste vooruitgang heeft geboekt – C-klasse, netbal

Voor: Scarlett Mackenzie

Scarlett, van harte gefeliciteerd – de eerste wedstrijd sprong je nog maar zo'n beetje rond, maar nu heb je eindelijk geleerd de bal te vangen! Voor een coach een genot om te zien!

---

*

DAGBOEKAANTEKENING

Donderdag, 13 augustus

Ik had graag met Kelly Simonds willen praten over Ernst en zijn naam. Ik had haar willen vragen of zij vond dat hij goed bezig was. Of dat hij zichzelf geweld aandeed, enkel om die andere kinderen te trotseren. Zou hij echt Ernst von Schmerz willen zijn? En zo ja, wat was er dan gebeurd met Kee Dow Liang – en met Harold Brown, als we het er dan toch over hebben? En als Ernst zijn naam weer verandert, wie is hij dan? Kennen we hem dan nog wel?

Maar ik spreek Kelly de laatste tijd niet zo veel. Hoewel ze een uitstekende tweede spreker is en tijdens de debatbijeenkomsten vriendelijk met ons omgaat, dwaalt ze op schooldagen af en gaat ze vaak bij andere groepjes zitten.

*

K-mart

Tijdelijke werkneemster van de maand: augustus

Scarlett Mackenzie

---

*

Verklarende opmerking

In de derde klas ben ik als tijdelijke kracht in dienst gekomen bij K-mart Australië Ltd en in augustus was ik Werkneemster van de maand.

Ik raakte bevriend met een andere nieuwe werkneemster: Leesa, een leerlinge van de Brookfield Scholengemeenschap. Ondanks haar schoolachtergrond maakte ze totaal geen criminele indruk.

's Avonds laat, als de winkel dicht was en we bezig waren met vakken vullen en schoonmaken, kwam Leesa me af en toe opzoeken. (Zij werkte op de gereedschapafdeling, ik bij de damesmode.) Ze kwam altijd aancrossen met een winkelwagentje.

We praatten dan over onze ambities om ooit op te klimmen tot filiaalmanager (we spotten erover en maakten elkaar aan het lachen). En op een dag vroeg Leesa mijn telefoonnummer. Ze schreef het achter op haar hand – kennelijk wist ze niet dat je daar inktvergiftiging van kunt krijgen.

Na een paar dagen belde ze inderdaad op. Het was vroeg in de ochtend. Ze vertelde dat ze samen met een paar vriendinnen kaartjes had voor een band, Powderfinger, die de volgende avond zou optreden. Of ik zin had om mee te gaan.

Ik legde uit dat ik een piano-examen had. Leesa leek het niet erg te vinden.

Later die dag moest ik mezelf toegeven dat het piano-examen om vier uur 's middags was en dat ik tijd genoeg zou hebben om naar een concert te gaan. Eigenlijk zag ik ertegenop om Leesa's vriendinnen van het Brookfield te ontmoeten. Leesa doorzag me niet, maar ik wist zeker dat haar vriendinnen dat wel zouden doen. (Bovendien, hoe ging je naar een concert? Wat deed je daar? Dansen? Hoe? Meezingen? Maar ik kende de tekst niet! Ik zou er vast niks van terechtbrengen!)

De volgende dag ging ik na mijn piano-examen naar het winkelcentrum en kocht daar een cd van Powderfinger – de enige rock-cd in mijn verzameling.

Maar toen ik de week daarop in de K-mart kwam, was Leesa er niet meer. Ik vermoed dat ze haar baan was kwijtgeraakt vanwege het crossen met de winkelwagentjes.

*

DAGBOEKAANTEKENINGEN

Maandag, 17 september

Vandaag ving ik tijdens tekenen een gesprek op tussen Emily Thompson en haar twee vriendinnen, Lydia en Cassie. Lydia gaat op het ogenblik met Sergio Saba en ze vertelde de anderen dat hij de vorige avond op tijd was gekomen voor hun afspraakje (hij is meestal te laat).

Toen ze dit hoorde, zei Emily schamper: 'Nou nou, zo puntueel is hij anders nooit.'

Niet punctueel maar *puntueel*. Volgens mij denkt ze dat het iets met punten te maken heeft.

Ik maak me ernstig zorgen over het intelligentieniveau van mijn klasgenoten.

*

Donderdag, 2 oktober

Moet je nu horen! Mama heeft voor Anthony stiekem een Super-8-filmcamera gekocht! (Hij heeft papa al heel vaak geld gevraagd om er een te kopen, maar die weigert steeds.) Anthony en Sam hebben al hun eerste filmscript geschreven. Ze willen dat ik het slachtoffer speel. Ik hoef me alleen maar twintig keer te laten steken met een mes en daarna, onder de rode verf, in een boom te klimmen. Ik ga al een poosje iedere zaterdag naar toneelles om in aanmerking te komen voor de Hertog van Edinburgh-prijs en op donderdagavond volg ik een EHBO-cursus, dus ik denk dat ik die rol wel aankan.

*

Donderdag, 1 november

Gedachten over de ziekte van Pfeiffer
Astrid Bexonville heeft de ziekte van Pfeiffer.

Ik hoorde haar vriendinnen tegen elkaar zeggen dat ze alle examens gaat missen, maar dat ze ze later in haar eentje mag doen, waarschijnlijk in het kantoortje van de directeur.

Ik geloof niet in de ziekte van Pfeiffer. Volgens mij bestaat hij niet. Het is gewoon zo'n tienerkwaaltje dat leerlingen bedenken om uitstel te krijgen. Ik vind het maar niks.

11. Scarlett Mackenzie: het jaar van de belangrijke fout
(vierde klas Ashbury Scholengemeenschap, leeftijd: 15 jaar)

DAGBOEKAANTEKENINGEN

Zaterdag, 18 februari

Lief dagboek,

Ik moet je even waarschuwen: ik zal dit jaar niet veel tijd hebben om te schrijven. Ik zal nog minder schrijven dan gewoonlijk. Ik hoop dat je het je niet te veel zult aantrekken.

Zie je, dit jaar is het belangrijkste jaar van mijn leven tot nog toe: ik zit nu in de vierde. Een klas waarin mijn academische toekomst zich gaat aftekenen. Ik moet al mijn energie richten op mijn studie en de 'zinloze dagdromerij' van dagboeken schrijven vermijden.

Maar nu móét ik wel schrijven, want ik ben helemaal opgewonden. De eerste paar weken van de vierde zijn namelijk verrassend, sterker nog, *opwindend* verlopen!

Er is van alles gebeurd!

Hier volgt een lijstje:

1. Kelly Simonds is aardig tegen ons, alsof ze nooit is afgedwaald. Ze komt nu in de korte pauze bij Ernst en mij zitten en in de lunchpauze zit ze bij haar andere vrienden. Dat is een tussenoplossing waar wij wel mee kunnen leven. Ik zit in de lunchpauze toch vaak in de bibliotheek, om te werken.
2. Ernst gaat een online-studiegroep opzetten.

3. Een jongen uit onze klas, Sergio Saba, heeft tegen me gesproken. Hij heeft het pas geleden uitgemaakt met zijn vriendin (Lydia), dus het kan zijn dat hij zich alleen een beetje eenzaam voelde. Maar hij zei echt iets tegen me. Hij kwam in de lunchpauze langslopen en hij zei: 'Hé, Scarlett, [...] is hartstikke goed.' Ik kon niet verstaan wat 'hartstikke goed' was. Ik glimlachte raadselachtig. Hij heeft een litteken op zijn gezicht, maar hij is knap, en zijn ogen hebben iets fascinerends.

4. Ik wacht nu af of hij nog iets tegen me gaat zeggen. Als dat gebeurt, zal ik proberen antwoord te geven! Ik hoop dat hij iets zegt dat ik kan verstaan.

5. Er komt een Voorjaarsconcert en ik ben in het geheim een solo aan het voorbereiden!

Dus je ziet, er gebeurt van alles!

*

Maandag, 1 maart

Nou, dagboek,
Ik voel me een sukkel.

De les luidt: als je denkt dat er opwindende dingen gaan gebeuren, is dat waarschijnlijk niet zo.

Behalve ik heeft niemand zich aangemeld voor de online-studiegroep van Ernst.

Sergio, de jongen met het litteken, heeft niet meer tegen me gesproken. Hij heeft alweer een nieuwe vriendin. Ik weet nog steeds niet wat er 'hartstikke goed' was.

En Kelly Simonds zegt dat ze zich gaat opgeven voor de studentenuitwisseling van volgend jaar. Ze wil naar Duitsland of Zwitserland.

Ik drukte haar op het hart verstandig te zijn. 'Pas op dat je niet een belangrijk schooljaar vergooit!' zei ik.

Maar zij snoof minachtend. Ze zegt dat ik alleen maar bang ben dat ze beter Duits spreekt dan ik, als ze terugkomt.

Tot slot ben ik vandaag naar mevrouw Lilydale geweest. Ze heeft tegenwoordig twee petten op als ik haar tegenkom: van coach van het debatteam en van klassencoördinator (ze is coördinator van de vierde klas, zie je). (Ze gebruikt zelf graag de ouderwetse term 'klassenlerares'. Ik bewonder haar hang naar het verleden.)

Maar ik was bij haar vanwege het Voorjaarsconcert.

'Ik kom me aanmelden voor het concert,' zei ik. 'Ik wil graag een solo zingen.'

Tjonge!

Je had de twijfelachtige blik moeten zien die over mevrouw Lilydales gezicht trok!

Onmiddellijk trok ik me terug. 'Of niet, natuurlijk,' zei ik. 'Misschien toch niet.'

'O!' zei ze, toen haar vergissing tot haar doordrong. 'Nee, nee, Scarlett! Als je dat graag wilt, moet je het gewoon doen! Kijk, zie je, ik schrijf je naam meteen op. Wat mij betreft mag je tien solo's zingen!'

'Nee hoor, dat hoeft niet,' zei ik trots. 'Streept u mijn naam maar door.'

*

Vrijdag, 17 maart

Cassie Aganovich zei vandaag iets tegen me. Zij is een van de drie vriendinnen van Emily Thompson. Ik weet dat ik niet zo verguld zou moeten zijn dat iemand uit de 'hogere kringen' contact met me maakt, maar ze praatte zo gewoon tegen me, alsof ik een goede bekende van haar was! Ze vroeg of ik ene Matthew Dunlop kende, die op het Brookfield scheen te zitten. Ik vroeg me af waarom ze dacht dat ik die jongen zou kennen. Maar goed, ik zei dat ik wel een vriendin had op het Brookfield, Leesa, en dat ik het bij Leesa zou navragen.

Nou ja!

Dat was vreemd.

Het was alsof ik helemaal was vergeten dat ik geen vriendin meer had die Leesa heette! Ik heb haar niet meer gesproken sinds ze me vorig jaar belde over dat concert van Powderfinger. Daarna was ze weg bij de K-mart en was het afgelopen. Ik weet haar achternaam niet eens...

Natuurlijk zat ik er daarna over in dat Cassie geduldig zat te wachten tot ik namens haar navraag zou doen bij Leesa, terwijl ik wist dat ik dat niet kon doen. Ik wenste dat ik wist wie die Matthew Dunlop was. Als ik hem gewoon zelf zou kennen, zou het probleem zijn opgelost.

Plotseling gebeurde er iets heel bijzonders. Ik besefte opeens dat ik hem wel degelijk kende!

Ik rende rond, op zoek naar Cassie – ik probeerde vaart te minderen toen ik haar had gevonden – en ik vertelde haar dat ik vorig jaar iemand met die naam had ontmoet bij het Schoolspektakel! Nou ja, ik had hem niet echt ontmoet. Maar ik had wel duidelijk de aankondiging gehoord: 'Matthew Dunlop van de Brookfield Scholengemeenschap op trompet!'

Cassie keek erg verheugd.

*

Vrijdag, 2 april

Weet je, ik hoop dat het de juiste persoon was. Matthew Dunlop, bedoel ik.

Om eerlijk te zijn traden er honderden mensen op tijdens het Schoolspektakel. En er werden door de krakende microfoon honderden aankondigingen gedaan. Misschien was het wel *Michael* Dunlop in plaats van Matthew. Of Marcus Dunhill.

Zou ik iets tegen Cassie moeten zeggen?

Nee, ik moet 'cool' leren zijn.

*

Donderdag, 1 juni

Aan: De directeur
Ashbury Scholengemeenschap

Geachte heer,

Ik schrijf u vanwege een vrij ernstige kwestie.

Mijn vriend Ernst von Schmerz heeft me verteld dat bepaalde leerlingen van het Ashbury illegale software hebben geïnstalleerd op het intranet van de school en dat ze die software gebruiken om muziekbestanden te 'delen' en 'uit te wisselen'. (Ik wijs erop dat Ernst erg goed thuis is op de computer.)

Ik wil graag uw aandacht op dit feit vestigen, want ik zou het verschrikkelijk vinden als onze school zich door toedoen van anderen schuldig zou maken aan schending van de auteursrechten.

Met vriendelijke groet,
Scarlett Mackenzie

PS Is het u overigens bekend dat het in het park achter onze school werkelijk wemelt van de leerlingen die zich schuldig maken aan jeugdig alcohol- en drugsgebruik, terwijl ze in de klas zouden moeten zitten? Waarom wordt er op belangrijke punten in het park in 's hemelsnaam geen toezicht gehouden?

*

DAGBOEKAANTEKENINGEN

Donderdag, 7 juni

Gedachten over romantiek

Er wordt op school op het ogenblik nogal wat ophef gemaakt over het dansgala dat aan het eind van dit schooljaar zal worden gehouden.

Aan het eind van het jaar, nota bene, en dan nu al die ophef!

Mensen lopen zich druk te maken over het thema, de aankleding, de locatie en bovenal de stand van zaken van hun 'romantische relaties'.

Zoals ik vandaag tegen mevrouw Lilydale zei (we hebben het weer goedgemaakt en ik ga vaak even bij haar langs voor een praatje): ik vind dat er in het schoolsysteem geen plaats is voor romantiek.

Ikzelf heb me altijd voorgenomen om tot de zomervakantie tussen de vijfde en zesde klas geen romantische relaties aan te knopen. In die zomer ben ik van plan verliefd te worden op een knappe jongeman en dan zullen we iedere dag naast elkaar op het strand zitten, verplichte teksten lezen voor het volgende schooljaar en elkaar over de inhoud daarvan overhoren. Als de zon ondergaat, zullen we boven onze teksten in slaap vallen. De jongeman en ik zullen dan gedurende de zesde klas het contact verbreken, zodat we ons kunnen concentreren op ons schoolwerk. Pas aan het eind van dat schooljaar zullen we ons herenigen voor het eindexamenbal.

Het gala van de vierde klas was ik natuurlijk vergeten.

*

Zaterdag, 9 juni

Gedachten over geschiedenis

Ik heb gehoord dat er op het dansgala aan het eind van dit jaar gedanst gaat worden. Ik vraag me af wat ik daarmee aan moet.

Naar mijn idee was het leven volmaakt in het Victoriaanse Engeland.

In die tijd hadden jongedames dienstmeisjes tot hun beschikking, die hun haar en hun dansjurken in orde maakten. Ze reden in zijden koetsen naar de elegante bals. Ze waren niet bang als ze uit hun koets stapten, omdat ze *precies* wisten hoe ze moesten dansen – ze hadden daar al vanaf heel jonge leeftijd les in gehad.

Knappe, goedgeklede heren kwamen samen in de balzaal, in de hoop daar dames te ontmoeten met intelligente ogen, die konden zingen, pianospelen en gedichten voordragen. Zij zochten jongedames die kruissteekjes konden borduren en die nadachten over het leven. *Die* jongedames vroegen ze ten dans.

*

BUSINESSPLAN

Aan: De heer Paul Mackenzie (papa)
Van: Scarlett Mackenzie
Onderwerp: Persoonlijk briefpapier voor gebruik op school

Geachte heer Mackenzie,

In de bijlage treft u mijn laatste, buitengewoon interessante businessplan aan.

1. *Scarlett Mackenzie: achtergrondinformatie*

Scarlett Mackenzie heeft een klein bedrijf dat opereert op de bijzonder winstgevende *schoolmarkt*. (Zie *www.scarlettmackenzie.com* voor eerdere activiteiten.) De manager (Scarlett Mackenzie) leidt het bedrijf al sinds haar elfde jaar. Haar vaste bedrijfskosten zijn laag, omdat ze werkt vanuit haar slaapkamer.

2. *Zakelijke mogelijkheden*

Er zijn drie belangrijke communicatievormen waar leerlingen op school gebruik van maken: (A) ze praten (al dan niet per telefoon); (B) ze schrijven briefjes; en (C) ze sms'en.
Volgens mij is het mogelijk om leerlingen voor doel (B) een

gestandaardiseerde vorm van *persoonlijk* briefpapier te koop aan te bieden.

3. *Voorstel om de zakelijke mogelijkheden te benutten*

<u>Actieplan</u>
Bied iedere leerling van de vierde klas persoonlijk briefpapier te koop aan.

<u>Marktsegment</u>
Vierde klas Ashbury Scholengemeenschap.

<u>Concurrentie</u>
Kiosken, winkels met schoolbenodigdheden, ouders die gratis briefpapier verstrekken.

<u>Marketingplan</u>
* Mededeling in de schoolkrant.
* Mededeling op het intranet van de school.
* Reclame ter plaatse – ik ga voor mezelf een set briefpapier printen en die gebruiken in mijn communicatie met mede-leerlingen en leraren. Mond-tot-mondreclame doet de rest...

<u>Proefexemplaren</u>
Zie bijgevoegde proefexemplaren van Scarlett Mackenzies persoonlijk briefpapier voor de drukke tiener, waaronder:
* Memo van [naam leerling]
* Filosofische overpeinzingen van [naam leerling]
* Telefoonberichten voor [naam leerling]
* Besluiten van [naam leerling]
* Schooldoelen op korte termijn van [naam leerling]
* Hebbedingetjes voor mijn ziel: een spiritueel boodschappenlijstje voor [naam leerling]

*

DAGBOEKAANTEKENING

Donderdag, 7 augustus

Somber gestemd.

Papa heeft geïnvesteerd in mijn persoonlijke briefpapier, maar ik heb weinig hoop op succes (één klant: Ernst von Schmerz).

Het is waar dat ik nooit veel geld verdien aan mijn businessplannen, maar volgens mij is papa er altijd wel van onder de indruk. Hoewel ik me soms wel eens op mijn schoolwerk, mijn andere bezigheden en mijn parttime baantjes zou willen kunnen concentreren, zonder ook nog eens businessplannen te hoeven opstellen.

*

De filosofische overpeinzingen van Scarlett Mackenzie
Woensdag, 12 september (in mijn slaapkamer)

Ik kan net zo goed wat van dit briefpapier gebruiken. Ik heb er zo veel van uitgeprint voor mezelf (zucht).

Ik weet niet of dit echt 'filosofisch' is, maar Emily Thompson haat me. Het blijkt dat ik de naam inderdaad verkeerd had onthouden, toen ik laatst tegen Cassie Aganovic zei dat ik een 'Matthew Dunlop van het Brookfield' kende. Zoals Emily Thompson me (met rook en bliksem uit haar oren) vertelde, zit er *niemand* op het Brookfield die zo heet. Een of andere klier van een jongen gebruikte een valse naam om Cassie in de maling te nemen! Ik had me vergist. En om de een of andere reden is dit een zaak van levensbelang. Tjongejonge. Kan een *naam* zo belangrijk zijn?

Het lijkt erop dat Cassie zelf niet kwaad op me is. Ik heb haar mijn excuses aangeboden en uitgelegd dat ik de naam waarschijnlijk verkeerd had gehoord (of verkeerd had onthouden). Ze glimlachte alleen maar en zei dat ik me er niets van moest aantrekken. Maar intussen hebben haar twee vriendinnen, Emily en Lydia (vooral de woeste Emily) een afschuwelijke HEKEL aan me.

Wat zijn die drie toch verschrikkelijk loyaal aan elkaar! Walgelijk gewoon.

*

BRIEFJE VOOR SCARLETT MACKENZIE VAN MEVROUW LILYDALE

Hallo Scarlett,

Tjonge, wat kun jij ontzettend snel typen! Geweldig, zoals je dat *fiasco* van vandaag woord voor woord hebt uitgetypt! Ik moet toegeven dat Emily Thompson het redelijk goed deed als 'advocate', maar wat lief van jou om na afloop bij mijn kantoor langs te komen om me te troosten.

Misschien heb je wat *papieren* op mijn bureau zien liggen toen je binnenkwam – als je iets bijzonders hebt gezien, wil ik dat graag van je horen. Wees sportief en kom me even vertellen wat je hebt gezien – dan kan ik het uitleggen!

Tot dan!
Mevrouw Lilydale

*

Een memo van Scarlett Mackenzie

Aan:	Mevrouw Lilydale
Van:	Scarlett Mackenzie
Onderwerp:	Papieren op uw bureau...
Tijd:	Maandagmiddag

Beste mevrouw Lilydale,

Weet u, ik vond het zo leuk om dat fiasco woordelijk uit te typen, dat ik op mijn computer een speciaal bestand heb aangemaakt met 'uitgetypte gesprekken'. Ik zit de hele dag gesprekken om me heen uit te typen, ik kan er gewoon niet mee ophouden! Het zal wel geen goede gewoonte zijn, maar ik leer ervan hoe de mens in elkaar zit.

Wat de papieren op uw bureau betreft: u moet maar gewoon *raden* wat ik heb gezien! Maar maak u geen zorgen, uw geheimen zijn bij mij altijd veilig.

Vriendelijke groet,
Scarlett Mackenzie

*

De filosofische overpeinzingen van Scarlett Mackenzie
17.05 uur

Papa en mama praten niet meer met elkaar – ze hebben ruzie omdat Anthony volgend jaar met Sam naar een kunstacademie wil en papa zegt dat het een absurd idee is en dat het schoolgeld daar extreem hoog is.

Ik zou een stukje op de piano kunnen spelen om iedereen op te vrolijken. Maar nu zit ik hier in gedachten verzonken op mijn pianokruk.

Heb trouwens helemaal een vreemd gevoel over muziek. Het vorige trimester was er een dramatisch conflict tussen het Ashbury en het Brookfield. Dat is ten slotte uitgedraaid op een soort juridische hoorzitting, die ik woordelijk heb uitgetypt. (Na afloop was ik in het kantoortje van mevrouw Lilydale. Ik zag helemaal niets op haar bureau liggen, maar zij *denkt* van wel. Kon de verleiding niet weerstaan om haar in onzekerheid te laten... Ik vraag me af wat daar heeft gelegen.)

*

De filosofische overpeinzingen van Scarlett Mackenzie
17.07 uur

Ik had deze notitieblaadjes groter moeten maken. Moet steeds op een nieuwe beginnen.

Hoe dan ook, na de 'hoorzitting' werd het Voorjaarsconcert veranderd in het Voorjaar voor Eenheidconcert, waarin het Ashbury en het Brookfield samen gingen optreden (een vruchteloze poging tot verzoening). Cassie Aganovic bracht tijdens het concert iedereen aan het huilen van ontroering. Niemand wist dat ze kon zingen, maar ze blijkt een stem te hebben die even lieflijk klinkt als de stem van een edelzanger en even ontroerend als die van een heremietlijster. De staande ovatie die ze na haar optreden kreeg, hield ongeveer twintig minuten aan. (Ik was toch zó blij dat ik me uit dat concert had teruggetrokken.)

Ik kon zelfs tegenover mezelf niet het gevoel verklaren dat Cassies gezang bij me had opgeroepen. Pas veel later, toen ik bijna sliep, kroop één bepaald woord mijn gedachten binnen: trots. Ik was zo trots op Cassie. Een zaal vol mensen, die allemaal vol bewondering luisterden naar iemand uit *mijn* klas, iemand die in zekere zin bij *mij* hoorde.

*

De filosofische overpeinzingen van Scarlett Mackenzie
17.15 uur

Na afloop zei iedereen dat ze aan *Idols* moest gaan meedoen.

Ik zei: 'Dat zou een ramp zijn,' en mensen keken me allemaal lelijk aan, vooral Emily. Ze dachten dat ik jaloers was. Maar ik bedoelde alleen dat Cassie veel te uniek en bijzonder is om aan zo'n real life-programma mee te doen.

*

De filosofische overpeinzingen van Scarlett Mackenzie
17.22 uur

Later begreep ik dat ik geen recht had om trots te zijn. Cassie is geen vriendin van me en 'hoort' op geen enkele manier bij me. Ze zit dan misschien in mijn klas, maar ze is een heel ander 'soort' kind dan ik.

Mijn moeder heeft geen oog voor dat soort verschillen. Emily, Lydia en Cassie gaan de komende zomer bijvoorbeeld allemaal naar mama's zeilschool (haar laatste zakelijke onderneming). Dat ging zo: mama bood cursusplaatsen op de zeilschool aan, als prijzen voor het concert. Cassie had natuurlijk gewonnen en Lydia was toevallig tweede. Emily's ouders betalen voor haar, zodat ze met haar beste vriendinnen mee kan.

Mama vindt dat ik ook moet komen – ze snapt er echt niks van! Ik kan toch zeker niet de zomer met Emily Thompson doorbrengen. Ze haat me. Dat heeft nog steeds te maken met die vergissing met die naam.

Je mag je toch zeker wel eens een keertje vergissen, of niet?

*

Scarlett Mackenzie: Een Leven
Copyright © Scarlett Mackenzie

*

DAGBOEKAANTEKENING

Vrijdag, 22 november

Lief dagboek,

Er zijn vandaag een paar heel rare dingen gebeurd en ik denk dat het helpt als ik er hier op jouw papier duidelijkheid in probeer te scheppen. Ik hoop dat je het niet erg vindt.

Het was kort na schooltijd.

Ik zat op een tuinstoel waarvan niemand schijnt te weten dat hij bestaat. Hij staat in de schaduw van de Japanse esdoorn, dicht bij de bibliotheek. Het is mijn lievelingsplekje om te zitten nu het zo warm is en soms typ ik er gesprekken uit die langs komen zweven.

Hoe dan ook, het eerste wat er gebeurde was dat Toby Mazzerati voorbij kwam 'zweven'. Hij merkte me op – de meeste mensen doen dat niet – en ik was op een vreemde manier trots op zijn uitstekende gezichtsvermogen. Hij maakte een grappige opmerking over dat ik zo snel zat te typen op mijn laptop. Ik vond het niet erg.

En toen gebeurde er iets heel raars: ik was er opeens van overtuigd dat Toby me mee ging vragen naar het Gala van de vierde klas. Ik zette grote ogen op, mijn mond viel open en ik staarde hem recht aan. Ik denk dat ik hem bang heb gemaakt.

Toby glimlachte en liep door, terwijl hij op die vreemde, poëtische manier van hem verderpraatte, en ik sloeg mijn ogen weer neer.

Alsof dat nog niet genoeg was, kwamen er kort daarna twee vervangende leerkrachten voorbijlopen. Ze merkten me totaal niet op. Ze liepen ruzie te maken over het intelligentieniveau van een Poolse uitwisselingsstudent.

Toen gebeurde er iets heel merkwaardigs! Een van de leraressen werd zo kwaad dat ze haar *zelfbeheersing verloor en de andere lerares in haar gezicht sloeg!* Het was een harde klap. Het slachtoffer gaf een gil en stak snel haar handen omhoog om haar gezicht te beschermen (te laat) en de map die ze bij zich had, viel met een klap op de grond. Losse papieren werden door de wind weggeblazen.

Ik raapte de papieren snel bij elkaar en bood het slachtoffer mijn aantekeningen aan. Ik zei dat ik met alle plezier voor haar wilde getuigen als ze naar aanleiding van de aanval gerechtelijke stappen wilde ondernemen.

Ik zal mijn dagboek niet bezoedelen met de reactie van de lerares.

Laat ik alleen zeggen dat ik geschokt ben – alsof mijn hart vandaag te veel te verwerken heeft gekregen: het verbluffende moment toen ik dacht dat Toby me mee zou vragen naar het Gala; de verbazing bij het horen van de ruziënde stemmen van de leraressen; de schrik van de aanval; de wrede afwijzing van mijn aanbod om te helpen...

Maar het zal wel weer goed komen met me.

*

BRIEFJE VOOR SCARLETT MACKENZIE VAN MEVROUW LILYDALE

Hallo Scarlett,

Het schooljaar loopt ten einde en het wordt weer tijd om examens te maken en op te ruimen. En om feest te vieren! Het deed me plezier te zien dat Ernst en jij gisteravond als 'vrienden' naar het Gala gingen. Perfect! Jullie zagen er allebei zo keurig verzorgd uit. Namen anderen daar maar eens een voorbeeld aan!

Ik wil je het beste wensen voor de vijfde klas, Scarlett. Ik weet zeker dat je zult blijven uitblinken – de afgelopen paar jaar ben je een kanjer geweest, zowel in je schoolprestaties als in je buitenschoolse activiteiten. Wat een successen allemaal: de Hertog van Edinburghprijs, het Toernooi van de heldere geesten, het debatteam. Wat liet je je goed horen in de leerlingenraad, ondanks de felle protesten van je klasgenoten! En ik heb gehoord dat netbal en squash je ook niet meer zo bar slecht afgaan.

Wat mij persoonlijk betreft: je was voor mij een straaltje zonneschijn in een moeilijk jaar. Kom volgend jaar langs wanneer je maar zin hebt, oké? En gebruik vooral die energiesnoepjes met sint-janskruid. Ik doe hier een doosje bij voor de komende zomer, maar kom begin volgend jaar maar naar me toe, dan krijg je er nog een. Ze helpen je om ook in de hogere klassen topprestaties te blijven leveren.

Tot ziens!
Mevrouw Lilydale

*

DAGBOEKAANTEKENING

Donderdag, 21 december

Nog maar één dag school. En nog maar één bladzijde over in dit dagboek... Wat kan dat betekenen? Komt het leven hierna tot een einde?

Morgen krijgen we ons rapport. (Ik heb voor al mijn vakken achten en negens gehaald. Toch maak ik me altijd weer zorgen over mijn rapport.)

Volgend jaar (als het leven niet ophoudt) wordt alles anders...

Geen mevrouw Lilydale meer als klassencoördinator.

Geen Kelly Simonds meer. (Zij gaat als uitwisselingsstudente naar Oostenrijk.)

Ernst en ik hebben in de pauze een afscheidsfeestje voor Kelly gegeven. (Haar andere vrienden hadden in de lunchpauze een cake voor haar meegebracht.) Het is maar iets kleins, maar tijdens het feestje vroeg ik Kelly op een gegeven moment hoe laat het was. Ze trok ondeugend haar ene wenkbrauw op. 'Een haar over een sproet?' zei ze, terwijl ze haar arm uitstak om me te laten zien dat ze geen horloge om had.

Ik weet het niet. Misschien dat de mensen in Wenen Kelly's humor op prijs stellen, maar volgens mij is het niet haar sterkste kant.

Volgend jaar ook geen ouders meer! Ze hebben besloten naar de stad te gaan verhuizen en mij hier achter te laten. Ik probeer er op een positieve manier tegenaan te kijken: Veronica, Jake en Bella zijn hartstikke lief, dus het zal best goed komen. Bovendien verwacht ik dat we elkaar veel zullen mailen. Het idee om met mijn ouders te corresponderen spreekt me wel aan. Ik kan hun dan misschien dingen vertellen die ik anders voor me zou houden. Mijn relatie met papa en mama zal naar een ander, hoger niveau worden getild.

De laatste zinnen in dit dagboek...

Ik zal je missen, lief dagboek.

Ik ga nu naar de vijfde, een heel nieuwe wereld. Het belangrijkste jaar van mijn schoolleven tot nog toe.

Ik ben bang.

(Vergeet niet: hogere cijfers dan ik nu heb, kan ik niet halen.)

12. *Afsluitende opmerkingen*

Het Leven dat je nu hebt gelezen is maar een *deel* van een groter werk-in-uitvoering. Iedere dag, ieder uur, ieder *ogenblik* gebeurt er iets nieuws in het leven...

Ik zit nu in de vijfde klas. Hoe zal ik het eerste trimester beschrijven, en wat er daarna komt?

Nou, ik ben geen meisje dat houdt van half werk.

Ik heb besloten dat ik dit Leven-project privé ga voortzetten.

Ik heb dus op mijn laptop een nieuw bestand aangemaakt, waar ik verschillende dingen van dit jaar in heb opgeslagen. Net als met dit Leven heb ik geprobeerd zo eerlijk mogelijk te zijn, ook als het dingen betreft die me niet van mijn beste kant laten zien. Ik ben begonnen met het Namenspel dat we hebben gedaan op de allereerste bijeenkomst van de VOS, ik heb mijn filosofische overpeinzingen en memo's ingescand, samen met de brieven en dergelijke die ik heb ontvangen, ik heb mijn nachtelijke overpeinzingen gekopieerd en ingeplakt en ik heb er ook andere dingetjes bij gedaan, zoals brieven die ik heb geschreven, e-mails en verschillende gesprekken die ik dit jaar heb verzameld (die typ ik toch meestal uit op mijn laptop).

Ik zal dit bestand blijven aanvullen en alles wat ik schrijf meteen inscannen. Ik zal er nu meteen dit project in opslaan! En daarna begin ik met een nieuw 'deel'.

En met dat nieuwe deel begint voor mij meteen een nieuw trimester, *een nieuw leven*. Ik keer terug naar de Scarlett uit mijn verre verleden, ik begin opnieuw als Scarlett Mackenzie.

DEEL
6

Hier volgen enkele regels uit een boek waar vandaag Scarlett's oog op viel...

'[Een nieuw schooltrimester] is de tijd dat oude wrok terzijde wordt geschoven, vriendschappen worden hervat en de bladzijden van het leven er weer nieuw uitzien...'

(Let wel: het boek verwijst eigenlijk naar een nieuw *jaar*, maar ik denk dat de schrijver hetzelfde zou hebben gezegd over een nieuw schooltrimester.)

Uit: *Ons gedrag; manieren, houding en kledingwijze in de verfijnde samenleving...*, door John H. Young (1881), blz. 165.

*

Een memo van Scarlett Mackenzie

Aan:	Try
Van:	Scarlett Mackenzie
Onderwerp:	Scarlett Mackenzie
Tijd:	Maandag, de eerste dag van het nieuwe trimester, 5.36 uur

Beste Try,

Hierbij voeg ik, met bevende nietmachine, een print-out van mijn vos-opdracht. De titel luidt: *Scarlett Mackenzie: Een Leven*.

Ook wil ik graag, met bevend hart, mijn dankbaarheid 'bijvoegen'. Door mij te vragen dit Leven samen te stellen, heb je volgens mij mijn leven gered. Nee, sterker nog, je hebt het niet alleen gered, je hebt het *opnieuw vormgegeven!*

Zie je, voor ik dit Leven samenstelde, was ik ten einde raad. Ik dacht dat ik mijn klasgenoten altijd edelmoedig had behandeld, maar tijdens het Namenspel dat we de eerste vos-bijeenkomst deden, bleek dat ik er niet in was geslaagd hun harten te veroveren. Dus toen besloot ik genadeloos te zijn en daarmee verloor ik *al* hun respect. (Je hebt dat waarschijnlijk wel gemerkt.) Dit alles heeft me zo wanhopig gemaakt dat ik vermoed dat ik daarvan ziek ben geworden.

Maar terwijl ik de laatste paar dagen bezig was met het samenstellen van dit Leven, is mij iets duidelijk geworden. Mijn edelmoedigheid van de afgelopen jaren had een duistere kant! Dat zie ik nu in. Hoewel ik probeerde te *helpen*, beschouwde ik mijn klasgenoten toch als 'tienermonsters': mensen met alcohol- en drugsverslavingen, mensen die auteursrechten schonden... Geen wonder dat mijn klasgenoten me niet aardig vonden! En geen wonder dat ik dit jaar explodeerde in *genadeloosheid.* Ik dacht dat ik werd omringd door monsters en ik had er schoon genoeg van om hen te helpen.

En toch *hield* ik in het verre verleden van mijn klasgenoten. Ik vond ze *mooi.* Als ik dit Leven zo bestudeer, heb ik de indruk dat de *derde klas* een keerpunt is geweest. (Misschien is er in de tweede klas iets vreemds gebeurd?)

Dit trimester zal ik terugkeren naar mijn kinderlijke zelf. Ik ga weer van mijn klasgenoten *houden*. Ik ga me concentreren op de positieve eigenschappen van mijn medemens, en met name mijn vos-groep. Ik zal ze op hun positieve eigenschappen wijzen. Ik zal ze helpen hun mogelijkheden optimaal te benutten.

Zal er *gif door mijn aderen stromen*?! Nee! Ik zal uit al mijn poriën liefde uitstralen.

En ik zal ieder sprankje liefde dat ik in me heb, uitstrooien over de leden van mijn vos-groep.

In diepe dankbaarheid,
Scarlett Mackenzie

PS Kun jij misschien het groepslid bedanken dat me de nagellak met glitters heeft gegeven? Ik doe hem tegenwoordig iedere dag op en doe meer dan ooit mijn best om te stoppen met nagelbijten! Ik heb nog geprobeerd te achterhalen van wie ik hem had gekregen, maar ik kom er niet achter. Iedere tip is welkom.

PS 2 Ik doe een klein cadeautje voor je bij dit Leven – ik heb een van je tekeningen laten inlijsten.

PS 3 Ik zie er een beetje tegenop om terug te komen bij de vos-groep, maar ik zie in dat het heel belangrijk is. Ik moet zorgen dat ze me vergeven, ik moet hun harten veroveren. Alleen zo kan ik mezelf terugvinden. Alleen dit kan me volgens mij verlossen van mijn wanhoop (en de bijbehorende lichamelijke symptomen).

*

De filosofische overpeinzingen van Scarlett Mackenzie
Maandag, 5.49 uur (in mijn slaapkamer)

Als het langzaam maar zeker smelten van de ijskappen meteorologische verschijnselen kan veroorzaken zoals de verzwakking van de Golfstroom en daarmee de ontmanteling van verschillende ecosystemen, is het dan verrassend als de plotselinge dooi in de ijzige gemoedstoestand van een meisje gevolgd wordt door hoofdpijn?

*

AAN: <u>mackenziepaul@mackenzieenterprises.com.au</u>
VAN: <u>scarlett.mackenzie@ashbury.com.au</u>
VERZONDEN: Maandag, 6.00 uur
ONDERWERP: Beslissingen...

Lieve pap,

Hallo! Het is vandaag de eerste schooldag na de vakantie en ik heb
besloten mijn correspondentie bij te werken voor het nieuwe trimester van start gaat!

Hoe gaat het met jou? Anthony en ik vonden het jammer dat je
er niet was toen we in de vakantie op bezoek kwamen – ik weet
dat je veel onderweg bent, dus ik begrijp het wel. Maar goed, zoals mama al zei, is het appartement niet eens echt groot genoeg
voor twee mensen, laat staan vier, dus het was waarschijnlijk maar
beter zo. (We hebben de eerste avond pizza Hawaï besteld, dus ik
wed dat je stiekem blij bent dat je er niet bij was!)

Ik heb het druk gehad in de vakantie – ik heb hard gewerkt aan
een schoolopdracht voor de vos. Ik heb ook een aantal avonden
gewerkt voor een van de mensen bij wie ik oppas. Die vrouw heeft
een tweedehands boekwinkel en die hebben we samen gereorga-
niseerd. Ze was zo onder de indruk van mijn werk dat ze me zelfs
een vaste baan heeft aangeboden, op donderdag en zaterdag.

Kun jij me advies geven? Vind je dat ik moet stoppen bij de K-
mart om op Maureens aanbod in te gaan? Ik verdien er minder
mee, maar het is wel leuker werk en ik heb al een ander vast baantje om mijn inkomen aan te vullen (ik zit op zondag- en woensdagavond bij een vrouw, Eleanora, terwijl zij pasta maakt – volgens
mij doet ze dat voor een Italiaans restaurant in de buurt).

Iets anders: als ik de baan aanneem, ga ik Maureen misschien
verrassen door in het geheim de ruimte achter haar winkel te re-

noveren – een afschuwelijk magazijn en een badkamer – dus ieder advies over hoe ik die renovatie het beste kan aanpakken is welkom. Ik weet dat jij expert bent op dat gebied.

Groetjes,
Scarlett

*

Mijn buddydagboek
Door Scarlett Mackenzie

Maandag, 6.15 uur
Een hele poos geleden heeft mijn buddy me uitgedaagd om op kickboksen te gaan. Tot mijn spijt moet ik bekennen dat ik het vorige trimester niet aan die uitdaging heb voldaan. (Ik was toen een ander mens.) (Bovendien waren de lessen op dezelfde tijd als mijn pianoles.)

Maar goed, gisteren ontdekte ik dat er tegenwoordig ook op zondagmiddag om 14.00 uur les wordt gegeven, dus toen ben ik gegaan. Ik merkte dat de andere leerlingen een veel beter coördinatievermogen hebben dan ik. Ik kon niet tegelijkertijd stompen en schoppen. (Interessant: als kind kon ik ook al niet tegelijkertijd over mijn buik wrijven en op mijn hoofd tikken.) En ik vond het gênant om iedere keer als ik schopte 'Ha!' te schreeuwen.

Ik denk dan ook niet dat

> kickboksen

iets voor mij is.

Zoals ik al eerder schreef, ga ik misschien in plaats daarvan op hiphop. Ik hoop dat mijn buddy het begrijpt.

*

Scarlett Mackenzie

24 Clipping Drive, Kellyville, NSW 2155

De heer George Sutcliffe
Hoofd Studentenzaken
Onderwijsraad

Geachte heer Sutcliffe,

Dank u wel voor uw brieven, waarin u 'reageert' op mijn klachten over het vak VOS, dat op mijn school wordt gegeven.

Ik schrijf u nu om deze klachten in te trekken. Ik vermoed dat u ze niet goed hebt begrepen en ik weet dat u al met mijn klassencoördinator hebt gesproken. Ik ben echter bang dat iemand anders op uw afdeling het dossier onder ogen krijgt en er actie op onderneemt.

Ik beken u hierbij dat ik me heb vergist.

VOS is een openbaring, en mijn lerares, Try Montaine, is een genie.

Ik verzoek u dan ook mijn dossier, samen met deze brief, te vernietigen.

In stille dank verblijf ik,

Hoogachtend,
Scarlett Mackenzie

*

Een memo van Scarlett Mackenzie

Aan:	Mevrouw Walcynski
Van:	Scarlett Mackenzie
Onderwerp:	Casestudy moderne geschiedenis
Tijd:	Maandag, eerste dag van het nieuwe trimester, 7.02 uur

Beste mevrouw Walcynski,

Ik schrijf u om uitstel te vragen voor het inleveren van mijn casestudy: 'Vergelijk de levens van Martin Luther King en Malcolm X'. Ik heb de aanbevolen leesstof doorgenomen, een aantal aanvullende artikelen gelezen, de film van Spike Lee bekeken en een kladversie van het werkstuk geschreven, maar ik heb meer tijd nodig om het geheel netjes af te werken.

Ik vind het heel vervelend om u dit verzoek te moeten doen. Zoals u ongetwijfeld weet, heb ik nog nooit van mijn leven uitstel gevraagd of een opdracht te laat ingeleverd, voor dit, noch voor een ander vak.

Er is sprake van uitzonderlijke omstandigheden: ik heb in de vakantie een opdracht voor de vos moeten maken en daar is het grootste deel van mijn tijd in gaan zitten.

Bij voorbaat dank voor uw geduld,

Met vriendelijke groet,
Scarlett Mackenzie

*

De filosofische overpeinzingen van Scarlett Mackenzie
7.10 uur

Scarlett, negeer je knallende hoofdpijn en sluit dit spannende, nieuwe trimester in je armen – een nieuw tijdperk, een nieuwe, welwillende Scarlett Mackenzie!

Pas op, vos-groep, ik ga de *ware, opwindende aard van jullie ziel* ontdekken!! Ik ga de edelmoedigheid die jullie in je hebt ontdekken en aan jullie onthullen!!

De liefdevolle Scarlett is terug.

Een portret van Toby Mazzerati

Hier zit ik in de aula voor de klassenbijeenkomst, de eerste woensdag van het nieuwe trimester.

Meneer Botherit heet ons welkom terug op school. Hij is zo enthousiast dat ik me begin af te vragen of we echt maar twee weken zijn weggeweest.

Zijn stem vervaagt langzaam in een nevelige verte en ik concentreer me op Toby Mazzerati.

Hij moet hier ergens in de aula zitten, maar ik kan hem niet vinden. Dus zal ik hem vanuit mijn herinnering beschrijven.

Toby Mazzerati heeft overal heel lichte sproetjes. Je ziet die sproetjes pas als je hem van dichtbij bekijkt in helder zonlicht, of misschien onder een zonnebank.

Toby heeft dik, zacht, roodblond haar.

Hij heeft kleine ogen, die de kleur hebben van roodbruine roest, maar roest is saai en dof, terwijl Toby's ogen glanzen.

Hij is kort en dik.

Hij heeft iets pafferigs, gezwollens over zich – ik moet vaak denken aan de bovenkant van een taart, die langzaam opbolt in de hitte van de oven.

Sorry, meneer Botherits stem wordt nu steeds luider.

Hij legt uit dat *iedereen* kan *veranderen.*

Nou, dat is goed nieuws! Ik zelf hoop –

O, meneer Botherit, hou toch op.

Hij overdrijft.

Dat doet hij altijd.

Hij zegt dat mensen die eerder slechte schoolprestaties hebben geleverd, in de vijfde de draad kunnen oppakken en de beste van de klas kunnen worden! Hij beveelt van alles aan: bijlessen, leerschema's, gesprekken met studieadviseurs, enzovoort, enzovoort.

Wat blijft er op die manier over van de normale, statistische verdeling tussen goede en slechte leerlingen?

Het is later.

Ik ben thuis, in mijn kamer.

Vanmiddag heb ik vos gehad, de eerste keer sinds die rampzalige bijeenkomst in het vorige trimester. Ik zal er niet om liegen. Ik was doodsbang.

Maar goed, ik stapte samen met de anderen in de bus naar Castle Hill en zorgde ervoor dat ik iedereen een warme, oprechte glimlach schonk. De bus was minder vol dan anders en we konden allemaal zitten, in de meeste gevallen naast een onbekende. Ik zat redelijk voorin en draaide me om om alle groepsleden warm toe te lachen. Sergio was de enige die fatsoenlijk teruglachte. De anderen deden of ze me niet zagen, zetten grote ogen op, trokken hun wenkbrauwen op, krulden hun lippen of snoven minachtend, als nijdige paarden.

Finnegan Blonde schonk me een vaag, raadselachtig glimlachje, waarbij er heel kleine lachrimpeltjes bij zijn ooghoeken verschenen, en draaide zich toen weer naar het busraam. Terwijl ik naar hem zat te kijken, scheen hij plotseling ergens aan te denken, waarna hij geamuseerd begon te glimlachen en zachtjes met de knokkel van zijn rechterwijsvinger tegen het glas tikte.

Ik glimlachte ook vriendelijk naar Try, maar ik draaide me meteen weer om, omdat ik haar reactie niet wilde zien. Mijn grootste angst was dat ze mijn Leven had gelezen en het niet goed had gevonden. Ik wilde geen teleurstelling in haar ogen zien. Maar misschien had ze nog geen tijd gehad. Ik had het pas twee dagen geleden aan haar gegeven! Ik neem aan dat ze blij was met de ingelijste tekening en dat ze die in haar gang heeft opgehangen. (Ze heeft er niets over gezegd.)

Ze bestelden koffie (het viel me op dat Astrid op kruidenthee was overgestapt), waarna ze hun leunstoelen achter het gordijn opzochten. Emily beweerde bij hoog en bij laag dat ze een posttraumatische stressstoornis had overgehouden aan een tentamen rechtskunde dat ze die dag had gehad. 'Nee, serieus,' zei ze. 'Wat zijn de symptomen?' Toby en Finnegan lachten haar uit. Astrid vertelde dat ze een lichte hersenschudding had opgelopen toen ze zaterdagavond na een feestje door de politie werd achtervolgd en tegen een telefoonpaal was gerend. Toby en Finnegan draaide zich van Emily weg om nu Astrid uit te lachen. Briony was verlegen. Sergio en Elizabeth leunden dicht naar elkaar toe om over Elizabeths nieuwe skates te praten. Zijn adem streelde langs haar nek. Haar ogen glansden als regendruppels. Hij raakte haar elfenoortjes aan. Ze trok haar benen omhoog in haar stoel en sloeg haar armen eromheen.

Aha!, dacht ik. *Dat is in ieder geval één ding dat is veranderd – Sergio en Elizabeth hebben iets met elkaar. Dat is zeker in de vakantie gebeurd.*

Maar ik had dat al voorzien (de skatelessen, de blikken die ze uitwisselden.)

Try was nog net zo klein als altijd en ze zat nog steeds op hetzelfde voetenbankje. Ze legde uit dat we het vandaag zouden hebben over 'angst'.

Ze haalde blozend een knalpaarse bal voor de dag. Hij had het formaat van een basketbal, maar hij was van zachte stof gemaakt en er zat een belletje in.

'We gooien de bal,' legde ze uit, 'en wie hem vangt, moet zeggen waar hij bang voor is.'

Ik draaide me om naar Toby – en ik schrok.

Is er ooit iemand in de vijfde zo dramatisch veranderd?

Ik had hem gezien in de bus en op school, maar het was me gewoon niet opgevallen. Toby was *uitgerekt* als een elastiekje.

Waar was ik met mijn gedachten toen ik zei dat hij pafferig en opgezwollen was?

Zijn huid zit stevig om zijn botten en heeft een mooie, lichtbruine kleur. Zijn armen zijn glad en soepel als hij zijn koffie pakt; hij knippert een paar keer met zijn ogen en zijn gedachten vloeien als een rimpeling uit over de scherp afgetekende structuur van zijn gezicht.

Waar was ik met mijn gedachten toen ik zei dat hij kort was? *Hij is lang geworden.* Zijn hoofd steekt boven de leuning van de bank uit en zijn voeten liggen voor hem op de grond.

(Wat gebeurt er met de jongens in de vijfde? Ik moet zeggen dat sommigen klein blijven. Sommigen hebben verschrikkelijke acne; veel jongens hebben wat haargroei op hun bovenlip, maar heel veel hebben een mooie, gladde, zongebruinde huid en stevig gespierde benen en bovenarmen!

Ik vind het moeilijk om naar deze 'mannen' te kijken zonder een gevoel te hebben van –

Ik voel me net een passagier in een auto die steeds harder voortraast, een hand op de versnellingspook die voortdurend schakelt, steeds sneller. Maar waar eindigt het?)

Ik bleef in stille verbazing naar Toby staren terwijl de vos-bijeenkomst verder ging. Ik zag hem een paar keer een beetje onbehagelijk naar me kijken. Ik denk dat hij mijn blik voelde.

Het was gemakkelijker om te staren als hij praatte – en de bal scheen vaak in zijn handen te belanden. Hij leunde voorover terwijl hij sprak. Het gesprek dwaalde zoals gewoonlijk af van het eigenlijke onderwerp – hun angsten varieerden van examenangst tot bezorgdheid over carrières, de kwetsbaarheid van hun kleine broers en zusjes, de gezondheid en het huwelijk van hun ouders, de opwarming van de aarde, haaien en terroristische aanvallen. Maar op de een of andere manier kwam het gesprek uiteindelijk op samenzweringstheorieën.

Toby is dol op samenzweringen. Hij gelooft dat in alle zonnebrillen heimelijk cameraatjes zijn ingebouwd, die alles registreren wat jij ziet, en dat een spionagedienst op beeldschermen meekijkt. 'Het is hetzelfde met computers,' zei hij. 'Er is een instantie die alles wat jij op je toetsenbord intypt, in de gaten houdt.'

Hij gelooft ook dat de meeste roofovervallen waarover je in de krant leest, doorgestoken kaart zijn, om te zorgen dat mensen zich gaan verzekeren.

Daarna gooide hij de bal naar Briony en die verklaarde dat elektriciteitsmaatschappijen het buiten expres donker maken, zodat wij meer licht moeten gebruiken. Het duurde even voor het tot ons doordrong dat ze een grapje maakte en we begonnen te lachen.

Het is nu donderdag.

Ik probeer een positief dier te vinden voor Toby, om de suikerrietpad te vervangen. Een of ander pratend aapje misschien? Sommige aapjes maken van die grappige, kwebbelende geluiden, maar ik las op Google dat het geluid van die aapjes soms ook wel wordt vergeleken met de stemmen in je hoofd die steeds zeggen dat je zult falen.

Ik denk niet dat dat de bedoeling is van Toby's gepraat.

Donderdag, 23.53 uur.

Vanavond bij Maureen's Magic gewerkt. Ik herinnerde me het volgende.

Steeds als Toby gisteren bij de VOS-bijeenkomst de bal moest gooien, gooide hij hem naar Briony. Hij deed het heel terloops en keek eerst naar de anderen, alsof hij overwoog hem naar hen te gooien, maar uiteindelijk gooide hij hem steeds naar haar.

Ik herinner me dat ik bijna boos dacht: *waarom gooi je de bal naar Briony? Ze is veel te verlegen!*

Maar Briony ving de bal steeds op, hield hem met beide handen stijf vast en sprak. En iedere keer werd haar stem luider en werden haar zinnen voller. Soms maakte ze zelfs een grapje.

Ik denk dat Toby wist wat hij deed.

Ik denk dat hij haar zwijgen geleidelijk probeerde te doorbreken, door haar een plek te geven waar ze kon praten.

Vrijdag, 4.10 uur

Er gaat vastberadenheid schuil achter Toby's luchthartige gebabbel. Ik heb geruchten gehoord dat hij als profielwerkstuk voor ontwikkeling en techniek een snookertafel gaat maken. Mensen verbazen zich over zijn ambitieuze plannen. Maar ze schijnen het erover eens te zijn dat als iemand een snookertafel kan maken, het Toby Mazzerati is.

Ik geloof dat Toby een aardig persoon is.

Ik herinner me nog de keer dat hij me een houten sieradendoosje heeft gegeven.

(Niemand heeft bij de vos de bal naar mij gegooid.)

*

Een memo van Scarlett Mackenzie

Aan:	Toby Mazzerati
Van:	Scarlett Mackenzie
Onderwerp:	JIJ
Tijd:	Vrijdag, 11.30 uur

Beste Toby,

Ik heb je eens een briefje gestuurd waarin ik schreef dat je een suiker-rietpad bent.

Vandaag schrijf ik je om je ervan te verzekeren dat je dat niet bent.

Nee, Toby, ik had het mis.

Je bent geen suikerrietpad, maar een specht!

Spechten vinden het fijn om met hout te werken. Jij ook!

Spechten maken constant een hard, tikkend geluid, terwijl ze met hun snavel in de boomschors pikken. Dat doe jij ook! (Al maak jij meer een kwebbelend dan een tikkend geluid.)

Een specht is mooi en jij bent ook een prachtige jongeman gewor-den, heel anders dan het kleine, dikke jongetje dat ik van de basis-school kende.

Het belangrijkste is dat het werk van een specht van levensbelang is voor andere vogels: de gaten die hij in de boom maakt, worden door kleinere vogels, zoals sialia's, winterkoninkjes en mezen gebruikt om in te nestelen.

Volgens mij ben jij precies zo.

(Ik heb begrepen dat spechten ook een extreem lange tong, schok-brekers in hun kop en stijve staartveren hebben. Misschien heb jij die ook!)

Ik hoop dat je me wilt vergeven dat ik je ten onrechte voor een sui-kerrietpad heb aangezien. Ik doe hier een klein cadeautje bij: een gra-tis set persoonlijke memoblaadjes.

Allerbeste groeten,
Scarlett Mackenzie

Een memo van Scarlett Mackenzie

Aan: Try
Van: Scarlett Mackenzie
Onderwerp: vos-bijeenkomst over studievaardigheid
Tijd: Maandag

Beste Try,

Gefeliciteerd met je uitstekende vos-bijeenkomst van vorige week over angst. Zoiets zet je aan het denken! Ik was blij dat je me had overgehaald om weer te komen.

Ik schrijf je nu om je in alle bescheidenheid een aanbod te doen.

Zou je het leuk vinden als *ik* een vos-bijeenkomst zou presenteren over studievaardigheid? Misschien geeft dat jou wat rust.

Ik geef toe dat ik mijn studiestrategieën nooit eerder met anderen heb willen delen. Ik heb ze altijd voor mezelf gehouden. Maar nu, dit trimester, voor jou, voor de vos? Het zou me een eer zijn.

Vriendelijke groet,
Scarlett Mackenzie

*

259

Een briefje van Try Montaine

Beste Scarlett,

Geweldig idee! Kom even langs op mijn kantoor, dan kunnen we het erover hebben.

Vriendelijke groet,
Try

AAN: scarlett.mackenzie@ashbury.com.au
VAN: mackenziepaul@mackenzieenterprises.com.au
VERZONDEN: Woensdag. 10.30 uur
ONDERWERP: Re: Beslissingen...

Hallo Scarlett,

Sorry voor de late reactie – ben nog steeds onderweg. Ik zou de K-mart zeker laten schieten. Breng verscheidenheid aan. Een boekhandel runnen lijkt mij een stap hoger op de ladder – en het zal ook wel beter betalen.

Hoe is het met je broer? Zie je hem veel bij jullie thuis? Ik hoor nooit iets van hem.

Wat renovatietips betreft: goedkope verchroomde handdoekenrekjes van Ikea, witte handdoeken, geurkaarsen, zogenaamd nostalgische badkuip op pootjes, je kent de trucjes wel. Zorg dat er koffie opstaat als er kopers komen & zet overal schalen met groene appels neer.

Het beste,
Papa

PS Zeg, als je zin hebt in renoveren: dat oude huis op de Gilbert Road staat dichter bij jou in de buurt dan bij mij. Loop er maar eens binnen als je zin hebt en ga aan de slag met het behang, oké? Ik heb er tot nog toe vijf lagen vanaf gehaald en het ziet ernaar uit dat het eind in zicht is. Weet je welk huis ik bedoel? De sleutel zit in de afvoer boven de deur. Je bent een grote hulp.

*

AAN: cecily.mackenzie@mackenzieworld.com.au
VAN: scarlett.mackenzie@ashbury.com.au
VERZONDEN: Donderdag, 15.30 uur
ONDERWERP: Papa en Anthony

Lieve mam,

Papa vraagt steeds naar Anthony. Wat moet ik doen? Misschien moeten we het hem gewoon vertellen?

Ik heb gisteren vrij genomen van school om naar de dokter te gaan, want ik ben nog steeds moe, prikkelbaar, hoofdpijnachtig enzovoort en ik bleef steeds met dat idee van jou rondlopen. Je weet wel, dat je dacht dat het misschien de ziekte van Pfeiffer was. (Sorry dat ik je zo afsnauwde toen je dat zei.)

Ik zat een halfuur in de wachtkamer naar de stoelen te staren. Ze hebben groene bekleding met motieven van klavertjes vier. Toen keek ik naar de matglazen ramen, naar de posters over cholesterol aan de muur en naar een vrouw met een baby op haar schoot. Maar ik moest steeds weer naar die groene stoelen kijken. En iedere keer als ik keek, dacht ik: *dat zijn geen klavertjes vier, dat zijn kleine, dikke handjes. Die stoelen zitten vol kleine, dikke handjes.*

Toen voelde ik aan de klieren in mijn nek en ze leken me niet echt dik.

Dus toen stond ik op, zei mijn afspraak af en ging naar huis.

Hoe dan ook, als ik inderdaad de ziekte van Pfeiffer heb, praat ik dat wel uit mijn hoofd.

Ik moet gaan, ben al te laat voor Maureen's Magic.

Groetjes,
Scarlett

*

AAN: scarlett.mackenzie@ashbury.com.au
VAN: cecily.mackenzie@mackenzieworld.com.au
VERZONDEN: Donderdag, 18.05 uur
ONDERWERP: Re: Papa en Anthony

Scarlett Mackenzie, neem je telefoon op! Waarom neem je *nooit* op?! Ik zit je nu te bellen!

Liefs,
Mama

*

Een memo van Scarlett Mckenzie

Aan:	Frau McAllister
Van:	Scarlett Mackenzie
Onderwerp:	Duitse vertaling
Tijd:	Maandagmorgen

Geachte Frau McAllister,

Even een briefje om mijn excuses aan te bieden voor het feit dat ik vandaag mijn vertaling niet heb ingeleverd. Ik zorg dat u hem morgen krijgt. Ik heb het het afgelopen weekend erg druk gehad met het voorbereiden van een PowerPoint-presentatie voor een ander vak.

Met vriendelijke groet,
Scarlett Mackenzie

*

Uit het bestand met uitgetypte gesprekken van Scarlett Mackenzie
<u>Woensdag</u>
8.45 uur: Leerlingen komen aan op school en passeren mijn scha-
duwstoel. Het zijn Astrid en Emily.

Astrid: Het is toch verd... niet te geloven dat ze nu verd... de hele VOS-groep overneemt, na wat ze tegen Sergio heeft gezegd en
na wat ze heeft gedaan om jou uit haar debatteam weg te houden.
Ze heeft ons allemaal uitgescholden op posters, nota bene, en de
week daarop is ze gewoon niet komen opdagen, en nu ze terug is
denkt ze dat ze ons iets kan *leren.*
Emily: Ja, ik weet het.
Astrid: Ik heb zoiets van: ben je gek geworden of zo? Denk je nou
echt dat je Try's plaats kunt innemen? Ik heb er echt een heel goed
gesprek over gehad met Try en ze praatte toch zó aardig over Scarlett. Dat kun je je toch niet voorstellen? We hebben het ook nog
over andere dingen gehad, waar Try vandaan komt en zo. Ik bedoel maar, ze heeft toch maar een heel eind gereisd om hier bij
ons te zijn, en nu dwingt Scarlett ons eigenlijk om naar haar huis
te komen in plaats van naar de Blue Danish, omdat ze verd... een
PowerPoint-presentatie wil geven. Het lijkt me toch dat Try wel
genoeg heeft gereisd, vind je ook niet? Om hierheen te komen.
Vanuit Amerika, bedoel ik. We gaan gewoon niet. Toch?
Emily: Ja, nee, ik weet het... Eh, maar als je erover nadenkt, is het
eigenlijk zowat het enige wat Scarlett te bieden heeft. Haar verstand, bedoel ik. Ben je niet benieuwd wat ze doet om altijd van
die hoge cijfers te halen? Misschien kunnen we een paar ideetjes
opdoen.

Astrid: Sergio zei gisteren net zoiets, want hij wil naar de universiteit en alles. Met mij wordt het zeg maar toch niks, maar – o, kop dicht, daar zit ze weer. Ze zit verd... altijd op die stoel daar.

(Ik zal waarschijnlijk flink mijn best moeten doen om hun harten te veroveren.)

*

Nachtelijke overpeinzingen van Scarlett Mackenzie
Woensdag, 23.25 uur

Vandaag heb ik de VOS-groep bij tante Veronica thuis lesgegeven in studievaardigheid. Ik was als de dood dat er niemand zou komen opdagen.

Maar ze kwamen wel.

Het was vreemd om hen in de huiskamer te zien zitten. Eerst waren ze er verlegen mee, maar al gauw ploften ze allemaal in de banken en gingen ze stoelen uit de keuken halen om hun benen op te leggen. Finnegan heeft het scherm voor me neergezet en hij deed ook het licht uit toen ik begon.

Ik had tegen Try gezegd dat ze niets hoefde te doen, dus die zat op de veranda van de zon te genieten. (Ik vroeg me af of ze nog over mijn Leven zou beginnen, of over de ingelijste tekening, maar dat deed ze niet.)

De meeste mensen luisterden! Onder het praten keek ik om me heen en ik zag een paar heel geconcentreerde gezichten. (Sommigen zaten met gefronste wenkbrauwen en anderen waren in hun eigen gedachten verzonken.) Ze lachten wel, soms heel hard, en als ze zich verveelden, begonnen ze onderling te praten.

Op een gegeven moment vertelde ik dat mijn favoriete wiskundige formule luidt:

$$\frac{-b \pm \sqrt{b^2 - 4ac}}{2a}$$

Van die formule, zei ik, gaat mijn hart zingen.

Er viel een stilte.

'Dus als een jongen jou blij wil maken,' zei Sergio langzaam, 'dan moet hij die kwadratische vergelijking in je oor fluisteren?'

'Ik vermoed van wel,' antwoordde ik. Er werd gelachen.

Ik was halverwege mijn studietips toen Emily haar hand opstak. Ze deed dit voor het komische effect, door net te doen alsof ik een lerares was.

'Moet je dit echt allemaal doen om van die hoge cijfers te krijgen als jij?' vroeg ze.

'Ik denk het wel,' zei ik.

Toen zuchtte ze, mompelde: 'Laat dan maar zitten,' en liet haar aantekeningen op de grond vallen.

Op een gegeven moment liep mijn computer vast en ik raakte in paniek. (De vos-groep maakt me zenuwachtig, denk ik. Het is duidelijk dat ze nog steeds een hekel aan me hebben.) Finnegan kwam achter me staan, leunde over mijn schouder, startte de computer opnieuw op en vond het bestand terug.

Na afloop kwam tante Veronica langs met thee en een stuk kersentaart. Ik zag dat ze Veronica aardig vonden, maar ik had graag gewild dat Bella ook thuis was geweest, in plaats van naar de peuterspeelzaal. *Zij* zou hun harten zeker hebben gestolen.

Tante Veronica wilde een paar boterhammen snijden voor Briony, omdat die bekende dat ze allergisch is voor kokos, maar Veronica kon haar snijplank niet vinden. Ze trok alle kastjes en laatjes in de keuken open en keek toen stomverbaasd op.

'Hij is gestolen!' zei ze. 'Waarom zou iemand inbreken in een huis, verder alles laten staan en de snijplank stelen? Dat is toch... ik weet het niet hoor, maar dat is toch gemeen?'

Ze kan op zo'n heel serieuze manier onzin verkopen en iedereen aarzelde even, voor ze beseften dat ze een grapje maakte. Toen begonnen ze te lachen. Sommigen begonnen zelfs het *huis* te doorzoeken, op zoek naar de snijplank. Sommigen belandden in mijn slaapkamer. Astrid en Sergio stonden zwijgend te staren naar de briefjes met aantekeningen, die mijn muren bedekken.

Er viel me iets op: Toby Mazzerati bleef staan bij mijn toilettafel en raakte mijn sieradendoosje aan. Er verscheen even een lichte glimlach op zijn gezicht. Het is het sieradendoosje dat hij zelf jaren geleden voor me heeft gemaakt.

Uiteindelijk vond Finnegan de snijplank tussen Bella's speelgoed.

Later, toen iedereen weg was, keek tante Veronica me nadenkend aan en vroeg: 'Hoe heet dat ene meisje ook alweer? Astrid, hè? Die wenkbrauwpiercing, zou ze die er niet beter uit kunnen halen?'

Ik hou van tante Veronica's humor.

*

EFFECTIEVE STUDIEVAARDIGHEDEN: EEN HANDLEIDING

Door Scarlett Mackenzie

OVERZICHT

- Wat hoop je vandaag te bereiken?
- Waarom?
- Waarom ben je hier?
- *Waarom zijn wij allen hier?* (Zin van het leven, enz.)

Effectieve studievaardigheden: een handleiding © Scarlett Mackenzie

WIE ZIJN JE VRIENDEN?

- Hulpmiddelen beschikbaar gesteld door de Onderwijsraad
- IJsgekoeld water
- Vis
- Druiven
- Bibliotheek

Effectieve studievaardigheden: een handleiding © Scarlett Mackenzie

KEN JE VIJANDEN...

- Slaap (probeer geleidelijk het aantal uren slaap terug te dringen)
- Feestjes (overweeg feestjes af te zeggen)
- Dagdromerij (Wat is het? Wanneer mag het? Enz.)
- Dronkenschap

Effectieve studievaardigheden: een handleiding © Scarlett Mackenzie

SCARLETT MACKENZIE STUDIETIP 1

Vergeet nooit hoeveel plezier je kunt hebben van ezelsbruggetjes.

Bijvoorbeeld: Rijke Amerikanen Krijgen Op Familiefeesten Grote Stukken Rosbief = Rijk Afdeling Klasse Orde Familie Geslacht Soort Ras

Maak Van Acht Meter Japanse Stof Uw Nieuwe Pyjama = Mercurius Venus Aarde Mars Jupiter Saturnus Uranus Neptunus Pluto

Effectieve studievaardigheden: een handleiding © Scarlett Mackenzie

SCARLETT MACKENZIE STUDIETIP 2

Beschouw wiskundige formules als je vrienden. Praat tegen ze. Lach met ze. Kies een favoriet. Koop af en toe iets lekkers voor ze.

Effectieve studievaardigheden: een handleiding © Scarlett Mackenzie

SCARLETT MACKENZIE STUDIETIP 3

Vat je aantekeningen samen en praat erover.
Praat over je aantekeningen met:

- Vrienden
- Baby's
- Grasparkieten
- De meubels

Effectieve studievaardigheden: een handleiding © Scarlett Mackenzie

SCARLETT MACKENZIE STUDIETIP 4

Zet je aantekeningen op systeemkaarten. Verspreid de kaarten in het huis. Plak ze op de cornflakes en de tandpasta. Stuur jezelf soms per e-mail een systeemkaart toe.

Effectieve studievaardigheden: een handleiding © Scarlett Mackenzie

SCARLETT MACKENZIE STUDIETIP 5

Eet je aantekeningen af en toe op.

Effectieve studievaardigheden: een handleiding © Scarlett Mackenzie

SCARLETT MACKENZIE STUDIETIP 6

Geef je huisdieren andere namen.

Stel, je hebt een hond en een goudvis.

Verander de naam van je hond in Nicolaas II.

Iedere keer als je hem ziet, zeg je: 'Hallo, tsaar Nicolaas! Denkt u aan de revolutie van de decembristen in 1825 en aan de bevrijding van de slaven in 1861 en hoe dat alles uw regeringstijd heeft beïnvloed? Dat dacht ik al! En hoe is het met Alexander II? Lekker aan het zwemmen in het aquarium? Wat vind je van hem?'

Effectieve studievaardigheden: een handleiding © Scarlett Mackenzie

SCARLETT MACKENZIE STUDIETIP 7

Schrijf na het douchen altijd met je vinger een datum, een formule of een feit op de beslagen badkamerspiegel.

Effectieve studievaardigheden: een handleiding © Scarlett Mackenzie

20

Een portret van Emily Thompson

Het is vrijdagmiddag en ik zit op mijn schaduwstoel bij de biblio-theek.

Vanavond: ons eerste debat van het jaar. Het is bij de Chris-tenbroeders van Sint Marcus. (Hun team was vorig jaar wel goed, maar hun woordenschat was te beperkt.)

Emily maakt haar debuut als tweede spreker. Het wordt tijd om haar positieve eigenschappen onder de loep te nemen.

Ze is middelmatig van lengte en ze heeft brede schouders. Ze eet altijd ongezonde dingen, maar ze is best slank. Ik geloof dat ze graag paardrijdt.

Het is moeilijk me de kleur van haar ogen voor te stellen – ik zie ze alleen af en toe dreigend mijn kant op flitsen. Ik heb ze ook wel eens vol tranen gezien. Ik herinner me dat ze moest hui-len toen haar vriendin Cassie vorig jaar zong bij het Voorjaars-concert.

Ik herinner me ook dat ze moest huilen toen in het snoepwin-keltje een bepaald soort chocola niet meer te krijgen was.

Net als de jongens van het Sint Marcus worstelt Emily met haar vocabulaire.

Maar ze schijnt onwetend te zijn van haar eigen onwetendheid. Ze is altijd stomverbaasd als ze een slecht cijfer krijgt. Ze snuift dan luidruchtig van verontwaardiging, de ogen (weer) vol tranen.

Ze heeft mij nooit erg gemogen, en vorig jaar, toen ik me had vergist in een naam, was ze woedend op me.

Tot mijn verbazing maakte ze wel aantekeningen toen ik woensdag les gaf in studievaardigheid.

Het is inmiddels veel later – middernacht.

Wat een bijzondere avond!

De gebruikelijke opwinding rond het eerste debat van het jaar: mijn Ashbury-uniform is keurig gestreken, mijn vlechten zitten in nette rolletjes op mijn hoofd. Een jongen van het Sint Marcus wacht ons beleefd en gereserveerd op bij het schoolgebouw. Hij wijst ons de weg door de lege gangen, waar onze voetstappen hol door de ruimte klinken. Tl-lampen in een lerarenkamer, gedekte tafels met plakken cake en sandwiches, druk door elkaar heen lopende volwassenen, jongens die er zwijgend bij staan, meisjes die hoog giechelen.

Ernst von Schmerz met naast hem Emily. (Ik had gedacht dat ze te laat zou komen.)

Mevrouw Lilydale komt aanlopen en drukt me een kartonnen bordje met een plak cake in mijn hand. Emily heeft een rond chocoladecakeje in haar hand, maar ze eet er niet van. Ze ziet bleek.

Zoals gewoonlijk zitten we wat zenuwachtig en geforceerd over koetjes en kalfjes te praten, tot we ons onderwerp krijgen. *Jonge mensen moeten worden uitgesloten van deelname aan professionele sporten.* We kijken elkaar geïntrigeerd aan. Ernst zegt een paar woorden die opschudding veroorzaken bij de tegenpartij (ze begrijpen hem niet). Er wordt getost. Wij verliezen. De anderen kiezen *Oneens* en wij worden naar een leeg lokaal gebracht, waar we een uur hebben om ons voor te bereiden.

En dan het debat – Ernst met zijn voortreffelijke opening. Emily's verbazing dat Ernst normaal Engels kan spreken. De eerste spreker van het Sint Marcus – geen partij voor Ernst. Ik krabbel weerleggingen op blanco kaartjes. Emily staat, zo wit als een doek, in het midden van de zaal. In het begin hapert ze even, maar dan overrompelt ze iedereen met een stortvloed van woorden. Het publiek veert op, de jury recht zijn schouders.

Ernst en ik kijken elkaar aan. Emily weet hoe ze moet praten, en dat is nog héél zwak uitgedrukt.

Ze loopt terug naar haar stoel; haar wangen zijn nu vuurrood en haar ogen zijn strak naar voren gericht. Ik pak een van mijn blanco kaartjes en schrijf erop: DAT WAS FANTASTISCH. Ik schuif het over de tafel naar haar toe. Ze leest het en glimlacht.

En zo gaat het door. De jury staat op om de uitslag bekend te maken en we hebben ons eerste debat gewonnen.

Mevrouw Lilydale rent opgewonden naar ons toe. We halen nonchalant onze schouders op. Het is pas de eerste ronde.

Maar nu, veel later, is het niet het debat dat mijn gedachten bezighoudt.

Ook niet onze overwinning.

Wat ik me het levendigst herinner is dat uur voorbereiding in het lege klaslokaal.

Het is zaterdag. Ik vraag me af of Emily misschien een hond is.

Ze is extreem trouw aan haar twee beste vriendinnen. Ze springt speels in het rond als ze opgewonden is, maar ze gromt en blaft venijnig als ze kwaad is.

Zou Emily het leuk vinden als ik haar vertel dat ze een hond is? Misschien niet.

Ik moet nu gaan. Ik moet over tien minuten bij Maureen's Magic zijn (haar boekwinkel dus). Ik vraag me af of ik misschien nog eens een poging moet doen om te leren autorijden.

Of misschien toch maar niet.

Het is nu zondag en ik ben net terug van mijn werk bij Eleanor. Ben ook langsgegaan bij dat huis van papa op de Gilbert Road en ben daar met het behang bezig geweest.

Maar dat werk bij Eleanor is toch zo vreemd. Ik zit daar maar tegenover haar, terwijl zij met haar hand in het natte deeg gaat. (Ze is van gnocchi overgestapt op *linguini* en draait nu brede repen wit deeg door een pastamachine. Als ik maar eens één keer haar baby zou mogen zien, zou het misschien allemaal wat minder bizar zijn.

De baby heet Calypso. 'Calypso!' zei ik.

Maar Eleanora vond dat blijkbaar niet grappig. 'Ja, *Scarlett*?' antwoordde ze. Blijkbaar wilde ze laten merken dat ze mijn naam ook vreemd vindt. Maar Scarlett is een heel gewone naam. Niks vreemds aan!

Meestal zitten we rustig bij elkaar en beantwoord ik haar vragen over school.

Ik heb haar verteld over de eerste ronde van de debatcompetitie.

Maar ik heb niets gezegd over het uur in het lege lokaal.

Zodra de deur dichtgaat, verandert onmiddellijk de sfeer. We duiken onder in een moment van opluchting – even weg van het andere team en de formaliteiten! – maar zelfs die opluchting is geladen met spanning. We hebben maar een uur om ons voor te bereiden!

Zoals gewoonlijk rende ik naar het bord en schreef het onderwerp op en de woorden en begrippen die gedefinieerd moesten worden: *Jonge mensen! Jong! Mensen! Uitgesloten! Deelname! Professionele sporten! Professioneel! Sporten!* Ik krabbelde er razendsnel wat ideeën bij: *jonge botten; spierbeschadiging; schoolwerk!; fanatieke ouders; eetstoornissen; is ballet een sport?*

Het was stil achter me.

Ik keek om.

Emily Thompson zat met bungelende benen op een tafeltje; tranen gleden langzaam over haar gezicht.

Het is nu maandagmorgen, 3.00 uur.

Ik ben misselijk. Moet denk ik –

Net overgegeven in de badkamer. Voel me nu wat beter, maar kan niet stoppen met beven. Wat raar, dat verdoofde gevoel in mijn wangen. Ik heb dat vaak, soms ook in mijn armen en benen – het is anders dan de prikkels die je voelt als je been slaapt – het lijkt net of mijn hersenen er suf van worden.

Ik moet blijven werken aan mijn *karakter*. Dát zal me uiteindelijk genezen. Zoals papa altijd zegt: goede gezondheid is een kwestie van karakter.

Ik vraag me af of Emily misschien een bultrug is.

Die band die ze heeft met haar twee beste vriendinnen – volgens mij zouden ze gemakkelijk over een afstand van honderden kilometers naar elkaar kunnen zingen, net als walvissen.

Maar tot mijn verbazing waren Emily's vriendinnen niet naar het Sint Marcus gekomen om naar het debat te kijken.

In het lege klaslokaal waar we ons moesten voorbereiden, hoorde ik waarom.

Emily hikte zachtjes toen ik me van het bord af draaide en haar aankeek. Ze knipperde met haar ogen, keerde zich om en pakte een pen.

Maar het was al te laat.

Ik kon niet doen alsof ik het niet had gezien. Ik liep naar haar toe en aarzelde even. Ernst, die heimelijk van Emily naar mij had gekeken, begreep de hint en kwam ook wat dichterbij. We wachtten.

En toen liet Emily ons versteld staan.

Ze bood fluisterend haar excuses aan dat ze bij ons team was gekomen.

Ze zei dat ze ons zou teleurstellen.

Ze zou haar best doen, maar ze wist dat we vroeger, met Kelly Simonds in het team, altijd hadden gewonnen. Met haar, zei ze, zouden we verliezen. En ze had Lydia en Cassie laten beloven dat ze vanavond niet zouden komen, omdat ze niet voor hun ogen wilde afgaan.

'Jullie zijn zo professioneel,' fluisterde ze. 'Ik ben nog niet eens een amateur.'

Nou ja!

Ze voelde zich de *mindere* van Ernst en mij!

Dat was een schok.

We verzekerden haar dat ze het kon. Ze had het geweldig gedaan tijdens het oefenproces bij rechtskunde; ze was in de volgende ronde gekomen bij de voordrachtenwedstrijd; ze was beroemd geworden met het kruisverhoor dat ze mevrouw Lilydale vorig jaar had afgenomen – hoe kon ze aan zichzelf twijfelen?

'Maar dat is anders,' hield Emily vol. 'Jullie denken straks vast: was Kelly Simonds er maar.'

En toen liet *Ernst* me versteld staan.

'Wie vond Kelly Simonds nou eigenlijk aardig?' vroeg hij met een lage stem.

'*Wat?!*' riep ik.

Maar hij zei het echt.

Emily begon te giechelen en ik voelde hoe er langzaam een enorm, vreemd gewicht van mijn schouders werd getild.

Wie vond Kelly Simonds nou eigenlijk aardig?

Ik niet.

En toen, terwijl ik daar stond, terwijl ik ter plekke omhoogzweefde, rende Emily Thompson naar het bord en begon ideeën op te schrijven.

Nu, veel later, heb ik een boeiend visioen van een rij liften; de ene lift glijdt naar beneden, de andere schiet omhoog, naar het dak.

Ik had gedacht dat Emily *afdaalde* in de debatwereld. Nu blijkt dat zij ervan overtuigd was dat ze omhoogging – oprees naar de hogere regionen van het intellect.

Ze was doodsbang geweest om daar boven te gaan kijken, maar ze had het toch geprobeerd.

Emily Thompson is veel, maar bovenal is ze trouw, vastbesloten en moedig.

Stel je eens voor dat zij mijn vriendin zou zijn.

*

Een memo van Scarlett Mackenzie

Aan: Emily Thompson
Van: Scarlett Mackenzie
Onderwerp: JIJ
Tijd: Dinsdag, 10.30 uur

Beste Emily,

Ik heb je een keer een briefje gestuurd waarin ik zei dat je een komodovaraan was.

Vandaag schrijf ik je om je ervan te verzekeren dat dat niet zo is. (Tenzij je er graag een wilt zijn, natuurlijk.)

Ik geef toe dat ik het zei om je uit het debatteam weg te houden. Ik had het helemaal mis wat jou betreft. Vrijdagavond heb je het eerste debat voor ons gewonnen. Ik vind het een eer om je in het team te hebben.

Jij, Emily Thompson, bent een noordelijke breedneuswombat.

Een wombat is een sterk, energiek dier met korte poten en korte klauwen.

Als hij vrolijk is, dartelt hij graag in het rond.

Als hij kwaad is, maakt hij grommende, snuivende, krijsende geluiden.

Hij is dol op chocola.

Hij is zo sterk en vastberaden, dat hij zich door iedere afscheiding heen werkt en onder iedere muur door graaft.

Ik hoop dat je me wilt vergeven dat ik je voor een komodovaraan heb aangezien en ik hoop dat je dit cadeautje wilt aannemen: een gratis setje persoonlijke memo's.

Hartelijke groeten,
Scarlett Mackenzie

PS Ik heb de noordelijke breedneuswombat gekozen omdat die zeldzamer is dan de gewone wombat, en jij, Emily, bent uniek.

Mijn buddydagboek
Door Scarlett Mackenzie

Maandag, 20.00 uur
Vanmiddag heb ik weer een nieuwe les uitgeprobeerd bij de sportschool, want ik moet nog steeds de uitdaging van mijn buddy in-
lossen. Ik deed:

hiphop

Ik kon het niet. Wat een vreemd gekronkel met het lichaam! Wat
een zinloos gemep op schouders en dijen, terwijl het hoofd alle kanten op schiet! Toen ik eindelijk een onderdeel doorhad, waren zij alweer door naar het volgende. En zij dansten steeds de ene
kant op, terwijl ik de andere kant op ging. Ik botste voortdurend
tegen mensen aan.

Ik heb nog steeds last van een soort buikgriep, dus misschien
was het daarom wel zo moeilijk. Ik heb rare steken in mijn maag,
net zoiets als de vreemde, krakende geluiden die je 's nachts hoort
als je in een onbekend huis slaapt.

*

Mijn buddydagboek
Door Scarlett Mackenzie

Woensdag, 23.00 uur
Vanmiddag heb ik weer een les uitgeprobeerd, die heette:

> steps voor gevorderden

Ik dacht dat het eenvoudig zou zijn. Ik heb vaak genoeg gestept toen ik klein was. Maar nee hoor, ze moeten het weer moeilijk maken! Eerst moet je een soort verhoginkje opzetten, en dan moet je daaromheen *dansen*. Erop, eraf, erop, eraf, vallen, erop, eraf. Ik ging er steeds op als de anderen eraf gingen en volgens mij was het niet de bedoeling dat je viel.

Na afloop was ik niet in de stemming om naar Eleanora te kijken terwijl ze pasta maakte. Het kan zijn dat ik een beetje kortaf tegen haar ben geweest.

Maar ik voelde me ook voor de les al niet erg vrolijk. Bij de vos gaf Try vandaag haar eigen les 'studievaardigheid'. Ze had hem al voorbereid, zei ze. *Waarom zei ze dat niet tegen me toen ik haar aanbood om die les van haar over te nemen?* Ik kon wel door de grond zakken.

Haar les was gebaseerd op een boek dat zij erg goed vindt, iets over verschillende soorten intelligentie. Volgens dat boek zijn er zeven verschillende soorten intelligentie, namelijk:

1. 'Lichamelijk' – dat wil zeggen dat je goed kunt dansen, trainen en sporten. Ha ha! Dat soort intelligentie heb ik wel, of niet soms? Ha ha ha! Hoe dan ook, we besloten dat Elizabeth die heeft, want zij is een atlete. Sergio zei dat ze nu al beter kan skaten dan hij.

2. 'Interpersoonlijk' – dat is als je goed kunt omgaan met andere mensen. Ik wist zeker dat Astrid die graag wilde, want zij
   is een echt feestbeest. Ze zat met haar ene hand een beetje
   aan haar paardenstaart te draaien en met haar andere hand de
   cakekruimels van haar schoot te vegen terwijl we het erover
   hadden – maar we gaven hem aan Sergio.

3. 'Intrapersoonlijk' – dat is dat je *innerlijk* heel slim bent, dus
   dat je diepe gedachten hebt. Heimelijk vond ik dat ik die moest
   krijgen, vanwege mijn filosofische overpeinzingen, maar ik
   vermoed dat de anderen daar niets van afweten. Ze kozen Briony. Omdat ze zo stil is, denk ik.

4. 'Wiskundig' – die gaven we aan Astrid, omdat je kon zien dat
   ze erover inzat dat ze geen enkele van de intelligenties zou
   krijgen. Ook vertelde ze dat ze nu wiskundebijles krijgt, en dat
   helpt, want voor het laatste tentamen had ze een acht. Ik had
   daar een zes voor. Dat moet een fout zijn in de beoordeling,
   maar ik heb mevrouw Yen er niet op aangesproken.

5. 'Muzikaal' – die kreeg Toby, omdat hij op een bijna muzikale manier half zingt, half praat. (Ik neuriede zachtjes in mezelf
   terwijl ze deze bespraken, en trommelde arpeggio's op mijn
   knie, maar tevergeefs).

6. 'Verbaal' – ik dacht aan Emily, gezien haar recente succes
   met spreken in het openbaar, maar de anderen gaven deze
   aan Finnegan, omdat ze hadden gehoord dat hij erg goed is
   in computerapplicaties en allemaal programmeertalen aan
   het leren is. Ze besloten dat dat in de moderne wereld gelijk staat aan verbale intelligentie. (Ik weet nog dat Finnegan
   me vertelde dat hij vorig jaar slechte cijfers haalde. Zou hij
   zijn best hebben gedaan om aan mijn uitdaging te voldoen

en daarom beter zijn geworden? Dat zou me veel voldoening geven.)

7. 'Visueel' – Emily vertelde ons dat ze gedachten kan lezen, dus toen kreeg zij die. (Ik weet niet zeker of het dat betekent – ik denk dat het betrekking heeft op schilderen en andere vormen van kunst – maar Emily heeft wel een levendige fantasie.)

Dat zijn dus de zeven soorten intelligentie en ik weet niet of het je is opgevallen, maar Scarlett Mackenzie staat er niet bij.

Niemand scheen daar iets van te merken.

En Try heeft nog geen woord gezegd over mijn Leven.

*

Het dromendagboek van Scarlett Mackenzie
Donderdag, 22.00 uur

Gisternacht had ik een droom die de hele nacht duurde, of zo leek het in ieder geval. Hij bleef als een donkere tent in mijn hoofd hangen en ik had de hele dag afschuwelijke visioenen – beelden van rotting en kapotte lichamen. Ik moest steeds denken aan de twee dode vogels die ik een keer in de goot bij Maureens huis zag liggen. De visioenen leken verband te houden met de pijn in mijn maag en mijn hoofd. Ik gaf een keer over, maar dat hielp niet.

Ik kan me de droom niet duidelijk herinneren. De sfeer was somber en onwezenlijk en volgens mij begon hij ergens in een woonkamer. De tv stond aan en mijn vader lag met zijn benen op de bank. Toen ik naar zijn gezicht keek, waren zijn ogen rood, dus ik wist dat het tv-nieuws over mijn moeder ging. Ik begon te snikken, te schreeuwen en de droom te smeken om mijn moeder in leven te laten, maar toen kwam er iemand heel rustig de kamer binnen en vertelde me dat het niet alleen mijn moeder was, maar ook mijn broer, en ik waarschijnlijk ook. Het nieuws van onze dood had iets heel definitiefs. Het stonk heel vies in de droom en ik had vandaag een heel vieze smaak in mijn mond.

*

Mijn buddydagboek
Door Scarlett Mackenzie

Donderdag, 22.20 uur
Ondanks mijn sombere bui ging ik vandaag na Maureen's Magic naar de sportschool om

spinning

te doen. Ik kon het niet bijhouden. Spinning doe je gewoon op een vaststaande fiets, dus ik dacht: *makkelijk*. Maar dat is niet zo. Ze waren te snel. Mijn voeten raakten verstrikt in de pedalen. Mijn gezicht was nog steeds paars toen ik thuiskwam, maar tante Veronica zei grappig genoeg dat ik bleek zag. Ha! Als je denkt dat een brandweerauto bleek kan zien! (Zei ik tegen haar.)

Maar ze deed of ze me niet hoorde en zei dat het haar was opgevallen dat ik de laatste tijd zo wit zie als een doek – of zei ze zo wit als een *lijk*? Ze zei dat ze wat vitaminesupplementen voor me had gekocht en ze vroeg zich af of ik misschien te veel sportte. En wat zei de dokter van mijn klieren? Ik viel haar in de rede en wees erop dat zíj zwanger was en dat ze beter rustig op de bank kon gaan liggen in plaats van vitaminesupplementen voor mij te kopen.

Daar keek ze van op.

Ze vraagt nu steeds naar mijn gezondheid en ze maakt afspraken voor me bij de dokter. Ik heb er schoon genoeg van om steeds smoesjes te verzinnen en te doen alsof ik naar de dokter ga. Ik voel me al beroerd genoeg.

*

Terwijl de vrijdag voorbij fladdert en flubbert, gaat Scarlett naar

1. Geschiedenis
En Scarlett, pas op voor...

Mevrouw Walcynski. Heb de opdracht over Martin Luther King enz. nog niet gemaakt. Zal ik verhuizen naar een plek achter in de klas? Misschien ziet ze me dan niet.

2. Economie
En Scarlett, pas op voor...

Meneer Patel. Heb nog geen artikel op de financiële pagina uitgekozen en geanalyseerd. Dit doen in de bus naar school? Niet vergeten schaar, kranten, pen enz. mee te nemen.

3. Twee uur Engels
En Scarlett, pas op voor...

Mevrouw Flynn. Vandaag moet opstel over *Trots en vooroordeel* worden ingeleverd. Kan ik in de pauze een heel opstel schrijven? Mevrouw Flynn praat veel aan het begin van de les – die tijd gebruiken om door te gaan met schrijven?

4. Twee uur Engels
En Scarlett, pas op voor...

Zie hierboven.

5. Twee uur Wiskunde
En Scarlett, pas op voor...

Lucy Tan, Saxon Walker, Marley Duncan, Kari Hutchinson, Ernst von Schmerz (verrader!), Arcadia Johnston, Chris McAdam, Natasha Bartosz, Deanna Waites, Nicholas Brunelli, Jose Mafio, Jane Ongaro en *Astrid Bexonville.*

6. Twee uur Wiskunde

Ze hebben het tentamen van vorige week allemaal beter gemaakt dan ik (blijkbaar).

Ik kan het nog steeds niet geloven. Moet dit bespreken met mevrouw Yen.

Opmerking: Is dit echt Scarlett Mackenzies agenda? Kan alles zo dramatisch veranderen? Wanneer heb ik *ooit* eerder een opdracht te laat ingeleverd?! Ik voel paniek opkomen. Tegelijkertijd is er iets vreemd opwekkends aan deze absolute verandering. Aan je simpelweg overgeven aan de volmaakte mislukking... Al die jaren heb ik zo hard gewerkt en nu ben ik verschrikkelijk moe. Is het niet tijd dat ik stop?

*

AAN: mackenziepaul@mackenzieenterprises.com.au
VAN: scarlett.mackenzie@ashbury.com.au
VERZONDEN: Vrijdag, 16.00 uur
ONDERWERP: Hallo!

Lieve pap,

Nu moet ík mijn excuses aanbieden voor mijn late reactie.

Maar raad eens wat ik heb gedaan. Ik heb ontslag genomen bij de K-mart en ik werk nu in Maureens boekwinkel!!! Bedankt voor je advies! (Hoewel ik denk dat je het verkeerd had begrepen – ik verdien in de boekwinkel juist *minder* dan bij de K-mart. En ik run de winkel niet, ik ben alleen maar een hulpje.)

Mijn taak is de nieuwe boeken te catalogiseren en op de planken te zetten. En waarschijnlijk ook om met Maureen te praten tijdens de vele pauzes met appelmuffins en koffie.

Ik moet zeggen dat de hele winkel gehuld is in een dunne laag stof. Je kunt precies zien welke afdelingen niet in trek zijn, want daar hangen spinnenwebben tussen de planken. De lampen zijn vies en zitten vol dode motten en vliegen.

En dan de kamers achterin! Laat ik het zo zeggen: *jij* zou de hele boel laten platgooien! Ik denk dat het me te ver gaat om de boel te renoveren, maar ik zou in ieder geval voorjaarsschoonmaak kunnen houden.

Maar goed, daar is geen tijd voor. Maureen is steeds in de buurt en ik heb het druk met catalogiseren.

Er is wél een reservesleutel. Die hangt aan een ring achter de toonbank. Ik *zou* hem als ze even niet kijkt kunnen lenen en dan 's nachts een keer stiekem naar binnen kunnen glippen en aan het werk kunnen gaan...

Wat vind jij daarvan?

Ik weet natuurlijk dat je liever hebt dat ik doorga met mijn werk in je huis aan de Gilbert Road. De muren zijn nu zo'n beetje voor de helft gedaan – ik geef het niet op!

Hoe dan ook, ik zou graag nog even verder kletsen, maar tante Veronica roept me van beneden – zij, Bella en ik gaan voor mijn debat van vanavond samen winkelen. En ik merk nu dat Bella in de deuropening staat. Hoelang staat ze daar al?! Je moet soms wel geduld met haar hebben. Ze heeft een paar haarclipjes met glitters in haar hand, dus ze wil waarschijnlijk dat ik haar haar doe.

Groetjes,
Scarlett

AAN: scarlett.mackenzie@ashbury.com.au
VAN: mackenziepaul@mackenzieenterprises.com.au
VERZONDEN: Vrijdag, 16.30 uur
ONDERWERP: Re: Hallo!

Hallo Scarlett,
Goed nieuws van je nieuwe baan.
    Je hebt nog steeds geen antwoord gegeven op mijn vragen naar
Anthony. Wat spookt hij uit? Helpen jullie tante Veronica een
beetje in huis? Als hij de kantjes ervanaf loopt, moet je het zeggen, dan zal ik wel even met hem praten. (Zeg tegen hem dat hij
me moet mailen/bellen, anders gaat dat niet.)

Groetjes,
Papa

*

AAN: mackenziepaul@mackenzieenterprises.com.au
VAN: scarlett.mackenzie@ashbury.com.au
VERZONDEN: Vrijdag, 23.00 uur
ONDERWERP: Re: Re: Hallo!

Hallo pap,

Je zult wel blij zijn om te horen dat we vanavond ons debat weer hebben gewonnen. Het onderwerp was: *Iedere wereldburger moet het
recht hebben een stem uit te brengen in de Amerikaanse verkiezingen.*
    Wij waren vóór. We hebben ze verpletterd.
    Ik was bijna te laat, omdat tante V., Bella en ik het zo leuk hadden in
Castle Hill. Op een gegeven moment kwam er een reusachtige blau-

we kat op ons af met een mand vol lollies. Bella gaf een gil en rende weg en we moesten haar tot op de parkeerplaats achternahollen!

Je vroeg naar Anthony. We zien elkaar bijna niet – we hebben het allebei erg druk. En zelfs als we thuis zijn, is zijn kamer beneden en de mijne boven, dus we zitten een heel huishouden bij elkaar vandaan. Wat helpen in huis betreft: tante Veronica maakt graag een spelletje van de huishoudelijke klusjes die gedaan moeten worden. Ze zet vaak een mand schoon wasgoed op een stoel in de gang. Als je binnenkomt, moet je één kledingstuk opvouwen of een paar sokken bij elkaar zoeken! (Bella doet erg haar best, maar ze stopt meestal de verkeerde sokken bij elkaar.)

Terwijl ik dit schrijf, staat Anthony beneden in de gang kleren te vouwen. Hij kan nooit na één ophouden.

Groetjes,
Scarlett

*

De filosofische overpeinzingen van Scarlett Mackenzie
Vrijdag, 23.30 uur (in mijn slaapkamer)

Als je praat tegen een grote, blauwe kat, tegen wie praat je dan? Praat je tegen de kat, of tegen de persoon van wie je weet dat hij in het kattenpak zit? Is hij allebei? Of is hij zichzelf niet meer op het moment dat hij het pak aantrekt? Wie is de grote blauwe kat?

Zit ik in een kattenpak, gevangen in mijn eigen naam? Is dat mijn pak?

En wie is Ernst von Schmerz? Hij zit gevangen in zijn naam. (Hij zegt dat hij zijn naam pas weer kan veranderen als zijn persoonlijke briefpapier op is...)

En wie is in godsnaam mijn broer Anthony? De echte Anthony? Of een denkbeeldige jongen die in een kamer beneden woont? Wie staat er in de gang netjes kleren te vouwen?

Een portret van Briony Atkins

Het is woensdag, lunchpauze en ik moet zo samen met de vos-groep met de bus naar Castle Hill.

Ik heb de bijeenkomst van vorige week gemist, omdat ik niet lekker was. (Mijn moeder denkt dat ik de ziekte van Pfeiffer heb, hoe komt ze erbij? Ze belde op en wilde per se dat ik een dag thuisbleef. Tante Veronica en zij zitten me voortdurend op de huid.)

Op het ogenblik ben ik in de vleugel van de vijfde. Ik zit aan een tafeltje bij het raam naar Briony Atkins te kijken.

Ze staat bij haar kluisje.

Rechts van haar ligt haar schooltas op de grond. Links van haar staat een zwarte paraplu. Hij staat tegen de onderste kluisdeurtjes geleund en hij doet me denken aan een kwart of een zestiende noot.

Briony's schooluniform valt netjes recht naar beneden. Haar schoenen glimmen in het licht dat er vanboven op valt, net als haar korte, bruine haar met de kastanjebruine plukjes.

Nu kan ik in haar kluisje kijken. Ze heeft het deurtje opengeduwd en gaat op haar hurken zitten om iets uit haar tas te pakken.

Haar kluisje ziet er vanbinnen zo netjes uit! Haar boeken en mappen staan in keurige stapeltjes *naast elkaar* op een rijtje! Ze zijn niet zomaar rommelig op elkaar gestapeld, zoals de mijne!

Nu staat ze weer en haar vingers glijden langs haar nette rij boeken.

Er verschijnt een beeld op mijn netvlies: mijn moeder die de plooien van mijn netbalrokje stond te strijken, in de tijd dat we allemaal nog bij elkaar woonden. Ik herinner me hoe ze af en toe stopte, de strijkbout wegzette en met haar vingers langs de plooien gleed.

Nu heeft Briony de map gevonden die ze zocht en ze is weg.

Ik pak het boek dat ik tegenwoordig graag bij me heb – een boek over etiquette, dat ik van Maureen heb gekregen – en ik sla het op een willekeurige bladzijde open.

En daar, je zult het niet geloven, staat het antwoord.

De reden waarom ik moeite heb met Briony; de reden waarom ik altijd moeite met haar heb gehad. Ik zal de regels overtypen:

Een verlegen persoon heeft een remmende werking op een groep mensen en maakt dat het levendigste gesprek verstomt; het is onmogelijk om met zo iemand een vriendschappelijk contact op te bouwen en een praatje aan te knopen.

Hoe moet ik aan zo iemand een positieve kant ontdekken?

Woensdagavond laat.

Ben vanavond naar Eleanora geweest. Nog steeds geen spoor van de baby. Ik vroeg haar of ik een foto mocht zien en ik weet zeker dat ik paniek in haar ogen zag. 'Maar mijn handen!' zei ze. 'Ik kan de albums niet pakken!'

De vos was ook boeiend.

Het bleek dat Emily en Astrid stiekem hadden aangeboden om ook een bijeenkomst te leiden. Ze hadden mijn voorbeeld gevolgd! Dat is vleiend, denk ik dan maar.

Maar het nut van de bijeenkomst was me niet echt duidelijk.

We kregen een reeks vragen voorgelegd, die we met elkaar moesten bespreken. Hier volgt een voorbeeld:

Oké, stel, er staat een machine in een fabriek. Als je met je
mouw in die machine komt, raak je je vingers kwijt. Maar oké,
stel, hij staat niet aan, maar hij kan wel ieder moment aan-
gezet worden, ga je er dan met je hand in? Waarom? O, oké,
waarom niet? Nee, serieus, waarom niet?

Deze vragen werden op indringende toon gesteld door Astrid,
die ons een voor een aankeek. Wij keken elkaar verbijsterd aan en
probeerden een beetje aarzelend antwoord te geven.

'Nee,' zeiden we, 'want we houden van onze vingers.'

Daarop draaide Astrid zich hoopvol naar Sergio en vroeg: 'Maar
jij zou het wel doen, hè? Vanwege de adrenaline.'

En Sergio zei heel vriendelijk: 'Maar Astrid, ik ben niet ACH-
TERLIJK.'

'Dat kan wel wat minder, Sergio,' zei Try afwezig.

Maar Astrid knikte langzaam. Ze leunde schuin naar Emily en
fluisterde zo hard dat iedereen het kon horen: 'Em, wat wilden we
hier ook alweer mee zeggen?' Emily haalde haar schouders op en
toen begonnen ze allebei te giechelen.

Andere vragen waren:

Denk je dat trappen zo hoog gaan als mogelijk is? Nee, serieus,
denk je dat ze hoger zouden moeten gaan?

En ook:

Denk je dat we zouden kunnen vliegen als we echt in onszelf
zouden geloven?

'Elizabeth vliegt al,' zei Sergio. 'Als ze hardloopt.' Hij keek haar strak
aan terwijl hij dit zei en Elizabeth lachte een beetje gegeneerd.

Ik probeerde me natuurlijk te concentreren op Briony, maar je
vergeet haar zo gemakkelijk.

Wat een stilte!

Als je aan Briony denkt, is de stilte om wanhopig van te worden. Een zwart gat in het sterrenstelsel van de leunstoelen.

Ik probeerde deze gedachte te verdrijven en me op het *positieve* te concentreren. Ik kon het niet verklaren: Finnegan en Elizabeth zijn ook redelijk stil, maar toch hebben zij niet dezelfde uitwerking. Hun ogen, hun gezicht, hun gebaren nemen deel aan wat er gebeurt. Ze zijn één met de groep. Als ze zo nu en dan iets zeggen, is niemand verbaasd.

Briony is helemaal niet één met ons. Zij staat apart. Ze zit er ongemakkelijk bij, met gespannen schouders.

En het valt me steeds weer op: ze spreekt altijd maar drie keer uit zichzelf.

Zodra ze die drie keer erop heeft zitten, reageert ze zelfs op vragen alleen nog maar met een vage glimlach. Haar ogen schieten weg. Ze laat haar hoofd hangen, maakt de pleister om haar duim los en drukt hem weer aan.

Donderdag, 2.00 uur

Zal ik zeggen dat Briony een lief, wit konijntje is, of een muis? Maar dat vindt ze misschien niet leuk. Ik heb de laatste dagen zo'n vreemd, tintelend gevoel in mijn armen en benen, alsof er een muis zachtjes aan mijn vlees knaagt.

Donderdag, 20.00 uur

Vreemd.

Vandaag hadden we biologie en ik merkte opeens dat er opschudding was in de klas. Het bleek dat de lerares Briony overlaadde met complimenten. Het had iets te maken met haar opdracht.

(Ik moet die opdracht zelf nog een keertje doen. Volgens mij moeten we een casestudy schrijven over het milieu of zoiets.)

Briony had iets *briljants* geschreven over vervuild water in Bangladesh. Iets *uitmuntends*.

(Briony's naam lijkt een beetje op biologie. Zou ze daar voordeel bij hebben?)

Later zag ik Toby bij economie en ik vertelde hem over Briony's succes. Alleen om zijn gezicht te zien.

Het begon meteen te stralen als een kerstboom.

En toen kon ik me niet inhouden.

'Toby,' zei ik. 'Is het jou ook opgevallen dat ze altijd drie keer iets zegt?'

De kerstlichtjes gingen uit. Teleurstelling tekende zich af in de lijnen om zijn mond.

'Ik bedoel het niet als kritiek,' legde ik snel uit. 'Het is me alleen opgevallen bij de vos. Ze spreekt altijd drie keer, nooit meer en nooit minder. Alleen als het niet anders kan.'

Nu ademde Toby langzaam in, zoals je zucht wanneer een kind een dwaze gunst vraagt. En toen zei hij: 'Weet je nog dat we onze buddy een uitdaging moesten geven?'

Ik knikte.

'En dat Briony mijn buddy is?'

Ik knikte weer.

'Nou, ik heb haar uitgedaagd om iedere week drie keer iets te zeggen.'

Ik sloeg mijn hand voor mijn mond.

'Als ik dat niet had gedaan,' zei hij, 'had ze nooit een woord gesproken.'

Later op de dag, toen ik in Maureens winkel rustig boeken op de plank stond te zetten, besefte ik opeens weer: *Briony spreekt altijd drie keer.*

Maar nu drong het besef op een andere manier tot me door.

Ik werd me er opeens van bewust dat ze iedere keer aan de uitdaging had voldaan.

En Toby had gelijk: *zonder die uitdaging zou ze geen woord zeggen.*

Hoe zou het voor haar zijn om zichzelf te dwingen drie keer te spreken? Voor zo'n verlegen iemand als Briony? *Om dat iedere week weer te doen?*

Ze is zo veel meer dan een konijn of een muis!

Ik dacht ook aan die keer dat Toby de bal naar Briony toegooide. Ze begon te ontspannen. Ze veranderde in een speels, bijna grappig meisje. Ze was niet meer een zwart gat. Ze was gewoon zichzelf.

Wat natuurlijk betekent dat ze normaal gesproken niet zichzelf is.

Stel je eens voor hoe eenzaam het is om nooit jezelf te zijn.

Ik bladerde wat door een pocketboek en deed alsof ik las, maar mijn gezicht gloeide.

Want Briony had aan haar uitdaging voldaan en ik niet. Finnegan had me gevraagd op kickboksen te gaan. Een gemakkelijke uitdaging, maar zodra ik zag dat ik er niet in zou uitblinken – dat ik in de les misschien een gek figuur zou slaan – was ik gestopt!

Nou ja!

En kijk eens wat ik had gedaan met de simpele uitdaging die ik mezelf had gesteld! Om een keer laat in de avond naar Maureens winkel te gaan om hem een flinke schoonmaakbeurt te geven. Een verrassing voor een vriendin! Ik had nog niet eens de moed gehad om de sleutel te pakken!

Ik besloot dat ik het zou doen. Terwijl Maureen met een klant stond te kletsen, liep ik (heel brutaal) achter de toonbank langs en pakte ik de sleutel.

En nu ik weer thuis ben, voel ik me een klein beetje beter wanneer ik het koude metaal in mijn zak voel. Ik heb de sleutel aan mijn sleutelhanger met de zeester gehangen, zodat ik hem niet kwijt kan raken.

Maar nu moet ik weer aan Briony denken. Ik pak mijn etiquetteboek en blader erdoorheen. Ik weet niet precies wat ik zoek... maar daar staat het.

Het boek zegt:

... De verlegen persoon moet met tact en medeleven worden benaderd. Hij moet worden aangemoedigd om te praten, maar dat moet zo voorzichtig gebeuren dat hij zich niet bewust is van je bedoelingen. Anders slaat zijn trots alarm en trekt hij zich terug.

Ik sla een bladzijde om en het boek beveelt aan om jongens en meisjes die verlegen zijn, op dansen, gymnastiek en boksen te laten gaan.

Ik zal zien wat ik kan doen.

*

Een memo van Scarlett Mackenzie

Aan:	Briony Atkins
Van:	Scarlett Mackenzie
Onderwerp:	JIJ
Tijd:	Vrijdag, 11.00 uur

Beste Briony,

Ik heb misschien ooit gesuggereerd dat je een zeekomkommer zou zijn. Ik heb dat misschien in jouw aanwezigheid gefluisterd.

(Ik heb misschien zelfs het woord ZEEKOMKOMMER geschreven op een grote poster met jouw gezicht.)

Dat was verkeerd van me.

Jij bent helemaal geen zeekomkommer.

(Ook al is je moeder zeebiologe!)

Nee, Briony, ik had het mis.

Jij bent een Borneose rivierschildpad.

Net als de Borneose rivierschildpad lijk je verlegen – als je een onbekende ziet, duik je onder een rots – maar in het juiste gezelschap ben je speels en op je gemak. Je ziet er vriendelijk en kwetsbaar uit, maar je draagt een solide schild dat zo hard is als steen.

Ik hoop dat je me wilt vergeven dat ik je voor een zeekomkommer heb aangezien.

Aanvaard alsjeblieft dit gratis setje persoonlijke memo's.

Hartelijke groeten,
Scarlett Mackenzie

PS Je vindt het ook misschien leuk om te weten dat ik lid ben van de sportschool in Castle Hill. Ik ga daar de laatste tijd regelmatig naartoe om te roeien op de roeimachine. Als je zin hebt om me gezelschap te houden, ik heb een paar gastenpasjes. Ze geven les in allerlei dingen – zo uit mijn hoofd zou ik je aerodance, aquajoggen en kickboksen aanbevelen. Zou je daar interesse in hebben?

*

De filosofische overpeinzingen van Scarlett Mackenzie
Maandagochtend vroeg

Gisteren zat ik in de sportschool zoals gewoonlijk te roeien op de roeimachine.

Terwijl ik roeide, zag ik het volgende: een instructeur met drie dikke mensen. Hij leidde hen rond, wees hun de kleedkamers aan, de apparaten en de gewichten – en de drie dikke mensen, die gekleed waren in jas en spijkerbroek, zagen er zenuwachtig en onzeker uit. Ze keken naar ons – ze keken naar *mij* – en wat ze zagen waren *leden* van de sportschool, mensen in sportkleding die aan verschillende stukken staal stonden te duwen en te trekken. Af en toe hoorde je iemand steunen en kreunen. (Ikzelf kreunde zelfs ook een keer.) Ze keken vol respect naar ons en ik besefte: *zij zijn toeristen.* Zij zijn toeristen, *maar ik hoor hier.*

De filosofische overpeinzingen van Scarlett Mackenzie

En toen besefte ik opeens: *zo heb ik me nog nooit gevoeld.*

Ik heb bij mijn weten nog nooit gedacht: *ik hoor hier.*

Dat was dus een schok.

Telefoonberichten voor Scarlett Mackenzie...

Terwijl je... stond te douchen

Ben je gebeld door... een man die zegt dat hij werkt voor een advoca-
tenbureau (Elroy, Lexus & Thai (Tie?)). Zijn naam was Blake Elroy, tenminste dat beweerde hij. (Hij belde je op je mobiel en ik heb opgenomen. Is dat oké? Sorry.)

Over... het had iets te maken met een voorval op het Ashbury, vorig
jaar, waar jij getuige van bent geweest?!! Hij wil dat je hem belt voor
een afspraak, zodat je een verklaring kunt afleggen! WAAR BEN JE GETUI-
GE VAN GEWEEST?

Verdere opmerkingen... hé, Scarlett, ik vond je speciale briefpapier
voor telefoonberichten. Ik hoop dat ik het op de goede manier heb gebruikt. Kom even beneden om te vertellen waar dit over gaat. Liefs, tante Veronica.

*

De filosofische overpeinzingen van Scarlett Mackenzie
Woensdag, ik weet niet precies hoe laat het is. Na de pauze? In de vleu-
gel van de vijfde, aan een tafeltje bij het raam, tussen de kluisjes.

Dat telefoontje ging vast over dat geval van lichte mishandeling waar ik vorig jaar getuige van ben geweest toen ik in mijn schaduwstoel bij de bibliotheek zat. (Die vervangende leerkrachten die ruzie hadden – de een gaf de ander een klap in haar gezicht.) Ik herinner het me nog precies! Ze zullen aan mij een uitstekende getuige hebben! Ik heb teruggebeld en het antwoordapparaat ingesproken. Ik heb de advocaat ervan verzekerd dat hij een prima getuige aan me zal hebben.

*

De filosofische overpeinzingen van Scarlett Mackenzie

Wat vreemd, wat raadselachtig, wat een ommekeer! Toen ik vorig jaar getuige was van die klap, voelde ik me toch zó'n dwaze buitenstaander – zo ongewenst, zelfs het slachtoffer schold me uit toen ik haar mijn hulp aanbood. Maar nu wil ze me toch! Ze heeft haar fout ingezien! Blijkbaar heeft ze al die tijd mijn contactgegevens *bewaard*! En nu ga ik een sleutelrol spelen in de dans van het rechtssysteem.

Ik hoor erbij! *Ik hoor er alwéér bij.*

*

De filosofische overpeinzingen van Scarlett Mackenzie

Er raast een vreemd, schril geluid door mijn hoofd. Zo hoog! Een lawine van lawaai! Wat is dat?! Wat is dat voor geluid?!

*

De filosofische overpeinzingen van Scarlett Mackenzie

O, het is de schoolbel.

Ik ken dat geluid heel goed.

Deuren vliegen open en leerlingen stromen mijn ruimte binnen, alsof ze een verrassingsaanval hebben gepland! Een aanval op de kluisjes! De ene les houdt op, de volgende begint. Of is het misschien pauze? Of gaan we lunchen?

*

De filosofische overpeinzingen van Scarlett Mackenzie
Een paar minuten later...

O, grappig. Uiteindelijk bleek het helemaal geen pauze te zijn, ook geen lunchpauze. Het was alleen de korte onderbreking tussen de lessen.

Ik voelde net een hand op mijn schouder. Ik hapte naar adem en vloog overeind uit mijn stoel. Het was mevrouw Flynn, mijn lerares Engels. Ze wachtte geduldig tot ik weer wat op adem was gekomen.

(Mevrouw Flynn is toevallig ook een vervangende leerkracht, net als de twee die ik vorig jaar ruzie zag maken. Maar ze wekt niet de indruk dat ze binnenkort weggaat. Kan een vervangende leerkracht zo lang aanblijven? *Waarom bent u er nog steeds?* vroeg ik haar bijna.)

*

De filosofische overpeinzingen van Scarlett Mackenzie

Maar ik wilde haar niet kwetsen.

Zij zelf spaarde mij niet. (Het grappige is dat ze het in de preek die ze me gaf, verscheidene keren had over 'ergens thuishoren' en 'erbij horen'.) 'Scarlett, ik heb net Engels gegeven aan een klas en ik weet zeker dat jij in die klas *thuishoort*. Net als in de klas die ik maandag les gaf. Wat is er aan de hand? Dit is niks voor jou. En nog eens iets, Scarlett, zie je deze tas van mij? Die zit op het ogenblik vol met opstellen over *Trots en vooroordeel* en dat betekent dat jouw opstel daar ook *bij hoort* te zitten. En voor zover ik weet, zit het er niet bij.'

*

De filosofische overpeinzingen van Scarlett Mackenzie

Ik legde uit dat ik was afgeleid door de vos.

'Ik heb portretten geschreven van de leden van mijn vos-groep,' zei ik. 'Daarvoor moest ik de betreffende vos-leden soms *volgen*, waardoor ik gedwongen was mijn eigen lessen te missen.'

'Het is jammer,' zei ik, 'maar het kon niet anders.'

Ik beloofde haar dat ik zo snel mogelijk aan het opstel zou beginnen.

*

De filosofische overpeinzingen van Scarlett Mackenzie

Onder het praten viel het me op dat mevrouw Flynn met de vingers van haar rechterhand in de palm van haar linkerhand stond te trommelen. Dat leidde nogal af. En toen keek ik naar haar gezicht, naar de scherpe trekken om haar mond en toen herinnerde ik het me weer. Ze trommelt op die manier met haar vingers als iemand onzin kletst. Dat is haar techniek. Ze bedoelde dat ik onzin stond te kletsen!!!

*

De filosofische overpeinzingen van Scarlett Mackenzie

Ik ben nog nooit zo respectloos behandeld.

De filosofische overpeinzingen van Scarlett Mackenzie

Maar goed, ze is nu weg. Het was niet echt mijn bedoeling om Engels te missen. Maar ik kon haar toch moeilijk vertellen dat ik in de war ben? Dat de tijd zich tegenwoordig nogal vreemd gedraagt? Dat ik niet meer weet wie ik ben? Iemand die haar opstel niet maakt! (Help! Hoe moet het nu met mijn toekomst! Ach, laat ook maar zitten.)

Ik kon toch moeilijk zeggen dat mijn armen en benen zwaar zijn van vermoeidheid, dat mijn hoofd bonst alsof iemand er met zijn vuist tegenaan stompt, dat ik misselijk ben van angst? (Maar waar ben ik bang voor?) Ik zag vandaag een reclameposter voor zacht toiletpapier. Er stond een puppy op, die met zijn nek op een closetrol lag. Het idee van druk op mijn nek – een golf van misselijkheid trof me als een kanonskogel. Ik moest naar de goot rennen om over te geven.

De filosofische overpeinzingen van Scarlett Mackenzie

Over handpalmen gesproken, mijn handen zitten op het ogenblik vol eelt, prachtig gewoon. Van het roeiapparaat. Ik moet steeds voelen aan de ruwe plekken.

Dat doet me denken aan die 'vertrouwensoefeningen'. Het is maanden geleden dat Try het daarover had, bij een van de eerste vos-bijeenkomsten. Het was die keer dat we onze 'buddy's' kregen. Try zei toen dat ze 'vertrouwensoefeningen' met ons wilde doen, maar het regende. *'Met vertrouwen gaan we een andere keer aan de slag,'* zei ze. En ze legde uit dat we ons dan met samengebonden handen en een blinddoek voor door onze buddy moesten laten rondleiden.

Stel je voor dat we dat nu zouden doen! Finnegan zou mijn hand vasthouden en dan zou hij de eeltplekken op mijn handpalmen voelen.

Misschien zou hij dat niet leuk vinden. Misschien houdt hij meer van zachte, tedere handen.

303

*

De filosofische overpeinzingen van Scarlett Mackenzie

Ik heb de laatste tijd iedere dag vochtinbrengende handcrème gebruikt, voor het geval we met die vertrouwensoefeningen aan de slag gaan.

*

De filosofische overpeinzingen van Scarlett Mackenzie

En toch stel ik me dit voor: Finnegans hand sluit zich om de mijne. Een zoemend geluid dat niemand anders kan horen, als van een zwerm bijen in de verte. Het zijn onze handen, die met elkaar communiceren. Finnegans hand zoemt: 'Wat is dit?' en mijn hand antwoordt, heel zachtjes: 'Dit? Dit is eelt, van de sportschool.' En Finnegans hand zegt: 'Ah, de sportschool waar je naartoe bent gegaan vanwege mijn uitdaging?' en mijn hand fluistert: 'Ja.' En dan, hoewel we allebei strak voor ons uit kijken, zodat het goudblond van zijn haar niets meer is dan een lichte vlek in mijn ooghoek, zodat zijn profiel niets meer is dan een vage omtrek – hoewel we strak voor ons uit staren en elkaar niet aankijken – knijpen we elkaar toch stevig in de hand.

Ik heb Finnegans handen gezien, dus ik weet hoe ze zullen aanvoelen; ze zijn veel groter dan de mijne. Koel en droog, denk ik, maar toch met iets wat zacht wordt als hij knijpt.

*

De filosofische overpeinzingen van Scarlett Mackenzie

Ik vraag me af wat we vandaag bij de vos gaan doen. Ik vind toch dat we *ooit* een keer die vertrouwensoefeningen moeten gaan doen. Een lerares hoort eigenlijk geen oefeningen te beloven als ze die later niet gaat doen. Dat is alleen maar verwarrend voor de leerlingen.

*

De filosofische overpeinzingen van Scarlett Mackenzie

Ik denk dat ik een paar vos-bijeenkomsten heb gemist. Ik denk dat ze die vertrouwensoefeningen heeft gedaan terwijl ik er niet was. Maar wat zou die arme Finnegan dan hebben gedaan? Zou hij eenzaam hebben rondgedoold, met zijn blinddoek voor, zonder buddy om hem te leiden? Zou hij tegen bomen zijn gebotst?

Ik hoop niet dat ze van buddy hebben gewisseld, zodat Astrid Finnegans hand heeft vastgehouden, of Elizabeth, of Emily, of Briony. Dat zou verkeerd zijn.

*

De filosofische overpeinzingen van Scarlett Mackenzie

Er was nog een andere vertrouwensoefening. Ik herinner me dat Try het erover had. Dat je je in de armen van je buddy moest laten vallen en erop moest vertrouwen dat hij je zou opvangen. Stel je voor dat Astrid zich in Finnegans armen moest laten vallen. Zij is veel te beweeglijk en te mager. Ik denk niet dat hij dat prettig zou vinden. Of Elizabeth. (Dat zou hij misschien wel leuk vinden – volgens mij is hij dol op Elizabeth – soms heb ik medelijden met hem, want hij heeft vast wel gemerkt dat Sergio en Liz iets met elkaar hebben.) Of Emily. Maar die is te hysterisch – die zou hem niet vertrouwen en heel erg gaan giechelen.

*

De filosofische overpeinzingen van Scarlett Mackenzie

Nee. Het beste zou zijn als ik, Finnegans buddy, de vertrouwensoefeningen met hem zou doen. Ik zou me keurig, vrijuit laten vallen. Ik zou niet hysterisch doen. Hij zou daar blij mee zijn. En ik zou hem ook opvangen als hij zich in mijn armen liet vallen. Hij is wel groter en zwaarder dan ik, maar ik zou me concentreren, ik zou me heel goed concentreren en dan zou ik hem opvangen. Dat weet ik zeker. En misschien zouden we daarna op de een of andere manier in het gras vallen.

*

De filosofische overpeinzingen van Scarlett Mackenzie

Volgens mij hoor ik op dit moment bij de klassenbijeenkomst te zijn. Maar ach, waarom eigenlijk? Misschien leg ik gewoon even mijn hoofd op dit bureau om te slapen.

Het is belangrijk dat ik later op de dag wakker ben voor de vos.

Ik denk dat ik gewoon even mijn hoofd neerleg om uit te rusten. En misschien laat ik me dan in gedachten achterover in zijn armen vallen.

*

Mijn buddydagboek
Door Scarlett Mackenzie

Woensdagavond laat
Ik schrijf nu om een voorval vast te leggen dat betrekking heeft op mijn buddy. Ik noem het het *Cincinnati-voorval*.

Het vond plaats toen we onderweg waren naar de vos.

Ik moet eerst zeggen dat ik eerder op de dag, in de lunchpauze (nadat ik een aantal uren heel vreemd had zitten dagdromen in de vleugel van de vijfde) mijn buddy toevallig uit een kantoor had zien komen.

Het was het kantoor van mevrouw Lilydale.

Er ging me een licht op.

Ik had Finnegan al eens eerder uit dat kantoor zien komen. En ik had me toen afgevraagd: *waarom*? Hij heeft geen les van haar. Ze is niet onze klassencoördinator. De enige reden die ik indertijd kon bedenken was dat Finnegan mevrouw Lilydale moest spreken omdat ze coach is van ons debatteam. Dat hij onze nieuwe tweede spreker wilde worden.

Maar hoewel ik geduldig afwachtte, hoorde ik daar niets over. Emily werd onze tweede spreker en zoals nu blijkt, blinkt ze uit in die rol. (We winnen nog steeds.)

Ik was het voorval dus langzamerhand vergeten – maar nu was hij er alweer! Hij kwam weer uit het kantoor van mevrouw Lilydale! Maar wat had hij daar te zoeken?

Ik besloot dat ik het hem als het zo uitkwam zou vragen.

En toen, ja hoor, daar deed zich een gelegenheid voor.

De vos-groep liep vandaag na de lunchpauze gezamenlijk naar de bushalte. Maar we bleven even hangen omdat Astrid ons wilde laten zien hoe ze zichzelf een blauw oog had bezorgd toen ze het afgelopen weekend op het dak van een huis was geklommen om zich te verstoppen voor de politie, die een inval had gedaan op een feestje. Ze liet op het grasveld voor de school uitvoerig zien hoe alles was gegaan.

Als gevolg hiervan misten we de bus.

Maar niemand vond het erg. Het is niet ver lopen naar Castle Hill.

We gingen op weg.

Eerst moesten we over een smal paadje langs de snelweg. We liepen in ganzenpas achter elkaar aan, terwijl vrachtwagens en auto's langs ons heen raasden. Toen we een rustiger straat in sloegen, ging ik naast Finnegan lopen.

'Hé,' zei hij.

Ik wachtte even, maar toen drong het tot me door dat dit zijn manier was om 'hallo' te zeggen.

'Hé,' antwoordde ik. Ik was op een vreemde manier tevreden met mijn verlate reactie. Het had iets mysterieus. Ik schopte tegen een pol gras in een scheur in de weg en struikelde even.

Ik zag je vandaag in de lunchpauze uit mevrouw Lilydales kantoor komen, repeteerde ik inwendig terwijl we samen opliepen. Ik herhaalde de zin zo vaak in mezelf, dat hij er uiteindelijk een beetje vreemd, half zingend uit kwam.

'Ik zag je vandaag in de lunchpauze uit mevrouw Lilydales kantoor komen,' zong ik.

'O ja?' zei Finnegan.

Ik keek hem van opzij aan. Hij trok zijn wenkbrauwen op. We liepen verder.

Jeetje zeg.

'Heb je les van haar?' probeerde ik, hoewel ik het antwoord al wist.

'Nee,' zei hij, op nonchalante toon. 'Maar ze begeleidt me met een onderzoek dat ik doe voor geschiedenis. Ik ben daar vorig jaar op mijn oude school mee begonnen en mevrouw L. weet meer van het onderwerp af dan meneer Ramekin, dus vandaar.'

Huh!

Een eenvoudige verklaring.

Supergeheimzinnige toestanden – en dan nu het raadsel alweer opgelost.

Soms kun je iets beter niet weten.

We liepen een poosje zwijgend door de buitenwijk. Er stond bij verschillende huizen vuilnis voor de deur dat opgehaald moest worden en we moesten een paar keer om de gekste voorwerpen heen lopen. Bij het ene huis een afgebladderde rotanstoel, bij het andere een beroete computermonitor. Zulke keurige huizen, dacht ik, met hun mooie bloembakken en tuinen – en toch braken ze zulke rotzooi uit!

Ik dacht er even over om het hardop te zeggen, maar ik was bang voor Finnegans wenkbrauwen.

We liepen om een doos vol oude schoolpapieren heen; de blaadjes ritselden in de wind. Ik dacht: dit is het werk van een leerling uit de zesde! Die leerling kan wel een genie zijn! Ik kan deze doos papieren meenemen! Ik kan de opstellen overschrijven; ik kan de ideeën lenen!

Maar als ik stopte om de papieren te pakken, zou Finnegan me misschien raar vinden, of oneerlijk.

Of erger nog, hij zou misschien gewoon doorlopen. Zich bij Sergio, Astrid en Emily voegen, die voor ons uit liepen.

Dus liep ik door.

Er glimlachte een otter naar me. Iemand had een otter bij het vuilnis gezet.

Maar toen ik dichterbij kwam, zag ik dat het alleen maar een rol schuimplastic was, die met een touw bij elkaar was gebonden.

Nu liepen we naar beneden, we staken over bij de stoplichten en kwamen aan op de parkeerplaats van Castle Towers.

Er kwamen twee mannen onze kant op, gekleed in een nette broek en een overhemd. Ze passeerden Sergio, Astrid en Emily.

Toen ze ons naderden, zei de een tegen de ander: 'Er zitten er twee of drie in Cincinnati.'

En toen waren ze voorbij.

Ik keek achterom. *Twee of drie in Cincinnati?* dacht ik. *Fabrieken? Wolkenkrabbers? Wat?*

'Ik denk dat hij n'en bedoelt,' zei Finnegan, naast me.

Ik keek hem verward aan.

'In Cincinnati,' legde hij uit. 'Er zitten twee of drie *n*'en in Cincinnati. Of misschien bedoelt hij *i*'s.'

Ik begon hardop te lachen. Ik kon niet meer ophouden. Het was net een vulkaanuitbarsting.

'Wat is er zo grappig?' riepen er een paar naar achteren.

'Niks, niks,' giechelde ik.

Finnegan glimlachte. Maar toen ik doorging met giechelen, verdween zijn glimlach en trok hij zijn wenkbrauwen op.

*

Filosofische overpeinzingen van Scarlett Mackenzie
Dinsdag

Heb de afgelopen paar dagen woordenboeken zitten doorkijken. Heb ook boodschappen achtergelaten voor de advocaat die me een getuigenverklaring wil laten afleggen over de ruziënde leraressen. Ten slotte kreeg ik hem aan de lijn!

Een afspraak gemaakt voor vrijdag over een week om 14.00 uur. Zijn kantoor zit op Cleveland Street.

Dat is grappig. Cleveland is een stad in Ohio.

Net als Cincinnati.

Een portret van Elizabeth Clarry

Ik zit hier in een cafeetje in de Strand Arcade. Het is zondag. Ik zit op mijn broer te wachten.

Aan de andere kant van het café: een vlammenzee.

Nee, het zijn geen vlammen. Het zijn bloemen met cellofaan eromheen, ze liggen op een tafel. Blijkbaar valt er licht op het cellofaan.

Ik zit aan Elizabeth Clarry te denken: dat ik haar altijd alleen heb gezien als een atlete. Ik heb haar hardloopschoenen gezien, haar sportkleren, de manier waarop ze haar benen rekt en haar handen naar haar tenen brengt. Ik heb in de nieuwsbrief verslagen zien staan over haar succes in de competitie.

Maar ik heb altijd geweten dat er meer is. Ik weet bijvoorbeeld dat ze vroeger de beste vriendin was van Celia, een meisje uit onze klas dat erom bekendstond dat ze altijd wegliep, en ik weet dat Elizabeth een oogje op haar hield.

Ik weet dat Elizabeth verlegen is, maar dat ze ook een soort spottende humor heeft. Ik heb altijd vermoed dat ze slim is. En inderdaad, laatst las mevrouw Flynn haar opstel over *Trots en vooroordeel* hardop voor in de klas.

Terwijl mevrouw Flynn zat voor te lezen, voelde ik de vreemde drang om mijn laptop te openen en het hele verhaal stiekem over te typen. En het dan later als mijn eigen werk in te leveren.

Natuurlijk deed ik het niet.

(Mevrouw Flynn zou het tenslotte meteen herkennen.)

Woensdag gingen we met onze VOS-groep naar het Castle Hill
Heritage Park in plaats van naar de Blue Danish. De lucht had een
winterse, donkerblauwe kleur.

De anderen wezen me Try's huis aan, waar ze het vorige trimester met z'n allen zijn geweest – het kijkt uit op het park en het ziet
er somber en onheilspellend uit.

Emily werd hysterisch toen we het park in gingen, want ze zag
een bord staan: PAS OP: KONIJNENGIF. Er stond een plaatje bij van
een konijn met een rood kruis over zijn lichaam. Volgens dat bord
worden in het park dus konijnen vergiftigd. Er stond bij dat het gif
ook dodelijk kan zijn voor huisdieren.

We liepen een beetje onbehagelijk een pad af, dat tussen de eu-
calyptus- en mahoniebomen door voerde. Takken kronkelden alle kanten op, alsof ze zich als slangen wilde vermommen. Klokvo-
gels zongen. Een kikker sprong over Sergio's voet.

Toen kwamen we bij het picknickterrein waar we gingen zitten.

Try begon met een verhaal over de geschiedenis van het park
zelf: de Darug-Aboriginals die hier voorheen woonden en door de
blanken met geweld werden verdreven. De stenen barakken die
vervolgens werden gebouwd om veroordeelden in op te sluiten,
die gewassen plantten en intussen in het geheim een opstand op
touw zetten. 'Dood of de vrijheid, en een schip om ons naar huis te
brengen,' was hun strijdkreet.

De opstand mislukte. De opstandelingen werden opgehangen.
Met de gewassen die de dode mannen hadden geplant werd het
ook niets, die gingen ten onder aan roest en meeldauw. De barakken werden gesloten. En later heropend als het eerste krankzinni-
gengesticht van het land.

Dit is allemaal waar.

Ik had het verhaal al eens eerder gelezen, maar terwijl Try het vandaag zat te vertellen, schoof er een wolk voor de zon en viel er plotseling een donkere schaduw over onze kring.

We kropen dichter bij elkaar.

We praatten over de pijn uit het verleden, over de plek waar we zaten en over de sombere toestand van de wereld nu. Mensen die uit hun huizen worden verdreven, in nieuwe landen verzeild raken, waar ze worden opgesloten achter hekken van prikkeldraad.

Er werd gepraat over terroristen en dictators.

Ik besloot de boel een beetje op te vrolijken.

'Waren er maar meer mensen zoals Cincinnatus,' zei ik. 'Zoals Titus Quinctius Cincinnatus.'

'Want dan...' zei Elizabeth. Ze keek me met haar hoofd een beetje schuin aan, alsof ze me uitnodigde om door te gaan.

Cincinnatus was een Romeinse boer, legde ik uit, maar hij werd twee keer dictator (in 458 en in 439 v. Chr.). Zijn vrienden overtuigden hem ervan dat het land hem nodig had, dat hij de touwtjes in handen moest nemen. Maar hij bleef precies lang genoeg aan de macht om de orde en rust te herstellen. Daarna ging hij weer terug naar zijn boerderij.

Terwijl ik dit verhaal vertelde, bleef ik even stilstaan bij die naam: *Cincinnatus.*

'Is het geen prachtige naam?' zei ik. 'Cincinnatus.'

'Hmmm,' zei Try instemmend.

'Ik las laatst iets over hem,' legde ik uit. 'Want ik zocht naar woorden die klinken als Cincinnati. Ik hou van dat woord: Cincinnati.'

'Hmmm,' zei Try weer.

'Ik vraag me af hoe het daar is,' zei ik dromerig. 'In Cincinnati.'

'Ik ook,' zei Try, en ze bracht het gesprek vervolgens op iets anders.

Ik keek tijdens dit gesprek even Finnegans kant op, maar zo te zien luisterde hij niet.

Hierna praatten we over gebroken huwelijken. De meeste mensen in mijn vos-groep blijken gescheiden ouders te hebben. Ik was dankbaar dat mijn ouders nog bij elkaar zijn. Astrid vertelde dat haar vader onlangs was vertrokken. Hij had de thermoskan vergeten mee te nemen, waarin hij altijd koffie of soep meeneemt naar zijn werk en hij belde Astrids moeder om te vragen of ze hem voor hem op de veranda wilde zetten, zodat hij hem kon komen ophalen. Astrids moeder begon te lachen en gooide de hoorn op de haak.

Sergio vertelde dat zijn ouders uit elkaar waren gegaan nadat zijn moeder de brand had veroorzaakt waarbij zijn gezicht was verbrand.

De hele groep was stil terwijl hij sprak.

Zijn moeder was de flessen van zijn kleine zusje aan het uitkoken op het fornuis, vertelde hij. Ze vergat dat ze opstonden en toen ontstond er een steekvlam door kortsluiting en zij maakte het nog erger door er water op te gooien.

Sergio's vader kon zijn moeder die fout niet vergeven. En de behandeling en de huidtransplantaties van Sergio waren zo duur dat ze eraan failliet gingen. Dus toen ging het huwelijk kapot.

Niemand wist daarna iets te zeggen; Sergio probeerde te grijnzen. Je kon aan de ongemakkelijke houding van zijn schouders zien dat hij van onderwerp wilde veranderen.

Ik probeerde iets te bedenken om te zeggen. Maar wat?! Kon ik een van mijn Cincinnati-woorden gebruiken? Cineac, cinema, cinemascope?

Ten slotte sprak Briony drie keer, alle drie de keren over een neef van haar die een hersenverlamming had gehad.

Finnegan vertelde dat een nichtje van hem vorig jaar was omgekomen bij een ongeluk. Ze woonden als kind maar een paar straten bij elkaar vandaan en trokken altijd samen op, dus ze waren net broer en zus. Ze gingen bijna iedere dag samen op de fiets naar het strand, jaagden op suikerrietpadden en deden allerlei fantasiespelletjes. Zijn nichtje had speciale namen voor hen bedacht, die ze zelfs nog gebruikten toen ze ouder werden. Toen was zij naar Sydney verhuisd, maar tot op de dag van het ongeluk msn'den ze bijna iedere avond met elkaar. En nu was hij in Sydney en zag hij alle dingen die ze hem had beschreven en het was net alsof haar stem in zijn hoofd zat en alles beschreef wat hij zag. Hij vertelde het verhaal op een achteloze toon, maar...

Elizabeth, die naast hem zat, legde haar hand op zijn schouder. Ik had de indruk dat ze het deed zonder erbij na te denken. Finnegan putte er volgens mij wel troost uit.

Na een poosje zwegen we allemaal. We waren allemaal somber gestemd. Iemand stelde voor om nooit meer naar dit park te gaan.

Elizabeth stelde voor om een volgende keer naar het strand te gaan, zodat ze ons kon leren surfen.

Try zei dat ze een huis had in de Blue Mountains. Ze begon er enthousiast over te vertellen om zo de stemming wat op te vrolijken. Ze zou een weekendje organiseren! Ze zou briefjes meenemen voor onze ouders!

Ik bedacht dat Elizabeth misschien een eenhoorn was: ongrijpbaar en uniek. Ik dacht aan eenhoornhoorns, die in vroeger dagen werden verzameld en gekoesterd. Mensen geloofden dat ze je konden beschermen tegen ziektes en dat je er ook gif mee kon ontdekken. Natuurlijk bestaan eenhoorns niet – de hoorns die de mensen verzamelden waren waarschijnlijk gewoon slagtanden van narwals.

Een narwal is trouwens een kleine, arctische tandwalvis. Ik denk niet dat Elizabeth een narwal is.

Ach, waar heb ik het over? Ik vond het leuk om met hen in het park te zijn. Elizabeth glimlacht als een vriendin.

Ik zal niet lang met Anthony kunnen praten. We hebben waarschijnlijk alleen tijd om samen een kopje espresso te drinken. Ik moet straks terug naar Castle Hill om bij Eleanora te zitten terwijl zij pasta maakt. Ik vraag me af of er achter in de gang in Eleanora's huis een baby is. Ik vraag me af of er achter die deur misschien alleen een leeg ledikantje staat.

Een memo van Scarlett Mackenzie

Aan: Elizabeth Clarry
Van: Scarlett Mackenzie
Onderwerp: JIJ
Tijd: Maandag, 7.00 uur

Beste Elizabeth,

Ik heb een keer gesuggereerd dat je een Queen Alexandra Birdwing-vlinder was. Dat was verkeerd van me.

(Hoewel, als je het *fijn* vindt om een vlinder te zijn die door de regenwouden van noordelijk Papua-Nieuw-Guinea fladdert, moet je natuurlijk je gang gaan. Maar bedenk wel dat je een potentiële levensduur hebt van slechts drie maanden.)

Ik denk eigenlijk dat je een Camarguepaard bent.

Een Camarguepaard is een wild, wit paard dat door de vlakke moerasgebieden van Zuidoost-Frankrijk galoppeert.

En dat doe jij ook!

Dat wil zeggen, als jij in Zuidoost-Frankrijk zou zijn, weet ik zeker dat je er ook op los zou galopperen.

Het Camarguepaard heeft expressieve, intelligente ogen. Hij heeft een vrolijke, opgewekte natuur! Hij is sterk, mooi en moedig.

Ik hoop dat je me zult vergeven dat ik jou, een wild, wit paard, heb aangezien voor een giftige vlinder.

Ik stuur je hierbij een gratis setje persoonlijke memo's.

Heel hartelijke groeten,
Scarlett Mackenzie

Het dromendagboek van Scarlett Mackenzie
Maandag, 7.20 uur

Ik droomde dat ik op een ijsberg lag, net buiten Cincinnati. Het was helemaal niet koud: de ijsberg was zacht en warm als een stapel veren dekbedden. Ik lag plat op mijn buik, met mijn kin op mijn handen. In de verte zag ik twee kleine narwals met elkaar vechten. Ze gebruikten hun scherpe, vooruitstekende slagtand als zwaard. Het was een zwaardgevecht!

Plotseling hield een van de narwals op. Hij leunde opzij, ving een vis uit het water en gooide hem in de lucht. De andere narwal sloeg hem weg met zijn slagtand. De eerste sloeg hem terug. Daarna ging het gevecht over in een vrolijk potje tennis.

Ik glimlachte in mezelf. Ik wist dat ze met elkaar wedijverden om een vrouwtjesnarwal. Ik kon haar zien: ze lag in de verte op haar eigen ijsberg, aan de overkant van een enorme, zilverblauwe vlakte. Ze had haar vlechten opgerold en aan weerskanten van haar hoofd vastgepind.

Ik begon opeens uitgelaten te lachen.

Dat was ik!

Ik draag mijn haar zo!

Ik tuurde achterom naar de tennissers, maar ik kon niet zien wie het waren. Ik dacht dat de brutale Sergio was. Of misschien Toby. De andere had lichtblond haar; het had Lleyton Hewitt kunnen zijn.

Ik draaide me weer om naar de vrouwelijke narwal, maar haar ijsberg had als een auto zijn motor gestart en verdween zoemend in de verte. Ze was weg.

Gisteren, toen ik met Anthony een kop koffie dronk, vertelde ik hem over mijn besluit me te wijden aan het blootleggen van de schoonheid van mijn vos-groep.

Anthony is een jaar jonger dan ik, maar soms heeft hij heel wijze ogen.

'Ja, oké,' zei hij. 'Maar zorg wel dat je *jezelf* niet kwijtraakt. Laat jezelf niet verdwijnen.'

Voor hij verder kon praten, kwam Sam binnenlopen en begonnen ze met z'n tweeën foto's van me te maken voor een schoolopdracht.

In de droom gebeurde er nog iets. Een andere ijsberg kwam naast de mijne liggen en daar was Eleanora, de pastamaakster. Ze stond midden op de ijsberg en staarde me recht in mijn gezicht. Ze had haar armen over elkaar geslagen.

Ik weet waarom ik dat droomde.

Gisteravond, toen ik bij Eleanora was, zei ik dat ik even naar de wc moest. Voor ik het wist, liep ik de wc-deur voorbij en ging ik de gang door, naar de babykamer. Ik moest het weten. Was er een baby in die kamer? Of was hij leeg? Mijn hart bonsde luid. Mijn hand ging naar de deurkruk –

Iets maakte dat ik me omdraaide.

Eleanora stond in de gang naar me te staren.

'O!' zei ik. 'Is dit niet de wc?'

Ze bleef staren.

Een portret van Sergio Saba

Ik zit bij geschiedenis. Ik zie Sergio. Hij zit schuin voor me. Hij zit naast Elizabeth, die dus recht voor me zit. De twee zitten voortdurend naar elkaar te kijken en grapjes met elkaar te maken.

Ik geloof dat mevrouw Walcynski iets tegen me zegt.

O ja, ze herinnerde me er net aan dat we inmiddels bezig zijn met de Romanov-dynastie en dat ik nog steeds mijn werkstuk over de Amerikaanse burgerrechten niet heb ingeleverd.

Ik hoor een paar mensen giechelen, maar ik voel vooral verbazing om me heen. Gezichten draaien bezorgd, opgetogen, geamuseerd mijn kant op – en staren me aan.

Wie is deze Scarlett Mackenzie? lijken de gezichten te zeggen. *Een Scarlett die haar werkstukken niet maakt! Die ken ik niet!*

(Ik ken haar ook niet. Maar waarom kan het me niet schelen?!)

Ik heb zoiets als dit eerder gezien. Volgens mij heet het *publiekelijke vernedering door de leerkracht*.

Nu weet ik eens hoe dat is!

Ik vind het niet zo erg.

Ik zei: 'Mevrouw Walcynski, ik kon vanmorgen mijn kamer niet in om mijn werkstuk te pakken, omdat de schoonmaakster daar bezig was met stofzuigen.'

Ze schrok zo dat haar gezicht ervan beefde. Om me heen werd gegiecheld.

Het was een leugen! Ik heb het werkstuk nog niet gemaakt.

En het slaat nergens op! Je kunt rustig een kamer in gaan als iemand daar bezig is met schoonmaken! Dat mag!

Toch was het gedeeltelijk waar. Maria, de schoonmaakster, stond vanmorgen echt mijn kamer te stofzuigen en dat maakte zo'n lawaai dat mijn hoofd ervan uit elkaar barstte.

Maar terug naar Sergio.

Ik zie hem hiervandaan duidelijk zitten. Ik heb hem altijd aantrekkelijk gevonden. Zacht, donker haar, een goudbruine huid – en een slim, ondeugend lichtje in zijn donkere ogen. Meisjes verdringen elkaar om een blik uit die ogen op te vangen.

Dat kleine, gouden knopje in zijn oor. Ik vraag me af of hij wel eens zilver draagt.

Zij enige gebrek is het litteken dat over zijn wang slingert.

Zonder dat litteken zou Sergio helemaal volmaakt zijn.

Maar nu ik goed kijk, zie ik moedervlekken en littekens van puistjes. Er zit een vage, rode veeg aan de rechterkant van zijn nek, alsof hij zich daar net heeft gekrabd. Er zit een vlek op de kraag van zijn shirt.

Ik zie deze dingen alleen omdat ik zit te staren en terwijl ik dat doe, draait Sergio zich om. Hij ziet me en staart terug, met een soort glinstering in zijn donkerbruine ogen. Op de een of andere manier kan ik mijn ogen niet afwenden. We staren elkaar een eeuwigheid aan. Ik typ nu, terwijl ik staar. Ik denk aan de narwal – mijn gezicht gloeit – ik ben –

'Scarlett Mackenzie!'

Dat is mevrouw Walcynski weer.

'Moet je nou echt *ieder* woord dat ik zeg uittypen?' vraagt ze.

Ik kijk haar raadselachtig aan, terwijl ik doorga met typen. Ze denkt dat ik aantekeningen zit te maken!

Ik heb geen idee waar ze het over heeft. Spreekt ze misschien Russisch?

Sergio is niet lang en ook niet echt fors, hoewel zijn onderarmen, die hij op de tafel laat rusten, wel gespierd zijn.

Ik herinner me een gebeurtenis van vorig jaar. Dat was ook tijdens de geschiedenisles. Sergio zat uit het raam te staren en zag een stel leerlingen van het Brookfield de parkeerplaats van onze school op komen. Ze hadden cricketbats, hamers en stukken hout bij zich. Ze draaiden om de auto van een leerling heen.

Het was niet Sergio's auto.

Maar zodra hij hen zag, gaf Sergio een schreeuw, sprong van zijn stoel, kroop uit het raam en rende razendsnel het schoolplein over. De rest van de klas had op dat moment nog niet in de gaten wat Sergio had gezien.

Toen ze het zagen, kwamen ze natuurlijk als één man overeind en kropen ze door het raam de klas uit (terwijl de lerares schreeuwde dat ze binnen moesten blijven). Ik herinner me dat we als één man, als een storm, op die Brookfielders af renden.

Zodra de Brookfielders de storm zagen aankomen, trokken ze zich terug. Maar wat had Sergio tegen zo'n bende willen beginnen? Hij kon niet weten dat de klas achter hem aan zou komen.

Ik vond het een inspirererende gebeurtenis.

Ik richt mijn blik weer op de moedige Sergio: zijn handen en polsen liggen op tafel. Er hangt een elastiekje om zijn pols. Op de rug van zijn rechterhand: vegen rode inkt. Misschien een telefoonnummer. Zijn nagels zijn afgebeten en gescheurd; zijn duimnagel is zwart.

Ik laat mijn blik afdalen naar zijn schoenen onder zijn tafel en voel mijn hartslag versnellen. Schoenen hebben zoiets intiems. Zoals hij nu zit, kan ik zelfs een stukje van zijn ene enkel zien. Hij leunt achterover, zijn ellebogen rusten losjes, bijna brutaal op de leuning van zijn stoel en zijn ene broekspijp zit een stukje omhoog.

Er zit iets op zijn enkel. Volgens mij is het een kleine tatoeage.

Ik zie iets, maar toch ook weer niet.

Wat is dat met Sergio?

Er is iets wat alles met elkaar verbindt: dat verkeerd geknoopte shirt, de zoom die uit zijn ene broekspijp hangt, de tatoeage, de beschadigingen op zijn huid, de pleisters, de vieze vegen. Alles komt samen in zijn brutale, achteloze houding. Hij leunt schijnbaar geamuseerd achterover in zijn stoel, maar zowel in de klas als tijdens de vos-bijeenkomsten mengt hij zich op onverwachte momenten in het gesprek. Leraren en leerlingen vinden het fijn als hij iets zegt.

Hij heeft iets brutaals over zich, maar als Sergio je aankijkt, *kijkt* hij ook echt. Hij *omhelst* je met zijn ogen. Hij voelt zich op zijn gemak in zijn wereld en als hij spreekt, zijn zijn woorden oprecht.

Hij *kijkt*, dat begrijp ik nu, omdat hij weigert bekeken te worden. Hij daagt je uit om naar het litteken in zijn gezicht te kijken. Hij daagde destijds ook de vos-groep uit toen hij zijn broekspijp oprolde en een vaag, wit litteken aanwees, een aandenken aan dat afschuwelijke schoolreisje naar Hill End.

Toen hij me net aankeek, zag hij mijn angsten en fouten.

Maar ik denk dat hij misschien ook héél even gewoon dit heeft gezien: Scarlett Mackenzie.

Dat is Sergio's charme.

Zo weinig mensen *zien* echt als ze kijken.

Nu weet ik waarom Sergio zo aantrekkelijk is voor meisjes.

Ik weet dat hij daar in het verleden misschien misbruik van heeft gemaakt. Hij was nooit erg trouw aan zijn vriendinnetjes. Ik heb gehoord dat hij ze bedroog.

Maar het lijkt erop dat hij dit jaar sterker is geworden. Hij heeft er één uitgekozen: Elizabeth Clarry. Dat hij haar unieke schoonheid ziet; haar ware ik. Dat bewonder ik meer in hem dan wat dan ook.

Als mensen staren, kijkt Sergio terug.

Hij gaat de uitdaging aan.

Daarom verdient hij het om niemand anders te zijn dan hijzelf. Het is genoeg geweest met de dieren. Sergio is gewoon een jongen.

*

Een memo van Scarlett Mackenzie

Aan: Sergio Saba
Van: Scarlett Mackenzie
Onderwerp: JIJ
Tijd: Maandag, 14.30 uur

Beste Sergio,

Ik heb ooit gedacht dat je een vogelbekdier was.
    Daar bied ik mijn excuses voor aan.
    Jij bent geen vogelbekdier, Sergio. Jij bent een heel bijzondere jongen.
    Ik hoop dat je me mijn fout zult vergeven.
    Hier zijn wat persoonlijke memo's.

Heel vriendelijke groeten,
Scarlett Mackenzie

PS Sorry dat ik vanmorgen bij geschiedenis zo naar je zat te staren.

Telefoonberichten voor Scarlett Mackenzie...

Terwijl je... vandaag op school zat

Ben je gebeld door... Eleanora

Over... ze wil voorlopig de woensdag- en zaterdagavonden afzeggen.

Verdere opmerkingen... zij is toch degene die je gezelschap houdt terwijl zij pasta maakt? Omdat ze bang is dat de baby wakker wordt als zij plakhanden heeft? Misschien heeft ze de keukenkraan ontdekt. Jammer dat je je baantje kwijt bent, Scarlett, maar het was wel raar, vind je niet?
   Die advocaat heeft ook weer gebeld. Om jullie afspraak van aanstaande vrijdag te bevestigen. Hij deed een beetje brallerig. Liefs, tante Veronica.

*

De filosofische overpeinzingen van Scarlett Mackenzie
Weet niet wat voor dag het is. Dinsdag?

Vreemd, zoals mijn inkomsten teruglopen. Ben weg bij de K-mart. En gisteren het bericht: geen Eleanora meer. Ik denk dat ik niet de gang door had moeten lopen naar de babykamer – maar om dan meteen

324

maar op te zeggen... Zoiets zet je aan het denken. Zat ik te dicht bij de waarheid? Is er echt geen baby? Misschien moet ik een keer inbreken in haar huis om te kijken.

Ik zou papa een nieuw businessplan kunnen voorleggen, maar ik moet ook echt iets aan mijn schoolwerk gaan doen. Of misschien toch niet? Ben een beetje duizelig van deze tegenslag.

*

De filosofische overpeinzingen van Scarlett Mackenzie
Ja, ik weet nu zeker dat het dinsdag is

En ik ben gauw jarig! Misschien geeft iemand me wel geld! Ik vraag me af of mijn vos-groep het weet. Het valt dit jaar op een vrijdag en de dag daarna gaan we naar Try's huis, in de Blue Mountains. Benieuwd of ze me tegen die tijd aardig vinden. Heb memo's verstuurd, maar geen reactie.

Vreemde geluiden. Vreemde, bekende schoolgeluiden.

Ik denk dat ik mijn hoofd even neerleg.

*

BRIEFJE VOOR SCARLETT MACKENZIE

Hallo Scarlett,

Wat ben jij moeilijk te vinden, zeg. Heb je mijn berichtjes op het mededelingenbord niet gelezen? Ik wil graag dat je even naar me toe komt om te praten. Ik heb nog steeds je geschiedeniswerkstuk niet binnen! En je opdracht over tsaar Nicolaas moet je deze week inleveren. Denk eraan: de examens zijn op komst en je moet hard aan het werk, Scarlett, anders begrijp je straks de vragen niet eens... Dit is niks voor jou!

Groet,
Mevrouw Walcynski

*

De filosofische overpeinzingen van Scarlett Mackenzie
Dinsdag, halverwege de middag

Hoe moet ik een geschiedeniswerkstuk afmaken als ik het 's avonds steeds zo druk heb. Ik ben iedere avond druk bezig geweest. Ik weet niet meer waarmee. Ik heb het gewoon iedere avond hartstikke druk.

Net zei onze biologieleraar dat Briony zo geweldig goed bezig is met een of ander experiment dat nog te maken heeft met haar opdracht over vervuild water, en Briony bloosde.

'Kijk,' mompelde ik, 'ze wordt zo rood als cinnaber.'

De persoon naast me deed alsof hij me niet hoorde.

'Dat is een vermiljoenrood mineraal,' legde ik uit. Maar het was alsof ik niets had gezegd. Toch had ik vrij hard gesproken, in de hoop dat Finnegan het zou horen. (die zit twee rijen achter me.) Ik heb gemerkt dat hij houdt van woorden die beginnen met *Cin*. Daarom heb ik ze voor hem opgezocht.

*

De filosofische overpeinzingen van Scarlett Mackenzie
Nog steeds dinsdag

Gisternacht droomde ik het woord 'Cincinnati'. Het was een vaandel en het wapperde in de lucht.

De biologieleraar praat tegen me. Hij gebruikt woorden. Landdieren. Ecosysteem in het water. Abiotisch. Te laat. Examens. Wat zijn dit voor prachtige woorden?

Ik kijk de leraar aan met een verrukte glimlach. Wat bedoelt hij?

Ik merk dat mijn hart een beetje pijn doet als ik glimlach.

Dus ik hou op met lachen en wend me af.

*

BRIEFJE VOOR SCARLETT MACKENZIE

Beste Scarlett,

Kom vandaag even langs op mijn kantoor – als je het tenminste niet erg vindt om helemaal naar boven te klimmen. Ik heb gehoord dat je niet helemaal jezelf bent. Ik wil ook dat je even bij de ziekenboeg langsgaat – ik heb tegen de zuster gezegd dat ze naar je moet uitkijken.
Ik wil je zo snel mogelijk even spreken.

Vriendelijke groet,
Meneer Botherit
Klassencoördinator vijfde klas

*

De filosofische overpeinzingen van Scarlett Mackenzie
Woensdag, bijna tijd voor de vos

MOET proberen vaker naar Engels te gaan. Mevrouw Flynn stond vandaag weer tegen me te praten en ik begreep geen woord van wat ze zei.
'Kijk eens naar de lucht, mevrouw Flynn,' zei ik. 'Hij is asgrijs! Het lijkt wel cineraria!'
Toen keek ik haar aan en ik besefte dat mevrouw Flynn Finnegan niet is. Ook al hebben ze allebei een *F* en *n*'en in hun naam.

*

De filosofische overpeinzingen van Scarlett Mackenzie
Donderdag, geloof ik

Vandaag deelde Try tijdens de vos weer tekeningen uit, dus ik vroeg haar zachtjes of ze mijn ingelijste tekening had ontvangen. 'O, ja!' zei ze. 'Bedankt! Dat was erg lief van je.' Ze leek echt dankbaar, maar geen woord over mijn Leven. De anticlimax trof me als een stomp tussen mijn ribben. Maar wat wil ik dat ze zegt?

*

De filosofische overpeinzingen van Scarlett Mackenzie
Nog steeds donderdag, geloof ik

Ik moet niet vergeten vandaag naar Maureens boekwinkel te gaan om te werken. Maar het is daar zo bekend. Het begint me te vervelen. De boekwinkel. Ik voel me *cinct* door boeken.

De afgelopen nachten glip ik na middernacht steeds stiekem het slapende huis uit en dan ga ik ernaartoe. Onderweg ga ik bij papa's huis in de Gilbert Road langs om daar een paar banen behang van de muur te trekken.

Daarna word ik cinct door boeken, net zoals Australië cinct wordt door zee. Afstoffen, schoonmaken, boenen – ik heb ieder boek afgestoft. Ik ben op boekenplanken geklommen en heb de lampen losgedraaid van hun fittingen. Ik heb bergen insecten bij elkaar geveegd. Ik heb de muren geschrobd tot het water in mijn emmer er zwart van zag.

Maar vandaag wordt mijn moeite beloond. Vandaag! Maureen zal me bedanken! Ze zal me omhelzen en in de rondte draaien! Ze zal me een *elfje* en een *fee* noemen! Ze zal me overladen met gratis boeken! Misschien geeft ze me wel een fooi.

*

Telefoonberichten voor Scarlett Mackenzie

Terwijl je... vanmiddag naar je baantje in de boekwinkel was

Ben je gebeld door... je moeder

Over... ze zegt dat ze honderden berichten heeft ingesproken op je mobiel – ze wil weten wat de dokter vanmiddag heeft gezegd. En ze zegt dat ze al een aantal keren is gebeld door je school.

Verdere opmerkingen... Scarlett Mackenzie, *ben* je vandaag naar de dokter geweest? Je moeder zegt dat ze om vier uur een afspraak voor je had gemaakt en ik weet zeker dat jij toen naar je boekwinkel was. Ben je ooit naar de afspraken gegaan die ik voor je heb gemaakt? En wat is er met school aan de hand?! Verstop je niet langer op je kamer! Kom met me praten! Je begint er steeds slaperiger uit te zien.
Liefs, tante Veronica

*

De filosofische overpeinzingen van Scarlett Mackenzie
Donderdag, laat

Wat een onverwachte wending. *Maureen heeft niets gemerkt.*
Ik ben nota bene een hele week midden in de nacht stiekem het huis uit gegaan. Die boekwinkel glóm gewoon! Maar ze zei geen woord. Ze zei dat ze de afgelopen dagen naar Queensland was geweest, maar ze was helemaal niet bruin geworden en ze zag er ook niet uitgerust uit.
    'Scarlett,' zei ze zenuwachtig. 'Heb jij de reservesleutel gezien? Hij hangt meestal aan dit haakje boven de toonbank, maar ik kan hem niet vinden.'

329

Ze fronste haar wenkbrauwen en keek een beetje verstrooid. Ze rommelde in haar handtas, haalde dingen voor de dag en duwde ze weer terug. Er viel met een klap een notitieboekje op de grond. Het viel open – *'Markus Pulie?'* las ik. Maureen schrok, griste het boekje van de grond en stopte het snel terug in haar tas. Toen staarde ze weer naar het lege haakje.

*

De filosofische overpeinzingen van Scarlett Mackenzie
Donderdag, laat

Denkt ze soms dat ik de sleutel heb gestolen? Hoe durft ze?!

Nou ja, eigenlijk heb ik het wel gedaan.

Maar wie is *Markus Pulie*? Een naam in haar notitieboekje. Waarom het vraagteken? Ik heb de vreemde overtuiging dat hij me gaat vervangen. Ze was vandaag zo gestrest en afwezig. Ze keek me nauwelijks aan. Gaat ze me ontslaan? Gaat ze die Markus Pulie in mijn plaats aannemen?

*

De filosofische overpeinzingen van Scarlett Mackenzie
Donderdag, nog steeds laat

Laten we onze weinige zegeningen tellen.

Ik hoef me morgen tenminste geen zorgen te maken over school – ik ga naar de stad, om met een advocaat te praten.

En vanavond heb ik tante Veronica ervan overtuigd dat ik zo gezond ben als een vis – *Ik heb geen ziekte van Pfeiffer, ik heb geen ziekte van Pfeiffer!* (zing ik tegenwoordig in mezelf). Ik 'bekende' dat ik problemen heb met mijn ogen.

'Ik kan niet meer lezen wat er op het bord staat,' legde ik uit. 'Ik heb al maanden niets meer aan mijn bril.'

'Wat! Waarom heb je daar niets over gezegd?'

Volgende week gaat ze met me naar de opticien.

Het was niet helemaal gelogen. Ik zie echt af en toe een beetje wazig. En mijn oren suizen. En soms heb ik een gevoel alsof ik net uit een snel draaiend reuzenrad ben gestapt.

*

Nachtelijke overpeinzingen van Scarlett Mackenzie
Vrijdagavond, laat

Heb je ooit licht zien exploderen?

Dat is mij vandaag overkomen en alles viel op zijn plaats.

Ik heb de advocaat gesproken. Ik nam de trein naar Redfern en liep vandaar naar Cleveland Street.

Ik had mijn schooluniform aan. Dat leek me wel formeel genoeg voor een advocatenkantoor.

Maar het advocatenkantoor was niet meer dan een klein, kaal kamertje. Een enkel lichtpeertje aan het plafond. Een tafel met krassen.

Een jongeman in een pak.

Blake Elroy.

Hij had een pafferig gezicht en hij praatte nogal gewichtig.

Hij leidde me het kantoortje binnen – waar was de receptioniste? Het schitterende uitzicht over de haven?

Het kantoor bevond zich op straatniveau en armoedig geklede mannen en vrouwen gluurden naar binnen en bonsden op het raam.

Ik zat tegenover de advocaat en probeerde het gebons te negeren.

'Goed,' zei hij, terwijl hij zijn schouders recht trok. 'Weet je waar dit over gaat?'

'Ik heb begrepen dat het gaat over de ruzie tussen die twee vervangende leerkrachten, vorig jaar,' zei ik. Ik nam zijn officiële toon over, om meteen te laten merken dat ik niet zomaar een schoolmeisje was. *Ze zouden een uitstekende getuige aan me hebben!* 'Ze hadden ruzie over een Poolse uitwisselingsstudent,' verklaarde ik. 'De blonde vrouw sloeg de roodharige met haar rechterhand in haar gezicht. Die kreeg een vuurrode wang. De roodharige liet haar boeken op de grond vallen.'

Ik leunde achterover om zijn lovende reactie af te wachten.

Ik besefte iets – ik miste het wachten op lovende reacties. Het was al zo lang geleden dat ik die had gehad. Vroeger zat ik altijd achterover geleund op lovende reacties te wachten. Maar op school komt dat de laatste tijd niet meer voor, waarschijnlijk omdat ik niets aan mijn werk doe. Even een gevoel van paniek (Hoe moet ik het ooit inhalen? De lof terugverdienen?)

'Uitstekend,' zei de advocaat met getuite lippen. 'Maar wat gaf je de indruk dat die twee vrouwen vervangende leerkrachten waren?'

'Nou' begon ik. 'Dat was duidelijk – ze waren –'

Waarom had ik gedacht dat het vervangende leerkrachten waren?

'Want zie je,' zei hij, 'het waren geen vervangende leerkrachten. De vrouwen die je ruzie zag maken waren computerprogrammeurs. Mensen die werkten voor de Onderwijsraad. Ze kwamen nieuwe software installeren. Maar dat geeft niet! Vertel eens, waarom dacht je dat ze ruzie hadden over een Poolse uitwisselingsstudent?'

Op dit punt was ik zekerder van mijn zaak.

'Ik heb het gehoord,' legde ik uit. 'Ik heb de naam gehoord.'

'De naam van een Poolse student op jouw school? Hmmm. Een uitwisselingsstudent, zeg je?'

'Nou ja...' Terwijl ik sprak, besefte ik: 'Nou ja, ik weet niet *zeker* of het een uitwisselingsstudent was. Ik hoorde alleen een Poolse naam. En toen nam ik aan dat het ging om een uitwisseling...'

Hij keek in de papieren op zijn bureau. 'En wat was die naam?'

'Dat weet ik niet,' fluisterde ik. 'Dat kan ik me niet herinneren.'

'Nou ja, dat geeft niet. We zullen een lijst maken met de namen van Poolse studenten op jouw school, dan kun je die doorkijken. Je hebt toch niet toevallig een lijst bij je, hè?'

Ik hapte naar adem.

Het was net of ik bij het verkeerde examen terecht was gekomen.

'Geeft niet,' zuchtte hij weer. En toen, op scherpe toon: 'Weet je *zeker* dat het een *student* was? Hoe weet je dat die Poolse persoon een student was?'

Ik dacht dat ik in tranen zou uitbarsten.

Ik kon even niets zeggen.

Hoe wist ik dat?

Toen herstelde ik me. 'Maar wat doet dat er allemaal toe?' bracht ik naar voren. 'Ik zag duidelijk hoe die ene vrouw de andere sloeg! Meer heb je toch niet nodig voor een aanklacht wegens mishandeling?'

'*Een aanklacht wegens mishandeling.* Wie heeft gezegd dat dit gaat om een aanklacht wegens mishandeling?' De advocaat keek me geamuseerd aan.

Ik beet op mijn nagels, als een tiener.

'Nee, nee,' zei hij. 'Het gaat hier om een geschil over auteursrechten. Het maakt geen *zier* uit dat de een de ander heeft geslagen. Waar het om gaat is wat ze *zeiden*. Onze cliënt vertelt ons dat in het gesprek dat jij hebt afgeluisterd, (a) die kwestie van de auteursrechten werd besproken en dat (b) op dat punt belangrijke zaken werden toegegeven, die de andere partij nu natuurlijk ontkent. Dus wat we van *jou* willen weten, is wat je hebt gehoord. Zeg het maar. Wat heb je gehoord?'

Een geschil over auteursrechten?

Mijn hoofd leek te tollen.

'Maar ze hadden het alleen maar over een Poolse uitwisselingsstudent,' mompelde ik.

Op dat moment leek het alsof hij zijn klauwen in me zette, als in een prooi.

'Is dat alles wat je hebt gehoord?' drong hij aan.

Ik knikte diepongelukkig.

'Vertel me eens precies wat ze zeiden over die Poolse uitwisselingsstudent.'

Ik haalde hulpeloos mijn schouders op. Ik kon me de woorden niet meer precies herinneren.

We keken elkaar even aan. Toen fluisterde ik: 'Een geschil over auteursrechten?'

Hij lichtte een van de papieren op zijn bureau op, zodat er een computerschijfje in een papieren envelop tevoorschijn kwam.

Hij hield het omhoog.

'Hierover,' zei hij. 'Software. *Verlichting* heet het. Echt zo'n New Age-term. Educatieve software die de Onderwijsraad op alle scholen wil installeren. Het is in wezen een hulpmiddel voor leraren – alle informatie over het onderwijs in deze staat wordt erin samengebracht. Leerlingresultaten, lerarenkwalificaties, examens, opdrachten, voorbeeldantwoorden, noem maar op...'

Zijn stem dreunde door, maar mijn hoofd had deze woorden opgevangen en ik zong inwendig: *examens, opdrachten, voorbeeldantwoorden.*

Op dat schijfje?

Kon ik zijn aandacht maar afleiden!

Kon ik dat schijfje maar stiekem in mijn zak stoppen!

Examens, opdrachten, voorbeeldantwoorden...

Alles stond erop! De oplossing, alles!

Maar de advocaat verhief zijn stem. 'Zie je, jouw school heeft zich beschikbaar gesteld voor een proefproject,' legde hij uit, terwijl hij het schijfje zachtjes voor mijn ogen heen en weer zwaaide. 'De software wordt op de computers van de leraren gezet. En de leraren krijgen een wachtwoord.'

Ah.

Een wachtwoord.

Het schijfje op zich was waardeloos.

Wat had ik trouwens gewild?

Fraude plegen?

Nooit!

'Maar je zegt dus dat je niets hebt gehoord over software?' Hij leunde voorover en keek me onderzoekend aan.

'Ja,' fluisterde ik.

Er gleed een raadselachtige uitdrukking over zijn gezicht – iets wat leek op triomf. Was hij *blij* dat ik een slechte getuige was? Had hij soms altijd al gedacht dat hij niets aan een schoolmeisje zou hebben?

Hij bleef nog een poosje aan mijn verhaal morrelen om op de een of andere manier toch op *auteursrechten* en *software* uit te komen, terwijl ik niets anders te bieden had dan een student en een oorvijg.

Op een gegeven moment liet hij een stilte vallen en vervolgde toen: 'Goed, die Poolse student – zou dat het *wachtwoord* geweest kunnen zijn, denk je? Ik kan je het wachtwoord niet zeggen, maar ik kan je wel vertellen dat het klinkt als een naam – ik *denk* zelfs dat het misschien een beetje klinkt als een Poolse naam. Denk je dat het het wachtwoord was?'

En zo ging het maar door.

Mijn herinnering aan de ruzie was ooit een keurig, houten bouwwerk geweest, maar deze advocaat haalde het plank voor plank uit elkaar.

'Goed,' zei hij, toen het gesprek was afgelopen, 'je hebt mijn nummer. Ik wil dat je de komende week goed over de gebeurtenis nadenkt. En als je je ook maar iets herinnert, spreken we af dat je me belt.'

Toen ik in de trein naar huis stapte, was er de explosie van licht.

Ik begreep waarom ik het mis had gehad.

Ik dacht dat de vrouwen vervangende leerkrachten waren, omdat ik ze nog nooit eerder had gezien. Bovendien heb ik iets tegen vervangende leerkrachten. Dus let ik altijd op of ik ze ergens zie, zodat ik ze kan afkraken.

Ik dacht dat ze het over een uitwisselingsstudent hadden omdat ik op dat moment zelf met een uitwisseling te maken had. Mijn vriendin, Kelly Simonds, stond op het punt mij uit te wisselen voor Wenen.

En het afgelopen trimester, de afgelopen jaren zelfs, had ik alleen de tekortkomingen van mijn klasgenoten gezien, omdat ik zo druk bezig was met mijn eigen tekortkomingen. Door wat er in de tweede klas was gebeurd, was ik erg over die tekortkomingen gaan nadenken.

Mijn broer had me gewaarschuwd dat ik mezelf niet moest kwijtraken. Ironisch genoeg was het tegendeel waar.

Ik was de weg kwijtgeraakt in *mezelf*. En als dat gebeurt, ga je fouten maken.

Wat een geluk dat ik nu mijn observatietalenten gebruikte om mijn vos-groep het goede in zichzelf te leren zien.

28

Een portret van Astrid Bexonville

Ah, Astrid.

Eindelijk ben ik dan bij jou aangekomen.

Het belangrijkste portret.

Het portret dat ik heb gevreesd.

Het portret waar mijn hart onrustig van begint te kloppen, nee, dat –

Genoeg!

Hier zit ik, op het terras bij de openbare bibliotheek van Castle Hill. Het is laat in de middag en kil. Ik knipper steeds met mijn ogen: tante Veronica is gistermiddag met me naar de opticien geweest. Er mankeert niets aan mijn ogen, dus hij heeft me een paar contactlenzen meegegeven, op proef. Ik moet er steeds van knipperen. Vreemd, trouwens, om de wereld niet langer door een montuur te bekijken. Alsof ik een gewoon mens ben, dat zelf kan zien!

Volgens mij is het vandaag dinsdag. Over drie dagen ben ik jarig.

Dinsdag?

Ik mis mijn pianoles!

Nou ja.

Ik richt mijn gedachten gehoorzaam op Astrid Bexonville.

Ik zal niet denken aan ons gesprek aan het eind van de eerste klas, toen ik haar een lamskotelet noemde.

Ik zal niet denken aan het schoolreisje naar Hill End in de tweede klas – of aan dat benauwde gevoel, dat angstige happen naar lucht...

Ik zal de kwaadaardige Astrid uit mijn gedachten verdrijven en kijken naar wat haar glans geeft.

Astrid is als het lichtpuntje op het topje van een diamant. Ze is levendig, behendig en lijkt altijd bezig met ergens op te klimmen, zich in tuinen te verstoppen, en te vluchten voor de politie.

Ze is niet bang voor spinnen. Tijdens de vos-bijeenkomst bij mij thuis kwam er op de muur boven de gordijnroe een enorme jachtkrabspin tevoorschijn. Terwijl Emily begon te gillen en de jongens met grote stappen achteruitweken, kwam Astrid juist gefascineerd naar voren. Ze vroeg een stoffer en blik, ging op de bank staan, ving de spin en bracht hem voorzichtig naar buiten.

Ik herinner me dat in de derde klas een lerares even het lokaal uit liep. Astrid stelde voor om met zijn allen naar het lege lokaal ernaast te verhuizen en daar aan dezelfde tafeltjes te gaan zitten. De lerares stond perplex. Het was inderdaad grappig.

O, maar ik zou Astrid op zo veel manieren kunnen helpen!

Ik zou haar een checklist kunnen sturen voor alcoholisten – hoeveel *drinkt* ze nou eigenlijk? Is ze zich wel bewust van de risico's? Ik zou haar kunnen aanraden om minder te drinken en zich beter te gedragen. Waarom is ze altijd op de vlucht voor de politie? Als ze zich nou eens beter aan de wet zou houden? Ze heeft wel eens vaag iets gezegd over winkeldiefstal, druggebruik en lichte vormen van vandalisme.

Ze praat veel over mode en make-up. Moet ik haar aanmoedigen om minder oppervlakkig te zijn?

Misschien stuur ik haar dit citaat, dat ik vanmorgen aantrof in mijn etiquetteboek: *'Maar een voorliefde voor kleding draagt een zeker risico in zich voor zwakke geesten.'* (Ons gedrag, blz. 313.)

Maar kijk, nu kom ik ongewild toch weer uit bij haar tekortko-mingen! Alleen omdat ik de wet niet overtreed!

(Nou, dat is niet waar! Ik heb een sleutel gestolen uit Maureens winkel, en ik kan maar beter snel bedenken hoe ik hem moet te-rughangen, anders...)

Ik moet me concentreren op Astrids goede eigenschappen.

Ze is erg knap en die piercing in haar wenkbrauw glimt in de zon.

Daar zie ik in de verte een meisje lopen, met haar vriend. Ze lo-pen de heuvel van Castle Towers af. Het meisje heeft net als Astrid lang, zwart haar, dat met een limoengroen lint bij elkaar wordt ge-houden.

Die combinatie van groen en zwart, die Astrid zo mooi vindt – wat ziet die er schilderachtig uit. Als dennennaalden in de zwarte modder. Als verkeerslichten in de regen. Als een zwarte koe in een weiland.

Het meisje en haar vriend staan nu bij het stoplicht te wach-ten tot ze kunnen oversteken. Het meisje draait zich om naar haar vriend. Ze omhelzen elkaar. Ze houden elkaar stijf vast.

Ze kijken achterom naar het terras waar ik zit.

Er is iets –

Dat is niet zomaar een meisje met haar vriend!

Dat is Astrid.

En dat is Sergio.

De filosofische overpeinzingen van Scarlett Mackenzie
Vrijdagochtend. Mijn verjaardag!

Sinds dinsdag heb ik me verloren en ellendig gevoeld, maar nu is het tijd om me aan mijn sombere stemming te ontworstelen: ik ben jarig!

Draai rondjes als een draaideur, draai je om op je hak als een netballer die een doelpunt gaat scoren! Bekijk het leven weer van de zonnige kant, Scarlett – je bent jarig!

*

De filosofische overpeinzingen van Scarlett Mackenzie
Vrijdagochtend. Mijn verjaardag!

Het is tijd om de zonnige kant van het leven te zien en die luidt: *misschien heb ik het verkeerd gezien!*

Misschien waren het *niet* Astrid en Sergio die samen bij het stoplicht stonden. Misschien heb ik me die omhelzing maar *verbeeld*. (Kijk maar hoe slecht ik het doe als getuige! Die advocaat stond versteld van mijn stomheid. *En* ik was contactlenzen aan het uitproberen!)

Nog een zonnige kant: ik heb de afgelopen dagen geen tederheid gezien tussen die twee. (Ik heb al mijn schoolwerk laten liggen om ze te bespioneren, maar ik heb niets gezien.)

De filosofische overpeinzingen van Scarlett Mackenzie
Vrijdagochtend. Mijn verjaardag!

Ik ga dus met volle teugen genieten van mijn verjaardag! Ik ga alleen de zonnige kant zien. En morgen gaat mijn VOS-groep naar de Blue Mountains! (Ik wou dat ik iets had om aan te trekken.) Misschien ga ik mijn portret van Astrid afmaken – ik ben er abrupt mee gestopt toen ik dacht dat ze een verraadster was en ik heb haar dus nog geen memo gestuurd. Ik denk dat ik haar morgen wat persoonlijke memo's geef.

*

De filosofische overpeinzingen van Scarlett Mackenzie
Vrijdagochtend. Mijn verjaardag!

Vanavond geven tante Veronica en oom Jake een verjaardagsdiner, met mama, Anthony, Sam en Ernst von Schmerz. Papa zou er anders natuurlijk ook bij zijn, maar die is nog steeds in Tasmanië voor zijn werk.

Mijn telefoon gaat. Vast papa. Hij vindt het altijd leuk om de eerste te zijn met feliciteren.

*

De filosofische overpeinzingen van Scarlett Mackenzie
Vrijdagochtend. Mijn verjaardag!

Huh. Het was mijn vader niet. Het was mijn pianolerares. Er had net iemand afgebeld en ze bood aan dat ik later op de dag langs mocht komen om de gemiste les van dinsdag in te halen.

Aardig van haar!

Ik zie de postbode door het raam! Ik ren even naar beneden...

*

De filosofische overpeinzingen van Scarlett Mackenzie
Vrijdagochtend. Mijn verjaardag!

ER WAS EEN KAART VAN PAPA UIT TASMANIË!!!! WAT EEN PERFEC-
TE TIMING, HOE DOET HIJ DAT?!!! PRECIES OP DE GOEDE DAG!!
    Ik ga hem nu nog niet lezen.
    Ik bewaar hem voor later op de dag.
    Nu eerst naar school! Eens kijken wie er aan mijn verjaardag heeft
gedacht.

*

De filosofische overpeinzingen van Scarlett Mackenzie
Vrijdagmiddag. Mijn verjaardag!

Net thuis van piano. Moet even wat visualisatieoefeningen doen om
mijn verjaardagsstemming terug te krijgen. Piano was een ramp. Ik
was toch al een beetje uit mijn doen toen ik daar aankwam, want niemand had aan mijn verjaardag gedacht. (Behalve Ernst.) Leraren zeur-
den over opdrachten die ik nog moest inleveren, alsof het een heel gewone dag was. Ik ben dat gezeur zat. 'Kun je het zelf niet schrijven?'
mompelde ik in mezelf.

*

De filosofische overpeinzingen van Scarlett Mackenzie
Vrijdagmiddag. Mijn verjaardag!

Maar goed, piano. Toen ik aankwam, stond mevrouw Woolley op de veranda voor haar huis met de moeder van een andere leerling te praten. Terwijl we daar stonden, kwam er een vrouw voorbij met een kinderwagen.

Raad eens wie het was?

Eleanora. De vrouw van de pasta.

Ze keek niet op terwijl ze voorbijliep; ze stapte stevig door met de kinderwagen. En in die wagen? Daar lag een dikke, blije baby vrolijk te kirren naar de wereld om hem heen.

*

De filosofische overpeinzingen van Scarlett Mackenzie
Vrijdagmiddag

En dat is nog niet alles. Toen Eleanora voorbij was, zei mevrouw Woolley zachtjes: 'Kijk, daar gaat die arme Eleanora. Haar man heeft haar in de steek gelaten, een maand voor die baby geboren werd. Ze maakt zich verschrikkelijk druk over die baby, heb ik gehoord, en dan is ze ook nog zo verlegen – ze kent hier geen hond. Ik hoorde het van een vrouw in de winkel op de hoek.'

*

De filosofische overpeinzingen van Scarlett Mackenzie
Vrijdagmiddag

Daar zat ik bij mevrouw Woolley aan de piano mijn notenbalken en arpeggio's af te werken, terwijl het besef zwaar, loodzwaar op mijn maag lag. Er was niets *geheimzinnigs* aan Eleanora! Ze was alleen eenzaam! Ze had iemand nodig om mee te *praten*. Al die avonden dat ze pasta maakte en mij bestookte met vragen – ze kwam zo stijf en vreemd op me over. Ik zag alleen maar geheimen en intriges. Maar ze was gewoon *verlegen*! Ik heb nooit geweten dat een volwassene 'verlegen' kan zijn.

*

De filosofische overpeinzingen van Scarlett Mackenzie
Vrijdagmiddag

Zoals je je kunt voorstellen, ging het pianospelen niet goed. (Ook al omdat ik een tijd niet had geoefend.) Mevrouw Woolley wond zich verschrikkelijk op. 'Speel je met je vingers of met je *hart*, Scarlett? Speel je alleen in *theorie*? Of ben je *één met de muziek*? Ben jij, Scarlett Mackenzie, één met dit stuk en deze piano?' Zo ging ze nog een heel poosje door.

*

De filosofische overpeinzingen van Scarlett Mackenzie
Vrijdagmiddag

Maar mevrouw Woolley, wilde ik steeds zeggen, *ik ben vandaag jarig.*

*

De filosofische overpeinzingen van Scarlett Mackenzie
Vrijdagmiddag. Mijn verjaardag!

En dat is het ook. Ik hoor tante Veronica en Bella beneden in de keuken opgewonden kletsen en met potten en pannen rammelen.
Moet naar beneden. Misschien kan ik helpen.
Maar eerst ga ik mezelf opvrolijken en papa's kaart lezen!!!

*

De filosofische overpeinzingen van Scarlett Mackenzie
Vrijdagmiddag

O, wat grappig.
De kaart was niet voor mij.

Hij was voor Bella van haar oom Dave. (Dat is volgens mij een broer van Jake.) Hij schijnt op vakantie te zijn in Tasmanië. Wat een toeval. In de kaart belooft hij dat hij een Tasmaanse tijger voor Bella zal meenemen.

*

De filosofische overpeinzingen van Scarlett Mackenzie
Vrijdagmiddag

Succes, oom Dave. Voor zover ik weet zijn ze uitgestorven.

*

De filosofische overpeinzingen van Scarlett Mackenzie
Vrijdagmiddag

Wie stuurt er in godsnaam een kaart naar een kind van vier?

*

De filosofische overpeinzingen van Scarlett Mackenzie
Vrijdagmiddag

Ik sla een beetje door.

Zal wel met de teleurstelling te maken hebben, gecombineerd met ergernis over mijn vergissing. Ik bedoel, wie leest er nou 'Scarlett' als er 'Bella' staat? Wie leest er nou 'oom Dave' en ziet 'papa'? *Waarom dacht ik dat die kaart voor mij was?!*

Ik denk dat ik gewoon naar die kaart heb gekeken en heb gezien wat ik wilde zien.

*

De filosofische overpeinzingen van Scarlett Mackenzie
Vrijdagmiddag

Schaam me dood dat ik die kaart al de hele dag op mijn kamer heb. Denk steeds stomme dingen, zoals: *Ik ben jarig vandaag! Waarom moet Bella nou een kaart krijgen?* Probeer steeds uit mijn bed te komen om naar beneden te gaan, maar kan niet ophouden met huilen.

*

Nachtelijke overpeinzingen van Scarlett Mackenzie
Vrijdag, 23.00 uur

Nou, het is voorbij.

Mijn verjaardagsdiner zit erop...

Ik heb alle gasten uitgezwaaid en Jake geholpen met de vaatwasser inruimen. Tante Veronica ging meteen naar bed – uitgeput. Ik denk dat je sneller moe wordt als je zwanger bent.

Het was leuk. Mama kwam aan met een enorme bos heliumballonnen. Anthony en Sam hadden hun videocamera bij zich en lieten Ernst en mij filmscènetjes improviseren met Bella's speelgoed. Bella was trots dat haar speelgoed op de film kwam.

Ik heb ook hartstikke leuke cadeautjes gekregen – onder andere een voorgebleekte spijkerbroek met rafels, die je laag op je heupen moet dragen! En hoge zwarte laarzen! En een jack en een paar truien, die ik mooi kan dragen als we naar de bergen gaan.

Ik deed eerst of ik geschokt was door al die 'modieuze' kleren, maar toen paste ik ze aan en ik paradeerde ermee door de keuken en iedereen riep dat ik er fantastisch uitzag en ik dacht stiekem: misschien zie ik er wel... ik weet niet... *cool* uit???

Maar toen ging de telefoon en ik rende meteen weg om hem op te nemen, maar het was mijn vader niet. Het was Maureen van de boekwinkel. Ze zei dat het haar erg speet, maar dat ze me niet langer in dienst kon houden, en dat ze eigenlijk eerst goed naar haar omzet had moeten kijken voor ze me aannam. *Inderdaad*, dacht ik bitter. Ze beloofde dat ze me zou bellen zodra ze genoeg geld had om me weer aan te nemen. Toen, helemaal aan het eind van het gesprek, zei ze op achteloze toon dat de reservesleutel, die achter de toonbank hing, nog steeds zoek was.

'O ja?' zei ik. 'Wat erg!'

En toen hing ik op.

Volgens mij verdacht ze mij van diefstal! Ik wed dat het niets te maken heeft met haar omzet! Ik wed dat ze degene gaat aannemen die ik in haar notitieboekje zag staan – ze keek zo verschrikt toen ik het op de grond zag liggen. Markus Pulie. Ik herinner me die naam nog goed. Maar hoe komt ze erbij om *mij* te verdenken van het stelen van een sleutel!

Hoe dan ook, dit alles spookte door mijn hoofd toen ik bij de tafel terugkwam. De anderen wachtten geduldig en ik legde uit dat ik mijn baantje kwijt was.

'Op je verjaardag!' riepen ze verontwaardigd en vol medeleven uit.

Ik sprak niet over de ontbrekende sleutel. Hij zit nog steeds aan mijn sleutelhanger met de zeester.

Ik was wel blij met hun verontwaardiging en ik vertelde vrolijk dat ik intussen *al* mijn baantjes kwijt was – en toen werd het weer een leuke avond.

Halverwege het toetje met chocolademousse zei oom Jake het woord 'coïncidentie'.

Hij sprak het uit zoals hij dat altijd doet: 'co-inky-dentie'.

En plotseling was ik ervan *overtuigd* dat hij op het punt stond om 'Cincinnati' te zeggen en dat hij het dan zou uitspreken als: Cinky-natty.

Ik was DOODSBANG omdat ik wist dat dat mijn woord, Finnegans woord, voorgoed zou bederven.

(Ik had geen enkele reden om te denken dat hij Cincinnati zou gaan zeggen. Ik was er gewoon opeens van overtuigd dat hij het zou doen.)

Ik vermoed dat ik er erg bleek en ontsteld uitzag, want plotseling vroeg iedereen: 'Wat is er aan de hand, Scarlett?'

En ze drongen erg aan, van: 'Wat is er trouwens *de laatste tijd* met je aan de hand?' Ze keken elkaar allemaal aan en ze waren het erover eens dat ik de laatste tijd vreemd doe. En Ernst von Schmerz, de verrader, vertelde dat hij me nooit meer op school ziet en *mama* zei dat de school haar had gebeld om te zeggen dat ik lessen verzuim en *Anthony* zei dat hij me een beetje vreemd vond toen hij me laatst sprak in de stad, enzovoort, enzovoort.

Zelfs Bella bemoeide zich ermee en zei dat ik de laatste tijd veel met haar eten zat te spelen. Daarop werd het even stil. Bella legde uit dat ze haar plastic picnic-eten bedoelde. *Ik* dacht dat we samen hadden zitten spelen.

Ze vroegen ook naar mijn gezondheid en zeiden dat ze niet begrepen waarom ik steeds niet naar de dokter ga, en mama begon bijna te huilen.

Het leek wel een hinderlaag!

Het leek wel zo'n *interventie* die ze doen als ze mensen van de drugs af proberen te krijgen!!!

Ze kalmeerden pas toen ik beloofde dat ik naar de dokter zou gaan zodra ik uit de Blue Mountains terug was.

Maar daarna was de stemming anders.

En ik keek steeds naar de telefoon, in de hoop dat mijn vader zou bellen.

En nu is het al over elven 's avonds en is er minder dan een uur van mijn verjaardag over.

Eerlijk gezegd begin ik er genoeg van te krijgen om dingen verkeerd te begrijpen. Toen het de eerste keer gebeurde, in het kantoor van de advocaat, dacht ik: *nou, dat is een goede les.* Maar nu heb ik wel genoeg lesjes gehad. Eleanora die een eenzame vrouw blijkt te zijn, met een baby. En papa die vanmorgen niet bleek te bellen en die me niet die kaart bleek te hebben gestuurd –

Hé, daar krijg ik een e-mail binnen – ik zal maar nergens op rekenen...

Ha! Hij is van mijn vader! Hij heeft het toch nog gered, precies op tijd...

Ik ga zijn felicitatiemail lezen en dan ga ik naar bed.

*

AAN: scarlett.mackenzie@ashbury.com.au
VAN: mackenziepaul@mackenzieenterprises.com.au
VERZONDEN: Vrijdag, 23.20 uur
ONDERWERP: Je mail

Hoi Scarlett,

Een paar weken geleden ontving ik rond deze tijd een e-mail van je. Misschien herinner je je nog dat je schreef dat Anthony beneden in de gang wasgoed stond te sorteren.

Het grappige is dat Anthony me precies op dat moment opbelde om even gedag te zeggen – hij beweerde dat hij op een feestje was bij Sam thuis en dat hij de hele dag nog niet thuis was geweest.

Daar zat ik niet zo mee – ik dacht dat je je gewoon vergist had – maar het zette me wel aan het denken.

Vandaag kwam ik eindelijk van Tas. terug naar Sydney & reed niet meteen naar huis. Kwam langs die toneelschool waar Anthony naartoe wilde en besloot er in een opwelling naar binnen te lopen – en wat denk je? Hij staat daar ingeschreven. En raad eens wie het schoolgeld betaalt? Je moeder. Herinnerde me dat Sams ouders naar de stad zijn verhuisd om dichter bij die school te zitten – dus toen ik thuiskwam, heb ik naar hun huis gebeld en met Sams ouders gesproken. En toen kwam de waarheid uit.

Het blijkt dat je broer niet samen met jou bij je tante V. woont, Scarlett. Hij woont bij zijn vriend Sam en gaat naar de school die ik hem verboden had.

Ik zal het hier met je moeder over hebben als ze komt. Ze was er niet toen ik thuiskwam. Volgens mij hoor ik nu haar auto...

Maar ik wilde jou meteen duidelijk maken –

Het is erg genoeg dat je moeder en Anthony me hebben bedrogen.

Maar van mijn Scarlett had ik dat nooit verwacht.

Papa

DEEL

7

Mijn buddydagboek
Door Scarlett Mackenzie

Vrijdag, 23.30 uur. Mijn verjaardag
  Ik heb net iets opmerkelijks gedaan.
  Ik heb Finnegan Blonde gebeld.

Ik wist niet wat ik anders moest doen.
  Sinds onze eerste buddy-bijeenkomst heb ik zijn nummer in mijn mobiel staan. Ik drukte de toets in. Ik hield mijn mobiel stijf tegen mijn oor. Bij het horen van zijn stem leek het alsof ik door de kamer werd geslingerd.
  Maar het was alleen zijn voicemail.
  Ik sprak de volgende boodschap in:
  'Hallo. Dit is Scarlett Mackenzie. Ik hoop dat ik niet stoor. Ik bel je overeenkomstig het Buddyplan. Ik wil graag een afspraak met je maken. Oké. Bedankt.'
  Toen drukte ik hem uit.

31

Uit het bestand met uitgetypte gesprekken van Scarlett Mackenzie
<u>Vrijdagavond, erg laat – nee, ik denk eigenlijk zaterdagmorgen,</u>
<u>erg vroeg</u>

1.45 uur in de nacht van mijn verjaardag.

Ik ben in een nachtclub.

Ik zit aan een ronde tafel, die wiebelt als ik typ. De tafel staat op een balkon, vlak boven het podium. Hiervandaan hebben we naar een optreden van een band gekeken – die is nu verdwenen.

De muziek was een openbaring – ik voelde het geluid door mijn hele lichaam trillen. Volgens mij heb ik zitten swingen en springen in mijn stoel – ik wenste bijna dat we ervoor hadden gekozen om beneden tussen het publiek te gaan staan, in plaats van veilig hierboven te gaan zitten, aan een tafeltje. Maar ik kon hiervandaan de band toch goed zien. Ik zag het zweet langs de wangen van de lead-zanger lopen. Ik zag een in het zwart geklede man met een baard in de schaduw achter het podium staan. Ik vroeg me af: waarom staat hij daar? En toen was de leadzanger klaar met een song en tilde hij de gitaar van zijn schouder. De man met de baard kwam uit de schaduw naar voren, pakte het instrument aan en bood de leadzanger in plaats daarvan een akoestische gitaar aan. De zanger nam hem aan. Hij sloeg de band over zijn schouder en probeerde hem uit. De drummer sloeg zijn stokjes tegen elkaar om het volgende nummer in te leiden.

De stoel naast me is leeg. Finnegan is iets te drinken halen.

Beneden hoor ik de stemmen van achterblijvers die de nachtclub uit lopen. Ze lopen door het fel witte licht, overal liggen verkreukelde kartonnen bekertjes en sigarettenpeuken – de zaal is nu bijna leeg – maar kijk, het zijn de drummer en de basgitarist! – ze staan sigaretten te roken (teleurstellend).

Drummer: We oefenen iedere week en geen enkele keer is iedereen –

Basgitarist: Op tijd. Ik weet het.

Drummer: Ja, dat ook, maar ik bedoel, ze hebben iedere week zo'n houding van – Het is gewoon – het is net of het verschil tussen de band en al het andere gewoon – Er is gewoon geen verschil. Het is net als het gewone leven.

Basgitarist: Precies. Je moet het leven nemen zoals het is. Het is net als wanneer Zoe erbij is en ze geeft met haar zang niet duidelijk aan waar we naartoe gaan, weet je wel? Dan denk ik van, tja – je weet wel. Net als met Michael, ik vind van: *je moet het uit je hoofd weten, man. Je gaat niet van papier spelen.* Michael dus, bedoel ik. Ik vind van – tja, weet je, je moet een keus maken. Iedere dag. Het moet niet zo duidelijk zichtbaar zijn, zeg maar.

Nachtelijke overpeinzingen van Scarlett Mackenzie
Zaterdag, 3.00 uur

Weer thuis van de nachtclub. Geloof nooit dat ik kan slapen.
  Mijn oren suizen nog na van de muziek.
  Vreemde, onverwachte avond!

Dit is wat er is gebeurd: ik sprak een boodschap in op Finnegans
antwoordapparaat. Zodra ik dat had gedaan, voelde ik een golf van
opluchting door me heen gaan, alsof ik op de een of andere manier
alles had opgelost.

  Toen ik papa's e-mail gelezen had, voelde ik mijn gezicht vanbinnen bevriezen. Ik voelde me zo wanhopig, dat ik helemaal in
paniek raakte. Dus belde ik Finnegan, schreef een paar regels in
mijn buddydagboek en ging rustig op mijn bed zitten.

  Toen wilde ik mezelf bijna onmiddellijk doodschieten. Ik was
niet meer bevroren, ik brandde gewoon van ontzetting. *Wat had
ik gedaan?*

  Ik had Finnegan Blonde gebeld! Om 23.30 uur! Hij zou mijn
boodschap afluisteren en denken: *we zien elkaar morgen toch in
de Blue Mountains? Waarom belt ze me nu? Waarom wacht ze niet
tot morgen om met me te praten, als een normaal mens?*

  Maar, voerde ik aan om mezelf te verdedigen, wat kon ik anders
doen? Mijn wereld was ingestort. Ik kon moeilijk mijn ouders bel-

len – die zouden elkaar verwijten gaan maken, en dan zou ik alles alleen nog maar erger maken. Ik kon Anthony niet bellen – het was al te laat en ik wilde Sams familie niet wakker maken. Veronica en Jake sliepen al. *Ik moest met iemand praten.*

En Finnegan had gezegd dat hij hield van de nacht! Hij had gezegd dat hij het leuk vond om hele nachten wakker te blijven!

Maar iedere nacht?

Hij lag waarschijnlijk al te slapen toen ik belde! Want we zouden morgen vroeg naar de bergen gaan! Ik had hem waarschijnlijk gewekt uit een leuke droom! En nu zat hij waarschijnlijk naar zijn telefoon te staren en dacht hij bij zichzelf: *wie belde daar nou? Wie heeft in godsnaam die boodschap ingesproken? Ik ga hem vermoorden.*

Ik zat me net af te vragen of je een telefoonbedrijf kon bellen om een voicemailbericht uit iemand anders telefoon te laten verwijderen, toen mijn telefoon ging.

Het was Finnegan.

'Wil je me nú spreken?' vroeg hij.

Ik was zo verbaasd dat ik niets terug zei.

'Ik rijd nu op de Gilbert Road. Ben zo bij de stoplichten van de Old Northern Road. Is dat ver bij jou vandaan?'

Ik schudde langzaam mijn hoofd, hoewel hij me niet kon zien.

Toen vertelde ik hem hoe hij moest rijden. Ik had mijn nieuwe kleren nog steeds aan en ik was blij dat ik mijn haar nog niet had losgemaakt. Ik hing mijn laptop over mijn schouder, glipte de achterdeur uit en stond even later in mijn eentje te bibberen in de koude, donkere straat.

Er kwam een klein, wit autootje aanrijden.

En daar was Finnegan Blonde. Hij leunde opzij om het portier voor me open te maken. Hij zette grote ogen op toen hij mijn laptop zag, toen krulde zijn mondhoek omhoog in een glimlach. Ik neem mijn laptop natuurlijk overal mee naartoe. Ik voel me verloren als ik hem niet bij me heb.

Ik had moeite met de autogordel en Finnegan keek even opzij terwijl hij optrok. Ik raakte in paniek: hij keek naar me en zag me stuntelen met de autogordel! Ik hapte naar adem, rukte weer aan de gordel en duwde hem in de sluiting. Opluchting.

Toen begon hij onder het rijden op lage, nonchalante toon te praten – iets over de stoplichten in de buurt, over een buidelrat die hij net langs een hek had zien rennen, over de band waar we naartoe gingen, over de man die de club runde en die hij kende – hij keek af en toe opzij terwijl hij praatte, en tegelijkertijd *reed* hij. Hij draaide aan het stuur, schakelde van de ene versnelling naar de andere, zette zijn richtingaanwijzer aan – alles!

Autorijden! Was hij al oud genoeg om zo goed te kunnen autorijden? Ik had geen L-platen op de auto gezien. Moest ik hem eraan herinneren dat het strafbaar is om geen L-platen op je auto te hebben als je nog geen jaar je rijbewijs hebt? Ik besloot daarvan af te zien.

Ik had de indruk dat hij praatte om me te helpen ontspannen.

Ik besefte dat ik er waarschijnlijk zenuwachtig uitzag.

Om de een of andere reden zat ik met kaarsrechte rug, zonder de stoelleuning aan te raken. Alsof ik bang was mijn rug vies te maken. Ook hield ik mijn kin op een bepaalde manier omhoog terwijl ik naar buiten keek – alsof ik gefascineerd was door de toppen van de telegraafpalen.

Ik wist dat ik er waarschijnlijk vreemd uitzag, maar het lukte me toch niet om me te ontspannen.

'Mm,' zei ik af en toe, in antwoord op Finnegans woorden (terwijl ik nog steeds uit het raam tuurde).

Uiteindelijk hield hij op met praten en reden we een poosje zwijgend verder. Mijn tanden begonnen te klapperen van de kou.

Het geklapper was door de hele auto te horen.

Finnegan keek weer opzij.

Zijn gezicht stond bezorgd en een beetje verward.

'Wil je –' begon hij, maar toen veranderde hij van gedachten. 'Je kunt het raampje dichtdoen als je wilt.'

'Nee, nee,' bibberde ik. 'Het gaat wel.'

Maar ik had het ijskoud.

Even later draaide ik heel zachtjes het raampje dicht.

Daarna zette Finnegan gul de verwarming aan. Ik denk dat je de uitdrukking op zijn gezicht het beste kunt beschrijven als 'ontsteld'.

Toen mijn lichaam wat opwarmde, lukte het me om me een beetje te ontspannen en mijn tanden hielden langzaam op met klapperen.

Finnegan zette wat muziek op.

'Dit is de band waar we naartoe gaan,' zei hij, terwijl hij naar de cd-speler wees. 'Dit is hun demo-cd. Ik reisde ze in Queensland zo'n beetje overal achterna.'

Pas toen drong tot me door wat hij al eerder had gezegd – we gingen naar *een band*. In een *club*. Midden in de *nacht*.

Ik staarde hem vol verwondering aan.

Maar het was gemakkelijk.

Ik ging naar een nachtclub om naar een band te kijken. En het was gemakkelijk!

Nou ja, het hielp denk ik wel mee dat Finnegan de manager kende. We gingen niet via de hoofdingang naar binnen, waar zich een hele menigte had verzameld en waar we waarschijnlijk een identiteitsbewijs hadden moeten laten zien. Ik had daar van tevoren een fatalistisch gevoel over. Ik had besloten om langzaam mijn schouders op te halen, mijn handen geopend naar voren te steken en te zeggen: 'Jullie hebben me te pakken. Ik heb geen ID. En weet je waarom niet? Ik ben nog geen achttien.' Ik vroeg me af of meteen de politie erbij zou worden gehaald. Of dat Finnegan en ik ons op onze hakken zouden omdraaien, naar zijn auto zouden sprinten en dan maar naar een veilige, goed verlichte plek zouden gaan, zoals de McDonald's. Misschien moesten we in de badkamer ons haar verven en overjassen aantrekken! Een woeste tocht ondernemen naar Queensland!

Finnegan liep echter met me naar de zijingang van de club, waar een louche uitziende kerel ons binnenliet.

We belandden tussen een aangroeiende menigte op de dansvloer voor het podium.

Finnegan was beleefd.

'Iets drinken?' vroeg hij.

Ik schudde snel in paniek mijn hoofd. Iets *drinken*?! Dat meende hij toch niet?!

'Zullen we op het balkon gaan zitten?' stelde hij voor. 'Dan kunnen we praten.'

Dit keer knikte ik koeltjes.

Er stonden maar drie of vier tafeltjes op een rij op het balkon en we waren alleen. Het was daar veel rustiger. Mijn hart begon te bonzen. Ik had nauwelijks een woord gezegd sinds ik bij hem in de auto was gestapt – maar nu verwachtte hij natuurlijk dat ik ging praten.

'De band begint pas over een halfuur,' legde Finnegan uit, terwijl hij met zijn ellebogen op de tafel leunde. Het blad begon hevig te wiebelen, waarop hij zijn ellebogen ervanaf haalde en met de tafel begon te schuiven. 'En, hoe is het ermee?' vroeg hij, terwijl hij daarmee bezig was.

Hij gaf me de gelegenheid om te praten!

Meteen leek het belachelijk.

Dat ik hem midden in de nacht had gebeld om een familiekwestie te bespreken!

Was ik gek geworden?

Ik voelde me helemaal slap worden van ontzetting, maar toen: een flits van inspiratie.

'Ik heb je voor deze bijeenkomst uitgenodigd,' begon ik (blij met mijn formele toon), 'omdat ik me zorgen maak over sommige leden van onze VOS-groep.'

Hij trok zijn wenkbrauwen op, leunde achterover en staarde me aan. Ik meende een vaag lachje bij zijn mondhoeken te zien.

'Zoals je ongetwijfeld weet,' zei ik, 'hebben Sergio en Elizabeth... hebben ze iets met elkaar. Maar eerder deze week zag ik vanuit de bibliotheek in Castle Hill duidelijk Sergio samen met *Astrid* – en ze gedroegen zich... ze gedroegen zich alsof – *zij* iets met elkaar hadden.'

Weer Finnegans wenkbrauwen. Maar hij leunde ernstig naar voren.

'Denk je dat Sergio Liz bedriegt?'

We bespraken het onderwerp enige tijd, dat wil zeggen, ik zette uiteen hoe ik dacht over bedriegen en vreemdgaan, over de mate waarin dit verschijnsel zich voordoet op school, over de verantwoordelijkheid van de partij die het waarneemt en over mijn geschoktheid bij het zien van Sergio en Astrid – en Finnegan leek alles wat ik zei te accepteren.

Toen hield hij zijn hoofd schuin, keek me aan en zei: 'Weet je zeker dat Sergio en Liz iets met elkaar hebben? Ik weet dat ze bevriend zijn, maar ik dacht dat ik gehoord had dat Liz iets had met een knul van het Brookfield.'

Nu staarde ik hem geschokt aan.

'Een poosje geleden dacht ik er zelf over om Liz mee uit te vragen,' legde hij uit. 'Maar toen hoorde ik dat van die knul van het Brookfield. Em heeft ook iemand van het Brookfield. Kennelijk halen meisjes van het Ashbury daar hun vriendjes vandaan.'

'Hebben Sergio en Elizabeth *niets* met elkaar?' fluisterde ik. 'Heb ik me daar *ook* al in vergist?! Hoeveel vergissingen kan iemand *maken*?!'

En toen, opeens, vertelde ik hem zomaar het verhaal van mijn dag.

Dat ik me de hele dag had lopen vergissen. Dat de telefoon ging en dat ik dacht dat het mijn vader was, maar dat het in werkelijkheid de pianolerares was, en later de eigenares van de boekwinkel om te zeggen dat ik mijn baan kwijt was; dat ik dacht dat ik een kaart had gekregen, terwijl die in werkelijkheid voor mijn nicht-je was. En *toen* vertelde ik hem dat ik een paar weken geleden de fout had begaan om papa in een e-mail te schrijven dat mijn broer beneden was, terwijl mijn broer hem op hetzelfde moment van de andere kant van de stad opbelde.

'Huh,' zei Finnegan, terwijl hij woest zijn wenkbrauwen fronste – met andere woorden, hij deed enorm zijn best om te begrijpen wat ik zei.

Ik vertelde hem het verhaal van Anthony. Hij schudde nu en dan snel met zijn hoofd, alsof hij zijn verwarring probeerde weg te schudden. Zijn gezicht stond ernstig. Het was alsof hij *wist* dat dit de echte reden was waarom ik hem gebeld had.

'Dus,' zei hij, terwijl hij met twee vingers op het tafelblad trommelde, 'dus je broer wilde naar een kunstacademie, en je moeder vond dat goed en wilde ook het schoolgeld betalen, maar je vader wilde hem *evengoed* niet laten gaan?'

'Precies,' zei ik. 'Precies, dus daarom –'

'Dus daarom besloten jullie allemaal te doen alsof je broer nog steeds samen met jou op het Ashbury zat en net als jij bij je tante Veronica woonde, terwijl hij in werkelijkheid bij zijn vriend Sam woont en samen met hem op die school zit?'

Wat een scherpe geest!

Om al die namen te onthouden!

Om meteen te begrijpen waar de problemen lagen!

Ik knikte vol ontzag.

'Waren jullie niet bang dat je vader jullie een keer bij je tante Veronica zou komen opzoeken om... ja, ik zeg maar iets... jullie ka-mers te komen bekijken?'

'Nou, nee, zie je, mijn vader is niet iemand die... die op visi-te komt... en hij zou nooit... ik kan me niet voorstellen dat hij zou vragen of hij onze kamers...'

'Dus jouw *vader*,' begon Finnegan langzaam, 'jouw *vader* is meer iemand die –'

Misschien zag hij paniek in mijn ogen, want hij ging er niet verder op door.

'Nou ja,' zei hij, 'ik vind in ieder geval dat jij nooit in deze situatie terecht had mogen komen. Het is niet eerlijk.' En hij keek echt kwaad!

Maar hij werd bijna meteen weer rustig en zei: 'Ik wed dat het allemaal een stuk beter zal worden nu alles is uitgekomen. En ik wed dat je vader het je meteen vergeeft. Wat moest je anders? Als je het hem had verteld, had je je broer verraden. Wil hij een verraadster als dochter? Bovendien is het drie tegen één.'

Hij schonk me een betoverende glimlach.

'Morgen gaan we naar de bergen,' zei hij nadenkend, 'dus dat is goed. Dan ben je de stad uit terwijl je familie dit verder uitzoekt, en tegen de tijd dat je terugkomt, is alles bijgelegd. Nu je broer daar toch eenmaal op school zit, zal je vader zich daar wel bij neerleggen. En hij zal heus wel begrijpen waarom je je broer in bescherming hebt genomen. Je had geen keus.'

Ik was daar niet zo van overtuigd.

'Nou,' zei ik, 'ik ben vandaag jarig, of eigenlijk is mijn verjaardag al voorbij, want het is over twaalven. Maar ik was vandaag jarig en papa heeft me niet eens gefeliciteerd! Zo kwaad was hij op me. Tenzij hij er gewoon niet aan heeft gedacht.'

Finnegan ademde hoorbaar in en liet zich op zijn ellebogen op de tafel vallen, zodat hij dichter naar me toe leunde. 'Je bent jarig vandaag,' zei hij. Ik denk dat zijn stem teder klonk. Ik had moeite me te concentreren op zijn toon: zijn gezicht was zo dicht bij het mijne.

'Nou, niet echt. Niet meer.'

'Je bent nog steeds jarig,' hield hij vol. 'Je bent jarig tot je in slaap valt.' Hij leunde achterover in zijn stoel. 'Gefeliciteerd.'

Ik voelde me vreselijk opgelaten.

Ik dacht: *genoeg over mij! Ik moet naar hem vragen!*

Wat heeft hij voor interesses? Moet ik vragen naar zijn oude woonplaats in Queensland? Naar dat nichtje waar hij als kind mee speelde? Hoe dat nichtje vorig jaar is overleden? Zijn familie? Broers of zussen? Wat hij vond van het Ashbury, vergeleken bij zijn oude school?

'Is het niet verbazingwekkend,' zei ik, 'dat de stad Cincinnati is gebouwd op een fundament van varkens?'

Op dat moment dimden de lichten en kwam de band het podium op rennen.

Het gebeurde toen het optreden was afgelopen.

Eerst ging Finnegan iets te drinken halen – ik had iemand aan een ander tafeltje met cola gezien, dus toen begreep ik dat je ook frisdrank mocht nemen. Ik wist niet wat ik moest doen terwijl ik op hem zat te wachten, dus opende ik mijn laptop en begon ik uit te typen wat er om me heen gebeurde.

Ik zat zo druk te typen dat ik Finnegan niet hoorde terugkomen.

Ik had niet in de gaten dat hij achter me stond.

Dat wil zeggen, ik had dat niet in de gaten, tot er twee glazen op de tafel werden gezet – *en ik twee handen in mijn haar voelde.*

Ik draag mijn haar in strakke vlechten, die aan weerszijden van mijn hoofd zitten vastgespeld.

Als ik helemaal eerlijk ben, zaten Finnegans handen niet echt in mijn haar. Maar ze haalden wel heel langzaam de spelden uit mijn vlechten.

Ik wist niet wat ik moest doen.

Ik bleef heel stil zitten, zonder iets te zeggen.

Zijn vingers gingen rustig hun gang. Ze trokken een voor een de spelden eruit en gooiden ze op de tafel. Toen begon hij mijn vlechten los te maken.

Na een poosje begon hij te praten. 'Wat zit je altijd te schrijven op dat ding?' vroeg hij. Hij doelde op mijn laptop.

Ik legde uit dat ik graag gesprekken uittyp – gesprekken van mensen om me heen.

'Dus dat doe je,' zei hij, 'als je op die stoel bij de bibliotheek zit?'

Ik knikte. Dat had ik niet moeten doen, want een van zijn vingers zat vast in mijn haar. Hij verontschuldigde zich dat hij aan mijn haar had getrokken en ik ging weer stil zitten.

'Ik vraag me af waarom je zo graag in de schaduw zit,' zei hij even later. 'Is dat omdat je je liever afzijdig houdt, om naar andere mensen te kijken?'

Ik wist niet wat ik moest zeggen, dus trok ik mijn ene schouder op.

Hij vroeg: 'En als je op die stoel zit, hoor je dan wel eens iets verrassends?'

Ik dacht er even over om hem te vertellen over de vervangende leerkrachten die later computerprogrammeurs bleken te zijn en hoe nutteloos ik me had gevoeld bij die advocaat, maar ik besloot dat ik hem al genoeg had lastiggevallen met de vergissingen in mijn leven, dus haalde ik mijn andere schouder op.

Toen schudde hij met zijn beide handen mijn haar uit en ik voelde hoe zijn vingers even langs mijn nek streken. Toen ging hij aan tafel zitten.

Toen mijn nek, mijn gezicht en mijn hart weer tot rust waren gekomen, drong het tot me door dat mijn gezicht vreemd aanvoelde.

Mijn haar viel langs mijn wangen. Ik voelde het achter in mijn nek. Ik draag mijn haar nooit los! Alleen in bed!

'Ik hoop dat je het niet erg vindt dat ik dat heb gedaan.' Hij knikte met zijn kin naar mijn haar. 'Ik dacht alleen – omdat je vandaag jarig bent, wil je misschien –' Hij glimlachte. 'Kijk toch eens naar die kleur,' zei hij. 'Als je het in vlechten boven op je hoofd draagt, zoals jij altijd doet, kun je niet zien dat er rood in je haar zit.' Hij stak zijn hand uit, pakte een streng van mijn haar, wond hem om zijn vinger en liet hem weer terugspringen.

Mijn haar heeft een natuurlijke slag en het had de hele dag ingevlochten gezeten. Vandaar de krullen.

'Krullen,' probeerde ik, met vreemd verstikte stem. 'Een ander woord voor krul is cincinnus. Mooi woord, vind je niet, cincinnus?

Net als cinema. Of cineraria. Huh, dat is grappig! Het lijkt heel erg op Cincinnati! Vreemd, hè, dat van Cincinnati en die varkens. Ik bedoel, dat varkensvlees de belangrijkste industrie was van Cincinnati. Later gingen ze het varkensvet gebruiken om kaarsen en zeep van te maken, zodat kaarsen en zeep hun –'

'Wat is dat toch met jou en Cincinnati?' zei Finnegan.

Hij pakte weer een krul en ik was met stomheid geslagen.

En nu ben ik dus weer thuis.

Op de terugweg luisterden we naar muziek en Finnegan vroeg welke nummers ik vanavond het mooiste vond. Ik vertelde dat één nummer me deed denken aan Händels *Ouverture voor Joshua*. Ik vroeg me onmiddellijk af wat me mankeerde om dit te zeggen, maar Finnegan begreep wat ik bedoelde! Het blijkt dat hij buitengewoon muzikaal is, drie instrumenten bespeelt (piano, gitaar en trompet) en dat hij graag recensies zou willen schrijven voor muziektijdschriften.

Toen had ik de moed om te vragen: 'Eh... en je nichtje, was die ook muzikaal?'

Hij trok niet zijn wenkbrauwen op en hij maakte geen gemene opmerking zoals 'Welk nichtje?', zodat ik hem had moeten herinneren aan wat hij tijdens de VOS-bijeenkomst in het park had verteld. Hij begon gewoon te vertellen dat zijn nichtje een paar jaar ouder was dan hij en dat zij de eerste was die hem had meegenomen naar clubs om naar bands te kijken. Maar ze was gek op techno en gebruikte drugs en hij maakte zich zorgen om haar. Zij zei dan altijd dat hij een pilletje moest nemen om te relaxen en daar werd hij dan pissig om, maar verder bleef ze gewoon zichzelf. Ze was naar Sydney verhuisd om een jaar te gaan werken voor ze naar de universiteit zou gaan. Ze had een baan met computers en op een dag, toen ze op de fiets van haar werk naar huis reed, werd ze geschept door een auto en was ze dood.

Ik vroeg: 'Was die automobilist dronken?'

'Nou,' antwoordde Finnegan, 'hij is doorgereden. En ze hebben hem nooit gevonden.'

Toen ik dat hoorde, werd ik toch zó woedend. Dat iemand zomaar kon doorrijden nadat hij iemand had aangereden. Ik begon bijna te schreeuwen. En hoe kwader ik werd, hoe meer hij zijn schouders ontspande en hoe losser hij het stuur vasthield. Dus toen werd ik pas echt woedend en ik raasde en tierde, tot hij mijn hand aanraakte. (Hij raakte de middelste knokkel van mijn rechterhand aan.)

Toen zei ik 'sorry', omdat ik zo tekeer was gegaan, maar ik bedoelde sorry voor alles: voor zijn nichtje en voor alles wat verkeerd gaat in de wereld.

Daarna zaten we zwijgend naast elkaar, tot we mijn straat in reden.

'Nog een fijne verjaardag,' riep hij, terwijl ik het portier dichtdeed. 'En denk eraan: je bent jarig tot je in slaap valt.'

Toch denk ik dat ik beter nog maar even kan gaan slapen.

Het is 4.00 uur. Over precies drie uur moet ik in de trein zitten naar de Blue Mountains.

Het is nu 5.00 uur en ik ben nog steeds jarig.

Er is net iets verbazingwekkends gebeurd.

Ik lag in bed naar het plafond te staren en na te denken over alles wat er de afgelopen nacht was gebeurd. Het was net of ik langzaam door een wirwar van spinnenwebben liep, met mijn handen voor me uit om mezelf te beschermen, want ik dacht aan alles wat ik had gezegd en gedaan, en alle gênante dingen waren spinnen. De spinnen die ik vond, zetten hun giftanden in mijn hart, zodat ik een poosje lag te kronkelen van de pijn, maar ik probeerde ze steeds weer van me af te vegen en door te lopen.

Een toen zag ik Finnegan achter me staan, die mijn haar losmaakte, en bij dat beeld bleef ik wat langer stilstaan, want het was net alsof zijn vingers de spinnenwebben voor me weghaalden en zachtjes zeiden: *Zie je wel, je hoeft nergens bang voor te zijn.*

Maar toen zijn vingers langs mijn nek streken, was het alsof hij een brandende lucifer bij een stapel droge bladeren hield.

Ik liet dit beeld steeds terugkomen, zodat ik erbij in slaap kon vallen

Ik herinnerde me dat hij zich erover had verbaasd dat ik zo graag in mijn schaduwstoel zit. *'Is dat omdat je je liever afzijdig houdt?'* had hij gevraagd. *'Om naar andere mensen te kijken?'* Maar zijn stem klonk bijna bewonderend, alsof dat iets is wat de wereld nodig heeft: mensen die kijken. Ik dacht aan de verbazingwekkende dingen die ik vanuit mijn schaduwstoel hoor, zoals de twee computerprogrammeurs die voorbij kwamen, en ik dacht aan mezelf, hoe ik gesprekken uittyp–

Zo ging het precies.

Ik dacht aan mezelf, hoe ik gesprekken uittyp–. Het woord 'uittypte' stopte halverwege.

Want ik zat opeens rechtop in mijn bed en ik dacht: Zat ik gesprekken uit te typen toen die twee vrouwen voorbijkwamen?

En meteen dacht ik: ja!

Ik sprong uit bed, deed niet eens het licht aan, maar ging in het maanlicht achter mijn bureau zitten. Ik opende mijn bestand met uitgetypte gesprekken, zocht de juiste periode op en begon de tekst door te lopen.

En daar was hij.

Ik blijk de uitgetypte tekst van het gesprek te hebben.

Uit het bestand met uitgetypte gesprekken van Scarlett Mackenzie
Vrijdag

15.55 uur: Nog steeds in mijn schaduwstoel. Er komen twee jonge vervangende leerkrachten aanlopen, de een roodharig, de andere blond. Ze praten met stemverheffing en hun zinnen tuimelen door elkaar – ze spreken slechts in halve zinnen.

Roodharige: – Edna Lbagennif, ik bedoel, wat is dat nou voor wacht – maar kom nou toch, waar ben je nou mee bezig? Je moet –

Blonde: Heel fijn. Ik bedoel ver..., lekker dan. En jij wist dit allem–

Roodharige: Wat ben je toch ongelofelijk – Dit heeft niks te maken met –

Blonde: Maar je wist het, ik bedoel, met die verborgen log-in – ze kan wel van alles doen –

Roodharige: Doe niet zo idi– alsof ze – het is gewoon voor onderhou– Ik bedoel, ik begin zo langzamerhand te denken dat jij – ik zal het moeten vertellen aan meneer –

(De blonde heeft de roodharige een KLAP *gegeven!!! Ik ga ernaartoe!!)*

Nachtelijke overpeinzingen van Scarlett Mackenzie
Katoomba, Blue Mountains, zaterdag 23.30 uur

Laat ik je vertellen hoe ik me op dit moment voel.

Ik heb een gevoel alsof ik de potloodaantekeningen uit mijn bladmuziek heb gegumd, omdat ik straks een piano-examen heb. Als ik naar de muziek kijk, zie ik dus iets bekends, maar tegelijkertijd iets *volkomen nieuws*. De bladzijden zijn schoner, witter, helderder dan eerst, het zwart van de noten glanst me tegemoet.

Ik zie mijn gezicht weerspiegeld in het grote raam met het weidse uitzicht: het ziet er helderder, vrolijker en frisser uit dan ooit.

Ik zou zachtjes willen huilen van geluk.

Het is 23.30 uur en we zitten in de woonkamer van Try's huis in de Blue Mountains.

Ik zit in een schommelstoel in de hoek. Sergio en Elizabeth zitten op hun knieën bij de open haard. Het vuur is bijna uit. Ze hebben het geprobeerd te redden door lucifers aan te steken, er papier bij te gooien en in het hout te porren – en nu zie ik dat ze hebben besloten om gewoon te blazen. Ze zitten naast elkaar te blazen en de kooltjes gloeien op.

Astrid ligt op de bank in de *People* te lezen – een zinderende Scarlett Johansson staat op het omslag. Op de bank aan de andere kant van de kamer ligt Emily plat op haar rug. Zij leest ook. Ze draait af en toe met haar polsen, waarschijnlijk omdat ze moe zijn van het boek omhooghouden. Emily en Astrid lezen allebei met een ingespannen frons op hun gezicht.

Toby en Briony zijn niets anders dan geluiden: klik-klak... klik-klak... klik-klak... KLIK 'Ah!'... 'Ha ha!' enzovoort. Ze zijn aan het tafeltennissen in de kamer hiernaast.

We kwamen vanmorgen al geeuwend op het Centraal Station aan en zeulden bepakt met kussens, rugzakken en slaapzakken over het perron.

Finnegan kwam naast me zitten in de trein.

Hij gedroeg zich alsof er niets vreemds was aan wat er de vorige avond was gebeurd. We praatten over de band. Ik deed mijn laptop open om hem het gesprek te laten lezen dat ik had uitgetypt – van de gitarist en de drummer die over de zin van het leven praatten. Finnegan begon te lachen en merkte op dat het geen gewone sigaretten waren die ze rookten. Ik lachte mee en deed net alsof ik wist wat hij bedoelde. We praatten over de regendruppels die traag langs het treinraam naar beneden gleden, en over Try's plannen om de hele dag in de natuur te gaan wandelen – en toen viel ik in slaap.

Ik had de vorige nacht maar een uur geslapen.

Toen ik dat bestand van de ruziënde computerprogrammeurs had gevonden, had ik het gevoel dat mijn bloedbaan in een stroomversnelling veranderde. Alsof mijn bloed kolkte en bruiste! Alsof piepkleine wildwaterkano's zich met gierende vaart door mijn armen naar beneden stortten!

Ik wilde meteen de advocaat spreken, hem om 5.30 uur wakker bellen. Ik vind het nog steeds onvoorstelbaar dat ik moet wachten tot maandag zijn kantoor open is. Ik verwacht natuurlijk niet dat hij iets aan die tekst zal hebben – ik heb niet de indruk dat het gesprek gaat over auteursrechten. (Ik geloof trouwens ook niet dat ze het hadden over een Poolse uitwisselingsstudent – ik kan *bijna* begrijpen hoe ik tot die overhaaste conclusie ben gekomen, maar eigenlijk valt niet te zeggen waar ze het over hadden. Al die halfaf-gemaakte zinnen – ze praatten door elkaar heen, zodat ik niet alles kon verstaan. En die naam was helemaal niet Pools! Edna is een Iers/Schotse naam. En ook een oudtestamentische naam, die in het Hebreeuws 'plezier' betekent.)

Toch zou ik die opgeblazen advocaat nu trots kunnen toespreken. Ik zou hem kunnen meedelen: 'Ik weet precies wat die vrouwen zeiden toen ze me die dag voorbijliepen.' *Precies*. (In ieder geval een deel van wat ze zeiden.)

Eindelijk zou ik worden geprezen. Ik zou alsnog een goede indruk maken en verdergaan.

Vandaar dat ik de vorige nacht maar een uur had geslapen.

Try's huis heeft enorme ramen en vandaag is daar alleen maar regen en mist door te zien. (Ze verzekert ons dat als de mist optrekt, je een prachtig uitzicht hebt over de steile berghellingen.) Binnen hangt een beetje boerse, maar gezellige sfeer. Het huis heeft een planken vloer en hier en daar liggen felgekleurde kleden op de grond.

Er is een overdekte veranda en Try, Astrid en Sergio hebben op de barbecue worstjes en hamburgers gebakken voor de lunch. Ik zat tijdens het eten tussen Sergio en Toby. Ze hadden het erover dat ik er zonder bril zo anders uitzie en ze probeerden de kleur van mijn ogen te bepalen. Ik zei steeds: 'Ze zijn gewoon donkerblauw,' maar zij schudden steeds hun hoofd en zeiden: 'Nee, dat is het niet.'

Na de lunch deden we onder leiding van Try een paar spelletjes, zoals onszelf in de knoop brengen en dan weer uit de knoop halen. Ook gingen we in een kring zitten en masseerden we de schouders van de persoon voor ons. (Ik wreef Emily's schouders en Toby masseerde de mijne. Zijn handen waren vast en stevig.)

Na het avondeten zei Try dat ze ons wat ruimte wilde geven. Wij moesten in een kring gaan zitten en om de beurt aan de groep vertellen hoe ons jaar tot nog toe was verlopen.

Maar ik liep zonder erbij na te denken met Try mee naar boven. Ik merkte dat ze in zichzelf neuriede en ik hoopte dat dat niet was omdat ze de rest van de avond van haar leerlingen was verlost. Hier liep ik, een leerling, achter haar. Ze stopte abrupt bij haar slaapkamerdeur en ik botste bijna tegen haar op. Ze gaf een gilletje van schrik.

'O, sorry', zei ik. 'Ik wilde je alleen iets vragen.'

'Natuurlijk!' Ze liep achteruit haar slaapkamer binnen, keek snel om zich heen en sprong toen op het bed. Ze ging in kleermakerszit midden op het bed zitten en zwaaide met haar beide handen dat ik dat ook moest doen. Maar ik bleef nerveus in de deuropening staan.

Ze wipte een beetje op en neer en het bed kraakte zachtjes. 'Wat kan ik voor je doen?!' riep ze uit. Haar accent deed me dit keer denken aan de mensen uit de Mid-West in *Fargo*.

'Het gaat over dat project dat ik in de vakantie voor je heb gedaan', legde ik uit. '*Scarlett Mackenzie: Een Leven*', weet je nog wel? Ik vroeg me af of je al tijd hebt gehad om... het te bekijken... en of je vond dat er iets... of je iets is opgevallen waar je over...'

'O!' Ze beet op haar lip. 'Nee, dat heb ik al *tijden* geleden gelezen! Het was fantastisch, Scarlett. Echt... nuttig. Ik ben zo veel over je te weten gekomen! Sorry, ik had iets tegen je moeten zeggen. Ik ben *hopeloos*! Je wilde... een *cijfer*? Ik ben toch zo'n verschrikkelijke lerares.' Ze kroop van het bed. 'Kijk, hier, ik heb het zelfs bij me!'

Haar blauwe mand stond op de toilettafel en ze haalde mijn (beetje gekreukte) Leven voor de dag.

'Ik ben hopeloos', herhaalde ze, terwijl ze het Leven in mijn handen drukte. 'Het spijt me heel erg, Scarlett.' Nu was ze ernstig. 'Ik had dit al veel eerder aan je terug moeten geven. Ga nu maar naar beneden, oké? Je VOS-groep zal je intussen wel missen.' Ze legde haar hand even op mijn arm en ze keek me aan – zag ik *tranen* in haar ogen? Ze keek neer op mijn handen en mijn afgebeten nagels met glitters.

'Je moet niet meer op je nagels bijten,' zei ze verstrooid en toen wendde ze zich af.

Beneden zaten de anderen onderuitgezakt op de banken in de woonkamer. Ze keken elkaar aan, misschien een beetje opgelaten omdat ze Try's instructies moesten opvolgen terwijl die zelf boven in haar kamer zat.

Ik ging op de grond zitten en legde mijn Leven naast me op het kleed. Ik was helemaal in de war: het was niet mijn bedoeling dat Try me een cijfer zou geven voor mijn Leven en ze hoefde het van mij ook niet terug te geven. Wat wilde ik dan wél van haar?

Toen zei Astrid: 'Oké, ik begin.' En dat deed ze. Ze had een akelig jaar, zei ze, door de scheiding van haar ouders. Ze had dit nog aan niemand verteld, maar haar vader was ervandoor gegaan terwijl hij haar moeder aan het helpen was met het ontharen van haar benen. Haar moeder lag op haar buik op het bed en haar vader zei: 'Ik ga de hars even opnieuw opwarmen op het fornuis. Hij is hard geworden.' En toen kwam hij niet meer terug, zeg maar.

Je kon zien dat sommigen hun lachen moesten inhouden.

Astrid zei dat ze twee mensen dankbaar was: Emily en Sergio, omdat ze dit jaar zulke goede vrienden voor haar waren geweest. Ze gaven haar, zeg maar, altijd een knuffel als ze daar behoefte aan had.

Bij die opmerking sloeg Emily haar armen om Astrid heen. Astrid begon te huilen en ik zag dat Finnegan zijn wenkbrauwen naar me optrok.

Hmm, dachten wij allebei, *gaf Sergio Astrid alleen maar een vriendschappelijke knuffel, toen ik ze samen zag in Castle Hill?*

Nadat Astrid was getroost, was Elizabeth aan de beurt. Zij zei dat ze ook blij was dat Sergio er was en dat hij een goede vriend voor haar was, want zij had erover lopen denken om het uit te maken met haar vriendje van het Brookfield, waar ze al twee jaar een relatie mee had. Maar hij scheen nooit te begrijpen dat ze tijd nodig heeft om te trainen; het was net of hij vond dat ze moest kiezen tussen hem en hardlopen. Maar ze hield echt van hem. Dus het was moeilijk. En nu had ze het eindelijk gedaan, gisteren had ze het uitgemaakt. Sergio keek verschrikt bij het horen van dit nieuws en ging dichter bij Elizabeth zitten.

Ik keek weer Finnegans kant op en hij gaf me een klein glimlachje. Ik glimlachte terug.

Ik had geen bedrog gezien in Castle Hill! Bovendien had Sergio helemaal niemand bedrogen, omdat het nog niet aan was tussen hem en Elizabeth! (Misschien binnenkort wel...)

Maar terwijl ik opgelucht lachte naar Finnegan, dacht ik: *hij ziet er moe uit.* En even later kondigde hij aan dat hij naar bed ging.

Ik vroeg me af of ik moest zeggen dat hij de hele nacht op was geweest, maar ik hield mijn mond.

Ik voelde een doffe teleurstelling bij Finnegans vertrek.

Maar tegelijkertijd was ik vreemd opgelucht.

We gingen verder de kring rond.

Toen ik aan de beurt was, gebeurde er iets heel vreemds.

Ik was van plan geweest om zoiets te zeggen als: 'Ik ben blij dat mijn ouders nog bij elkaar zijn en dat ik geen relatieproblemen heb. Mijn jaar is over het algemeen prima verlopen.' Daarna zou ik knikken naar Briony, naast me, ten teken dat zij aan de beurt was.

Dat knikje had ik al geoefend in mijn hoofd.

'Ik denk dat ik geluk heb,' begon ik. 'Ik bedoel, mijn ouders zijn nog bij elkaar – maar toch is het niet zo'n goed jaar geweest, want ik heb de auto van mijn oom in elkaar gereden en ik ben steeds ziek en ik denk dat ik dit jaar blijf zitten.'

Mijn hoofd probeerde mijn stem bij te houden. Wat had ik gezegd? Ik keek de groep rond, probeerde waardig te glimlachen en ik knikte naar Briony.

Maar Briony zei niets. Niemand zei iets. Er viel een stilte – en toen brak er een stortvloed van woorden los.

'Heb jij een auto in elkaar gereden?'

'Hoe bedoel je, je bent steeds ziek?'

'Je blijft dit jaar *zitten*?'

Ik draaide me om naar Astrid, die die laatste vraag had gesteld. 'Ik heb al in geen weken huiswerk gemaakt,' zei ik. 'Ik moet nog zeven werkstukken maken en vijf essays schrijven en die hadden allemaal allang ingeleverd moeten worden.'

'Zeven werkstukken,' fluisterde ze.

Op dat moment barstte ik in tranen uit en ik ratelde erop los: 'En ik heb jullie allemaal memo's gestuurd! Maar jullie willen me nog steeds niet vergeven! Behalve Astrid! Haar heb ik geen memo gestuurd! Maar dat was vanwege het groene lint! En het Namenspel! Ik kon het niet! En het *was* ook onvergeeflijk! Dus hoe kan ik –? En Sergio, hoe heb ik –! Ik wilde nooit meer komen! Maar meneer Botherit! En iemand heeft me *overgeplaatst*! En de nagellak! En ik voelde me zo schuldig! Ik was mezelf niet. Maar wie ben ik nu? En ik heb er toch *zo'n* spijt van!'

Ten slotte hield ik op met praten en ik snikte alleen nog maar – benauwde snikken – en toen gebeurde er iets. Ik voelde de vreemde, zoete sensatie van troost. Mensen bewogen voorzichtig naar me toe. Gemompelde woorden. Iemand die me zachtjes over mijn haar streelde. Iemand die me aarzelend over mijn rug wreef.

Ik werd overspoeld door warmte en opluchting. Ik wilde dat het nooit meer ophield, deze troost, deze aanrakingen, dus verstopte ik mijn hoofd in mijn handen en ging ik door met huilen.

Uiteindelijk moest ik opkijken. De strelende handen stopten. Ze stonden allemaal om me heen en keken me aandachtig aan. De verwarring stond met enorme neonlichten in hun ogen te lezen.

'Scarlett,' zei Toby met een héél lieve stem, 'waar heb je het in FUCHSIA's naam over?'

Ik lachte beverig. Het was Toby's hand op mijn rug. Hij liet hem daar liggen en de warmte van die hand gaf me kracht.

Ik haalde heel diep adem en vertelde het verhaal van mijn jaar.

Ik begon met het eerste Namenspel. Ik ken het uit mijn hoofd. Ik somde al hun opmerkingen op en vertelde hoe kwaad ik was geweest en hoe ik hun uit wraak namen van giftige dieren had gegeven. Ik vertelde hun dat ik te ver was gegaan en dat ik van plan was geweest om uit de groep te stappen, maar dat meneer Botherit had gezegd dat ik moest blijven en dat hij had verteld dat iemand me zelfs naar deze VOS-groep had overgeplaatst. Ik zei dat iemand uit de groep me nagellak had gegeven en dat dat me – samen met een huiswerkopdracht die Try me had gegeven –had geholpen om alles helderder te zien en weer terug te gaan naar de groep. Ik vertelde hun hoe ziek ik was geweest. Ik vertelde over mijn vreemde dromen en mijn hallucinaties en mijn slapeloosheid en ik vertelde dat ik was gestopt met mijn schoolwerk, maar dat dat me op de een of andere manier niets kon schelen. Dat ik dacht dat alles in orde zou komen als ik hun goede dieren zou geven. Dat ik niet begreep waarom het niet werkte.

Toen ik klaar was, zaten ze allemaal een poosje zwijgend na te denken.

Toen vroeg iemand wat de dokters zeiden over mijn gezondheid.

Ik moest toegeven dat ik niet naar de dokter was gegaan. De lichten van verwarring flitsten weer aan.

'Ik denk dat het de ziekte van Pfeiffer is,' fluisterde ik. 'Als een dokter denkt dat het dat is, mag ik weken niet naar school. Dat kan niet, vooral niet nu ik zo achterloop. Bovendien,' voegde ik eraan toe, terwijl ik Astrids blik vermeed, 'geloof ik niet dat de ziekte van Pfeiffer echt bestaat.'

Nu begon Astrid heel deskundig mijn symptomen onder de loep te nemen. Ze vuurde in hoog tempo allerlei vragen op me af en ze voelde zelfs aan de klieren in mijn nek. 'Neem het maar van mij aan,' zei ze. 'De ziekte van Pfeiffer bestaat. Ik wilde het altijd graag hebben, tot ik het kreeg, zeg maar. Ik dacht altijd dat je dan lekker veel tv kon kijken en zo. Maar je voelt je FUCHSIA ziek. Je kunt niet eens tv kijken, zo FUCHSIA ziek voel je je. En je mag iets van een *jaar* niemand zoenen, maar daar heb ik me niks van aangetrokken.'

Alle anderen wilden ook mijn klieren controleren en ze waren het er niet over eens of ze dik waren of niet.

'Maar toen ik de ziekte van Pfeiffer had, hoefde ik niet over te geven,' zei Astrid. 'En ik had ook geen hallucinaties. Misschien heb je, zeg maar, iets dodelijks?'

'Heb je soms een eetstoornis?' vroeg Emily. 'Waarom geef je anders steeds over als je geen eetstoornis hebt?'

'Wat je ook mankeert,' zei Briony, 'je moet naar de dokter. Stel je voor dat je maar één pilletje nodig hebt om je weer beter te voelen. En dat je anders steeds zieker wordt. Dan kun je nog langer niet naar school.'

Daar was iedereen het mee eens.

'Trouwens,' zei Astrid vriendelijk, 'wie weet is het wel besmettelijk. Misschien heb je wel tyfus of de kippenpest, of hoe heten die TULPige ziektes allemaal. Dan krijgen we het allemaal. Niet TULPig bedoeld, hoor.'

Maar de anderen betwijfelden of het besmettelijk was, omdat ik al zo'n tijd ziek was en niemand anders het nog had gekregen.

'Hoe dan ook,' zei Sergio, om het gesprek een andere wending te geven. 'Je moet een doktersverklaring vragen. Dan geef je die aan je leraren en dan krijg je uitstel voor de werkstukken die je nog moet inleveren.'

Daar waren ze het ook allemaal over eens en ze verzekerden me dat ik niet zou blijven zitten. Het enige wat ik nodig had (zeiden ze, en zij konden het weten), was een doktersverklaring. Mijn schoolproblemen zagen ze helemaal niet zwaar in en dat gaf me een heel fijn gevoel.

Maar toen kwamen ze op moeilijker terrein, namelijk mijn houding tegenover hen.

'Oké,' zei Astrid, 'dus je voelde je ziek en zo, maar dat is zeg maar geen excuus om ons allemaal af te kraken en posters op te hangen met onze namen erop en zulke dingen te zeggen tegen Sergio, toch?'

'Ik denk dat ze in de war was,' bracht Toby naar voren.

'En het Namenspel,' zei Elizabeth. 'Als mensen zulke dingen over mij zouden zeggen, zou ik ook kwaad zijn.'

'Ja, dat Namenspel,' kwam Emily ertussen. 'Daar wil ik ook iets over zeggen. Jij noemde al die dingen op die iedereen over je had gezegd, alsof je precies wist wie wat had gezegd. Maar dat is niet eerlijk, want ik heb helemaal niet geschreven wat jij dacht. Dat je lange woorden in je enorme hoofd hebt. Ik heb geschreven dat je niet kunt helpen dat je bent zoals je bent en dat je misschien nog zult veranderen. En ik zei: "Veel succes in de vijfde. Ik denk dat je zult veranderen." Zoiets. Dat was gewoon vriendelijk bedoeld. Ik deed mijn best om aardig te zijn, Scarlett, omdat we in het verleden niet zo goed met elkaar konden opschieten. Ik wilde met een schone lei beginnen.'

'Ik was degene die zei dat je lange woorden in je hoofd hebt,' bekende Briony. 'Sorry. Maar ik probeerde een grapje te maken met dat grote hoofd. Eigenlijk was het bedoeld als een compliment, Scarlett, omdat je zo'n grote woordenschat hebt.'

'Jaah,' zei Astrid. 'En ik gaf je ook een compliment, Scarlett. Ik schreef niet dat ik je nog nooit had gesproken. Ik zei alleen dat je je haar raar draagt en dat je dus lef hebt. Dat meende ik echt, dat je lef hebt, want heel veel mensen, zoals ik bijvoorbeeld, kiezen kleren uit die zeg maar in de mode zijn. En ik heb bewondering voor mensen die dat niet doen. Zelfs als ik pijn in mijn ogen krijg als ik naar ze kijk. Dus dat was helemaal niet zoiets onaardigs om te schrijven, toch?'

'Ik heb ook niet gezegd dat je een beetje te slim bent,' bracht Elizabeth naar voren. 'Ik zei dat je snel kunt typen. En je moet toegeven dat dat zo is. Ik weet niet wie heeft geschreven dat je te slim bent.'

'Ik,' zei Sergio, en toen, op verdedigende toon, tegen mij: 'Maar dat bén je ook.'

Toby zuchtte diep. 'Oké,' zei hij. 'Ik heb inderdaad gezegd dat je praat als een paard. Het was grappig bedoeld, omdat je soms heel snel praat, en dat klinkt dan een beetje als hinniken. Maar er is niks mis met je stem, Scarlett. Het is helemaal geen paardenstem. Je stem is hartstikke mooi.'

'Nou, behalve als ze zeg maar hysterisch wordt, vind ik,' kwebbelde Astrid. 'Toby, je moet toegeven, als Scarlett over de rooie gaat, krijgt haar stem zo'n schel–'

Hier viel Sergio haar in de rede. 'Zei je nou dat je een auto in elkaar had gereden?' vroeg hij aan mij.

Maar ik had even tijd nodig om de mensen om me heen een voor een aan te kijken en mijn ideeën over hen bij te stellen. Behalve Toby met zijn 'je praat als een paard' had geen van hen geschreven wat ik had gedacht. En zoals ze het nu uitlegden... misschien waren de opmerkingen toch niet zo serieus bedoeld geweest als ik had gedacht. Misschien had ik overdreven? Ik begon een beetje te glimlachen.

Maar toen beschreef ik mijn rijles en ik vertelde dat mijn oom had gezegd dat ik *één moest zijn met de auto* – en terwijl ik dit zei, herinnerde ik me opeens iets.

'Dat zei mijn pianolerares ook!' riep ik uit. 'Ze zei dat ik niet één was met de piano! Ik ben niet één met de piano, en ook niet met de auto! Want ik ben zó tegen een stilstaande auto aangereden! Ik ben *nergens* één mee, dat kan ik niet. Ik hoor nergens bij, ik hoor gewoon nergens bij.'

Plotseling begon ik weer te huilen.

'Kijk, dat ligt aan jezelf,' zei Astrid. 'Want als je je gedraagt als een lerares, kun je niet bij de klas horen. Als je *één* wilt zijn met ons, moet je –'

Maar Sergio praatte weer door haar heen.

'Ben je alleen maar tegen een stilstaande auto gereden?' vroeg hij. 'Is dat alles? Je reed de oprit af en botste tegen een geparkeerde auto? Maak je daar toch niet druk over, joh.' (De laatste woorden zei hij met zijn mafia-accent.)

Vervolgens beschreef hij de drie ongelukken die hij zelf had gehad, met bijbehorende geluidseffecten van piepende banden, gierende remmen en knarsend metaal. En daarna begonnen ze bijna allemaal verhalen te vertellen over de aanrijdingen die ze hadden veroorzaakt. De een was over een brievenbus heen gereden. De ander had de auto in zijn achteruit, in plaats van in zijn vooruit gezet. 'De weg maakte een draai naar rechts,' hoorde ik Toby zeggen, 'maar de auto niet.'

Ik keek stomverbaasd om me heen.

'Zie je?' zei Emily. 'We zijn allemaal hetzelfde. We kunnen geen van allen rijden!'

'Nou,' zei Sergio langzaam, 'misschien dat sommigen het wel –'

'Als je één wilt zijn met ons,' herhaalde Astrid, 'moet je niet doen alsof je beter bent dan wij.'

'Maar mijn nieuwe memo's – niemand heeft er iets over gezegd...' fluisterde ik.

Weer stilte.

Toen begon Emily voorzichtig te praten. 'Scarlett, hoe kom je erbij dat *jij* weet wie *wij* zijn?'

Ik wist niet wat ik daarop moest antwoorden. Ik was opeens helemaal in de war. Ik *wist* gewoon wie ze waren, omdat ik – inderdaad, hoe wist ik dat eigenlijk?

'En,' zei Sergio bedachtzaam, 'je moet het verschil proberen te leren tussen een dier en een mens.'

Astrid stond op en liep de kamer uit.

Toby legde zijn arm om mijn schouder. 'Kijk nou eens naar die prachtige, indigoblauwe ogen van je,' mompelde hij. 'Helemaal rood van het huilen.'

'Indigoblauw,' zei Sergio spottend. 'Indigo is niet blauw, dat is paars. Ze zijn nachtblauw.'

Ze kibbelden nog even door, tot Astrid terugkwam met een dienblad vol warme chocolademelk voor iedereen.

Terwijl ik neerkeek op de kleine witte marshmallow die op mijn chocolademelk dreef, dacht ik: *zo is het dus om vrienden te hebben.*

Algauw bleek dat Astrid bij iedereen Kahlua in de chocola had gedaan. Ik had nog nooit alcohol gedronken, dus ik geloof dat het wel invloed op me had. Ik accepteerde zelfs dat ze me *meer* alcoholische drankjes aanbood. Alcoholische drankjes in hoge glazen! Kleurige alcohol! Alcohol gemengd met frisdrank! Het smaakte allemaal verrassend heerlijk.

Iedereen dronk en sommigen rookten zelfs marihuana! Ik niet.

Iemand zette muziek op en het was een liedje dat ik herkende van de hiphoples. Zonder erbij na te denken stond ik op en begon ik een paar van de 'hiphop'-bewegingen uit te proberen die ik in de les bijna had geleerd.

En toen begonnen Astrid en Elizabeth dezelfde bewegingen te maken! Zij deden het *prachtig* – die meiden kunnen dansen! Maar ze probeerden me niet voor schut te zetten, nee, het leek alsof ze niet eens merkten dat ik er niets van kon! Ze zeiden dat ze het alleen maar leuk vonden om weer aan die danspassen herinnerd te worden. Ze waren ze vergeten!

Nu danste iedereen!

Zelfs Briony! (Toby dwong haar.)

Het was een en al muziek, geschreeuw en gespring!

Try verscheen in de deuropening. Ze was in haar pyjama en wreef slaperig in haar ogen. We keken haar schuldbewust aan en iemand zette de muziek zacht. Try glimlachte alleen maar, draaide zich om en ging weer naar bed.

En daarom zit ik hier nu, in deze schommelstoel, te typen op mijn laptop. (Ik voelde zo'n golf van creativiteit over me heen spoelen! Ik had zo'n behoefte om te schrijven!) Nu zijn we allemaal stil – we zitten te lezen, we proberen het vuur aan te blazen en we doen spelletjes.

En daar zie ik mijn reflectie in het glas, scherp als een muziekpartituur.

Daar ben ik, één met deze kamer.
Eén met deze groep mensen.
En er is iets met huilen,
Met dansen en drinken,
Met praten
Dat maakt dat ik heel erg
Gelukkig ben, heel erg
Moe
En nu val ik misschien in slaap
Ik val misschien
Gewoon
In slaap
Op dit
Lekkere typende
Kussen
Dit lekkere
gekleurde
toetsenbordkussen
met
F4 F5 F6 tegen mijn voorhoofd

Emily

OKÉ, NIET BOOS WORDEN, Scarlett. Dit is Emily en ik weet dat ik op jouw computer zit te typen, maar daar is een reden voor. Dus vergeef me alsjeblieft.

Wat er is gebeurd, was goed bedoeld. Astrid en ik lagen te lezen op de bank en Sergio en Toby vonden ons saai, dus die tilden Astrid met bank en al op en schommelden haar zo'n beetje heen en weer en zij lag met haar handen achter haar hoofd lekker te genieten en toen

Astrid

Zeg het haar gewoon, Em. Oké, terwijl mijn bank in de lucht hangt, ziet Emily *onder* de bank papieren op de grond liggen en ze zegt van: 'Wat ligt daar?' en Sergio laat zomaar zijn kant van de bank uit zijn handen vallen om te zien waar Em naar wijst, en nou heb ik dus een hersenschudding, eerlijk waar, wat een DREUN. Nou, het was dus een hele stapel papieren met een nietje erdoor, en jouw naam stond erop. Dus we kijken elkaar aan, zo van: 'Wat is dit nou?' Maar jij lag te slapen in je schommelstoel, met je gezicht op je laptop.

Dus wij gaan die papieren lezen. Em begint hardop te lezen en daarna geven we ze aan elkaar door en lezen we er om de beurt een stuk uit voor, tot we het uit hebben. Even voor de duidelijkheid, op de papieren stond: *Scarlett Mackenzie: Een Leven.*

Emily

Goed, ja, dat klopt, maar ik zou het wat voorzichtiger hebben uitgelegd dan Astrid en ik zou de schuld misschien wat minder bij mezelf hebben gelegd. Het komt er dus op neer dat we je hele levensverhaal hebben gelezen, Scarlett, en WEES DAAR ALSJEBLIEFT NIET KWAAD OM. We voelden ons schuldig, maar je zegt in de inleiding dat het een opdracht is voor de VOS, en wij *zijn* de VOS. Wij ZIJN je reddingsvlot, Scarlett, dus om je te redden, moesten we je levensverhaal lezen, vonden we. Voor het geval het kon helpen met al die problemen waar je ons vanavond over vertelde.

Dus toen we het gelezen hadden, zaten we allemaal stil bij elkaar en we dachten: wauw, wat een interessant leven. En we wilden er met je over praten en er dingen over zeggen, maar jij lag nog steeds in coma op je computer. Dus we stonden naar je te kijken en Briony zei iets van: 'Ze zal toch geen kanker krijgen als ze met haar gezicht op die computer blijft liggen?' En Toby zei: 'Misschien moeten we hem voor haar afsluiten.'

Dus toen trokken we de computer onder je hoofd vandaan en schoven we er een dikke atlas voor in de plaats, zodat je niets merkte en je bleef gewoon doorslapen. En ik drukte heel snel op OPSLAAN en ik sloot het document waar je aan had zitten werken af zonder ernaar te kijken, dus dan weet je dat het niet mijn gewoonte is om in mensen hun privédingen te lezen. Alleen je levensverhaal, meer niet. Maar toen kreeg ik een idee, en ik zei: 'Misschien moeten we een boodschap op haar computer achterlaten, om te vertellen dat we haar levensverhaal hebben gelezen en wat we ervan vinden. Dan ziet ze dat als ze wakker wordt.'

Daar was iedereen het mee eens. Ik denk omdat het makkelijker is om het op te schrijven dan om het je persoonlijk te vertellen. Dus nu hebben we een nieuw document aangemaakt en dat is dit dus. En nu wil dus iedereen iets zeggen over je levensverhaal.

Astrid

Oké, ik wil dus als eerste iets zeggen en dat is dat uit dit levensverhaal duidelijk blijkt wat jouw probleem is. Jij denkt namelijk dat je een wetenschapper bent en dat de rest van de wereld zeg maar je experiment is. Je levensverhaal staat vol verhalen over dingen die je van andere mensen hebt gezien en daar praat je dan heel wetenschappelijk over. Het is alsof je denkt dat je boven ons staat, en ons misschien zelfs cijfers geeft voor een examen dat je ons in je hoofd afneemt. Dat is raar, Scarlett. Je moet leren dat je niet per se boven ons staat, enkel omdat je slimmer bent dan wij.

Sergio

Astrid en Emily doen net of de computer van hen is. Andere mensen willen ook wel iets zeggen. Je hebt een paar héél rare ideeën in dat superslimme hoofd van je, Scarlett. Van sommige dingen zakte werkelijk mijn broek af. Dus ik zal je één ding zeggen over je levensverhaal: ik had gelijk toen ik zei dat je te slim bent. Dat is zo, Scarlett. Er is iets mis met je hersenen. Je bent echt té slim.

Astrid

Maar het was wel interessant wat je zei over dat het moeilijk is om nummer één te zijn. Daar zit ik nu nog over na te denken en ik vind het dus echt heel interessant. Daar heb ik nooit bij stilgestaan, dat je altijd bang bent. Dat is een les voor me, eerlijk waar.

Briony

Dit is Briony. Ik vond je levensverhaal mooi, Scarlett. Ik hoop dat je ons wilt vergeven dat we het hebben gelezen. Je moet wel vaak verhuizen. Je zult wel erg in de war zijn.

Elizabeth

Nou, ik wil alleen maar zeggen dat het me spijt dat we je levensverhaal hebben gelezen en dat ik hoop dat je het niet erg vindt. We voelden ons allemaal schuldig, maar we hadden ook het gevoel dat we je op een bepaalde manier beter leerden kennen.

En ik heb nagedacht over wat je zei over dat je wilde veranderen en dat je onze positieve kanten wilde zien, in plaats van kritiek te hebben. Dus toen heb je ons die memo's gestuurd, waarin je ons 'goede dieren' gaf. Ik vind dat aardig van je en je deed erg je best, maar het maakt weinig uit of je zegt dat iemand slecht is, of dat hij goed is. In beide gevallen beoordeel je mensen. Misschien zou je je meer 'één met je wereld' voelen als je je gewoon wat meer ontspande en minder probeerde te oordelen. En ik denk dat misschien

Emily

Sorry dat ik de computer van je afpak, Liz, maar ik moet dit echt opschrijven voor iemand anders het doet: Scarlett, het is je VADERS schuld dat je je beter voelt dan iedereen!!! En het is je VADERS schuld dat je over iedereen loopt te oordelen!! Want hij heeft een soort rechter van je gemaakt! Of hij heeft er in ieder geval voor gezorgd dat je je beter voelt dan anderen. Want hij zei dat jij de herder bent en wij allemaal de schapen. En hij maakte die afschuwelijke opmerking toen je naar het Ashbury ging, je weet wel, dat de andere kinderen 'niks' waren en jij 'nummer één'. En hij wil altijd dat je ons afzet om winst te maken.

Elizabeth

Dat wilde ik ook net zeggen.

Emily

Oké. Sorry, Liz. En Scarlett, we vinden ook dat je vader helemaal niet zo aardig klinkt. Misschien moet je daar eens over nadenken. Want het lijkt erop dat jij hem geweldig vindt, maar hij laat je steeds schilderen en schuren. En je moet niet kwaad worden, hoor, maar hij klinkt een PIETSIE zelfingenomen. Terwijl je moeder hartstikke aardig is. Dat WEET ik, want ik ken haar. En ze komt in je levensverhaal aardiger over dan je vader.

En nog iets: het is misschien niet leuk om te horen, maar het huwelijk van je ouders is niet echt zo geweldig. Het lijkt erop alsof ze wel gelukkig waren toen je nog erg klein was, je weet wel, die keer dat je vader viel en iedereen moest lachen, behalve jij. Maar daarna lazen we steeds verhalen over dat ze ruzie hadden, en we keken elkaar allemaal veelbetekenend aan. Ik denk dat je in de toekomst problemen kunt verwachten.

Briony

Ja, geen wonder dat je je zo ziek voelt, met ouders die steeds ruzie hebben, en aldoor dat verhuizen. En nu moet je bij je oom en tante wonen. Ik vroeg me al af waarom dat was.

Emily

Ik denk dat ze ziek is omdat ze steeds in de stress zit. Want het is me *opgevallen*, Scarlett, dat je een tijd geleden ook eens ziek werd toen je een geschiedenisproefwerk moest maken. Dat viel me op. Dat viel ons allemaal op. Maar ik zei: 'Misschien word je wel ziek als je je zorgen maakt over school. Misschien is de vijfde te veel voor je, omdat het zo serieus is. Misschien is het een vicieuze cirkel: je maakt je zorgen, je wordt ziek/gek, je raakt achter met je schoolwerk, je maakt je nog meer zorgen, je wordt nog zieker/krijgt nog meer gekke hallucinaties, je raakt nog meer achter, enzovoort.'

Sergio

Ik wil niet vervelend overkomen of somber doen of zo, maar terwijl ik over Ems schouder meelees, zit ik na te denken over dat hallucineren. Het doet me denken aan een achterneef van me, die schizofrenie heeft. Ik moet zeggen dat hij ook last had van hallucinaties, hij kon ook niet slapen en hij voelde zich heel rot en hulpeloos, net als jij, Scarlett. En ik weet ook dat slimme mensen zoals jij daar rond jouw leeftijd last van kunnen krijgen. Hoe dan ook, je hebt dat vast niet, maar als je het wel hebt, moet je naar een dokter gaan en behandeld worden, anders gaat het helemaal fout met je.

Elizabeth

Oké, maar ze vertelde dat ze ook nog andere symptomen heeft, lichamelijke symptomen bedoel ik, dus er is waarschijnlijk meer aan de hand. Ik bedoel, het zijn niet alleen haar hersenen. Dus laat Sergio je niet te bang maken, Scarlett. Maar je kunt toch beter naar de dokter gaan. Astrid wil de computer. Volgens mij komt zij vaker aan de beurt dan de meeste and

Astrid

SCARLETT HEEFT EEN DRUGSPROBLEEM. Ik had het al veel eerder moeten zien. Het verklaart echt ALLE symptomen. Ze is verslaafd aan hallucinerende middelen. Misschien LSD, XTC, of GHB? Ik weet niet precies welke van de drie. Of misschien is ze verslaafd aan amfetamine. Wat is het, Scarlett? Als je wilt kan ik je informatie over verslavingen toesturen, want mijn moeder laat altijd overal in huis folders slingeren.

Briony

Ja, dat brengt me op een idee: misschien wordt ze wel *vergiftigd*! (Volgens mij is zij niet het type meisje dat drugs gebruikt.) Ik heb eens gelezen over een gezin dat ook zo ziek werd en net zo raar ging doen als jij, en die mensen ontdekten dat het kwam door het hout dat ze in hun open haard stookten. Daar zat een of andere chemische stof in. En sommige gezinnen krijgen ook loodvergiftiging van oude waterleidingen! DUS DENK NA, SCARLETT. Waar zou je per ongeluk vergiftigd kunnen worden? Je woont bij je oom en tante. Hebben die een oud huis? Oude leidingen?

Emily
Briony heeft gelijk. Het moet wel gif zijn, want dat verklaart alles! Waarom dacht Scarlett dat *wij* allemaal giftig waren? Omdat haar onderbewuste haar probeert te *waarschuwen* dat ZIJ ZELF vergiftigd wordt. Het stuurt haar ondergrondse boodschappen, maar het enige wat zij hoort is het woord *gif!* en daardoor raakt ze in de war.

Maar waarom zou het per ongeluk moeten zijn? Waarschijnlijk probeert iemand haar te vermoorden.

Astrid
Als iemand Scarlett probeert te vermoorden, is het die knul waar ze het over heeft in haar levensverhaal. Je weet wel, die Joshua Lynch die naar haar lunchbijeenkomst kwam en over wie zij later naar de directeur heeft geschreven dat hij marihuana in zijn rugzak had zitten. Ik vind trouwens dat dat eigenlijk gewoon moet kunnen. Ik herinner me dat ze zijn spullen hebben doorzocht en dat hij de volgende dag zeg maar van school werd gestuurd. Hij wilde natuurlijk wraak nemen en dat heeft hij nu gedaan.

Briony
Maar

Astrid
Joshua weet natuurlijk alles van verdovende middelen, want hij is een drugsdealer. Hij vergiftigt haar waarschijnlijk met drugs (dat wil zeggen hallucinerende middelen, *zoals ik al zei!!!*). Hij heeft maar iets van een week bij ons op school gezeten, maar ik herinner me hem nog wel. Hij was zo'n ouderwets hippietype.

Briony
Maar wat denk je dan van de mensen die het intranet van de school gebruikten om muziek te downloaden? Scarlett heeft daar de directeur over geschreven en toen moesten ze ermee stoppen. Of de

mensen die altijd in het park stonden te drinken en te roken en zo. Scarlett heeft de directeur een brief geschreven om hem daarover te informeren. Misschien zijn zij het wel.

Sergio
Het was de directeur. Hij kon je correspondentie niet langer verdragen, Scarlett.

Toby
Nee, je moet dichter bij huis kijken. Het is altijd iemand die het slachtoffer kent.

Ik denk dat het dat nichtje van je is, Scarlett, die Bella. Je moet leren van haar speelgoed af te blijven.

Emily
Nee! Het zijn tante Veronica en oom Jake, want Veronica is zwanger, zie je, dus ze willen ruimte maken voor hun nieuwe baby en ze zijn bang dat Scarlett gekwetst zal zijn als ze haar vragen te vertrekken en daarom is het gemakkelijker om haar te vermoorden! Het klopt helemaal.

Toby
En dan kunnen ze haar in de tuin begraven en HUUR BLIJVEN OP-STRIJKEN VAN HAAR OUDERS!!!

Emily
Maar weten we eigenlijk wel of haar ouders er iets voor betalen dat ze daar woont? Haar vader komt nogal gierig over (wie laat zijn dochter nou eerst een businessplan indienen voor hij haar zakgeld geeft?). Plus al zijn andere karakterfouten. Ik denk bij mezelf: misschien probeert die *vader* haar wel te vermoorden, zodat hij niet hoeft te betalen voor haar universitaire opleiding. Maar dat lijkt me wel erg om te horen.

Nachtelijke overpeinzingen van Scarlett Mackenzie
Zondag, 22.30 uur

Ik ben weer thuis; erg rustig en erg filosofisch.

Wat een vreemde dag!

Toch ben ik tevreden.

Ik moet nog steeds met mijn ouders of met Anthony praten –
maar zelfs op dat punt ben ik rustig. Ik zal mezelf en Anthony verdedigen. Ik zal proberen niet toe te laten dat mijn vader ons ver-
oordeelt.

Ik werd vanmorgen met een schok wakker, in de schommelstoel! Ik werd wakker omdat ik plotseling achterover werd getrokken. (Het was Toby.) Ik gaf een gil, maar hield meteen weer mijn
mond. Hij zag er gek uit in zijn pyjama.

Ik voelde me heerlijk. Ik blijk niet iemand te zijn die snel een ka-
ter krijgt. Ik vind het zo fijn om dat van mezelf te ontdekken. Astrid zei dat zij net zo is, dus dat hebben we met elkaar gemeen.

Nou, en toen slenterde Toby de kamer weer uit en zag ik mijn
laptop op de koffietafel staan. Hij stond open en ik zag woorden op
het scherm staan. Meteen werd ik ongerust. Ik herinnerde me dat ik
de vorige avond in mijn wazige, extatische toestand als een gek had
zitten typen. Maar wat was er daarna gebeurd? Ik kon me niet herinneren dat ik de computer had afgesloten. Stel je voor dat ik het hele bestand had gewist! Of erger nog, dat ze het hadden gelezen!

Dus toen ging ik kijken en ik kwam erachter dat mijn vos-groep een document met boodschappen had aangemaakt. Verder hadden ze mijn Leven gevonden en gelezen. Ik was zo opgelucht dat ze *dit* document niet hadden gelezen dat ik me er niet echt druk over maakte dat ze mijn privacy hadden geschonden met mijn Leven. Het Leven is eigenlijk mijn jeugd. Terwijl ik voor *dit* document, waar het Leven *deel* van uitmaakt, al mijn recente filosofische overpeinzingen en memo's heb ingescand; ik heb er de meest intieme nachtelijke overpeinzingen in gezet enzovoort! En daar staat veel in over de vos-groep, dingen die hun pas ontdekte waardering voor mij misschien zouden schaden. (Ik kan me bijvoorbeeld herinneren dat ik Emily een aanstelster heb genoemd, een vampier met een gezicht als een paar openzwaaiende klapdeuren, de Dood van het Debat en iemand die het op school nooit ver zou brengen. Ik wou dat ik niet zulke gemene dingen over hen had geschreven, ik had het helemaal mis!)

Ik ergerde me een beetje aan hun suggestie dat mijn vader niet zo'n aardige man is en dat er problemen zijn in het huwelijk van mijn ouders. Dat komt alleen maar doordat die paar oude dagboekaantekeningen een vertekend beeld geven. Mijn vader is een goede, sterke, creatieve, bewonderenswaardige, ambitieuze man. En ik schreef natuurlijk alleen in mijn dagboek als ik ergens mee zat. Bijvoorbeeld als mijn ouders ruzie hadden! Mijn levensverhaal geeft geen zuiver beeld, dat zal ik de vos-groep nog een keer moeten uitleggen.

Maar toen begon ik te lachen om hun bizarre opmerkingen – ideeën over dat ik vergiftigd zou worden, verdachten uit mijn verleden enzovoort. Nog vóór ik helemaal klaar was met lezen, riep een stem me naar de keuken.

Het ontbijt was klaar!

Iedereen was er, behalve Finnegan, die kennelijk nog lag te slapen. Op de tafel stonden cornflakes, melk, sap, toast en verschillende soorten jam en Try stond bij het fornuis pannenkoeken te bakken. Ze zag er erg klein uit in haar witte badjas en staarde met een ernstige blik naar haar koekenpan.

De anderen keken schuldbewust op toen ik binnenkwam, maar ik glimlachte vergevingsgezind terug en iedereen slaakte een zucht van opluchting.

'Oké, Scarlett,' zei Sergio. 'We hebben je iets te vertellen. Het is belangrijk.'

Ik ging aan tafel zitten en draaide me naar hem toe.

'Je wordt langzaam vermoord,' deelde hij mee.

'Vergiftigd,' bevestigde Briony.

Try draaide zich abrupt naar ons toe. Ik ging op mijn handen zitten.

'Ben je hier klaar voor?' vroeg Sergio. 'Wil je weten wie het is?' Hij liet zijn stem dalen tot een schor gefluister. 'Het is Mevrouw-Lilydale. Met haar energiesnoepjes met sint-janskruid.'

Ik stak lachend mijn hand uit naar de cornflakes.

Toen keek ik weer op. Het was helemaal stil om me heen, op het sissen van Try's pannenkoeken na. Ze stond weer met haar rug naar ons toe, maar de rest van de groep staarde me aan.

'Mevrouw Lilydale,' zei ik, met een uitgestreken gezicht. 'Met de energiesnoepjes met sint-janskruid. *Interessant*.'

Plotseling begonnen ze allemaal door elkaar heen te praten.

Het bleek dat ze, nadat ze de boodschappen op mijn computer hadden ingetypt, nog tot diep in de nacht met elkaar hadden zitten praten. En dit was hun conclusie. Ze schenen het echt bijna te geloven.

'We lazen namelijk in je levensverhaal dat je iets had *gezien* in haar kantoor,' legde Astrid uit. 'Ze schreef dat briefje naar je over de papieren op haar bureau en ze wilde precies weten wat je had gezien. Ik denk dat die papieren haar op de een of andere manier zouden hebben ontmaskerd. Misschien zit ze wel in een criminele samenzwering of zoiets.'

'Of misschien is ze in haar vrije tijd stripteasedanseres,' opperde Sergio.

'Sergio, doe niet zo goor. Ik zit te eten!' zei Emily nijdig.

'En Lilydale heeft je die energiesnoepjes gestuurd,' zei Toby, terwijl hij zich weer naar mij toedraaide. 'En ze zei dat je terug moest komen voor meer.'

'Ik zie je die dingen steeds eten,' merkte Emily op. 'Ik dacht eerst altijd dat het chocolaatjes waren en ik vond het stom dat je mij er nooit een gaf.'

Nu werd ik tot mijn schande overvallen door een vreemd gevoel. Een tintelend gevoel van opwinding. Want hoewel ze (natuurlijk) een grapje maakten, hadden ze misschien wel gelijk! Ik had me het hele jaar zo ziek gevoeld, zo helemaal niet mezelf. En Mevrouw Lilydale probeerde me inderdaad steeds die energiesnoepjes op te dringen. Waarom deed ze dat? En ik had haar eerder dit jaar een keer afgeluisterd toen ze op een ochtend met iemand stond te praten. 'Ik heb in de mijne *gelogen*,' zei ze toen. Wat bedoelde ze daarmee? Een lerares hoort toch niet te liegen? Hielden haar leugens verband met het geheimzinnige voorwerp op haar bureau? Zou ze me echt proberen te vermoorden?

'Maar waarom?' vroeg ik. 'Waarom zou ze me willen vermoorden? Ze zou me toch ook... ik weet niet... kunnen *omkopen* om niet te zeggen wat ik op haar bureau had zien liggen? Ze is toch niet gek! En volgens mij vindt ze me *aardig*!'

'Precies!' riep Astrid.

De anderen draaiden zich naar haar om en ze haalde haar schouders op.

'Weet je *zeker* dat je niets verdachts op haar bureau hebt zien liggen?' drong Emily aan.

'Ik heb helemaal niets gezien,' zei ik. 'Ik wist helemaal niet waar ze het over had.'

'Triest, zeg,' zei Astrid opgewekt. 'Ze moet dus dood zonder dat daar zeg maar een reden voor is.'

Try had tijdens het hele gesprek gezwegen. Ze draaide pannenkoeken om, liep om de tafel heen, schoof de pannenkoeken op de borden en liep weer terug naar het fornuis om nieuwe te maken.

Toen ze een pannenkoek op Sergio's bord liet glijden, viel me op dat ze even bijna onmerkbaar glimlachte. Maar ze zei nog steeds niets.

Tot Astrid zei: 'Try! Vind jij dit ook niet ernstig? Denk jij ook niet dat we Lilydale zeg maar moeten laten arresteren?'

De anderen riepen: 'Ja, waarom zeg jij niks, Try? Er wordt iemand van je VOS-groep vermoord en het enige wat jij doet is *bakken*!!' Hoewel ze technisch gezien zelf natuurlijk niet bakte.

Bij deze woorden draaide ze eindelijk het gas uit en draaide ze zich om. Ze stond met één hand op haar heup en keek ons vragend aan.

Dit vatten ze allemaal op als een uitnodiging om alles uit te leggen. Ze vertelden Try hoe ziek ik was geweest, dat ik hallucinaties had gehad en dat dat kwam doordat Mevrouw Lilydale me probeerde te vergiftigen. Ze somden razendsnel al mijn symptomen op en Toby legde uit dat die symptomen wezen op vergiftiging.

Bij het laatste trok Try een wenkbrauw op.

'Vraag maar aan Briony!' riep Toby uit. 'Zij heeft ons de symptomen verteld. Zij weet dat, omdat ze voor biologie dat werkstuk heeft gemaakt over vervuild water in Bangladesh. Vertel maar aan Try, Briony.'

Briony zei dat er voor een ontwikkelingsproject putten waren gegraven in Bangladesh, om de mensen van vers water te voorzien. Ze wisten alleen niet dat de grond en het steen waarin ze groeven, vol zat met arsenicum, zodat het water ook vol kwam met arsenicum en de mensen langzaam werden vergiftigd.

'En het is waar, Try,' hield Briony vol. 'Scarlett heeft inderdaad symptomen van chronische arsenicumvergiftiging.'

'Vind jij ook niet dat we het aan iemand moeten *vertellen*?' riep Emily. 'Ik bedoel, aanstaande vrijdag zitten we met het debatteam in de halve finale !' We hebben Scarlett nodig! Levend!'

Try draaide zich met een bezorgde frons naar me toe. 'Hoe voel je je vandaag?' vroeg ze.

Verbaasd antwoordde ik: 'Goed!' En dat was zo, ik voelde me beter dan ooit! Misschien was ik over mijn ziekte heen!

'Oké,' zei Try met zachte stem – het soort stem dat maakt dat mensen naar voren buigen om te luisteren. Ze pakte een stoel bij de leuning vast en schommelde hem zachtjes heen en weer. 'Oké,' herhaalde ze. 'Herinneren jullie je nog dat ik eens heb beloofd dat ik jullie mijn theorie zou vertellen over *tieners*?'

Niet echt, zeiden de meesten.

Maar ik wist het nog. Het was in het begin geweest.

'En herinneren jullie je nog dat Scarlett beweerde dat ze *geen* tiener was?'

Dat herinnerden ze zich allemaal.

Plotseling trok Try de stoel waarop ze had staan leunen naar zich toe en ging erop zitten. Ze duwde zichzelf weg van de tafel, zodat ze ons allemaal goed kon zien.

'Het zit zo,' zei ze, heel snel nu. 'Ik ben ervan overtuigd dat een tiener drie belangrijke eigenschappen heeft. Ten eerste!' Ze stak een vinger omhoog. 'Ten eerste zijn tieners erg met zichzelf bezig. Oké, ik wil jullie niet beledigen, maar tieners denken erg veel aan zichzelf. Ze proberen erachter te komen wie ze zijn, zie je. Ze tobben over hoe ze eruitzien, wat mensen van hen denken, wat de zin van het leven is. Dus nummer één: te veel introspectie.

Goed.' Voor iemand haar kon onderbreken, stak ze een tweede vinger omhoog. 'Ten tweede heeft een tiener opwinding nodig – ik denk als reactie op het besef dat het leven heel gewoon is. In de kinderjaren is alles nog nieuw en opwindend, maar dan begin je in te zien dat de volwassen wereld saai is. Je gaat op zoek naar hysterie en drama. Je gilt tijdens concerten, je schreeuwt als je elkaar ziet, je gaat in de achtbaan, je gebruikt alcohol en drugs. Het hele jaar hoor ik jullie al praten over samenzweringen, neuroses, ziekelijke verschijnselen – je krijgt posttraumatische stress van examens; je bent voortdurend op de vlucht voor de politie. Ik bedoel: jullie snakken naar opwinding. Jullie zijn op zoek naar *extremen*, naar een *climax*.'

Er kwamen wat geluiden los uit de groep – zachte, gemompelde protesten. Maar Try stak een derde vinger omhoog.

'En *tot slot* raken tieners snel het overzicht kwijt. Ze zitten tussen kind en volwassene in, dus ze weten niet waar ze bij horen. De ene dag trekken ze supervolwassen kleren aan om een kroeg in te komen, de volgende dag zetten ze een lief, klein stemmetje op om voor het kindertarief met de bus mee te mogen. Het is net of ze voortdurend in de lift zitten. Ze zijn hun beoordelingsvermogen kwijt.'

'Nou,' zei Emily, '*ik* denk dat –'

Maar Try was nog niet uitgesproken. Ze liet haar stemvolume nog verder dalen.

'Jullie zijn gewoon tieners,' zei ze. 'Jullie denken aan gif, omdat jullie helemaal opgaan in je*zelf* – Briony is voor biologie met gif bezig, dus zij denkt overal om zich heen gif te zien. En jullie storten je met z'n allen op haar idee, omdat jullie op zoek zijn naar spanning. Jullie willen dat er achter de schermen iets opwindends aan de hand is. Dus wordt Scarlett vergiftigd – dáárom is ze ziek, dáárom heeft ze hallucinaties! Het is een moordcomplot! En jullie missen het overzicht en het beoordelingsvermogen om tegen jezelf te zeggen: *Hé, wacht eens even, waarom zou iemand een onschuldig schoolmeisje als Scarlett Mackenzie willen vermoorden?*'

Mensen begonnen een beetje gegeneerd te kijken. Sommigen fronsten hun wenkbrauwen, openden hun mond om iets te zeggen en deden hem meteen weer dicht. Sommigen probeerden uit te leggen dat ze alleen maar een *grapje* hadden gemaakt over dat gif.

'En dat brengt me op onze Scarlett,' besloot Try, zonder op hun opmerkingen in te gaan. 'Ik denk dat ze meer tiener is dan ze zelf weet. Om te beginnen denk ik dat ze te veel over zichzelf nadenkt. Ze maakt zich voortdurend zorgen of ze het wel goed doet op school en daar wordt ze gespannen en ongelukkig van. Ik denk dat

398

ze op zoek is naar extremen, dus ook naar *extreem* hoge cijfers, en daarom blijft ze hele nachten wakker. Ze dwingt zichzelf tot het uiterste te gaan en wil in alles nummer één zijn. En ze is het overzicht kwijt – ze weet niet meer waar ze in deze wereld bij hoort, ten dele – sorry, Scarlett – omdat haar ouders in een appartement zijn gaan wonen waar geen plaats voor haar is. En *dit* is naar mijn bescheiden mening waar Scarlett ziek van is. *Dit* heeft haar uitgeput, *dit* heeft haar zo veel stress bezorgd: ze voelt zich machteloos en verloren.'

Ik moet toegeven dat ik helemaal overdonderd was.

Ik wilde bijna weer gaan huilen.

Wat ze zei voelde zo waar.

'En vandaag,' zei Try, terwijl ze me weer aankeek. 'Zei je dat je je vandaag goed voelt?'

Ik knikte.

'Zou dat kunnen zijn,' opperde ze, 'omdat je eindelijk een eerlijk, open gesprek hebt gehad met een groep vrienden?'

Hoe wist ze van gisteravond?!

Ik voelde een golf van rust over me heen komen. Mensen keken me half lachend aan. Ze begonnen weer te eten, schonken zichzelf sap in en vroegen of iemand de frambozenjam wilde doorgeven. Ze begonnen over andere dingen te praten.

Niemand probeerde me te vergiftigen. En ik was weer gezond, want ik had een plek gevonden waar ik me thuis voelde.

Terwijl ik nadenkend op mijn pannenkoek kauwde, voelde ik plotseling dat mijn wangen begonnen te gloeien. Want er was me een herinnering te binnen geschoten. Die vos-bijeenkomst in het begin, toen Try ons had gevraagd een lijstje te maken van onze zwakheden. Ik had dat geweigerd, maar in gedachten had ik mijn drie zwakheden geformuleerd als:

* een neiging tot dagdromerij;
* moeite met omgaan met een anticlimax; en
* af en toe problemen met afstanden beoordelen.

Daar waren ze! Try's kenmerken van een *tiener*! *Ik* ging helemaal op in mijn eigen gedachten (dagdromerij); *ik* was geobsedeerd door crisissituaties (en kon dus niet omgaan met een anticlimax); en *ik* had moeite om dingen goed te beoordelen – duidelijk!

Ik was dus tóch een tiener!

Na het ontbijt vroeg Try of ik haar wilde helpen met opruimen en ze stuurde de anderen weg. We zeiden niet veel terwijl we aan het werk waren, maar op een gegeven moment mompelde Try: 'Ik hoop dat je niet erg vindt wat ik net zei. Ik wilde je niet bekritiseren.' Ze stond over de vaatwasser gebogen en keek me niet aan.

'Helemaal niet!' riep ik uit. 'Het was voor mij alleen een schok om te horen dat ik tóch een tiener ben.'

En toen, op het moment dat we de keuken uit kwamen, werd er opeens geroepen: 'Verrassing!' en wat denk je dat het was?

Het was een *surpriseparty voor mij!*

Omdat ik vrijdag jarig was geweest. Terwijl ik in de keuken was, hadden ze ballonnen opgeblazen en slingers opgehangen!

Emily had een ijsbeker in haar hand, met een kaarsje in het midden. Iedereen zong 'Lang zal ze leven' en ik blies snel het kaarsje uit, voor het ijs verder kon smelten.

Ik was zo zenuwachtig en verrast, dat ik alleen maar een beetje beverig kon glimlachen, zonder iets te zeggen. Maar dat schenen ze niet te merken. Ze waren alleen maar opgewonden over het feestje en ze lieten me zien dat ze de bijzettafeltjes tegen elkaar hadden geschoven, die nu vol stonden met schuimgebak, koekjes, chocoladerepen en chips.

'Hoe wisten jullie dat ik jarig was?' vroeg ik, hoewel ik vermoedde dat Try daar als lerares achter was gekomen en de anderen had overgehaald om dit te doen.

Maar ze legden allemaal uit dat *Finnegan* het hun stiekem had toegefluisterd terwijl ik in de trein lag te slapen! En hij had de slingers en de ballonnen meegenomen! En dat was ook de reden waarom hij 's morgens niet bij het ontbijt was geweest: hij was lekkers gaan halen voor het feestje!

Iemand zette muziek aan en iedereen at en praatte en niemand had het meer over de giftheorie. Toby ging de keuken in en kwam terug met glazen chocolademelk. 'Ik wilde eigenlijk bananenshakes maken,' zei hij, 'maar de bananen waren zwart, dus nu zijn het KitKat-shakes geworden.' Hij stond stilletjes te stralen omdat het hem was gelukt de KitKats fijn te malen.

Astrid begon over mijn haar en vertelde dat ze het altijd alleen maar in opgerolde vlechten op mijn hoofd had zien zitten (alleen Finnegan had het los gezien) en Emily en zij wilden per se aan de krullen trekken om ze te zien terugspringen. (Ze deden het zachtjes.) Toen gaf Briony me ook een complimentje over mijn haar. En Elizabeth zei dat ze mijn nieuwe spijkerbroek erg leuk vond.

Terwijl we zaten te praten, bedacht ik inwendig een paar nieuwe goede voornemens: ik zal niet meer over andere mensen oordelen. Ik zal onder ogen zien dat ik niet altijd beter ben dan anderen. Ik zal om hulp vragen als ik die nodig heb.

Intussen had Try's toespraak bij het ontbijt het tienermeisje in me losgemaakt.

Zo kon ik één zijn met mijn vos-groep.

Mijn geluk was praktisch volmaakt.

Morgen begint er een nieuwe schoolweek. Ik ga beginnen met inhalen! Ik ga allereerst die advocaat bellen om hem mijn verslag van dat gesprek voor te lezen! Ik popel om zijn reactie te horen.

Ik ben dan misschien een tiener, maar ik heb het gevoel dat ik aan de rand sta van een volwassen leven. Dus ik zal mijn lastige 'tienerneiging' tot hysterie overwinnen en me oefenen in innerlijke rust. Toen ik die advocaat sprak, *dacht* ik dat ik volwassen was, maar nee... Als hij morgen mijn stem hoort, zal hij een verandering voelen.

Ik heb nog steeds niets van mijn familie gehoord over die toestand met Anthony, maar ook dat ga ik op een rustige, volwassen manier aanpakken. Net als de advocaat zal mijn vader een verandering in mijn stem horen.

Nu neem ik eerst een energiesnoepje en ga ik werken aan mijn werkstukken voor school! (Zie je wel! Nergens last van.)

Voor het eerst van mijn leven heb ik het gevoel dat ik mezelf echt ken.

*

Verdere nachtelijke overpeinzingen van Scarlett Mackenzie
Zondag, 23.30 uur

Net wakker geworden met maagkrampen.

MAANDAG

Een memo van Briony Atkins

Aan:　　　　Scarlett Mackenzie
Van:　　　　Briony Atkins
Onderwerp:　Urinemonster
Tijd:　　　　Maandagochtend

Beste Scarlett,

Zou je morgen alsjeblieft een urinemonster kunnen meenemen? Ik wil het graag testen op zware metalen, zoals arsenicum. Doe het maar gewoon in een schoon, plastic potje met een goed sluitende deksel (ha ha).

Het beste kun je je eerste ochtendurine meenemen. O ja, heb je de laatste tijd misschien schaaldieren gegeten? Wacht dan een paar dagen voor je het monster meeneemt: in schaaldieren zit namelijk een (onschadelijk) arsenicum dat de resultaten zou kunnen beïnvloeden.

Groetjes,
Briony

PS Heb je al een afspraak gemaakt met de dokter? Je moet de dokter natuurlijk vertellen dat je denkt dat je vergiftigd wordt. MAAR... het zal misschien moeilijk zijn om hem of haar er meteen van te overtuigen de juiste onderzoeken te doen!!! (Hij/zij zal waarschijnlijk eerst de meer gangbare ziekten willen uitsluiten.) Daarom wil ik zelf wat testjes doen.

*

Een memo van Emily Thompson

Aan: Scarlett Mackenzie
Van: Emily Thompson
Onderwerp: Iets wat je hebt gezien
Tijd: Maandag, pauze

Beste Scarlett,

Ik schrijf je om je te vragen of ik je levensverhaal nog eens mag bekijken. Je weet wel, het verhaal dat we zonder jouw toestemming hebben gelezen. Maar dan nu mét jouw toestemming.

Ik herinnerde me namelijk dat je iets had gezien – twee leraressen die ruzie hadden? Zoals je ziet, weet ik het niet precies, omdat ik aan dit stukje niet veel aandacht heb besteed.

Maar... halverwege de wiskundeles besefte ik opeens dat ik dat wel had moeten doen. IK HAD BETER MOETEN OPLETTEN. Want je hebt misschien iets belangrijks gezien en misschien is dát de reden waarom je wordt vermoord. Het hoeft niets te maken te hebben met wat je in het kantoor van Mevrouw Lilydale hebt gezien. Dat was misschien een afleidingsmanoeuvre.

Ik denk nog steeds dat Mevrouw Lilydale je probeert te vergiftigen met die energiesnoepjes, maar dat criminelen hebben haar ingehuurd om dat te doen, omdat zij contact met je heeft en je vertrouwen heeft en zo.

Denk eens goed na. Wat heb je gezien? Schoot de ene lerares de andere voor haar kop? Waarom? Dat zou alles meteen verklaren. Maar aan de andere kant denk ik dat ik het wel gehoord zou hebben als er vorig jaar op het terrein van het Ashbury een lerares was neergeschoten. Mag ik je leven nog een keer inkijken? Fijn. Bedankt.

Liefs,
Emily

PS Ik heb de VOS-groep uitgenodigd voor de halve finale van de debat-wedstrijd, aanstaande vrijdag. Hij wordt namelijk gehouden op het Ashbury. Ik hoop dat het goed is. Ik weet niet wat normaal is bij de-batwedstrijden.

*

Een memo van Elizabeth Clarry

Aan: Scarlett Mackenzie
Van: Elizabeth Clarry
Onderwerp: De Verdachte
Tijd: Maandag, lunchpauze

Beste Scarlett,

Em vertelde me dat ik moet proberen de zaak vanuit nieuwe invals-hoeken te bekijken, dus ik doe mijn best om andere verdachten te be-denken, voor het geval we ernaast zitten met Mevrouw Lilydale.

Mijn eerste mogelijkheid: iemand die in een van jouw vakken op de tweede plaats staat. Omdat hij nummer één wil worden en jou dus moet uitschakelen.

Of misschien dient hij je alleen gif toe om je werk nadelig te beïn-vloeden, zodat hij een voorsprong kan opbouwen.

(Maar de anderen vinden dat het moet gaan om moord, niet alleen om slechter functioneren.)

Hoe dan ook, DENK GOED NA. Hebben leerlingen je dit jaar iets te eten of te drinken gegeven?

Hartelijke groeten,
Elizabeth

PS Vergeet niet naar de dokter te gaan – iemand met een medische achtergrond kan je toestand misschien beter beoordelen dan wij. Ik weet het niet, hoor, misschien ook niet.

*

Een memo van Toby Mazzerati

Aan:	Scarlett Mackenzie
Van:	Toby Mazzerati
Onderwerp:	Veiligheidsnieuws
Tijd:	Maandagmiddag

Hé, Scar,

Even het laatste nieuws: Sergio en ik hebben nu een mobiele telefoon verstopt in Lilydales kantoor.

Hij staat op de trilfunctie en op automatisch opnemen, dus nu kunnen we af en toe bellen om te horen wat ze de rest van de dag allemaal bespreekt. Bovendien houden we haar doen en laten scherp in de gaten.

Dit met het oog op de veiligheid.

Tot nog toe zijn we niets te weten gekomen, omdat ze nooit in haar kantoor is.

Emily zei dat we je memo's moeten sturen, omdat we anders het risico lopen dat iemand ons afluistert als we met elkaar praten. We kunnen ook geen gebruik maken van technische middelen zoals e-mail, msn of sms, omdat we dan gehackt kunnen worden. Finnegan is vandaag niet op school, dus we hebben hem nog niet kunnen informeren, maar dat doen we wel als hij terugkomt.

Wees op je hoede,
Toby (en Sergio)

*

De filosofische overpeinzingen van Scarlett Mackenzie
In mijn slaapkamer, maandag, rond 17.00 uur

Vreemd! Ik heb vandaag niet de advocaat gebeld om hem te vertellen over mijn ontdekking van het verslag. Ik keek er nog wel zo naar uit! Toch heb ik niet gebeld! Raadselachtig...

Misschien was het omdat ik het druk had met het lezen van de memo's van mijn vos-groep! (Nóg zoiets geks. Hebben ze dan geen woord gehoord van Try's wijze opmerkingen? Ik dacht dat we na haar speech allemaal onder de indruk waren, maar nee hoor, ze praten nog met evenveel vuur over moord als eerst. Het is eigenlijk wel grappig. Ik vermoed dat het een spelletje voor hen is. Maar soms is het net of ze het serieus menen!)

O ja, ik was vanmiddag natuurlijk ook druk met de dokter – wat die zei, zal wel een teleurstelling zijn voor mijn vos-groep!

*

De filosofische overpeinzingen van Scarlett Mackenzie
17.15 uur

Toch denk ik dat de echte reden waarom ik de advocaat niet heb gebeld, is dat het verslag van het gesprek nogal verwarrend is. Ik hoor hem in gedachten al ongeduldig vragen: 'Ja, en wat *betekent* dit dan allemaal?' Of: 'Waarom heb je geen *volledige* zinnen uitgetypt?'

Ik ben dus een tijdje bezig geweest om het getypte verslag te analyseren, te begrijpen wat er stond. En dat heeft iets opgeleverd! Het eerste wat de roodharige zegt is: 'Edna Lbagennif, ik bedoel, wat is dat nou voor wacht – maar kom nou toch, waar ben je nou mee bezig?'

*

De filosofische overpeinzingen van Scarlett Mackenzie
17.19 uur

Ik besef nu dat ik dacht dat de roodharige Edna Lbagennif passief vond of iets dergelijks. Maar misschien zei ze wel: 'Edna Lbagennif, ik bedoel, wat is dat nou voor wachtwoord?' Dat zou kunnen. 'Edna Lbagennif zou een wachtwoord kunnen zijn. Grappig! Ik weet misschien het wachtwoord! Ik kan misschien die software binnenkomen en alle goede antwoorden voor toetsen en opdrachten te pakken krijgen! Lachen!

*

De filosofische overpeinzingen van Scarlett Mackenzie
17.29 uur

Ik doe het natuurlijk niet. Dat zou oneerlijk zijn. (Ik vraag me af of het die software is waar meneer Botherit het over had toen ik die keer bij hem in zijn kantoor was – 'nieuwerwetse software', zei hij.) Ik zal de advocaat morgen bellen. Nu ga ik aan het werk! Ik begin met dat geschiedeniswerkstuk dat allang af had moeten zijn. Geen dagdromerij meer! Geen filosofische overpeinzingen meer! Ik ga VANAF NU ZES UUR WERKEN, ZONDER ONDERBREKING!!

*

De filosofische overpeinzingen van Scarlett Mackenzie
17.33 uur

Ik hoop dat het goed gaat met Finnegan. Vreemd dat hij vandaag niet op school was. Zal ik hem bellen en vragen of hij ziek is?

*

De filosofische overpeinzingen van Scarlett Mackenzie
17.43 uur

Nee. Ik kan hem beter met rust laten.

*

De filosofische overpeinzingen van Scarlett Mackenzie
17.45 uur

Hij zei wel dat hij wilde horen hoe het verderging met mijn familie nu het geheim van mijn broer is uitgekomen. Ik moet hem bellen om het hem te vertellen! Niet dat er veel is gebeurd – mijn ouders praten niet meer met elkaar en mijn broer woont nog steeds bij Sam en gaat naar de kunstacademie. Ik heb nog niets van papa gehoord – maar ja, ik heb ook zijn e-mail nog niet beantwoord. Bovendien, als Finnegan ziek is, heeft hij zijn slaap nodig. Ik wil hem niet wakker maken. Hopelijk zijn zijn ogen nu dicht...

*

De filosofische overpeinzingen van Scarlett Mackenzie
17.56 uur

Zijn ogen zijn het mooiste aan hem. Ze hebben zo'n prachtige vorm. Het is net of ze zich in je boren. Van die indringende ogen...

*

De filosofische overpeinzingen van Scarlett Mackenzie
18.25 uur

Vanmiddag heb ik onderweg van school naar huis een 'meidenblad' gekocht. Dat had ik nog nooit eerder gedaan. Ik geloof niet in luxe tijdschriften. Eigenlijk was het een experiment: zou ik het interessant vinden, nu ik weet dat ik een 'tiener' ben? Nou, ik ben even met mijn huiswerk gestopt om daarachter te komen – en het antwoord was natuurlijk 'nee'. Veel slordig taalgebruik en allemaal adviezen over make-up en wat je met je haar kunt doen.

Toch blijf ik de bladzijden omslaan. MOET STOPPEN MET LEZEN EN MIJN WERK AFMAKEN.

*

De filosofische overpeinzingen van Scarlett Mackenzie
19.00 uur

Mijn tijdschrift heeft advies voor meisjes die nog nooit een jongen hebben gezoend. Dat is verstandig – ze hebben oog voor de onschuldige lezers. Ik sta daar versteld van. Er staat dat ik kan leren zoenen door het woord 'hoe' in mijn handpalm te fluisteren.

DINSDAG

Een memo van Scarlett Mackenzie

Aan: Briony, Emily, Elizabeth, Toby en Sergio
Van: Scarlett Mackenzie
Onderwerp: Jullie memo's
Tijd: Dinsdag, 9.00 uur

Beste allemaal,

Eerst wil ik jullie allemaal bedanken voor jullie memo's. Het doet me plezier te zien dat jullie ze gebruiken. In de tweede plaats moet ik jullie vertellen dat ik naar de dokter ben geweest. Tante Veronica heeft me er gistermiddag na school meteen naartoe gebracht.

Ik vertelde hem over jullie giftheorie en het spijt me dit te moeten zeggen, maar we hebben er samen om gelachen. We vrolijkten er helemaal van op. Maar serieus, wat is er met jullie aan de hand? Weten jullie niet meer wat Try heeft gezegd? Waarom zou iemand een onschuldige tiener willen vermoorden? Het slaat nergens op.

Hoe dan ook, de dokter heeft een paar onderzoekjes gedaan – ik krijg over een paar dagen de uitslag. Hij heeft me onderzocht op bloedarmoede, omdat ik bleek zie. Als ik dat heb, moet ik meer ijzer hebben. Hij denkt niet dat ik de ziekte van Pfeiffer heb. Hij heeft besloten me ook te laten testen op vergiftiging met zware metalen, zoals lood, kwik en (inderdaad, Briony) arsenicum, omdat zulke dingen inderdaad voorkomen, vooral in oude huizen – en de symptomen komen met de mijne overeen. (En ook omdat hij het verhaal van mijn overenthousiaste vrienden wel leuk vond.) Maar hoe dan ook, volgens hem ben ik alleen maar overwerkt en gestrest. Ik moet me ontspannen en meer slapen.

Het spijt me heel erg jullie te moeten teleurstellen en ik vind het jammer dat jullie je tijd hebben verspild met jullie 'speurwerk'.

Heel veel liefs,
Scarlett Mackenzie

PS Briony, ik heb niet zo veel zin om een urinemonster mee naar school te nemen. Evengoed bedankt. Ik denk trouwens toch niet dat je het nog wilt hebben nu ik naar de dokter ben geweest.

PS 2 Emily, ik wil je mijn levensverhaal liever niet nog eens laten lezen. Ik hoop dat je dat begrijpt. De mensen die ik ruzie zag maken, waren geen leraressen, zoals ik dacht. Ik heb een advocaat gesproken en het blijken computerprogrammeurs te zijn geweest, die ruzie maakten over de auteursrechten van een computerprogramma. Dus je ziet, niets belangrijks.

PS 3 Toby en Sergio, ik denk dat jullie je mobiel uit mevrouw Lilydales kantoor moeten halen. Volgens mij is dat niet ethisch. En denk eens aan je telefoonrekening.

*

De filosofische overpeinzingen van Scarlett Mackenzie
20.00 uur

Het lukt me vanavond niet me te concentreren op mijn studie! Ik ben namelijk via een proces van logische afleiding tot een ontdekking ge-

komen. Finnegan heeft het volgende in mijn eerste Namenspel geschreven: 'Ik heb Scarlett nog nooit gesproken, maar ik weet zeker
dat er achter haar superirritante persoonlijkheid een prachtig mens
schuilgaat.' Hij vond me een *superirritante persoonlijkheid* hebben. Ik
moet daar steeds aan denken.

*

De filosofische overpeinzingen van Scarlett Mackenzie
21.00 uur

Ik zat net weer in mijn meidenblad te lezen en daar stond in dat een
vriendje je leuk moet vinden zoals je bent. MAAR: (1) Hij vond me super-
irritant. (2) Hij zei dat ik op kickboksen moest gaan. (Waarom? Vond hij
dat ik lichaamsbeweging nodig had? Ik ben niet dik, hoor. Nou ja, ik ben
ook niet broodmager, maar als hij valt op broodmagere meisjes, is hij
een 'oppervlakkig type' (zoals mijn tijdschrift zou zeggen). (3) Hij heeft
mijn vlechten losgemaakt in de nachtclub. (Waarom? Vond hij mijn haar
niet leuk zoals het was? Hij had het juist wél leuk moeten vinden!)

*

De filosofische overpeinzingen van Scarlett Mackenzie
22.00 uur

Niet dat hij mijn vriendje is, maar toch.
    Hij was vandaag weer niet op school. Ik ga hem niet bellen om te
vragen hoe het met hem is.
    IRRITANT? Ik?
    Ik denk dat ik mijn haar maar weer in vlechten op mijn hoofd ga dra-
gen.

WOENSDAG

Een memo van Briony Atkins

Aan: Scarlett Mackenzie
Van: Briony Atkins
Onderwerp: Voedingsadvies
Tijd: Woensdagochtend

Beste Scarlett,

Nou, ik begrijp HEEL GOED dat je het vervelend vindt om een urinemonster mee te nemen en ik denk dat we gewoon moeten wachten tot de testresultaten van de dokter binnen zijn.

Vaak onderzoeken ze haar en nagels op arsenicum, omdat het daar jaren in blijft zitten – dus maak je geen zorgen, ze kunnen je zelfs onderzoeken als je dood bent (ha ha, grapje, je gaat niet dood) (hopelijk...).

Toen ik voor mijn biologiewerkstuk het arsenicumgehalte in het water wilde meten, heb ik via het internet een testset besteld. (En nu krijg ik allemaal stomme reclame van chemische bedrijven die op het internet adverteren.)

Hoe dan ook, mag ik je in ieder geval aanraden om veel eieren, uien, bonen en knoflook te eten?

Daar zit namelijk zwavel in, en dat helpt je om een deel van het arsenicum uit je lichaam af te voeren.

Liefs,
Briony

*

Een memo van Emily Thompson

Aan: Scarlett Mackenzie
Van: Emily Thompson
Onderwerp: Misschien lijkt het jou onbelangrijk...
Tijd: Woensdag, pauze

Beste Scarlett,

Misschien lijkt het jou onbelangrijk, maar met geschillen over auteursrechten is vaak veel geld gemoeid, miljoenen dollars soms. Dus misschien heb je toch *wel* iets gehoord dat zo belangrijk is dat je dood moet. Je weet het maar nooit. (En je dokter gaf toe dat je symptomen konden wijzen op vergiftiging!! Hoeveel bewijs heb je nodig?!?!?!)

Dus als het over software gaat, moeten we nagaan welke mensen op onze school zich met computers bezighouden. Ik vind het vervelend om toe te geven, maar het is misschien toch niet mevrouw Lilydale. Als ik bedenk welke leraren allemaal met computers bezig zijn, valt het me op dat ik *altijd* mevrouw Flynn in de bibliotheek achter de computer zie zitten! En ze draagt pastelkleuren! Zou een dekmantel kunnen zijn. Zou zij het kunnen zijn?

Kun je me alsjeblieft vertellen naar welk advocatenkantoor je bent geweest om over die auteursrechtenkwestie te praten? En ook wat voor soort software het was en wie de partijen waren? Dan kan ik mijn moeder vragen of zij iets van die zaak afweet, want zij is zelf advoca-

te en gespecialiseerd in auteursrecht. Ik kan het je nu trouwens rechtstreeks vragen, want ik zie je zitten.

Fantastisch.

Bedankt.

Emily

*

Een memo van Sergio Saba

Aan: Scarlett Mackenzie
Van: Sergio Saba
Onderwerp: Veiligheidsnieuws
Tijd: Woensdagmiddag

Scarlo,

Toby en ik kunnen je het volgende melden over mevrouw Lilydale.

We hebben ingebeld op haar kantoor en we hebben haar precies
dezelfde preek horen afsteken tegen vijf verschillende leerlingen. De
preek ging over appels. Ik snap er niks van en Toby ook niet, terwijl
we het toch vijf keer hebben gehoord. Het was iets over Granny Smith
vergeleken met Golden Delicious en het spijt me zeer, maar het slaat
nergens op. Kan zo'n appelfreak een moordenares zijn? Ik heb geen
antwoord op die vraag, maar ik heb gehoord dat appelpitten cyanide
afgeven, als je er hard genoeg op kauwt. Dus dat is wel relevant.

We hebben ook de deur van mevrouw L.'s kantoor in de gaten gehouden en het valt ons op dat ze er vaak niet is. Afgezien van de ap-
pelpreken is ze er nooit.

Eet niets.
Sergio

Een memo van Elizabeth Clarry

Aan: Scarlett Mackenzie
Van: Elizabeth Clarry
Onderwerp: Nagellak
Tijd: Woensdagmiddag

Beste Scarlett,

Weet je nog dat ik zei dat je moest nadenken over welke mensen je dit jaar eten of drinken hebben gegeven?

Nou, ik besefte opeens dat ik niet zo'n compleet andere invalshoek had gekozen als eigenlijk de bedoeling was. Want je kunt op heel andere, interessantere manieren worden vergiftigd, bijvoorbeeld via badproducten, tandpasta of parfum. Ik heb je een Ventolin-pufje zien gebruiken, dus luister: wie kan bij je Ventolin komen? Ook viel het me vanmorgen bij geschiedenis op dat je op je nagels zat te bijten. Ik weet dat je nagellak gebruikt...

Verder weet ik dat Em mevrouw Flynn als verdachte heeft genoemd. Volgens mij zit zij altijd achter de computer om haar internetkrant bij te werken. *Maar* het is wel interessant dat mevrouw Flynn dit jaar *nieuw* is op school. En ze is in de plaats gekomen voor mevrouw Lawrence, *die kennelijk spoorloos is verdwenen.*

Heeft mevrouw Flynn mevrouw Lawrence vermoord, zodat zij haar plaats kon innemen en jou kon vermoorden?

Het zijn zomaar een paar dingetjes om over na te denken.

Liefs,
Elizabeth

De filosofische overpeinzingen van Scarlett Mackenzie
16.30 uur

Finnegan was vandaag nog steeds niet op school en mijn vos-groep is nog steeds gek bezig.

Intussen raak ik steeds meer achter, omdat ik halve nachten zit te dagdromen, en het heeft geen zin om dat woord in een hokje op te sluiten. Het maakt niet uit. Ik heb ook de advocaat nog niet gebeld! Ik wil per se eerst mijn verslag van dat gesprek in orde hebben. Ik zat bijvoorbeeld net naar dat wachtwoord te kijken, Enda Lbagennif, en ik dacht: *hoe weet ik of ik dat goed heb gespeld?* Ik heb het tenslotte alleen maar *gehoord*, en de spelling heb ik moeten gokken. Het kan ook Edna Lobbagenif zijn geweest, of Edna Lybugenyf, of voor mijn part *Ed Na*lbagennif of Ed *Nolb*anagennif. Wie weet? Die vrouwen praatten erg snel, hun woorden tuimelden over elkaar heen.

Misschien moet ik een manier bedenken om het wachtwoord te *testen* voor ik de advocaat bel. Om te kijken of het werkt. Om hem te bewijzen dat ik niet gek ben.

*

De filosofische overpeinzingen van Scarlett Mackenzie
18.30 uur

Wat doet het ertoe dat hij me irritant noemde? Hij heeft me ook *prachtig* genoemd. Hij zag tenminste dat ik achter mijn persoonlijkheid een prachtig mens ben. O, wat een inzicht! En toen, in de tweede vos-bijeenkomst, werd hij mijn buddy! Het was natuurlijk Try die ons aan elkaar koppelde. Maar nu ik eraan terugdenk, zat hij volgens mij met zijn *voeten* naar me toe en met zijn lichaam subtiel mijn kant op gedraaid, zodat Try ons wel aan elkaar *moest* koppelen! Hij heeft een psychologisch trucje met Try uitgehaald en zo zijn we buddy's geworden! Zeker weten.

418

*

De filosofische overpeinzingen van Scarlett Mackenzie
21.30 uur

Ik krijg mijn werk onmogelijk af. Ik zit de hele tijd 'hoe' in mijn hand-palm te fluisteren. Ik lijk wel een uil met keelontsteking. Hoe? Hoe? Ja, hoe? *En vooral: wie?*

DONDERDAG

Een memo van Astrid Bexonville

Aan: Scarlett Mackenzie
Van: Astrid Bexonville
Onderwerp: Hill End
Tijd: Donderdag, ik weet niet hoe laat het is, maar het is nog
             hartstikke vroeg, voor school, zeg maar

Beste Scarlett,

Nou, ik schrijf je vandaag omdat ik dat had gezegd en omdat ik je deze week nog niet had geschreven. Gisteren in het park hadden we het over je, want Sergio zei van: 'Oké, we kappen met schrijven, we moeten *overleggen*.' Hij heeft geen zin meer om steeds memo's te schrijven en kopietjes te maken voor de anderen. Je kunt wel merken dat hij en Toby en Liz dit allemaal erg grappig vinden, maar Em en ik en Briony denken dat het misschien wel echt is.

Er was niemand in de buurt die ons zeg maar kon horen, dus maak je geen zorgen.

We hebben nu besloten dat IEDEREEN verdacht is, inclusief de VOS-groep. Want we waren zo aan het praten en, nou ja, toen vielen ons een paar dingen op:

(A) Liz had het erover dat nagellak giftig kan zijn, omdat jij op je nagels bijt, dus dat was hartstikke slim. En toen herinnerde Em zich dat jij ons had verteld dat iemand van de vos-groep je nagellak cadeau had gegeven, maar *anoniem*. (Briony wil je nagellak op arsenicum testen.) Dus oké, wie heeft je die nagellak gegeven, volgens jou? Wij weten zeker dat wij het niet zijn geweest, tenminste, niemand kan zich herinneren dat hij je nagellak heeft gegeven en volgens mij zouden wij ons zoiets herinneren. Maar het kan belangrijk zijn.

(B) Je vertelde ons ook dat meneer Botherit zei dat IEMAND je had overgeplaatst naar onze vos-groep, terwijl je eerst in een andere vos-groep zat, met meer jouw slag mensen. Wie heeft je overgeplaatst? Iemand van onze vos-groep die je dicht in de buurt wilde hebben, zodat hij je nagellak kon geven om je te vermoorden? Niet lachen, Scarlett, het zou best kunnen.

Dus toen heeft Emily ons allemaal een kruisverhoor afgenomen over de nagellak, want het kon zijn dat we het alleen maar ontkenden. En als Finnegan terugkomt op school, gaat ze hem ook een kruisverhoor afnemen, zonder hem iets over deze situatie te vertellen. We kunnen Try niet vragen wie je de nagellak heeft gegeven, want zij gelooft hier allemaal niet in, zeg maar.

Ik merkte wel dat de anderen iets hadden van: 'Als iemand in de vos-groep Scarlett wil vermoorden, is het Astrid wel.' Want wij waren vroeger geen echte vriendinnen, zeg maar. Iedereen had iets van: 'Wie heeft de grootste hekel aan Scarlett? O, kijk, daar heb je Astrid. Hmm, toevallig.' Maar ik probeer je niet te vermoorden, eerlijk niet.

Maar goed, nu kom ik dus bij de reden waarom ik je van de week geen memo's heb gestuurd. Dat is omdat ik me schuldig voel.

Want in je levensverhaal dat we hebben gelezen, heb je het erover dat je vriendinnen met me wilde zijn, en ik lachte je in je gezicht uit.

En je hebt het ook over het schoolreisje naar Hill End in de tweede, maar je gaat er verder niet op in.

Ik weet nog precies wat er in Hill End is gebeurd, want ik was toen pisnijdig, hoewel ik nog een beetje jong was om zo kwaad te zijn, en eigenlijk had iemand moeten zeggen dat ik moest ophouden. Ik wist niet dat jij het nog wist, maar wel dus.

Ik herinner me dat je in dezelfde kamer was ingedeeld als ik en mijn vriendinnen, omdat je je blijkbaar was vergeten in te schrijven voor een kamer met je eigen vriendinnen. Wij vroegen zeg maar beleefd of je naar een andere kamer wilde verhuizen, want we wisten dat je niet echt bij ons paste. Maar je begon te lachen, alsof je dacht dat we een grapje maakten, en je was verkouden, dus toen je lachte, kwam er een beetje snot uit je neus. Helemaal niet veel en ik weet best dat ik overdreef toen ik hysterisch begon te gillen en schreeuwde dat ik misselijk van je werd.

En toen snoot je je neus en je zei dat het te laat was om nog van kamer te veranderen. En toen zei ik van: 'Oké, smerige snottebel, blijf dan maar hier, als je dat zo graag wilt.' En toen nam iedereen dat over en ze bleven je dat hele schoolreisje snottebel noemen.

En de laatste avond begon ik je zo'n beetje uit te jouwen, van: 'Scarlett de snottebel, Scarlett de snottebel!' want ik was nog steeds kwaad op je omdat je in onze kamer zat. Ik deed net of het een leuk grapje was waar jij ook om kon lachen, en iedereen deed mee, en toen kreeg jij die astma-aanval.

Ik dacht dat je alleen maar deed alsof, om ons te laten ophouden.

Waarschijnlijk was de verkoudheid gewoon op je borst geslagen, maar ik voelde me toch schuldig.

Ik was toen nog wel jong, maar als ik eraan terugdenk, vind ik het toch rottig dat ik dat heb gedaan. Je was toen altijd zo vrolijk, ik had nooit gedacht dat je je zo'n scheldwoord zo zou aantrekken. En je was ook zo slim, dus ik dacht op de een of andere manier dat vrolijke, slimme mensen zeg maar onkwetsbaar zijn.

Maar misschien zijn ze je de rest van de tweede wel snottebel blijven noemen. Ik hoop het niet, maar ik herinner me ergens nog wel dat je dat jaar veel alleen was en dat mensen je vaak uitlachten. Ik hoop dat die herinnering niet klopt, maar als het waar is, is dat vast rottig geweest.

Dus ik voel me verschrikkelijk schuldig.

Maar ik heb er erge spijt van en ik hoop dat je het me ooit kunt vergeven.

Liefs,
Astrid

*

Nachtelijke overpeinzingen van Scarlett Mackenzie
Donderdag, 23.35 uur

Vreemd, vreemd, verontrustend!

Er is net iets heel mysterieus gebeurd en ik moet snel typen, om te weten of het echt is.

Goed dan. (Rustig ademhalen.) Hier komt het:

Ik kom totaal overstuur uit school. Na Astrids memo heb ik het gevoel dat ik uit mijn leven ben geplukt en in een rammelende kooi ben gezet. Ik voel me mislukt, kapot, naakt, alsof ik ben ontleed. Mijn verdriet, waar niemand van wist, mijn geheime jaar... alles opgekrabbeld in Astrids handschrift.

Ik beuk de hele middag op de piano. Veronica en Jake kijken bezorgd naar me. Bella duwt een stukje speelgoed in mijn hand – een klein, plastic mannetje dat in haar speelgoedbus thuishoort. Daar moet ik om huilen.

Ik besluit dat ik een warm bad moet nemen. Anthony heeft me badbommetjes gegeven voor mijn verjaardag: ik kijk hoe een aardbeienbom sissend oplost in het water.

Astrid heeft haar excuses aangeboden.

Die steen van wrok die ik in mijn hart meedraag: moet die nu ook sissend oplossen?

Maar kan ik hem wel laten gaan?

Ik denk dat ik dat het hele trimester heb geprobeerd. Ik denk dat ik daarom wilde dat Try met me over mijn Leven zou praten. Ik wilde dat ze me *vroeg* naar die rampzalige gebeurtenis in de tweede klas. Het staat er allemaal bedekt in – ik wilde er Try over vertellen – ergens wilde ik dat ze Astrid net zo zou haten als ik.

Ik lig in het bad en ik kijk naar het licht, dat als een fonkelende ster van de kraan spat.

Ik denk aan de 'naam' die Astrid me in Hill End had gegeven – de scheldnaam die ze me het grootste deel van de tweede klas hebben nageroepen. Ik kan die naam nooit opschrijven.

Dat jaar vergat ik wie ik was. Astrid koos mijn naam voor me uit.

Ik denk aan Ernst von Schmerz, die op zijn oude school zijn eigen naam niet mocht kiezen. Dus nu kiest hij steeds een nieuwe naam, om hen te tarten.

Astrid is alleen maar een mager meisje, dat altijd op de vlucht is voor de politie. Waarom liet ik haar dat jaar mijn naam voor me kiezen? Ik begrijp nu waarom ze een hekel aan me had. Ik was vrolijk. Ik wilde met haar bevriend zijn. Het kon me niet schelen dat ze het jaar ervoor gemeen tegen me was geweest – ik had me *zelf* ingeschreven voor haar kamer. Astrid kende mijn sociale status, maar *ik niet*. Zij voelde zich verplicht om me te laten zien wie ik was. Door me een naam te geven, dacht ze mijn ziel een spiegel voor te houden. En nu neemt ze hem terug.

Dit jaar ben ik net zo geweest als Astrid. Ik was koortsachtig bezig namen te bedenken voor mijn vos-groep om hun te laten zien wie zij in mijn ogen waren. Maar zoals mijn vos-groep opmerkte: als je mensen op die manier namen geeft, plaats je jezelf boven hen. Erger nog, je geeft ze geen ruimte om te veranderen.

Het Namenspel bracht me ertoe om het te doen – toen ze mijn naam midden op het vel papier zetten en me zo beschreven. Het was net alsof ze me een andere naam hadden gegeven. Ik denk dat Hill End daarom dit jaar zo veel in mijn gedachten is geweest.

Ik denk aan namen en aan kiezen wie je wilt zijn. Ik denk aan de namen van de mensen in mijn VOS-groep. Toby, Briony, Astrid, Emily, Sergio, Elizabeth, Finnegan en Try.

Ik staar naar het licht dat uiteenspat op de kraan, ik knijp mijn ogen tot spleetjes en zie vanuit het middelpunt kronkelende lichtlijntjes alle kanten op springen, als vuurwerk dat in de nacht uiteenspat.

Namen botsen op elkaar en smelten samen. Try en Toby storten in elkaar en worden één. Finnegan smelt samen met mevrouw Flynn.

Nu zijn mijn lichtlijntjes twee vissen geworden, die naar elkaar toe zwemmen, bijna tegen elkaar botsen, elkaar bijna kussen en fluisteren: *hoe, hoe, hoe.*

Het fonkelende licht op de kraan, de kronkelende lichtlijntjes, de vissen, het fonkelende licht, de kronkelende lichtlijntjes, de vissen. Ik buig dichter naar de kraan toe en er is niets meer dan een kraan: een zwanenhals, een glimmende buis. In die buis zie ik het langgerekte spiegelbeeld van Scarlett. Scarlett Mackenzie.

Ik staar en het enige wat ik kan denken is: Finnegan. Finnegan, Finnegan Blonde. *Finnegan A. Blonde.*

Zijn handtekening op dat 'Buddycontract', zo veel maanden geleden. Finnegan A. Blonde.

En terwijl ik staar, valt zijn naam in stukken uiteen. Fin. Ne. Gan. A. Blon. De. De stukken rennen achteruit. De. Blon. Gan. De letters in de stukken draaien om elkaar heen. Ed. Nolb. Nag.

Ik trek de stop van het bad eruit.

Ik sta in het geraas van het wegkolkende badwater.

Ed. Nolb. Nag.

Ik grijp mijn handdoek, ren naar mijn slaapkamer, doorzoek mijn aantekeningen – En daar heb ik ze. Mijn overpeinzingen over het password. Eén mogelijke spelling van het wachtwoord:

Ed Nolbanagennif.

Het is Finnegan A. Blonde in omgekeerde volgorde.

VRIJDAG

De filosofische overpeinzingen van Scarlett Mackenzie
Vrijdag, lunchpauze

Enorme opluchting. Eindelijk is het gebeurd.
  Natuurlijk heb ik me van tevoren gedragen als een idioot.

*

De filosofische overpeinzingen van Scarlett Mackenzie

Vanmorgen liep ik de trap op naar de bovenste verdieping en wachtte bij meneer Botherits kantoor tot hij naar buiten kwam om naar zijn klas te gaan. Toen glipte ik naar binnen.
  Ik ging aan zijn computer zitten. Ik was net in een soort trance.
  Want zie je, ik dacht: *het is een boodschap.* Als het wachtwoord Finnegans naam is, in omgekeerde volgorde, dan is het een boodschap van Finnegan aan mij. Die boodschap luidt: *gebruik het wachtwoord, gebruik mijn naam, eis je eigen goede naam weer op!* De boodschap drukt me op het hart: *kopieer gewoon even de hoofdlijnen van een paar opdrachten en tentamens, dan vind je de weg terug naar jouw positie: nummer één.* Finnegan, mijn buddy, probeert me de weg te wijzen.

*

De filosofische overpeinzingen van Scarlett Mackenzie

Ik zat achter meneer Botherits computer en keek naar de iconen op zijn scherm, die wazig waren door het licht van het kantoorraam. Maar daar stond het. Een icoon van een perkamentrol, met het woord *Verlichting* erop. Dat was de naam die de advocaat had genoemd, de naam van de software. Ik klikte op de icoon.

Wachtwoord? verscheen op het scherm.

Met trillende vingers typte ik: Ed Nolbanagennif.

Het werkt vast niet, dacht ik. *Waarschijnlijk is het een andere spelling – het is vast Edna, zoals ik eerst dacht, het is –* en toen drukte ik op Enter en was ik binnen.

Ik was binnen, zoals ze in de film zeggen. Het scherm vulde zich met felle kleuren en verleidelijke opties.

Ik greep de muis, klikte op COMPUTER UITSCHAKELEN, sprong uit meneer Botherits stoel, rende zijn kantoor uit en barstte in tranen uit. Alweer.

*

De filosofische overpeinzingen van Scarlett Mackenzie

Ik kan er nu nog niet over uit. Ik had bijna fraude gepleegd.

Waarschijnlijk was ik zelfs bijna betrapt: toen ik uit meneer Botherits kantoor kwam rennen, zag ik Try aan het andere eind van de gang staan. Ik weet niet zeker of ze me heeft gezien. Ze keek in ieder geval wel mijn kant op.

Maar ik draaide me snel om en rende naar de bibliotheek.

En daar heb ik sindsdien gezeten, in mijn schaduwstoel. De zon is warm vandaag, maar in de schaduw is het kil en ik zit ineengedoken op mijn stoel, met mijn laptop op schoot, terwijl mijn vingers proberen te typen.

*

De filosofische overpeinzingen van Scarlett Mackenzie

Zodra ik hier aankwam, pakte ik mijn mobiel, verwijderde ik zeven of acht berichten van mijn moeder met de vraag haar te bellen, en belde ik de advocaat. Tot mijn verbazing nam hij meteen op.

Ik vertelde hem dat ik een letterlijke weergave had gevonden van wat de twee computerprogrammeurs tegen elkaar hadden gezegd toen ze langs me heen liepen. Ik legde uit dat ik het leuk vind om gesprekken uit te typen. Hij was er stil van.

Maar ik was niet trots. Ik schaamde me. *Ik had niet eerder gebeld omdat ik het wachtwoord voor mezelf wilde gebruiken.* Ik wist dat nu. Het toevallige feit dat Finnegans naam in omgekeerde volgorde het wachtwoord was, was alleen maar het excuus waarop ik had gewacht.

*

De filosofische overpeinzingen van Scarlett Mackenzie

Hoe dan ook, ik las het gesprek voor aan de advocaat en hij maakte wat geïnteresseerde geluiden. Hij wilde weten of ik het had uitgeprint, of opgeslagen in mijn computer, of aan anderen had laten lezen. 'Het is uitermate vertrouwelijk,' legde hij uit. 'Dat is een bijzonder belangrijk document dat je daar hebt.' Ik voelde iets van troost. Hij wil dat ik maandag met mijn laptop naar zijn kantoor kom.

Ik rende naar de bibliotheek en printte daar het gesprek uit om een kopie te hebben, ook al had hij gezegd dat hij dat niet wilde. Hij was gek – er kon wel van alles met mijn laptop gebeuren! Je moet altijd een back-up hebben.

Wat krijgen we nou? Weet je wie daar aankomt?
    Tante Veronica!
    Ze komt de hoofdingang van mijn school binnen lopen!!!

*

Een memo van Scarlett Mackenzie

Aan: Briony, Emily, Elizabeth, Toby, Sergio en Astrid
Van: Scarlett Mackenzie
Onderwerp: Jullie memo's
Tijd: Vrijdag, 17.00 uur

Beste allemaal,

Ik geef jullie dit voor het debat van vanavond. Ik hoop dat jullie, als jullie dit gelezen hebben, begrijpen waarom het voor mij gemakkelijker was om het op te schrijven dan om het persoonlijk uit te leggen.

Tante Veronica kwam vandaag tijdens de lunchpauze naar school en nam me de rest van de middag mee naar een café. Ze had nieuws.

Ze had de dokter gesproken. Hij had een aantal testresultaten terug. En het blijkt dat er sporen van arsenicum in mijn lichaam zitten, meer dan erin thuishoren. En dat verklaart heel veel van wat er dit jaar is gebeurd. De dokter gaf tante Veronica een lijst met symptomen van chronische arsenicumvergiftiging en daar stonden dingen bij zoals lichamelijke en geestelijke uitputting, misselijkheid, een verdoofd gevoel en hoofdpijn. Het kan ook de eeltplekken veroorzaken, waarvan ik dacht dat ze van het roeien kwamen. Je kunt ook last krijgen van 'visuele stoornissen' en 'verstoorde geestelijke activiteit'. Geen wonder dat jullie allemaal in dieren veranderden.

Tante Veronica had aardig wat tijd met de dokter gepraat, daarna met mijn moeder, en vervolgens nog eens met de dokter. Zij drieën denken dat ze de oorzaak weten: ik ben regelmatig in een oud huis geweest, dat mijn vader heeft gekocht. Het staat in de Gilbert Road, in Castle Hill. Ik heb daar het behang voor hem van de muren gehaald. Mijn moeder is daar in het begin ook geweest en zij herinnert zich dat de eerste laag behang groen is en er misschien al sinds 1870 op zit.

Nou, en in die tijd maakten mensen behang soms groen door arsenicum in de verf te stoppen.

Ze gaan er natuurlijk naartoe om dit te controleren en ik moet morgen naar het ziekenhuis om verder onderzocht te worden.

Maar zoals jullie zien, is er geen sprake van raadselachtige toestanden.

Mijn vader heeft me gewoon vergiftigd.

O ja, tante Veronica liet me ook nog weten dat mijn ouders hebben besloten uit elkaar te gaan. Mijn moeder had me de afgelopen dagen geprobeerd te bereiken, maar ik had haar niet teruggebeld. Ze gaat het me morgen allemaal vertellen.

Mijn vrienden, jullie hadden in veel dingen gelijk.

Ik zie jullie vanavond na het debat. En bedankt voor jullie werk – jullie zijn allemaal ongelofelijk slim en heel bijzonder.

Heel veel liefs,
Scarlett

DEEL

8

Beste Finnegan,

Toen je vanavond gedag kwam zeggen en die envelop in mijn hand drukte, had ik het vreemde gevoel dat ik je nooit meer terug zou zien.

Maar dat is onzin.

Het is nu ongeveer 21.00 uur en ik schrijf dit op mijn laptop, terwijl ik in meneer Botherits kantoor zit.

Het was aardig van je om vanavond naar de halve finale van de debatwedstrijd te komen – ik kon er niet over uit dat de hele vos-groep daar kwam opdagen, inclusief Try! Jullie juichten allemaal zo enthousiast toen we wonnen.

Maar nadat je me die envelop had gegeven, kwam ik op het idee om je te schrijven. Ik wil je vertellen wat er is gebeurd.

Emily miste vanavond bijna ons debat. We hebben altijd een uur voorbereidingstijd en Ernst en ik waren dat hele uur alleen. Wij schreven Emily's speech voor haar, als de dood dat we ons zouden moeten terugtrekken. Maar ze kwam op het laatste moment binnenrennen.

Toen het debat was afgelopen, hingen we zoals je weet allemaal rond in het lokaal, hier, op de bovenste verdieping. Jij gaf me je brief en vertrok.

Mevrouw Lilydale kwam naast me staan. Samen zagen we je het lokaal uit rennen.

'Wie is die aardige jongeman?' vroeg ze. Ik legde uit dat je Finnegan Blonde bent en dat je dit jaar nieuw bent op onze school.

Geleidelijk aan begonnen er mensen te vertrekken. Leraren en ouders druppelden het lokaal uit. Sergio stelde voor om naar de Blue Danish te gaan om het te vieren en bood aan om me na afloop naar huis te brengen. Tante Veronica en oom Jake vroegen of ze Try konden spreken. Ze gingen met z'n drieën op de gang staan.

Toen waren alleen de VOS-groep en Ernst von Schmerz nog in het lokaal.

Onmiddellijk kwamen de anderen dicht om me heen staan.

Ze waren helemaal opgewonden.

Finnegan, het spijt me verschrikkelijk, maar ze denken dat jij me dit jaar hebt geprobeerd te vergiftigen. Zie je, ik ben een groot deel van het jaar ziek geweest en vandaag heb ik te horen gekregen dat er arsenicum in mijn lichaam zit.

Ze denken dat jij me dat hebt gegeven, om de volgende redenen:

1. Je bent dit jaar nieuw op school, dus je bent een vreemde. (Erg overtuigend!)
2. Iemand schijnt de schoolcomputer te hebben gehackt om me naar deze VOS-groep over te plaatsen. Jij bent erg goed met computers, dus denken ze dat jij dat hebt gedaan.
3. Iemand van de VOS-groep heeft me anoniem nagellak gegeven – zij ontkennen allemaal dat ze dat hebben gedaan, dus dan moet jij dat ook zijn geweest. Ze denken dat er arsenicum zit in de nagellak. (Maar daar is geen bewijs van.)
4. Jij gaat in de Blue Danish vaak voor iedereen koffie halen. Ze denken dat je die gelegenheid gebruikt om stiekem het gif in mijn koffie te doen. (Als het tenminste niet in de nagellak zit.)
5. Toby en Sergio hebben van de week mevrouw Lilydales kantoor in de gaten gehouden en gisteren hebben ze je daar drie keer naar binnen zien glippen.

6. Emily's vriend heeft een broer bij de politie en die heeft verschillende lijsten van Queensland nagekeken om te zien of je daarop voorkomt. Hij kan nergens bewijs vinden van je bestaan.

Ik geloofde geen woord van wat ze zeiden. Ik weet dat jij niet iemand bent die mij zou vermoorden. Bovendien denkt de dokter dat het arsenicum afkomstig is van behang dat ik voor mijn vader van de muur heb getrokken. Maar nee! De vos-groep kon dat niet accepteren. Zij zijn ervan overtuigd dat er iets duisters gaande is. Bovendien wijzen ze erop dat ik al ziek begon te worden *voor* ik met het behang aan de slag ging.

Ik heb hun gezegd dat het niets wil zeggen dat je naam niet op die lijsten van Queensland voorkomt. Misschien heb je wel geen rijbewijs, zei ik. (Hoewel je rijdt alsof je er wel een hebt.) Of misschien heb je een andere naam aangenomen. Ik legde ook uit wat je me een paar weken geleden hebt verteld. Dat je samen met mevrouw Lilydale een onderzoek doet voor geschiedenis. En dat Toby en Sergio je waarschijnlijk daarom haar kantoor in zagen gaan.

Maar toen stopte ik.

Finnegan, mevrouw Lilydale *vroeg me vandaag wie je was.* Wie is die aardige jongeman? Dat zou ze toch hebben geweten als ze met je samenwerkte...

Wat deed je in haar kantoor?

Ik heb dit niet tegen de anderen gezegd – daar kreeg ik trouwens de kans niet voor. Emily wilde iets zeggen. Kennelijk had ze staan popelen om te beginnen, maar had ze het juiste moment afgewacht. Ze had een belangrijke mededeling.

'Er is geen enkele advocaat,' fluisterde ze dramatisch, 'met de naam Blake Elroy.'

Dat is de naam van een advocaat die ik heb gesproken in verband met een ruzie over computersoftware die ik vorig jaar had opgevangen.

Emily had haar ouders, die advocaat zijn, gevraagd om voor me te informeren naar meneer Elroys kantoor. En ze zeiden dat dat kantoor niet bestaat. Vanmiddag was Emily naar de stad gegaan en had daar het kantoor opgezocht waar ik de advocaat had gesproken, om te zien wat daar gaande was. Daarom was ze te laat voor het debat.

Het kantoor was helemaal leeg.

Ik moet toegeven dat ik daar wel van schrok. Ik had meneer Elroy vanmorgen nog gesproken.

'Hij is zeker verhuisd,' zei ik. 'Dat pand was een puinhoop!'

Maar Emily hield voet bij stuk – meneer Elroy bestaat niet.

Toen werd de groep hysterisch. Ze zeiden dat er vast iets illegaals aan de hand was met de software. Dat het meer was dan een kwestie van auteursrechten. Ik had vast iets belangrijks gehoord. Het waren een nepadvocaat en een nepafspraak. Het gesprek was alleen bedoeld geweest om te achterhalen wat ik wist. En jij was de school binnen geloodst om mij als getuige uit te schakelen. Het was hun allemaal glashelder! (Ze kijken te veel tv!)

'Denk na,' zei Astrid. 'Is er ergens een link tussen Finnegan en die software?'

En toen schoot het me te binnen.

Finnegan, gisteravond ontdekte ik dat het wachtwoord dat op het Ashbury wordt gebruikt om toegang te krijgen tot de software waar we het over hebben, *jouw naam in omgekeerde volgorde is.*

Is dat toeval? Een verbazingwekkend toeval? Of is er een verband?

Maar ik heb opnieuw hun argumenten weggelachen. Ik haalde mijn geprinte versie tevoorschijn van het gesprek dat ik had afgeluisterd, om te bewijzen dat er niets belangrijks in stond.

Ik gaf de tekst aan Ernst, die alles peinzend had staan aanhoren. Hij is net zo'n computerdeskundige als jij.

Op dat moment kwamen tante Veronica en oom Jake het lokaal binnen om afscheid te nemen. Try kwam naar me toe. Ze keek me bezorgd aan.

'Kunnen wij even samen praten?' vroeg ze. Ze stelde voor dat de anderen alvast naar Castle Hill zouden gaan. Wij zouden snel achter hen aan komen.

De anderen fluisterden bij de deur: 'We praten straks verder.' Daarna zeiden ze gedag en liepen ze weg door de gang.

Ik liet mijn schooltas, sleutels, aantekeningen enzovoort achter, maar mijn laptop nam ik mee. Zoals je weet, hangt die altijd over mijn schouder.

Try stelde voor geen tijd te verspillen. Omdat meneer Botherits kantoor op de bovenste verdieping is en de deur open stond, liet ze me daar binnen. En nu zit ik daar dus. In meneer Botherits kantoor.

Try vroeg me even te wachten terwijl zij een telefoontje afhandelde op de gang – ik hoor het zachte gemompel van haar stem. Ze neemt wel de tijd!

O, de deur.

Daar ben ik weer. Nog steeds in meneer Botherits kantoor.

Try is net naar buiten gelopen om weer te bellen. Ik vind het niet zo erg, omdat ik het gevoel heb dat ik met jou zit te praten. Hoewel ik denk dat meneer Botherit vanmiddag wel veel knoflook heeft gegeten bij zijn lunch. Het stinkt in zijn kantoor. En waarom is het hier zo koud?

Mijn tante en oom hadden Try verteld over mijn gezondheid en mijn gezinssituatie (heb je het laatste nieuws al gehoord van de anderen?). Daarom wilde ze me spreken. Ze bood me haar hulp aan en ze zei dat ik altijd met haar kon komen praten. Aardig.

Maar ik wou dat ze opschoot. Ik kan haar stem niet meer horen. Ze gaat me straks naar de Blue Danish brengen en ik wil de anderen niet mislopen. Of kan ik misschien beter naar huis gaan? Ik voel me niet zo lekker.

Ik word soms zenuwachtig als ik tegen je praat, Finnegan. Ik heb geen idee wat je zult denken als je dit leest. Ik wilde je alleen de kans geven om het uit te leggen, als je dat kunt.

Ik heb een ongelooflijke dorst. En ik ben een beetje kortademig
– eerlijk, het wordt steeds – en mijn hoofd!

Heel raar, Finnegan.

Ik staar naar het raam, dat natuurlijk donker is van de nacht en
de vage weerspiegelingen. Het is koud buiten.

Ik staar naar het raam en ik *denk* dat ik het volgende zie:

$$\frac{-b \pm \sqrt{b^2} - 8ac}{2a}$$

Maar dan in spiegelbeeld.

Alsof iemand het in de condens op de buitenkant van het
raam heeft geschreven.

Het is mijn lievelingsformule. Wacht! Hij klopt niet. Er staat 8ac
in plaats van 4ac! Wie doet dat nou? Al die moeite om omhoog te
klimmen – en het dan verkeerd op te schrijven. Ik moet nagaan
hoe dit zit. Ik zal – o, mijn buik doet zo verschrikkelijk pijn.

Het is –

Finnegan, mijn hoofd is zo –

Je kunt hier nauwelijks *ademen* –

Sorry, ik kan niet verder typen. Ik probeerde net de deur open te
zetten om wat frisse lucht te krijgen, maar hij zit op slot.

Mijn Ventolin werkt ni

Finnegan, ik ben echt,

Finnegan,

kemwkmksdnafkvksnkdkjfwi

Emily

Een zwarte doek, met Scarlett eronder.

Dat is het enige waar ik aan kan denken.

En nu moet de vos-groep het helaas overnemen.

De vos-groep moet nu spreken voor Scarlett.

O, onze arme vriendin: Scarlett Mackenzie.

Ik zal beginnen met wat er gebeurde in de tijd dat Scarlett haar laatste woorden schreef – letters, eigenlijk, haar laatste letters, hier vlak boven.

We liepen met z'n allen over het parkeerterrein, klaar om naar Castle Hill te rijden.

We praatten maar door, we konden niet ophouden – we drentelden maar zo'n beetje rond op de donkere, koude parkeerplaats, leunden tegen onze auto's en probeerden het verslag van het gesprek te lezen dat Scarlett ons net had gegeven. Hier komt het.

*

<u>Vrijdag</u>

15.55 uur: Nog steeds in mijn schaduwstoel. Er komen twee jonge plaatsvervangende leerkrachten aanlopen, de een roodharig, de andere blond. Ze praten met stemverheffing en hun zinnen tuimelen door elkaar – ze spreken slechts in halve zinnen.

Roodharige: – Edna Lbagennif, ik bedoel, wat is dat nou voor wacht – maar kom nou toch, waar ben je nou mee bezig? Je moet –

Blonde: Heel fijn. Ik bedoel ver..., lekker dan. En jij wist dit allem–

Roodharige: Wat ben je toch ongelofelijk – Dit heeft niks te maken met –

Blonde: Maar je wist het, ik bedoel, met die verborgen log-in – ze kan wel van alles doen –

Roodharige: Doe niet zo idi– alsof ze – het is gewoon voor onderhou– Ik bedoel, ik begin zo langzamerhand te denken dat jij – ik zal het moeten vertellen aan meneer –

(De blonde heeft de roodharige een KLAP *gegeven!!! Ik ga ernaartoe!!)*

Nou, dat was het dus. Ernst von Schmerz had er een idee over, maar iedereen vond dat hij daar veel te snel mee kwam. Hij had het verhaal één keer gelezen en toen begon hij al te praten.

'Kijk,' zei hij en hij wees het gedeelte aan waar de blonde tegen de roodharige zegt: 'Maar je wist het, ik bedoel, met die verborgen log-in – ze kan wel van *alles* doen –'

Hij zei dat ze waarschijnlijk een geheime toegang had gevonden in het programma. Iemand had die er blijkbaar stiekem ingezet, om later nog eens de software te hacken, op een moment dat diegene daar zin in had.

Dus toen zei de roodharige: 'Doe niet zo idi– alsof ze – het is gewoon voor onderhou–' en toen zei ze: 'Ik zal het moeten vertellen aan meneer –'

Wat naar mijn bescheiden mening nergens op slaat.

Maar volgens *Ernst* wilde de roodharige zeggen dat die verborgen log-in erin zat zodat ze in het programma terug konden komen om de software te onderhouden; maar het was duidelijk meer dan dat, want (a) de blonde wist er niets van en (b) de roodharige ging aan een of andere geheimzinnige figuur, die kennelijk de leiding had, vertellen dat de blonde erachter was gekomen.

'En,' zei Ernst, 'kennelijk wilde de blonde niet dat de onbekende persoon dat te horen zou krijgen, want toen gaf ze de roodharige een klap.'

'Trouwens,' vroeg Ernst, die duidelijk de leiding overnam, 'had iemand van ons de blonde nog gezien, met andere woorden, had iemand haar soms uitgelogd?' (Volgens mij wilde hij weten of ze nog leefde.)

Nou, wij vonden dus allemaal dat Ernst veel te snel tot zijn conclusies was gekomen, en bovendien praatte hij vreemd. Ook ergerde het ons een beetje dat hij op zo'n losse, ontspannen manier de detective uithing, alsof het hem allemaal al volkomen duidelijk was. En dan ook nog vragen of we de blonde nog hadden gezien! We wisten nog maar net dat er een blonde was!

Ik vind het moeilijk om dit allemaal op te schrijven.

We besteedden weinig aandacht aan Ernst, maar neusden door Scarletts spullen, op zoek naar aanwijzingen. Toby had ze mee naar beneden genomen en ze lagen boven op Sergio's auto.

En toen zagen we een dichte, witte envelop met 'Scarlett' op de voorkant en *Finnegan A. Blonde* op de achterkant!!

Je kunt je wel voorstellen hoe opgewonden we waren!

We waren hysterisch.

Finnegan had die envelop nota bene *volgestopt* met gif! Of misschien met een of ander chemisch goedje.

We pakten de envelop en gooiden hem zo ver mogelijk weg. En toen raapten we hem heel voorzichtig weer op.

Nu irriteerde Ernst ons weer door te zeggen: 'Hé makkers, ik vind jullie bewijsmateriaal tegen Finnegan niet erg overtuigend.'

En toen pakte hij de envelop en maakte hem *open*.

Er zat alleen maar een stuk papier in. Hij haalde het eruit en las het hardop voor. Hier komt het:

*

Beste Scarlett,

Ik schrijf je om afscheid te nemen. Ik heb besloten van het Ashbury af te gaan en dit is mijn laatste dag hier. Maar ik wilde niet weggaan zonder uitleg te geven.

Oké, ten eerste: ik ben niet wie ik heb gezegd. Mijn naam is niet Finnegan A. Blonde. Dat is de fantasienaam die mijn nichtje me gaf toen we klein waren – ik koos hem als een soort eerbetoon aan haar.

Zie je, de reden waarom ik naar deze school ben gekomen, is dat mijn nicht hier vorig jaar heeft gewerkt. Ze werkte aan een computerprogramma en zoals je weet is ze op een dag na haar werk doodgereden door een auto. De dag voor haar dood had ze me via de msn een paar regels geschreven. Iets over een probleem met de software en een ruzie die ze had gehad met een collega. Ze schreef ook dat een leerling, die Scarlett heette, het gesprek had gehoord. Ik leidde daaruit af dat het ongeluk verdacht was. Maar de politie hier trok zich niets aan van een knul uit Queensland die meer dacht te weten dan zij. Dus toen trok ik in bij mijn oma in Sydney en schreef ik me onder een valse naam in bij jullie school.

Ik kwam hier om twee redenen naartoe: in de eerste plaats wilde ik proberen te achterhalen wat er met mijn nicht was gebeurd. Ik wist dat ze bezig was met nieuwe software voor het onderwijs, die door de leraren op jouw school werd uitgeprobeerd. Daarom ging ik trouwens naar het kantoor van mevrouw Lilydale: om te kijken of ik in de software iets kon vinden wat verband hield met mijn nicht. (Mevrouw L. zit nooit in haar kantoor.) Ik wist hiervoor helemaal niks van computers, dus ik heb zo veel mogelijk geleerd door extra informaticalessen te volgen, tot 's avonds laat op de computer te werken enzovoort.

In de tweede plaats, en ik besef nu dat dat vreemd klinkt, kwam ik hiernaartoe om jou te beschermen. Ik dacht dat jou, net als mijn nicht, misschien iets ergs zou kunnen overkomen. Gelukkig zat er maar één leerling op het Ashbury die Scarlett heette.

Door te doen alsof ik je kende, wist ik de directeur zover te krijgen dat hij ons in dezelfde vos-groep zette. Ik ging een beetje jouw kant op zitten toen Try de 'buddy's' bij elkaar zocht, in de hoop dat dat haar onbewust zou beïnvloeden om ons aan elkaar te koppelen. Ik zei zelfs tegen je dat je op kickboksen moest gaan, zodat je je zou kunnen verdedigen. En daarna wachtte ik zo'n beetje af wat er ging gebeuren.

Je moet begrijpen dat ik gek werd toen ik mijn nicht kwijtraakte. Ik kon niet meer logisch nadenken. De afgelopen maanden ben ik dat gaan inzien. Ik kon in de software niets verdachts vinden. Jij wekte niet de indruk dat je iets mankeerde of dat je in gevaar was...

Hoe dan ook, deze week ben ik niet meer naar school gegaan. Ik heb twee jaar geleden de vijfde al gedaan, dus voor mij is het allemaal herhaling. Ik zou eigenlijk in het eerste jaar van de universiteit moeten zitten. Dus daar ga ik nu naartoe.

Je bent een fijne vriendin, Scarlett. Ik hoop dat het goed is gekomen met je familie. Laten we nog eens een keer samen naar muziek gaan luisteren. Pas goed op jezelf, oké?

Markus Pulie

PS Ik ga vanavond een vriendin van je bezoeken. Blijkbaar kocht mijn nicht vroeger altijd boeken bij Maureen's Magic. Hoe dan ook, Maureen nam gisteren contact met me op en zei dat ze had gehoord dat ik hier was en dat ze me graag wilde ontmoeten. Ze vertelde dat jij vroeger bij haar hebt gewerkt.

*

Oké. (Dit is nog steeds Emily.)

Finnegan Blonde heet dus niet Finnegan Blonde, maar Markus Pulie. En zijn *nicht* heeft vorig jaar op onze school gewerkt. Waarom heeft hij ons daar niets over gezegd? Misschien hadden we hem kunnen helpen. Maar Ernst wilde per se die software bekijken, om te zien of zijn theorie over die geheime toegang klopte. Misschien was hij gekwetst dat we aan hem hadden getwijfeld.

We besloten naar Try's kantoor te gaan om op haar computer naar die software te kijken. We dachten dat ze het niet erg zou vinden als we het haar later uitlegden. Dus daar stonden we met z'n allen in Try's kantoor. We deden allemaal erg ons best om niets aan te raken en Ernst ging achter haar computer zitten. Wij gingen om hem heen staan en keken over zijn schouder mee.

Astrid was intussen erg stil. Het viel me op dat ze niet naar het scherm keek. Ze staarde naar Try's boekenkast. Ik volgde haar blik en zag de *Ohio Vakantiereisgids* staan.

'Weet je,' zei Astrid langzaam, terwijl ze het boek uit de kast pakte. 'Ik herinner me opeens iets.'

'Ssst,' zei Toby. 'Ernst probeert zich te concentreren.'

Maar Ernst typte vrolijk door. Nu en dan maakte hij een sissend geluid en begon hij nog sneller te typen.

'Ik herinner me iets dat Try eens heeft gezegd,' vervolgde Astrid op dromerige toon. 'Ze zei toch dat ze uit Ohio kwam? En ze heeft er ook wat over verteld.'

Toby zei dat hij ook had gehoord dat Try uit Ohio kwam. De anderen wisten het niet.

'Ze praat niet zo veel over zichzelf,' zei Briony schuldbewust. 'Ik denk dat we haar best eens wat meer hadden kunnen vragen...'

Ernst drukte zeven of acht keer dezelfde toets in.

Astrid sloeg de inhoudpagina van de reisgids open. 'Kijk, in dit boek staat Cincinnati, dus dat moet dan wel in Ohio zijn,' zei ze. 'Maar ik herinner me een keer bij de vos dat Scarlett maar doorzeurde over Cincinnati en dat ze zich zelfs afvroeg hoe het daar zou zijn. En Try zei niets. Denken jullie dat je uit Ohio kunt komen zonder ook maar *iets* te weten van een stad daar?'

Er viel een nadenkende stilte in de kamer.

'Het zou kunnen,' zei Sergio ten slotte. 'Als Scarlett degene is die ernaar vraagt.'

'Misschien komt ze uit een ander gedeelte van Ohio,' opperde Briony. 'Ver van Cincinnati.'

Maar Astrid bladerde door de reisgids. 'Dit komt me allemaal veel te bekend voor,' mompelde ze. 'Deze inleiding over Ohio – in die tweede paragraaf staat zeg maar precies wat Try me vertelde toen ik vroeg waar ze vandaan kwam. En wie heeft er nou een reisgids van de staat waar hij zelf woont?'

'Denk je dat ze niet echt uit Ohio komt?' vroeg Elizabeth.

'Stel je eens voor... dat Try de moordenaar is,' fluisterde Astrid. 'Weet je nog dat Em dacht dat het mevrouw Flynn was, omdat die dit jaar nieuw op school is? En daarna dachten we weer dat het Finnegan was, omdat hij nieuw is. Nou, Try is ook nieuw.'

Ernst zat intussen als een razende te typen op de computer. Hij kan zich geweldig goed concentreren.

Mensen begonnen te praten – eerst langzaam, maar al gauw steeds sneller. 'Haar accent verandert steeds,' zei iemand. 'En herinner je je die eerste VOS-bijeenkomst nog? Ze was alle namen vergeten, behalve die van Scarlett.'

'Nou ja,' zei Sergio. 'Scarlett vergeet je ook niet gauw.'

'En ze heeft dat grote, lege huis in Castle Hill. Wat moet een lerares nou met zo'n huis? En dan ook nog een huis in de bergen.'

'En zij kan Scarlett die nagellak hebben gegeven. Ze zit in de VOS-groep. En *zij* heeft de VOS op school geïntroduceerd!'

Sergio stond met zijn hand op de deurknop. 'Ik ga denk ik even kijken hoe het met Scarlett is,' zei hij. En weg was hij.

Wij keken elkaar allemaal aan.

Opeens leek het volkomen acceptabel om Try's spullen door te kijken. Al was het maar om haar naam te zuiveren. We trokken laden open, gooiden de papieren eruit, pakten mappen van de planken, keken op haar kalender en bladerden door haar agenda.

En toen keek Toby naar de printer. Hij hield een vel papier omhoog. Het was een print-out van een foto. Het was een foto van Finnegan. En daaronder, in hoofdletters, de naam: MARKUS PULIE.

In kleine lettertjes stond boven aan het vel: 'Maureen's Magic'. En onderaan? 'Maureen, onderneem onmiddellijk actie.'

Astrid

Ik neem het nu over, want Emily is helemaal van streek.

Ze zit te huilen, hoewel je dat niet kunt zien aan hoe ze typt.

Wat is er daarna gebeurd?

Oké, we rennen naar beneden, naar de parkeerplaats, we laten ons zo'n beetje van de trap naar beneden vallen en zelfs Ernst rent met ons mee.

We hebben allemaal iets van: *Finnegan is in gevaar! We moeten hem waarschuwen!*

Als we bij de auto's zijn, zegt Liz dat ze weet waar die boekwinkel is, dus zij gaat hem waarschuwen. We zien Scarletts spullen nog op het dak van de auto liggen, waar wij ze hadden achtergelaten – en ik herinner me dat Scarlett de sleutel van Maureens boekwinkel heeft.

'Hij zit aan haar sleutelhanger met de zeester,' schreeuwde ik, een beetje dramatisch, zeg maar.

Elizabeth grijpt de sleutelhanger en sprint zeg maar weg, terwijl ze gilt: 'De snelste weg is door het park!'

We roepen allemaal van: 'WAT?! Kom terug!' en sommigen hebben iets van: 'Een auto gaat toch sneller?'

Maar zij is een atlete, dus misschien was het instinct.

Op dat moment komt Sergio eraan.

Wij roepen allemaal van: 'Hoe is het met Scarlett?'

Sergio zegt dat hij net langs het schoolgebouw omhoog is geklommen en een boodschap voor haar op meneer B.'s raam heeft geschreven, dus dat het wel goed zal komen.

Dus nu gillen we allemaal weer van: 'Wat? Ben je tegen het *gebouw* geklommen?' En ook van: 'Waarom heb je niet gewoon op de deur geklopt?'

En hij zegt: 'Rustig aan.' Hij wilde Try niet laten merken dat we haar verdachten, dus daarom was hij tegen het gebouw geklommen. En hij zag Scarlett daar zitten, met haar gezicht naar het raam, en Try zat met haar te praten. Dus het leek hem het beste om een boodschap voor haar op het raam te schrijven, maar hij kon niet zoiets voor de hand liggends schrijven als 'GA WEG DAAR', want als Try zich omdraaide, zou ze het zien, en dan zou ze misschien een pistool pakken en Scarlett meteen doodschieten. 'Maar,' zegt hij, 'als ik een cryptische boodschap schreef, zou Scarlett het zien, rustig een smoes verzinnen, bijvoorbeeld dat ze naar de wc moest, en dan snel de benen nemen.'

'En dus,' zegt hij, 'had ik een wiskundige formule opgeschreven.'

We hadden allemaal iets van: 'Huh?' En hij zegt van: 'Nu komt de slimme truc. Ik heb er een *fout* in gezet! Scarlett blijft nooit rustig in meneer B.'s kantoor zitten als er fouten worden gemaakt in een wiskundige formule. Neem dat maar van mij aan. Ze is nu al op weg naar buiten.'

Voor we tijd hebben om hem op zijn donder te geven, vraagt hij van: 'Waar is Liz?' En wij vertellen hem over die toestand met Finnegan en hij is woedend dat we Liz niet hebben tegengehouden en even later zit hij in zijn auto en hij moet zijn gaspedaal wel verrekte diep hebben ingetrapt, want hij is al met piepende banden het schoolhek uit voor wij adem kunnen halen, zeg maar.

Wij zeggen tegen elkaar: 'We moeten naar Scarlett toe.'

En we rennen allemaal naar de bovenste verdieping.

Briony

En op de bovenste verdieping vonden we helemaal niemand.

We klopten op meneer Botherits deur. Geen reactie. Even vroegen we ons af of Try en Scarlett gewoon waren weggegaan, maar Emily was helemaal hysterisch en bleef roepen dat we naar binnen moesten.

Ze rende naar de administratie, vond daar de sleutel van meneer Botherits kantoor en toen gingen we naar binnen.

Scarlett lag op de grond.

Het raam was ingeslagen en er waaide een koude wind naar binnen.

Ze zag helemaal geel. Ze ademde niet meer.

We belden een ziekenauto.

Nu zijn we in het ziekenhuis. Scarlett is vergiftigd met arsine.

Het ziet ernaar uit dat ze bewusteloos is geraakt, daarna precies lang genoeg is bijgekomen om het raam kapot te slaan, maar toen opnieuw bewusteloos is geraakt.

Het kan zijn dat dat kapotte raam op dat moment haar leven heeft gered.

Maar nu hebben haar hart en nieren het begeven.

De verwachting is dat ze het niet zal overleven.

Het is moeilijk om dit te typen. Ik kan Scarletts ouders hiervandaan zien zitten.

Elizabeth

Het is nu een dag later en de anderen hebben me gevraagd een stukje te schrijven, zodat we het verhaal compleet hebben.

Ik zit nu in de wachtkamer van het ziekenhuis. Scarlett is de nacht doorgekomen, maar ze krijgt nog bloedtransfusies en misschien ook een nierdialyse.

Haar toestand is nog steeds kritiek en in wezen zitten we te wachten op haar dood.

Ik was gisteravond niet hier, omdat ik door het park naar de boekwinkel was gerend.

Het was donker en de deur zat op slot toen ik daar aankwam, maar ik dacht dat ik achter in de winkel licht zag branden.

Ongeveer een minuut later kwam Sergio eraan met zijn auto, dus ik vermoed dat ik toch niet zo hard kan lopen als ik dacht. We klopten aan, maar er kwam geen antwoord, dus toen sloeg Sergio het raam in en konden we naar binnen.

Maureen zat in de opslagruimte achter in de winkel met Finnegan te praten. Ik geloof trouwens dat hij eigenlijk Markus heet.

Hoe dan ook, ze keken verbaasd op toen we binnenkwamen. Ze zaten tegenover elkaar aan een tafel.

Tussen hen in stond een schaal met appel-kaneelmuffins en Finnegan stak net zijn hand uit om er een te pakken...

We schreeuwden allebei: 'Hé, Fin, we moeten je even spreken, oké?'

Dus toen stond hij een beetje verward op en wij sleepten hem zo'n beetje mee de winkel uit – en toen lieten we hem het papier zien dat we in Try's printer hadden gevonden. Onderweg naar het politiebureau vertelden we hem het hele verhaal. Daar probeerden we ook het hele verhaal te vertellen. De agenten begrepen niet zo snel wat er aan de hand was als Finnegan, maar ongeveer op dat moment belde Emily vanuit het ziekenhuis om ons te vertellen wat er met Scarlett was gebeurd.

Toen nam de politie het serieus.

Om een uur of drie 's nachts vonden ze Try. Ze reed als een razende Sydney uit.

Ze weten al dat Try Montaine niet haar echte naam is. Ze is ook geen Amerikaanse. Ze komt uit Adelaide.

Toby

Het is nu een dag later en Mackenzie leeft nog steeds. Ik geef de moed niet op, zoals de meiden. Hetzelfde geldt volgens mij voor haar familie, die er iedere dag zit. We zijn allemaal zo'n beetje met elkaar bevriend geraakt.

De politie heeft snel gewerkt. Ze hebben een geheime toegang gevonden in de software, zoals Ernst al had voorspeld. De programmeurs hadden de software zo ontworpen dat ze er, als het programma eenmaal liep, in konden komen en zich via de Onderwijsraad toegang konden verschaffen tot de loonlijsten van de overheid. Ze waren al bezig valse gegevens van leraren en ambtenaren in te voeren. De bedoeling was om het salaris van duizenden neppersonen in de wacht te slepen.

Zo hebben ze ook Try's identiteit als lerares in het systeem ingevoerd, samen met nepgegevens over haar eerdere onderwijservaring, en zo heeft ze haar baan op het Ashbury gekregen.

Zij was aangesteld om te zorgen dat alles zo soepel mogelijk verliep, dat niemand op het Ashbury wantrouwig zou worden en dat Scarlett uit de weg zou worden geruimd.

Try heeft alles bekend. Ze heeft de politie verteld dat ze twee vrouwen in de buurt had die Scarlett arsenicum toedienden: Maureen van de boekwinkel (muffins) en een zekere Eleanora (gemberkoekjes). Er zat ook arsenicum in een paar oude boeken over etiquette die Maureen aan Scarlett heeft gegeven. En ook nog in de nagellak, die Try natuurlijk aan Scarlett had gegeven, onder het mom dat ze die van een van ons had gekregen.

Het was allemaal perfect uitgedacht: ze dienden precies genoeg arsenicum toe om te zorgen dat Scarlett verzwakte en gedesoriënteerd raakte, zodat ze haar daarna een zogenaamd onschuldig ongeluk konden laten overkomen. Niemand zou haar lichaam ooit op arsenicum controleren, want wie wordt er nou vergiftigd met arsenicum, dachten ze. En als ze ooit snel moesten handelen, konden ze de gifdosis altijd opvoeren, zonder zichzelf verdacht te maken.

Try schijnt tegen de politie te hebben gezegd dat ze erg op Scarlett gesteld was geraakt (het had er iets mee te maken dat ze haar zonderlinge gedrag aandoenlijk vond) en dat ze ook de rest van de VOS-groep erg aardig vond en dat ze ervoor had gevochten om Scarlett in leven te laten. Zij kwam met het idee om Scarlett haar levensverhaal te laten schrijven en een nepadvocaat in te schakelen om haar te ondervragen en zij blies uiteindelijk de moord af toen het ernaar uitzag dat Scarlett van niets wist. Maar toen belde Scarlett die vent op en vertelde hem dat ze het gesprek had uitgetypt. En diezelfde avond vertelden haar tante en oom aan Try dat de artsen arsenicum hadden gevonden – dus ik vermoed dat Try toen opdracht kreeg om onmiddellijk in actie te komen. Ze deed zuur in een bakje zinkstof en verstopte dat in een ventilator in meneer Botherits kantoor.

Haar plan was om Scarlett in het kantoor achter te laten, te wachten tot ze dood was en daarna haar laptop op te halen en te verdwijnen. Ze zegt dat ze er helemaal door van streek was.

Wat zielig nou, hè?

Sergio

Het is weer een dag later en iedereen loopt zo verrekte somber te doen. Ze ademt nog steeds. Wat kan ons dat geTULP (zoals B. zou zeggen) over haar kansen schelen?

Intussen lopen er allemaal journalisten bij het hek van de school die met ons willen praten.

Toby zegt tegen ze: 'Gaat u allen naar huis! Er is hier niets te zien!' Met die luidsprekerstem van hem. Maar daar trekken de journo's zich niks van aan.

Dit is het gekste wat ik ooit van mijn leven heb meegemaakt. Het is gek om hier in de wachtkamer te zitten en zo'n beetje Scarletts familie te leren kennen. En het is nog gekker om op school te zijn.

We hangen steeds zo'n beetje om te politie heen om met ze te praten, maar ze zeggen dat ze al genoeg met ons hebben gepraat. Intussen halen ze steeds nieuwe dingen boven water, zoals dat van Finnegan, of eigenlijk heet hij Markus, geloof ik. Hoe dan ook, die criminele types die die zwendel met de software op touw hadden gezet, hielden Markus in de gaten omdat hij vragen had gesteld over zijn nicht. Toen kwamen ze erachter dat hij was verdwenen uit Queensland en ze vroegen zich af waar hij was gebleven. En vorige week kwamen ze er pas achter dat hij Finnegan was. Die vrouw van de boekwinkel maakte een afspraak met hem, zodat ze hem een muffin vol strychnine kon geven. Dat had hij nooit overleefd, het is maar goed dat Liz en ik hem daar op tijd hebben weggehaald.

Hij gaat nu terug naar Queensland. Hij voelt zich vreselijk schuldig dat hij Scarletts leven niet heeft kunnen redden, terwijl hij daarom juist hier was. En wij voelen ons schuldig omdat we dachten dat hij hier was om haar te vermoorden – maar ja, aan de andere kant, hij komt dus wel uit Queensland. Je weet het maar nooit met die Queenslanders, toch?

Nou, we zitten hier dus eigenlijk te wachten tot Scarlett doodgaat en zoals ik al zei word je daar verrekte somber van.

Maar goed, Emily en Astrid hebben het er steeds over dat we nu moeten stoppen, nu ze nog leeft, en dat we het op deze manier moeten besluiten. Zij wilden het verhaal afmaken, als een soort eerbetoon aan Scarlett, dus daarom hebben we dit getypt. Zij vinden dat we alles hebben gezegd en nu moet ik het slot schrijven.

Dus vaarwel, Scarlett Mackenzie.

We houden van je.

Einde

DEEL

9

Nou ja, zeg!

Stel je voor dat je iemand anders je leven laat afsluiten, nee, beeindigen zelfs! Ik ben dol op Sergio, sterker nog, ik vind hem geweldig, maar *Sergio*! Je vergist je lelijk als je denkt dat ik jou de eer zou geven om het slotwoord te schrijven!

Ik, Scarlett Mackenzie, ben uit mijn sluimering ontwaakt.

Ik heb begrepen dat ik een week bewusteloos ben geweest!

Ik zal de rust wel nodig hebben gehad.

Over een paar dagen mag ik naar huis. De dokters kunnen er niet over uit dat ik zo levendig ben en ik ben blij te kunnen melden dat mijn organen weer goed functioneren.

Toen ik net uit mijn sluimering was ontwaakt, vond een aantal gebeurtenissen plaats, waaronder (niet per se in deze volgorde): de ontdekking van een overvloed aan bloemen, chocoladerepen, teddyberen, kaarten en andere correspondentie; gesprekken met de politie over wat ze hadden ontdekt (stel je voor: Try probeerde me te vermoorden. Ik weet eerlijk gezegd niet zeker of ik haar ooit echt aardig heb gevonden); en een gesprek met mijn moeder. De volgende drie hoofdstukken geven een korte beschrijving van deze gebeurtenissen.

Hieronder enkele voorbeelden van de correspondentie die ik heb
ontvangen terwijl ik bewusteloos was en die op me lag te wachten
toen ik wakker werd.

BRIEFJE VOOR SCARLETT MACKENZIE VAN MEVROUW LILYDALE

Mijn beste Scarlett!

Wat is dit allemaal verschrikkelijk! Ik heb geen *oog* dichtgedaan! Word
alsjeblieft gauw beter en denk maar niet aan de Tearsdale-bokaal. We
hebben de finale een paar weken uitgesteld, vanwege de uitzonderlijke omstandigheden... Denk je dat je dan weer in orde bent?

Hoe dan ook, de rozen zijn van de directeur, de tulpen zijn van meneer
Botherit en de helende kristallen met appelschilextract zijn van onder-
getekende. Ik heb een broeder gevraagd ze op een paar sleutelpunten
van de Intensive Care op te hangen. Ik hoop dat hij het heeft gedaan. O
ja, er is ook een kaart voor je gekomen van iemand van het Brookfield,
een zekere Leesa. Ze zegt dat ze een paar jaar geleden samen met jou bij
de K-mart heeft gewerkt en dat ze je naam had gehoord op het nieuws.
Ze vroeg me je deze kaart te geven als je terugbent op school.

En dan nog iets om je op te vrolijken! Ik heb nieuws! Mevrouw
Lawrence en ik hebben in het geheim een bedrijf opgezet – de Lelie
van Arabië – gespecialiseerd in energietherapieën, chakra- en aura-
healing, schuimbaden voor de ziel enzovoort. Herinner je je mevrouw

458

Lawrences 'surfreis' nog, van begin dit jaar? Ze was toen op reis om informatie te verzamelen! Ze raakte zo geïnspireerd dat ze besloot helemaal met lesgeven te stoppen, en nu werkt ze fulltime in het bedrijf. Ik zit nog steeds op het Ashbury – wees niet bang – maar als ik even de kans krijg, ben ik weg...

Ik denk dat je vorig jaar misschien onze aanvraag voor een lening op mijn bureau hebt zien liggen! Ik was helemaal in paniek, want we wilden het geheim houden tot de Grote Start, volgende maand. Misschien heb je me ook een keer 's morgens heel vroeg met mevrouw Lawrence zien praten op het schoolterrein – toen waren we in gesprek over het automatische handleesapparaat dat we bezig zijn te ontwikkelen.

Hoe dan ook, je zult misschien trots zijn om te horen dat je al een van onze producten hebt uitgeprobeerd: het energiesnoepje met sintjanskruid. Ik hoop dat het je een goddelijk jaar heeft bezorgd.

En Scarlett, mocht je in de toekomst nog eens vergiftigd worden, kom dan altijd naar mij toe.

Tot ziens,
Mevrouw Lilydale

*

Een memo van Ernst von Schmerz

Aan:	Scarlett Mackenzie
Van:	Ernst von Schmerz
Onderwerp:	Bestelling briefpapier
Tijd:	Zaterdag

Yo Scar,

Word wakker, meissie, ik heb je nodig, plus ook: ik moet nieuw briefpapier hebben.

Hierbij ontvang je de LAATSTE persoonlijke memo van Ernst von Schmerz.

Met andere woorden, word wakker, gooi je ziekenhuiskleren uit, trek iets fats. aan en doe mij een stapeltje nieuw briefpapier op naam van Kee Dow Liang, oké?

Fijn zo.

Waddizzer, Ashbury? Dit is mijn ware ik. En als het Ashbury die niet kan accepteren? Dan bestel ik een nieuwe stapel briefpapier op naam van Rick van Reetscheten.

Maar vrees niet,

Wie ik ook ben,

Ik blijf altijd:

Je ouwe vriend,

Ernst von Schmerz

*

Beste Scarlett,

Even snel een berichtje, want mijn vlucht naar Cairns vertrekt binnen een uur. Ik schrijf weer als ik daar ben.

Ik wens je gezondheid een veel geluk toe en ik kan je niet zeggen hoe erg het me spijt dat ik je niet heb geholpen. Ik ging naar het Ashbury om je leven te redden, maar ik ben weggegaan en heb alles gemist.

Ik ben je dankbaar omdat nu de waarheid aan het licht is gekomen over mijn nicht. Ik heb altijd geweten dat daar iets niet goed zat. Ik vind het verschrikkelijk dat iemand haar iets heeft aangedaan en nu hebben ze jou ook te pakken gehad, maar de waarheid is altijd beter dan een leugen.

Dankzij jou weet ik nu dat het wachtwoord dat mijn nicht heeft ge-kozen toen ze de software op het Ashbury installeerde, mijn fantasie-naam was uit mijn jeugd, in omgekeerde volgorde. Dat ze dat wachtwoord heeft gekozen is net een cadeautje van haar aan mij. Het betekent dat ze altijd aan me dacht. En dat is ook iets waar ik jou voor wil bedanken.

Ik zou het leuk vinden als je me in Cairns komt opzoeken, dan neem ik je mee naar het strand en gaan we samen naar livemuziek luisteren. Ik weet precies naar welke bands ik je dan meeneem, je vindt ze vast goed.

Je bent een heel bijzonder meisje, Scarlett, en ik hoop dat je altijd mijn buddy wilt blijven.

Liefs,
Finnegan A. Blonde
(je mag me ook Markus Pulie noemen, wat je maar wilt)

*

Onderwijsraad New South Wales

Mevrouw Scarlett Mackenzie
24 Clipping Drive
Kellyville NSW 2155

Geachte mevrouw Mackenzie,

Dank voor uw brief.

Wij kunnen u tot ons genoegen bevestigen dat Vriendschap, Ontwikkeling en Samenwerking (vos) een vak is dat op dit moment op de Ashbury Scholengemeenschap wordt aangeboden. Het vak is bestemd voor bovenbouwleerlingen en wordt eenmaal per week gegeven. Het behandelt vraagstukken met betrekking tot de persoonlijke ontwikkeling, zoals eigenwaarde, stressmanagement, carrièreplanning en studievaardigheden.

We hebben begrepen dat mevrouw Try Montaine de vos op uw school heeft geïntroduceerd en de lessen zelf leidt. Wij kunnen u bevestigen dat mevrouw Montaine volgens onze gegevens verscheidene jaren leservaring heeft en beschikt over een uitstekende staat van dienst.

We vertrouwen erop dat we u hiermee van dienst zijn geweest.

Heeft u nog andere vragen, aarzelt u dan niet om contact met ons op te nemen.

Hoogachtend,
George Sutcliffe
Hoofd Studentenzaken
Onderwijsraad

De politie had me veel te vragen en heeft me veel gegeven om over na te denken.
Ik denk dat het volgende goed illustreert wat hun speurwerk heeft opgeleverd.
Het is een kopie van gecodeerde briefjes die ze op Try's computer hebben aangetroffen en die ze mij hebben gevraagd te helpen ontcijferen. De briefjes waren door Try verstuurd naar haar 'chef' van de betreffende criminele bende. Ze stelt hem erin op de hoogte van haar inspanningen. Zijn reacties waren niet te achterhalen. Voor de duidelijkheid: 'M' is Maureen (van Maureen's Magic), 'E' is Eleanora, 'MP' is Markus Pulie (Finnegan dus) en SM ben ik natuurlijk.

- Geïnstalleerd op het Ashbury – tot nog toe alles goed – contact gelegd met leerkrachten/leerlingen – gewerkt aan de VOS-les (eindelijk heb ik iets aan mijn twee jaar psychologie!) – gezorgd dat SM in mijn VOS-groep zit.

- Communicatielijnen opgezet met M en E – M heeft, zoals afgesproken, SM als oppas aangenomen / E heeft SM als 'pasta-gezelschap' ingehuurd (!) – M & E hebben allebei dringend behoefte aan \$\$\$ – beiden dienen hoeveelheden van het product toe die op zichzelf geen ernstige gevolgen hebben en denken dus dat hun rol is S te desoriënteren, zodat we haar gemakkelijker kunnen ondervragen. Let wel: alles bij elkaar zal het product op den duur wel degelijk ernstige gevolgen hebben.

- Uitvoerig het schoolterrein en de indeling van de school verkend – heb alternatieve ingang naar het vos-lokaal gevonden (nooddeur) – kan nuttig zijn? SM's schoolresultaten bekeken – schijnt een 'superleerling'/soort genie te zijn.

- Eerste vos-les – eerste contact met SM – geloof dat ze overtuigd waren door mijn lerarenact.

- E meldt dat SM 'dol' is op historische zaken. Nuttig?

- Huidige toedieningsmethoden: muffins/pagina's geschiedenisboek/gemberkoekjes.

- Op jouw verzoek alternatieve, externe locatie geregeld voor de vos: 'Blue Danish Café' – buiten het schooldomein, dus minder kans op problemen met andere leerkrachten/leerlingen.

- Alles ziet er goed uit – geen lekken – SM schijnt met niemand te hebben gesproken – heeft misschien niets gehoord? Voorstel: toediening product uitstellen tot hier duidelijkheid over is? – blijf haar aanmoedigen om met mij te komen praten – software loopt goed.

- SM herhaaldelijk uitgenodigd om naar me toe te komen – geen resultaat.

- Spanning tussen rest vos-groep en SM (moeilijk – heb medelijden met SM – ze maakt zichzelf onmogelijk in de groep; vandaag begon ze zelfs over Sergio's litteken); heb besloten de spanning te *vergroten* door hen weer het Namenspel te laten doen, in de wetenschap dat de vos-groep haar hard zou aanpakken – misschien vergroot dit de kans dat ze mij om hulp vraagt/toenadering zoekt?

- Rustig maar! Ik raak op niemand 'te veel gesteld' – maar plan is mislukt – SM is na de gebeurtenissen van vorige week niet meer naar de vos gekomen – zegt dat ze niet meer terug wil – weigert te praten... had een waanzinnig idee – werkt misschien wel – zal SM vragen een schrijfproject te doen over gebeurtenissen die ze heeft 'gezien en gehoord'... kan misschien iets opleveren?

- Heb op jouw verzoek toediening product opgevoerd – M geïnstrueerd om toediening te verhogen (ze zegt dat ze SM zal vragen in de vakantie in haar boekwinkel te komen werken) – & nieuwe toedieningsmethode: nagellak.

- M is bang om SM alleen te laten met haar kinderen als product gaat werken/ risico dat haar eigen kinderen product gebruiken – wil haar een blijvende baan aanbieden in de boekwinkel in plaats van als oppas. Oké?

- Nieuwe toedieningsmethoden: Ventolin-inhalator (door schoonmaakster in SM's kamer gelegd).

- DRINGEND: SM heeft project afgemaakt – VERWIJST naar voorval – *zij DENKT DAT HET TWEE VERVANGENDE LEERKRACHTEN WAREN, DIE RUZIE MAAKTEN OVER EEN POOLSE UITWISSELINGSSTUDENT(???)* – betreffende bladzijde uit haar 'levensproject' in bijlage – TOESTEMMING OM TOEDIENING PRODUCT ONMIDDELLIJK TE STAKEN???

- Heb volgens instructie 'advocaat' opdracht gegeven contact op te nemen met SM – om haar geheugen te 'prikkelen' – adviseer echter te stoppen – vermelding in haar 'levensproject' betekent mijns inziens niet dat ze iets weet.

- Product heeft extreme uitwerking – SM lijkt ziek/volledig veranderd – doet niets meer aan schoolwerk – kan wantrouwen wekken – voorstel: verminderde toediening product, zodat uitwerking trager, minder opvallend verloopt.

- E wil stoppen – maakt zich zorgen over SM's contact met haar kind – last van haar geweten? – toch al genoeg toedieningsmethoden – onder druk zetten of laten gaan?
  Heb volgens instructie uitstapje geregeld naar jouw huis in Blue Mountains – is inderdaad goede locatie voor 'ongelukkige val' als snelle actie vereist is.

- Begrijp dat de neef die moeilijk deed bij de politie (MP) 'vermist' is – heb volgens instructie M 'gechanteerd' om meer 'hulp' te bieden (heb haar de ware aard van het product verteld / haar man en kinderen bedreigd enz.) – had effect – ze zal nu alles doen wat we vragen – hebben M dus naar Queensland gestuurd om na te gaan waar de neef op dit moment verblijft.

- DRINGEND – 'advocaat' bevestigt: SM weet NIETS – veelvuldig aangedrongen, verwezen naar software – (noemde het een geschil over auteursrechten) – maar geen herinneringen – TOESTEMMING OM TOEDIENING PRODUCT ONMIDDELLIJK TE STOPPEN?

- Heb volgens instructie M en E afgezegd (let wel: product wordt nog steeds toegediend via nagellak/boek/inhalator – toestemming om hiermee te stoppen?)

- Heb volgens instructie toediening niet gestopt – lichte effecten merkbaar, maar SM herstelt goed – uitstapje naar Blue Mountains probleemloos verlopen – klein vals alarm toen de groep over gif begon – (kinderen kunnen het goed met elkaar vinden – denk dat mijn VOS-groep een succes is!).

- Je fax ontvangen met identiteit MP – *hij zit in mijn VOS-groep* – leek zo aardig – voel me verraden – maar ik geloof niet dat hij iets heeft ontdekt – heb M instructie gegeven om onmiddellijk actie te ondernemen. Heb haar product meegegeven voor toediening extreem hoge dosis.

- ZEER DRINGEND – 'advocaat' heeft net contact met me opgenomen – SM heeft hem gebeld & onthuld dat ze het gesprek *toch wel* heeft gehoord. Ze weet te veel. Wacht op instructies.

Dit is een beschrijving van een 'gesprek' met mijn moeder

Dit gebeurde bijna in een droom.

Ik lag in het ziekenhuis, om te herstellen, maar dat wist ik op dat moment niet. Ik was net bijgekomen. Mijn zicht was wazig. Ik zag bloemen, ramen, en wat vreemde, paarse siervoorwerpen. Ik zag een man in blauwe kleding langs mijn raam rennen en moest denken aan een enorme blauwe kat.

Toen zag ik mijn moeder. Ze had zeker gezien dat ik mijn ogen opendeed, want ze zat op haar hurken naast mijn bed en boog heel dicht naar me toe.

Ik sprak.

'Waarom hebben jullie dat gedaan?' vroeg ik.

Mijn stem was schor en zwak, maar mijn moeder hoorde me. Ze ging op de rand van mijn bed zitten en legde een hand op mijn voorhoofd.

'Het is in orde,' zei ze. 'Je bent vergiftigd, maar nu is alles in orde. Maak je maar geen zorgen, rust maar lekker uit.'

'Waarom hebben jullie dat gedaan?' herhaalde ik.

Ze glimlachte lief. 'Dat hebben wij niet gedaan, schat. Je moet je voorlopig maar geen zorgen maken over wie het gedaan heeft.'

'Ik bedoel, waarom zijn jullie naar de stad verhuisd en hebben jullie mij het hele jaar achtergelaten?' Mijn stem brak terwijl ik dit zei en opeens snikte ik het uit, met mijn gezicht in mijn handen. Mijn moeder slaakte een zachte kreet en trok me in haar armen.

Ik hoorde haar mompelen: 'O, Scarlett, het spijt me zo.'

Daarna kletste ik door mijn tranen heen een heleboel onzin.

Ik herinner me dat ik zei: 'Je hebt achter papa's rug om je best gedaan voor Anthony, maar niet voor mij. Ik dacht dat je dat altijd zou doen. Je houdt zeker niet meer van me, hè? Want je hebt de afgelopen zomer doorgebracht met meisjes van mijn school, Emily en haar vriendinnen, en niet met mij. En je vond ze leuker dan mij. Ik weet dat dat zo is, want ze zijn beter dan ik. En je hebt me niet geholpen om professionele rijles te krijgen toen papa zei dat ik die niet mocht hebben. En toen heb ik de auto in elkaar gereden! En je hebt ermee ingestemd dat papa en jij naar de stad verhuisden. Waarom heb je dat gedaan? Waarom heb je mij achtergelaten? Waarom ben je dit jaar gestopt met van me te houden?'

Mijn moeder wiegde me heen en weer en zei steeds: 'Het spijt me, het spijt me, het is al goed, het is al goed,' en ik voelde haar borst schokken van de snikken.

Uiteindelijk raakte ik uitgeput en liet ik me in mijn kussen zakken. Ze keek op me neer met haar rode, betraande ogen en was een poosje stil.

Toen zei ze: 'We dachten dat we je zouden kwijtraken, dus ik heb je een brief geschreven. Je mag hem lezen, als je wilt. Als je eraan toe bent.' Ze zette een roze envelop op het tafeltje naast mijn bed. 'Maar rust nu maar eerst lekker uit,' zei ze. 'En onthoud dat ik je nooit meer in de steek zal laten.' Ze leunde wat dichter naar me toe en fluisterde: 'Ik zou nooit kunnen stoppen met van je te houden, Scarlett.'

Toen streek ze zachtjes met haar handen over mijn ogen, zodat ze dichtvielen en ging ze op het bed naar me zitten kijken.

Ik denk dat ik heel even mijn ogen opende, en toen ik dat deed, dacht ik mijn vader achter het glas te zien staan, die naar ons stond te kijken.

Ik viel in een diepe slaap.

Laatste woorden

Er is een maand voorbijgegaan sinds ik uit het ziekenhuis ben ontslagen.

Ik wil het personeel van het Baulkham Hills Shire Ziekenhuis hartelijk danken. Niet alleen hebben ze me in de kritieke fase uitstekend verzorgd, ook de afgelopen paar weken hebben ze bijzonder consciëntieus gehandeld. Ik moet regelmatig terugkomen voor controle: na een acute arsinevergiftiging, om niet te spreken van een chronische arsenicumvergiftiging, bestaat er namelijk kans op complicaties. Maar tot nog toe zijn er geen tekenen van langdurige schadelijke effecten.

Intussen zijn de ordehandhavers van het Hills District druk bezig het gruwelijke schandaal te ontrafelen! Af en toe komen ze langs om me nieuwe vragen te stellen. Ze zijn nog steeds bewijsmateriaal aan het verzamelen voor de vervolging van Maureen, Eleanora en verschillende andere leden van het criminele complot. (De 'bende' schijnt over het hele land verspreid te zitten en bestaat voor het grootste deel uit computercriminelen.) Try zelf was een betrekkelijk nieuw lid van deze bende en ze schijnt een regeling te hebben getroffen: in ruil voor strafvermindering heeft ze de politie zo veel mogelijk informatie gegeven over haar hogere bazen en hun plannen. Haar informatie heeft er zelfs toe geleid dat ze de man te pakken hebben gekregen die overal achter zat.

Hij is een computerprogrammeur, een zekere Elias Brandy, en hij blijkt ook deel uit te maken van een beruchte bende 'cyberpiraten'. Ze hebben over de hele wereld miljoenen dollars verduisterd en zijn betrokken bij vijfentwintig moordzaken. Try schijnt doodsbang voor hem te zijn. Ik geloof dat ze zeven jaar gevangenisstraf krijgt.

Mijn moeder zorgt geweldig voor me. Zie je, ik schrijf de laatste woorden van dit project in de woonkamer van ons oude huis: 24 Clipping Drive, Kellyville.

Mama heeft de huurders eruit gezet en toen zijn wij er samen in getrokken. Het fantastische hiervan is dat het adres op mijn persoonlijke briefpapier nu weer klopt!

Anthony woont nog steeds bij zijn vriend Sam in de stad en mijn vader is een beetje zielig alleen achtergebleven in zijn piepkleine eenkamerappartementje.

In deze dagen van herstel pak ik soms de brief die mijn moeder heeft geschreven toen ze dacht dat ik het niet zou redden. Ik vind dat er een paar goede adviezen in staan. Ik zal hem hieronder inscannen.

*

Mijn Scarlett,

Ik wil je zeggen hoe klein je eruitziet in deze grote ziekenzaal. Het liefst zou ik je in mijn armen pakken en meenemen naar huis.

Het is te laat om je deze brief te schrijven, hè? Het hele jaar heb je me e-mails gestuurd en iedere keer als er een binnenkwam, pakte ik mijn telefoon en belde ik je op. Geen wonder dat je mijn voicemails negeerde. Je wilde dat ik rustig ging zitten om je te schrijven, je wilde dat ik nadacht over jou en je vragen – en ik wilde alleen maar praten. Ik wilde je stem horen.

Het was maar zo weinig wat je me vroeg en ik ben tekortgeschoten.

Zoals ik de afgelopen jaren steeds ben tekortgeschoten. Ik weet hoeveel bewondering je hebt voor je vader en hoe hij daar misbruik van heeft gemaakt. Ik had beter mijn best moeten doen om je daartegen te beschermen – daar ben ik me de laatste tijd wel van bewust geworden. Die gemene e-mail die hij je op je verjaardag stuurde. Die verf van hem die je bijna heeft vergiftigd... nou ja, niet echt, maar het had gekund.

Hij bedoelt het echt wel goed. Hij is geen slechte man en hij houdt heel veel van je. Hij begrijpt alleen niet veel van kinderen. Hij vindt je een fascinerende meid, maar ik geloof niet dat hij je echt begrijpt. En hij gaat helemaal op in zijn eigen wereld. Daarom had ik ermee ingestemd om dit jaar met hem in de stad te gaan wonen. Ik dacht dat het voor Anthony en jou misschien beter zou zijn als jullie je eigen leven leerden te leven, zonder voortdurend in zijn schaduw te staan. Ik heb het hele jaar spijt gehad van die beslissing.

Scarlett, je werkt zo hard, je bent zo creatief, er is niemand zoals jij. Het is een wonder dat een stel hopeloze mensen zoals je vader en ik zo'n bijzonder mens op de wereld hebben gezet. Ik ben zo trots op je.

Jij bent het sterkste en taaiste meisje van de hele wereld. Je bent zo ontzettend ziek en ze zeggen dat je misschien niet meer wakker wordt.

Ik geloof ze niet. Zij weten niet wie je bent.

Je bent mijn kleine meid.

Scarlett, word alsjeblieft wakker.

Heel veel liefs,
Mama

*

Dus los van het lezen van die brief heb ik hier genoeg te doen.

Mijn leraren op het Ashbury hebben afgesproken dat ze me grote hoeveelheden schoolwerk zullen toesturen, zodat ik kan beginnen met inhalen. Ik *verslind* het werk! Ik heb mijn passie terug! Ik ben weer mezelf! (Af en toe komt mijn moeder binnen om te zorgen dat ik even stop en rust neem. Erg irritant, maar ze bedoelt het goed.)

Ik krijg ook veel bezoek.

Af en toe komt mijn vader langs, maar hij is natuurlijk een druk-bezet man en is vaak op reis. Hij kijkt altijd erg schaapachtig. (Het schijnt maar niet tot hem door te dringen dat het *niet* zijn behang is waardoor ik ben vergiftigd, en dat er in zijn huis in Gilbert Road geen arsenicum is aangetroffen.) Hij blijft nooit lang, hij weet zich geen houding te geven tegenover mijn moeder en praat eigenlijk alleen maar over zijn projecten. Maar laatst gaf hij me een zoen op mijn hoofd en kreeg ik een Mont Blanc-pen van hem. Ik was dolblij.

Anthony en Sam komen ook vaak langs en nemen films mee om te bekijken. Ze nemen mij en de leden van de vos-groep interviews af en ze zijn van plan een documentaire te maken over de gebeurtenissen van het afgelopen jaar.

Astrid (ja, je leest het goed!) kwam laatst ook langs. Ze gaf me een cadeaubon om mijn wenkbrauw te laten piercen. Wat grappig! Ik denk dat ik het doe. Ze had een heleboel verhalen over dat ze op de vlucht was geweest voor de politie en ze zei dat ze nu denkt dat ze toch geen gereïncarneerde anjer is, maar een gereïncarneerde duif – het had er iets mee te maken dat de politie haar op de hielen zat en dat zij toen over een dak was weggevlucht. Ik geef toe dat ik mijn hoofd er niet helemaal bij kon houden.

Astrid had nog een ander, waardevoller cadeau bij zich. Het schijnt dat mijn vos-groep – inclusief Fin – had besloten om nog een Namenspel te doen – alleen voor mij. Ik werd helemaal blij van binnen.

Andere leden van de vos-groep zijn ook langs geweest. Ze vertelden dat de vos op mijn school is afgeschaft. De oude vos-groepen zijn omgezet in Studiegroepen. Mijn groep schijnt toe-stemming te hebben om naar de Blue Danish te blijven gaan. On-voorstelbaar dat ze zo weinig aan hun studie doen! Als ik terugben, zal er heel wat moeten veranderen.

Tot besluit wil ik mijn grote dankbaarheid betuigen aan mijn VOS-groep en aan Ernst von Schmerz. Zij hebben samen mijn leven gered. Ik heb al gezegd dat ik popel om voor hen allemaal een cadeautje uit te zoeken, of iets leuks voor hen te borduren. (Zij zeiden meteen dat ik geen moeite moest doen. Nou ja, zeg! Maar toch.)

Ik heb de stukjes gelezen die de VOS-groep in de wachtkamer van het ziekenhuis heeft geschreven toen ik bewusteloos was. Ik moet zeggen dat ik het met Sergio eens ben: ze zagen het inderdaad wel erg somber in. Ik heb erover gedacht om die stukjes uit dit project te wissen, maar ik heb ze toch bewaard, omdat ze zo welgemeend zijn.

Ik voel niets dan waardering en dankbaarheid voor die groep, maar – kom nou, denken jullie nou echt dat een beetje arsine genoeg is om mij uit de weg te ruimen?

Dan ken je Scarlett Mackenzie niet.

DEEL

10

Scarlett is mijn beste buddy en ik hoop dat ik haar op een dag mag kussen.

Een meisje met supernova-hersenen en prachtige magenta ogen.

TJONGE, ZE IS ZO VEEL GECOMPLICEERDER, INTERESSANTER EN ORIGINELER DAN IK OOIT HAD GEDACHT! DAT IS EEN GOEDE LES VOOR MIJ. IK KIJK ERNAAR UIT OM HAAR NOG BETER TE LEREN KENNEN.

Scarlett Mackenzie

Scarlett is erg vergevingsgezind en ze heeft veel zeg maar geluk en liefde in zich. En het was moedig van haar, zoals ze eerst haar haar altijd zo raar omhoog had zitten, maar Scarlett, je kunt het nu ook net zo goed los laten zitten, oké, want dat ziet er leuk uit.

Ik vind je een vastberaden, meelevende, grappige, fantasierijke en aardige meid. We hebben geluk dat we je kennen.

Scarlett, je bent nog STEEDS zo slim!!! En je hebt nog steeds ENORME woorden in je hoofd, en dat terwijl je een chronische arsenicumvergiftiging en een acute arsinevergiftiging achter de rug hebt!

Scarlett Mackenzie praat als een & ik hoop dat ze daar nooit mee ophoudt.

Lees ook van Jaclyn Moriarty:

3 meiden & de liefde

Lydia, Cassie en Emily zijn vriendinnen van jongs af aan en zitten bij elkaar in de klas. Nu moeten ze voor school meedoen aan het Penvriendenproject met leerlingen van het Brookfield College, hun aartsvijanden. Zodoende zitten de drie meiden te zwoegen op hun brieven aan drie onbekenden. Tot overmaat van ramp blijken dat drie jóngens te zijn.

De correspondentie leidt echter al snel tot spannende verwikkelingen. Niet alleen ontketenen de brieven een oorlog tussen de twee scholen, ze leiden ook tot geheime ontmoetingen, onmogelijke opdrachten en stiekem zoenen.

ISBN 978 90 261 1913 2

Vlinders & Vriendinnen

Elizabeth is 15 en haar leven gaat niet over rozen. Haar drukke moeder correspondeert met Elizabeth via briefjes op de koelkast en haar vader, die niet meer thuis woont, probeert krampachtig het contact met zijn dochter te verbeteren.

Als ook haar beste vriendin Celia van huis wegloopt, raakt Elizabeth in de stress. Waar is Celia? Wie luistert er nu naar haar? En wat moet ze doen met de jongen die haar vlinders bezorgt?

Ten einde raad besluit Elizabeth om Celia te gaan zoeken. Dit leidt echter tot een pijnlijke ontdekking. Gelukkig is daar Christina, haar nieuwe penvriendin. Zij blijkt een rots in de branding in deze dagen van onzekerheid en chaos: een échte vriendin.

ISBN 978 90 261 3116 5